ソロ

ローツェ南壁

笹本稜平

祥伝社文庫

ソロ　目次

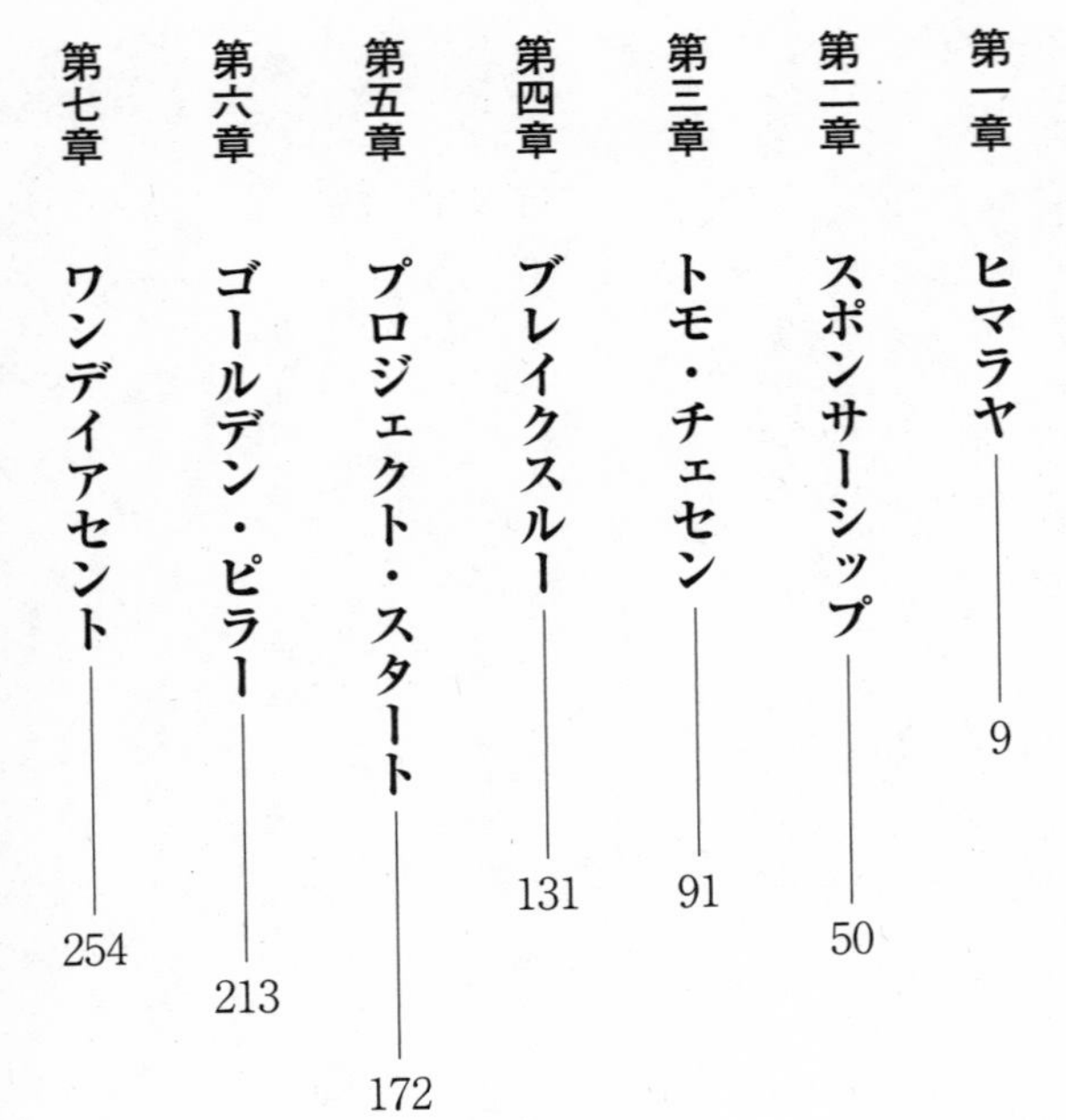

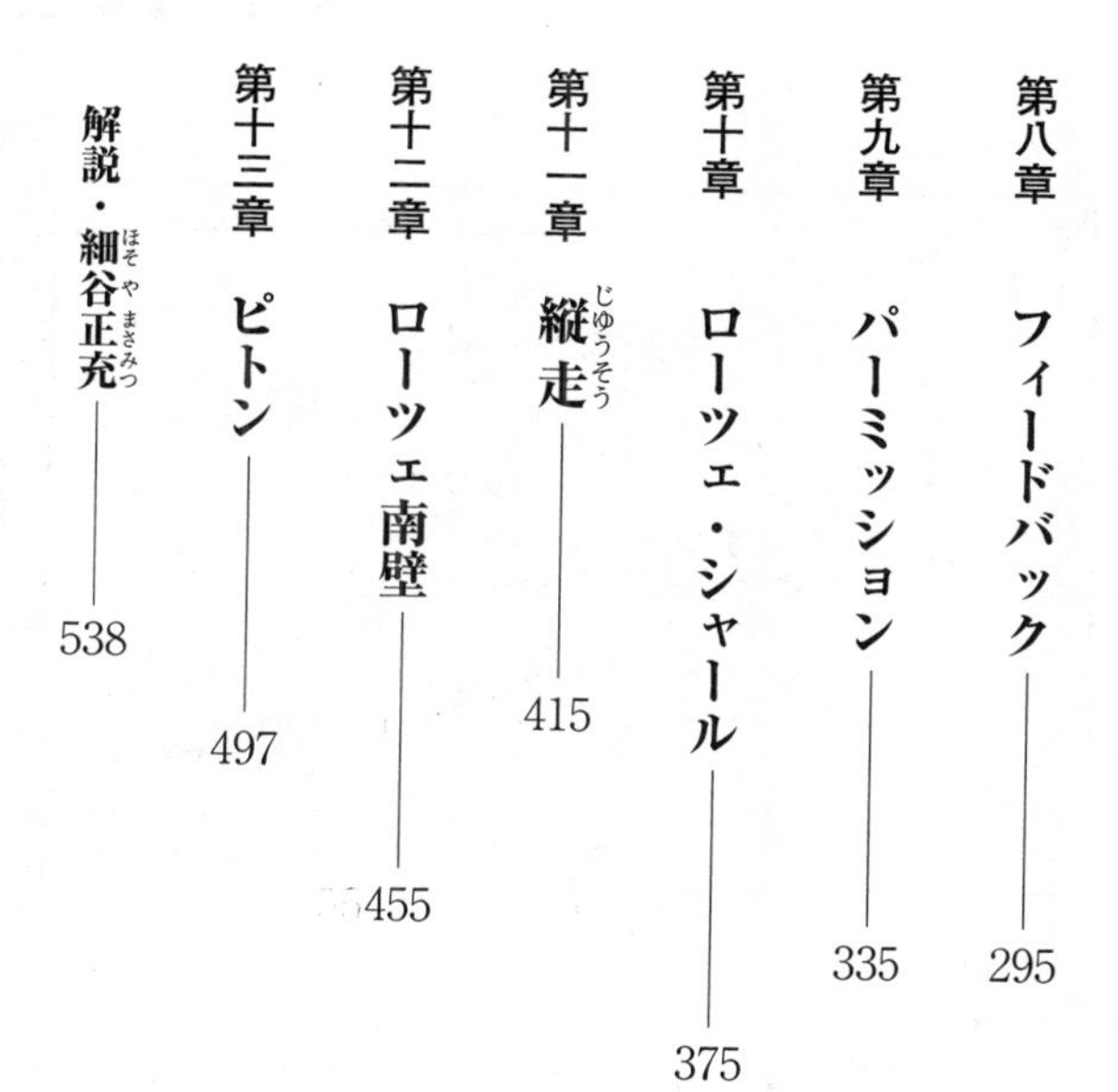

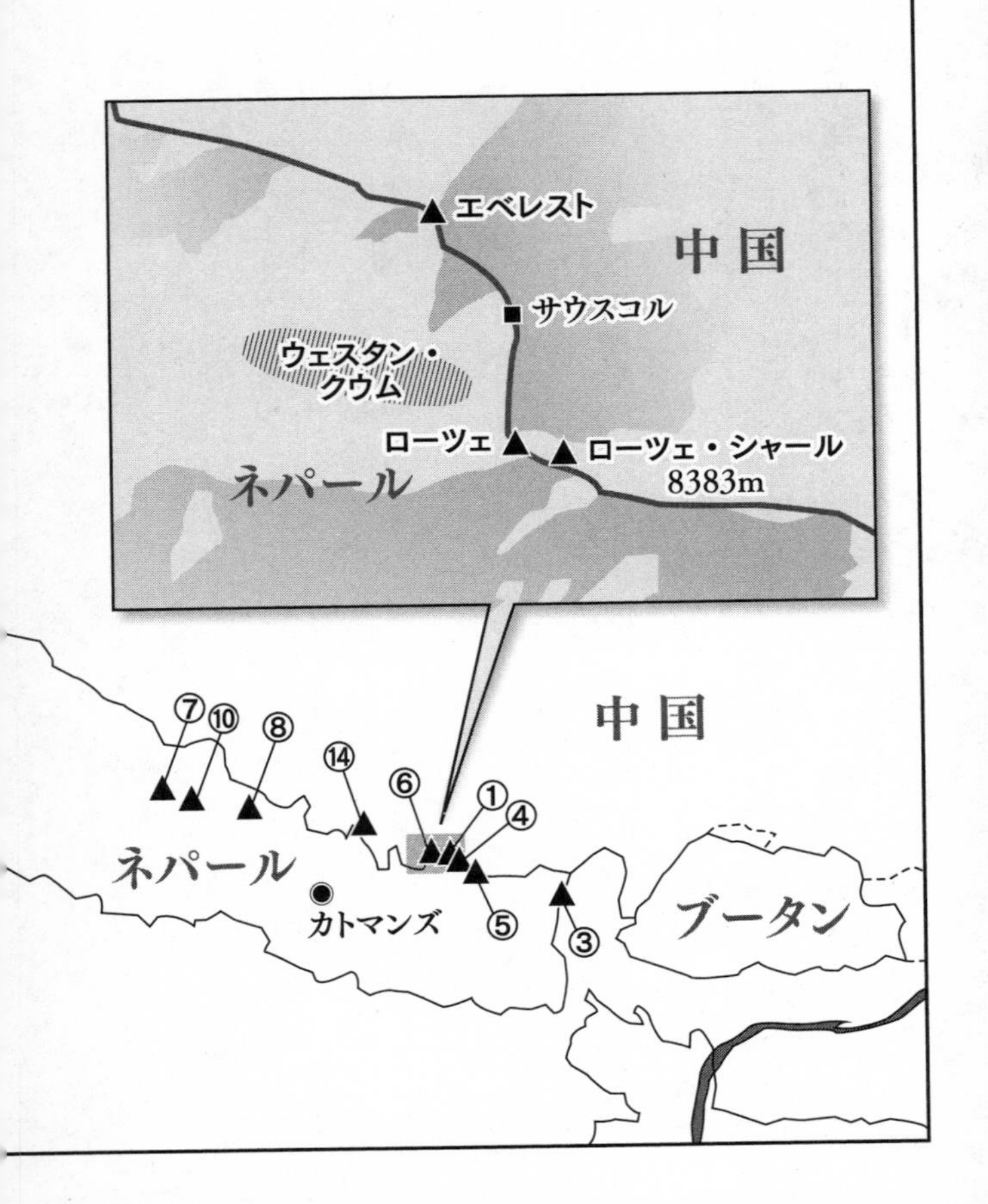
エベレスト
中国
サウスコル
ウェスタン・
クウム
ローツェ
ローツェ・シャール
8383m
ネパール
中国
⑦
⑩
⑧
⑭
⑥
①
④
ネパール
カトマンズ
⑤
③
ブータン

ヒマラヤ山脈8000m峰14座

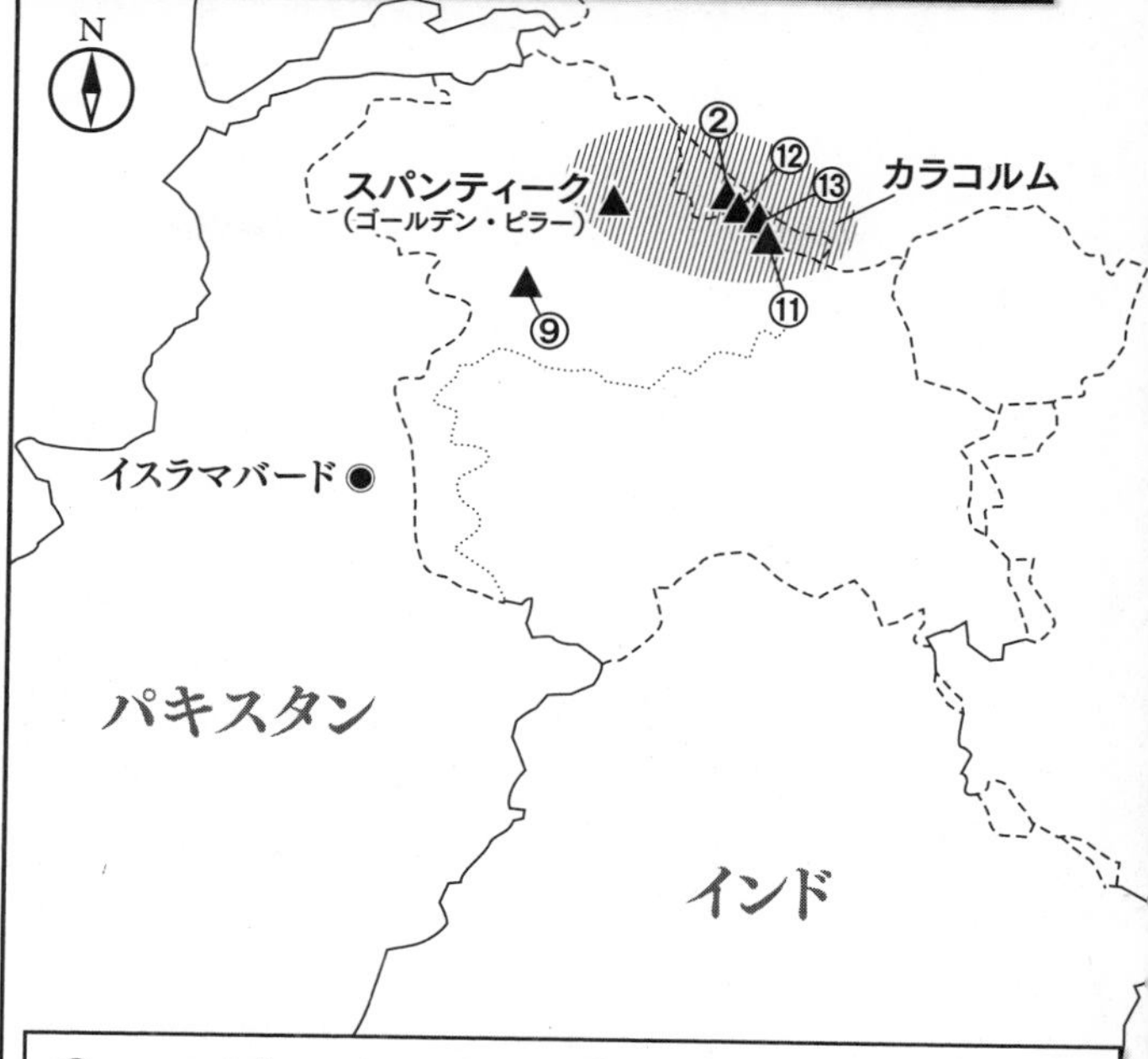

① エベレスト:8848m
② K2:8611m
③ カンチェンジュンガ:8586m
④ ローツェ:8516m
⑤ マカルー:8463m
⑥ チョー・オユー:8201m
⑦ ダウラギリ:8167m
⑧ マナスル:8163m
⑨ ナンガ・パルバット:8125m
⑩ アンナプルナ:8091m
⑪ ガッシャーブルムⅠ峰:8068m
⑫ ブロード・ピーク:8051m
⑬ ガッシャーブルムⅡ峰:8035m
⑭ シシャパンマ:8013m

地図作成　三潮社

第一章　ヒマラヤ

1

時刻は午後三時を過ぎていた。

バルンツェの頂上に至る最後の雪稜を、奈良原和志はふらつく足どりで登っていた。振り向けばアマ・ダブラム、カンテガ、タムセルクなどエベレスト街道沿いの六〇〇〇メートル級の山々の頂が、いまは眼下にひれ伏している。

白銀の峰と茶褐色の大地、まばらに点在する村々とその周囲を縁どる緑の樹々。それらが織りなす豪奢なタペストリーが地上を覆い、空は星が瞬きそうな群青色で、西に傾きかけた太陽がじりじりと肌を焼く。

登ってきた南西壁は急峻すぎてここからは見えない。一歩、また一歩、荒い息を吐きながら体を押し上げる。

疲労は限界に達していた。絶え間なく頭痛と吐き気に襲われる。筋肉の繊維があちこちほつれたような状態で、歩くというよりぼろ切れを引きずっている感覚に近い。それでも、この日のヒマラヤの空のように心は晴れやかだった。

標高差一二〇〇メートル。ヒマラヤの七〇〇〇メートル峰の氷と岩の壁をわずか十五時間で登り切ったのだ。それもソロ（単独登攀）で――。

とはいえ、これはささやかな一歩に過ぎない。そしてその一歩を積み重ねた先にしか存在しない世界がある。

頂上稜線の向こうから、世界第四位の高峰、ローツェの鋭角的な頂が顔を覗かせた。斧で断ち切られたような垂直のヘッドウォール（頂上直下の岩壁）に雪はないが、小さなスノーキャップを被ったその頂上からはかすかに雪煙が立ち昇る。

ようやく登り切った頂には三名ほどの人がいた。三日まえまで同じベースキャンプで過ごした人々で、全員顔なじみだ。

期せずして拍手が湧き起こり、立っているのがやっとの和志を入れ替わり立ち替わりハグしてくる。

「やったじゃないか、和志。もちろんやるとは思っていたけど」

磯村賢一が弾んだ声をかけてくる。この日の午後にはたぶん登頂できるだろうと連絡しておいた。和志は想像もしていなかったが、磯村たちはそれにタイミングを合わせて出迎えてくれたらしい。

目の前には全容を現わしたローツェ南壁が完璧無比な城塞のように聳え立っていた。その右手ではローツェに次ぐ世界第五位の高峰、マカルーが、ヒマラヤ最後の課題と言われる未踏の西壁をこれ見よがしにそびやかす。エベレストは、ローツェの背後に隠れてここからは見えない。

磯村は和志よりも五歳上で、まだ三十代前半だが、ヒマラヤやヨーロッパアルプス、アラスカやパタゴニアなど、数多くの難ルートを制覇してきた日本を代表するクライマーの一人だ。

五年ほどまえに国際ガイドの資格を取り、現在はハイアマチュアを対象にしたヒマラヤでの商業公募登山のオルガナイザーを生業にしている。磯村に同行しているのはその公募登山隊のサポートガイドとシェルパだった。

今回の和志の登攀は、磯村が企画したバルンツェ登山ツアーに便乗して行なわれたもので、パーミッションの取得から食料や資材の調達、交通機関の手配まですべて磯村がやってくれた。

ネパールにはトレッキングピークとして指定された五五〇〇メートルから六五〇〇メートルの山が三十数座あり、そこなら簡単な手続きと少額の入山料で登れるが、今回のバルンツェは標高が七一二九メートルで、正規のパーミッションと入山料が求められる。

　和志は当初からソロで挑む予定だったから、すべてを背負い込むのは効率が悪い。そんなとき、たまたま磯村から相乗りしないかという話があった。予定した公募人員に若干届かなかったためらしい。

　和志はその話にすぐに乗った。ここ数年、プレモンスーン（四月〜五月）とポストモンスーン（九月〜十月）の時期はほとんどネパールに滞在していて、毎年十数本、六〇〇〇メートル級のバリエーションルートを登っている。

　欧米から来る商業公募隊のオルガナイザーにも知り合いが多くいて、彼らが主宰するツアーに相乗りし、現地では別行動をとって、単独、ないしは二、三名の少人数で登るケースはしばしばあった。今回もそれとパターンは一緒だ。

　バルンツェ自体は、標高が七〇〇〇メートルを超えるといっても、ノーマルルートからの登頂は極めて容易で、ライトエクスペディション（アマチュアでも可能な難度の低い登山）の分野ではアイランド・ピークやメラ・ピークなどと並んで人気が高く、ハイシーズンには数多くの公募隊がベースキャンプにひしめき合う。

　しかしバリエーションルートとなると一筋縄ではいかない。バルンツェの南西壁は、ヒマラヤに夥しく存在する六、七〇〇〇メートル級のピークに宝の山のように眠っている未踏ルートの一つだった。

　現在では八〇〇〇メートル級の山はすべて登頂され、そこに残された未踏のバリエーシヨンルートも数少なくなった。そこで近年相次いで登られるようになったのが、これまで注目されてこなかった比較的低い山の難ルートだ。

低いといってもそこはヒマラヤで、アルプスの三大北壁（アイガー、マッターホルン、グランド・ジョラス）を凌駕するビッグウォールは枚挙にいとまがない。そのなかでもバルンツェの南西壁は最高点が七〇〇〇メートルを超える未踏の壁で、和志もいつかは登ろうともくろんでいた。

「想像していた以上に手強い壁だったよ。天候に恵まれたおかげでなんとか登れた」

和志は謙虚にそう応じた。標高差はかつて厳冬期に登ったことのあるアイガー北壁には及ばないが、空気が希薄な高所である点と、ルートについての情報が皆無という点が登攀をより困難にしていた。

磯村たちのベースキャンプを出て南西壁の取り付き地点に前進ベースキャンプを設営し、二日間、壁の状況を観察した。比較的容易に登れそうなラインはいくつか描けたが、そのいずれもで落石や雪崩が頻繁に起きていた。

それが避けられそうな唯一のルートが、壁の右寄りから頂上稜線の一角へ直線的に突き上げるピラー（柱状の岩稜）だった。

しかしホールド（手がかりと足がかり）のほとんどなさそうな一〇〇メートルほどのスラブ（一枚岩）が中間部にあり、そこを乗り切れるかどうかがポイントだった。

もしわずかでもクラック（岩の割れ目）があればなんとか越えられる。なければそこで敗退だ。しかし迷いはなかった。たとえ困難でも、それが唯一の道なら進むしかない。

取り付きからしばらくは脆い岩場だったが、登り始めたのが午前零時で、気温はマイナス二〇度近い。明け方に向かい気温はさらに下がる。

岩は氷のセメントで固定され、不安定なキノコ雪やセラック（氷塔）も凍結しているから、そのあいだに登ってしまえば、以降は安定した岩と氷のルートのはずだった。

夜間に登ることはいまではそれほど珍しいことではない。雪崩や落石が起きるのは、気温が上昇して雪や氷が緩む日中がほとんどだ。夜間登攀はそれを避けるにはむしろ最良のタクティクスで、強力で長時間使用できるＬＥＤヘッドランプが登場したおかげでずいぶんやりやすくなった。

そのうえ満月に近い月が頭上に高く昇り、目が慣れてくればヘッドランプが不要なくらい明るい。気温は低いが風は穏やかで、体を動かすにつれ、ダウンスーツの下で肌が汗ばんでくる。

夜が明けるころには脆い岩場を抜けた。しかしその時点で筋肉に疲労が溜まり、体の動きが悪くなった。

そこまで普通に立って休める場所さえなかった。休憩といってもアイゼンの前爪を氷や岩に引っかけ、ピッケルとアイスバイル（ピッケルから派生したハンマー兼用の登攀用具）で体を支えて呼吸を整えるくらいで、筋肉への負担に変わりはない。それなら動いていたほうがましだと、五時間以上、ほぼ休みなく登り続けた。

ようやく見つけた小さなテラス（岩壁の途中にある棚状地）でやっと一息つけたが、そこから先が例のホールドのないスラブだった。

南西に面した壁に曙光はまだ届かない。必死に目を凝らしてクラックを探す。あった。幅が五ミリあるかないかのクラック、というよりリス（幅数ミリ以下の微細な岩の割れ目）が斜めに伸びている。それは二〇メートルほど上で途切れているが、そのすぐ横手から薄く張り付いた氷の帯がさらに二〇メートルほど上まで続いている。

氷の硬さが問題だが、なんとか騙し騙しダブルアックス（左右の手に持ったピッケルとアイスバイルを交互に氷雪壁に打ち込み、アイゼンと併用して雪や氷の壁を登る技術。アックスはピッケルやアイスバイルの総称）で行けそうだ。

しかしその先はわからない。そこで行き止まりなら進退窮まる。クライムダウン（ロープを使わず、登るのと逆の要領で下ること）はすこぶる困難だ。支点がとれない場合はラペリング（懸垂下降）もできない。

しかし躊躇はしなかった。そういう窮地に直面することこそ、和志にとってヒマラヤの壁を攀じることの意味だった。先鋭的なクライミングはスポーツではなく冒険だ。リスクは避けるべきものではなく越えるべきものなのだ。

これまでもそうやっていくつもの難局を乗り切ってきた。そうすることが和志にとって生きる意味だった。やってみればなんとかなる。限界は超えられる——。きょうまで自分が生き永らえていることが、その信念の唯一の根拠だった。

どうしてそこまでして登るのかと問われても、適当な答えは見つからない。しかし山の魅力に、なかんずくヒマラヤの魅力に取り憑かれて以来、和志はそうして生きてきたし、いまもそれ以外の生き方が思い浮かばない。

斜上するクラックにピッケルとアイスバイルを交互にねじ込んで、鋭く研いだアイゼンの前爪を花崗岩の岩肌に苦労しながら引っかける。

アイゼンを外せば靴底や掌の摩擦を利用したフリクションクライミングが可能だが、こんなところでアイゼンの脱着をして、うっかり落としでもしたら致命的だ。

近年のアルパインクライミングの世界では、氷と岩の交ざり合ったルートをすべてダブルアックスで登るミックスクライミングが普及して、それをさらに進め、雪や氷のない壁でもダブルアックスで登るドライツーリングという方法も行なわれるようになった。

和志もそうした技術は習得しているが、斜めに登るクラックでは体重移動が難しい上に、氷河に磨かれたスラブは滑らかで、アイゼンのかかりが極めて悪い。もがくようにガリガリと引っ掻いて、辛うじて止まったところで慎重に体重を預け、次のポイントにピッケルをねじ込む。

　クラックをなんとか登り切り、氷の帯に取り付いたところでようやく一息つけた。氷は予想していたより硬く、アックスもアイゼンもしっかり利(き)いている。

　登り終えた先はふたたびスラブの岩肌が露出しているが、そこには何本かのクラックが錯綜(さくそう)していて、心配していたような事態にはならなかった。

　プレモンスーン期に入ってから六〇〇〇メートル級の山にはすでに五回登っていたから、高所障害の心配はないと思っていたが、さすがに七〇〇〇メートルに近づくと体調に異変は出る。ときおり視野が狭(せば)まって、絶え間なく頭痛に襲われる。

　しかし頂上まであと一息だ。疲労し切った筋肉に鞭(むち)打つように、大胆なムーブ（体重移動）を繰り返しながら体を押し上げる。ここまで来れば時間との勝負で、少しでも早く頂上に抜けて高所に滞在する時間を減らすことが、生還するための唯一の方策だ。

　七〇〇〇メートルを越えると、壁の傾斜は緩んできた。希薄な大気にあえぎながら、最後の一〇〇〇メートルを登り切る。

　頂上に続く緩やかな雪稜に出て、ようやく達成感が湧いてきた。頂上には磯村たちの姿が見えた。肉体的には燃え尽きていたが、心に新しい力が湧いてきた。目指す頂へまた一歩、近づいた自分を感じていた。

その夜は磯村たちが設営していた第二キャンプのすぐ近くで、ツエルト（不時露営用の軽テント）を被って一泊した。

磯村たちのテントに居候すれば楽だったが、それでは最後まで自力で登って下りるアルパインスタイルの条件を満たさない。

2

ベースキャンプへは翌日の午前中に到着した。公募隊の客たちは、おととい近くの五〇〇〇メートル台の山で高所順応を終え、この日はベースキャンプで休息し、あすから登攀を開始するという。

和志の南西壁初登攀成功の知らせはきのうのうちに伝わっていて、十数名の公募隊メンバーも総出で出迎えてくれた。カトマンズからここまで和志と行動をともにした彼らにすれば、自分の所属する登山隊の栄誉にも思えたようだった。

和志も彼らとともにノーマルルートからもう一度頂上を目指したい気分だったが、さすがに体力を消耗していて、磯村からはあとのことは気にせず、なるべく早くカトマンズに戻るように勧められた。

二週間ぶりに戻ったカトマンズは、プレモンスーンのヒマラヤ観光シーズンが最盛期を迎え、トレッキングやライトエクスペディションのツアー客で溢れ返っていた。

普通なら泊まれる宿を見つけるだけでも一苦労するような時期だが、タメル地区にある馴染みのゲストハウス（ネパール風の安宿）のオーナーとは長年の親交があって、和志がネパールにいるあいだはいつでも宿泊できるように部屋を一つ確保してくれている。

タメルはかつてはヒッピーの聖地とも呼ばれ、現在も世界各国からやってくるバックパッカーやクライマーが好んでこの地区に集まる。狭い路地にゲストハウスと呼ばれる安宿から中級ホテル、レストラン、バーなどが軒を連ね、登山用品を扱う店も数多い。

ヒマラヤを目指す本格的なクライマーも大半がここに集まるため、情報交換の点でも有利な場所で、和志もカトマンズではほとんどここに滞在する。

ラクパという名のシェルパ族のオーナーは、かつては世界各地からやってくる第一級の登山隊と仕事をし、エベレストには通算八回、そのほかネパール国内の七、八〇〇〇メートル級の山々にも数知れず登っている。

「ケンから聞いたよ。また記録をつくったそうだね」

ラクパは嬉しそうに言う。ケンとは磯村のことだ。磯村もかつてはこのゲストハウスの常連で、いまも親交があり、現地でのシェルパの手配もラクパの伝手でやっている。そんな関係で、和志の下山に先んじて一報を入れてくれていたらしい。

「たまたま誰も目をつけなかっただけで、僕じゃなくても登れたと思うよ。天候も含めて運もよかった」

肩の力を抜いて和志は応じた。嘘偽りではない。世界にはまだ自分には手が届かないレベルのクライマーが大勢いる。彼らと比べれば自分はまだ発展途上だ。

「しかし記録をつくった登攀は、これで五つ目になるだろう。ソロで初というのもあればルートで初というのもある。二登、三登なら数え切れないほどだ。そこへ今回は本物の初登攀で、しかもソロ。それも一日で登ってしまった。このあたりじゃきのうから話題になってるよ」

タメル地区を根城にするクライマーたちのあいだでそうした情報が広まるのは早い。口コミももちろんあるが、いまはツイッターやフェイスブックという情報の共有手段がある。当然それはタメル地区のみならず、世界全体に広がっていく。和志も昨今は、そうした世界でちょっとした著名人なのだ。

しかし日本では、恐らく話題にもならない。バルンツェがどういう山か、その南西壁がどういう壁か、知っている人間はほとんどいないし、そこを日本人が初登攀したという情報が入っても、メディアはなんのニュースバリューも認めない。

海外に出て、世界のクライマーが賞賛するような登攀を行なっている日本人は和志や磯村を含め大勢いるが、その成果が日本国内で報道されることは滅多にない。

テレビタレントがエベレストに挑戦するといえばメディアは群がるが、登山界のアカデミー賞と言われるピオレドール（金のピッケル賞）を日本人が受賞しても、報道する国内メディアはほとんどない。

和志も日本では無名もいいところで、欧米のスポーツ誌には取り上げられたことがあるが、その名を知っている日本人はわずかなクライマー仲間と登山専門誌の編集者くらいだろう。

「それは嬉しいな。この街そのものがヒマラヤ登山のベースキャンプみたいな場所だから、ここで話題にしてもらえるだけで身に余る光栄だよ」

「謙遜することはないよ。どのルートが易しくてどのルートが難しいか、私はなんでも知ってるからね。バルンツェの南西壁は過去に何隊も挑んでいる。みんな第一級のクライマーだったけど、落石を受けたり難しい岩場で手こずったりして、けっきょくどのパーティーも敗退した。カズはその壁をソロで、しかも一日で登ってしまった。今度は八〇〇〇メートル級の大岩壁をやってみせてほしいね」

ラクパは破顔一笑する。胸に秘めた思いを込めて和志は言った。

「もちろん、目指しているのはそっちだよ」

「カズならやれるよ。マカルーの西壁なんかどうだ」

挑発するようにラクパが言う。たしかに魅力的な目標だ。八〇〇〇メートルを超える高所に九〇度以上の傾斜の大岩壁を擁するマカルー西壁は、いまも事実上未踏の壁だ。一九九七年にロシア隊が初登攀してはいるが、最難関のヘッドウォールは迂回しているから、正式な西壁初登攀とは認められていない。

イェジ・ククチカ、山野井泰史、ヴォイテク・クルティカ、マルコ・プレゼリ、スティーブ・ハウスといった世界の錚々たるクライマーが相次いで挑んだが、すべて退けられている。

しかし、いま和志が目指している目標は、そのマカルー西壁と競うようにそそり立つもう一つの壁だった。

「マカルーから逃げるわけじゃないけど、魅力的な壁はほかにもあるからね」

「そうか。どこに登るか楽しみにしているよ。カズもそろそろ世界のトップクライマーの一角に名を連ねていいころだ。ケンは近ごろはビジネスに夢中で、あまり期待が持てないからな」

そのあたりは磯村も忸怩たるものがあるようで、なんとか来年は、個人として本格的な登攀活動をしたいと言っていた。

クライマーといっても人間で、霞を食って、では生きてはいけない。すでに結婚して子供もいる磯村にとって、山とビジネスを両立できるオルガナイザーは最良の選択肢だが、軌道に乗せるにはいまが正念場のはずだった。

まだ独身の和志の場合、それほど深刻な問題は抱えていない。オフシーズンは日本に帰り、アルバイトでひたすら金を貯め、プレモンスーンやポストモンスーンの登山シーズンにはネパールに入り浸る。

物価が安いし、ラクパのゲストハウスのような居心地のいい宿もある。山に入っているときはほとんど金がかからない。トレッキングピークの難壁をテーマに集中的に登っているから、入山料も微々たるものだ。

日本国内は不景気といっても、仕事を選ばなければ十分稼げる。夏なら富士山や日本アルプスの歩荷（人力による荷揚げ）仕事があり、壁登りの特技が生かせるビルの窓掃除も稼ぎのいいアルバイトだ。

こんな暮らしをいつまで続けられるのか、自分でも確たる展望はない。しかし好きな壁を自分の手足で登れる限り、恐らくそれは続くだろう。

父親は山とは無縁の普通のサラリーマンで、母親も同様に普通の主婦だった。山に登るようになったきっかけは、中学生のとき山好きの叔父に連れていってもらった丹沢の沢登りで、水しぶきを浴びながら岩を登る快感が病みつきになった。

和志は毎日でも登りに行きたかったが、サラリーマンの叔父はそれほど時間がとれない。家は横浜市内にあったから丹沢は目と鼻の先で、時間があれば一人で出かけるようになった。

沢登りと言っても岩場で転落すれば命を失うこともある。ロープで結び合うパートナーがいれば落ちても止めてもらえるが、ビレイ（確保）なしのソロ登攀は常識的に言えば危険極まりない。しかし、夢中になるとなんにでも入れ込む性格の和志の頭を、そんな思いはよぎりもしなかった。

高校に進むころには丹沢のほとんどの沢を登り尽くし、やがて沢だけでは満足できなくなった。谷川岳や穂高岳の目も眩むような岩壁を、無性に登りたくなった。

叔父にせがんで三ツ峠山や小川山のゲレンデで本格的なロッククライミングの手ほどきを受け、高校一年生の夏に穂高の屏風岩を登った。標高差三〇〇メートルの日本最大の岩壁は和志を魅了した。

一方で、叔父にはソロでの岩登りは絶対にやるなと申し渡された。高校には山岳部がなく、本格的に岩を登れる機会は叔父がまとまった休暇をとれる連休や夏休みに限られた。それでは欲求不満が募るばかりで、叔父には黙ってゲレンデに通い、難度の高いルートをいくつもソロで登った。

ゲレンデで知り合った仲間とパーティーを組んだこともあるが、そうしたスタイルにはどうにも馴染めなかった。

人が集まれば諍いが起きる。登るルートはいちばん力のない者に合わせることになる。和志は普通に登っているつもりでも、ほかの仲間と比べれば、スピードは快速と各駅停車くらいの違いがあった。

叔父とのパーティーは息が合ったが、高校二年生のとき、叔父がアブミ（小型の縄梯子）や埋め込みボルトを使ったエイドクライミング（人工登攀）でないと無理だと言った場所を、和志はなんなくフリークライミング（人工的な技術を使わない登攀）で登ってしまった。

叔父は大学時代には山岳部に所属して、海外経験はないものの、穂高の滝谷や谷川岳の一ノ倉沢など日本の代表的な岩場にいくつもの足跡を残した猛者だった。その叔父が呆れたように言ったものだ。

「もうおまえに教えられることはなにもない。おれの登りはもう古いよ。おまえの登り方はヨセミテの流儀にマッチしている。教えたわけでもないのに、自然にそういう呼吸を身につけたんだな」

たしかに、和志は登るだけでなく本も読んだ。もちろん登山に関係したものだけだが、いまのヨセミテでなにが行なわれているか、眼光紙背に徹するように読み込んでいた。

アブミや埋め込みボルトは使わない、登り終えた壁にはなにも残さないというクリーンクライミングの思想は、自分の進むべき方向を示す羅針盤のように思えた。

さらにそんな思想をヒマラヤで実践するアルパインスタイルに強い共感を覚えた。アルプスでは一般的に行なわれていた少人数、軽装備、短期速攻の登山スタイルで、現在、そのやり方で八〇〇〇メートル級のバリエーションルートが次々登られている。

ベースキャンプを出たら一気に頂上を目指し、シェルパを含めチーム外からの支援は受けない。事前にキャンプは設営しない。固定ロープや酸素ボンベも使わない——。

それがアルパインスタイルの原則で、そこには高所に滞在する期間を極力短縮することで高所障害のリスクを低減できるメリットや、短期間の好天をチャンスとして生かせることで成功の確率が高まるというメリットもある。

アルパインスタイルと対極をなすのが、かつてヒマラヤ登山で主流だった極地法で、大人数の登山隊が時間をかけていくつものキャンプを設営し、固定ロープを設置して各キャンプへの荷揚げを行ない、準備万端整ったところで、ごく一部の隊員がサミットプッシュ(頂上アタック)に向かうというスタイルだ。

資材や装備の量が多いから、ベースキャンプまでのキャラバンに大勢のポーターを雇わなければならない。上部キャンプへの荷揚げが隊員だけでは足りない場合、高所シェルパも雇うことになる。

エドモンド・ヒラリーによるエベレスト初登頂も、その後の八〇〇〇メートル峰への相次ぐ登頂も、この方法によるものだった。それは、かつてヒマラヤ登山は国威発揚のために行なわれ、そのため軍隊の作戦のような思想が導入された名残でもあった。

当然、遠征には莫大な費用がかかり、そのために隊員の自己負担は大きく、さらにスポンサーも得なければならない。

そんな常識を覆したのが、一九七五年の、ラインホルト・メスナーとペーター・ハーベラーによるアルパインスタイルでのガッシャーブルムI峰登頂だった。

世界で初めてアルパインスタイルで八〇〇〇メートル峰の頂に立ったこの登攀が嚆矢となって、以後、ヒマラヤの高峰へのアルパインスタイルによる挑戦が相次いで行なわれるようになる。

そのアルパインスタイルの究極というべきものが単独登攀で、世界で初めて八〇〇〇メートル峰をソロで登ったのもラインホルト・メスナーだった。

そのナンガ・パルバット単独初登頂を達成した同年に、彼はハーベラーとともに当時不可能とされていたエベレストの無酸素登頂をやってのけ、さらに二年後には単独無酸素によるエベレスト登頂を果たしている。

そんな世界の登山界の趨勢を書物で知って、和志の希望は膨らんだ。かつて日本人がヒマラヤ登山をしようと思えば、大学山岳部か社会人山岳会に所属するしかなかった。

現在もそんな傾向は残っているが、そうした団体による海外遠征はもっぱら極地法で行なわれることも知っていた。

まず遠征隊のメンバーに入るのが大変なうえに、参加できたとしても最終アタックで登頂メンバーに選ばれるかどうかは保証の限りではない。チームワークの名の下にルート開拓や荷揚げで酷使され、けっきょく登頂メンバーには選ばれず、下働きだけで遠征を終わる。そんな隊員のほうが多いのだ。

しかしアルパインスタイルなら、自分の意志だけで世界のどんな山にも登れる。しかもその究極としてのソロなら、パートナーを選ぶという制約もなくなる。日本ではもちろん、世界の登山界でもまだまだマイナーな存在の自分でも、ヒマラヤの八〇〇〇メートル峰に挑むことができるのだ。

中学時代に単独での沢登りに熱中し、自分にはソロへの適性があると確信していた。一人で登っているとき、心も体も伸びやかになる。山で感じる独特の孤独感には、恐怖や寂しさよりも、心がときめくような自由の感覚があった。それは学校でも家庭でも味わうことのない、和志にとってもっとも幸福な時間だった。

小学生のときにいじめにあった経験があり、集団での行動に恐怖心を抱いていたこともある。だから大学山岳部や社会人山岳会に入ることには心理的な抵抗があった。

高校三年生のとき、和志は両親に、大学には行かない、山登りで生きていくと宣言した。

もちろん両親は反対した。登山家で飯が食えるほど世間は甘くない。普通に大学を出て、普通にサラリーマンとして就職し、山には仕事の合間に登ればいい——。和志を山の世界に導いた叔父がそうだった。

しかし和志の意志は固かった。いずれはヒマラヤの高峰にチャレンジしたいと熱を込めて語る和志に、その夢を断念させるのは無理だと考えた父親は、ある条件を出してきた。

それはアメリカへの留学で、せめて語学力さえしっかり身につければ、山で生きていけなくても潰しが利くとの判断だった。

和志にとってもそれは渡りに船だった。ヨセミテの大岩壁やアラスカの氷壁は、和志にとって夢の世界だったからだ。そこで腕を磨いて世界に旅立った一流クライマーは大勢いる。

いろいろ調べた結果、アメリカの大学は日本のそれと比べ、卒業するのが極めて難しい反面、入学自体はそれほどではない。

しかし問題なのは英語力で、平均レベルの大学でもTOEFLのiBTテストで六十一点以上を要求される。できれば奨学金も受けたいから、求められる水準はそれ以上だ。

それまでとくに力を入れて英語を勉強したことはなかったが、和志は夢の実現に向けて必死で取り組んだ。山に行くのはしばらく我慢して、スクールに通い、英語三昧の日々を過ごした。

その甲斐あってTOEFLのiBTテストでは百点をわずかに超えた。なにごとにも熱中するとブレーキの利かない性格が、ここではプラスに働いたと言えなくもない。

その点数ならアイビーリーグ（名門私立大学八校の総称）の大学へも進めると言われたが、和志が選んだ大学はサンフランシスコにある中の下クラスの私立大学だった。

アイビーリーグでスカラーシップと呼ばれる返済義務のない奨学金を得るのは難しいが、そのクラスの大学なら可能性が高い。しかし最大の理由は、サンフランシスコがヨセミテにいちばん近い都市のためだった。

入学したのは高校を卒業した年の秋だった。奨学金はなんとか得られて、親の負担は軽減できたが、資格は一年ごとに更新されるから、それを維持していくためには学業も手は抜けない。

それでも週末はヨセミテに通い詰めた。エル・キャピタン、ハーフドーム、センチネルドーム――。そこは全米各地はもちろんのこと、世界から集まったクライマーが高度な技術を競い合う、まさにフリークライミングの楽園だった。

さすがに当時の和志の技量では、ソロで登れるような甘いルートはほとんどない。そこで知り合ったのが磯村だった。日本の大学を中退してアメリカに渡り、バックパッカーをしながらヨセミテやアメリカンロッキー、アラスカの壁を登っていた。

磯村もまた地元で知り合ったアメリカ人の相棒が怪我(けが)で入院してしまい、一緒に登れるパートナーを探していた。二人はすぐに意気投合した。

磯村は本場ヨセミテの最新のクライミングテクニックを伝授してくれた。半年もしないうちに、二人はエル・キャピタンの最難関ルートの一つ、ザ・ノーズをフリーで登るまでになった。

ソロ志向の強い和志も、磯村とのコンビは息が合った。やがてヨセミテの代表的な壁は登り尽くし、磯村の誘いに応じてアラスカに向かった。

北米最高峰のデナリ（旧称マッキンリー）には数多くのバリエーションルートがあり、そこで和志は初めて本格的な氷壁登攀を経験した。

日本では雪山に登ったことがなく、標高の低いヨセミテはアイスクライミングには向かない。初めて経験する氷と雪と岩の壁は和志を興奮させた。

ダブルアックスによるクライミングは、コツを覚えるまでは苦労したが、習得してしまえば快適だった。氷も岩も登れるし、普通ならエイドクライミングが必要な場所も、ピッケルとアイスバイルのコンビネーションで乗り越えられた。

いまヒマラヤの壁はほとんどそのテクニックで登られていると聞いて、和志はいよいよ技術に磨きをかけた。

そんなことをしていれば、いくら中の下の大学といっても単位を取るのは難しい。けっきょく大学は中退した。このときには、両親はもうなにも言わなかった。

3

使い慣れたいつもの部屋で荷物を解き、シャワーを浴びて一眠りしようとしたところへ、テーブルに置いてあった携帯電話が鳴り出した。手にとってディスプレイを覗くと、表示されているのは記憶にある番号だった。

応答すると、エリザベス・ホーリーの元気な声が流れてきた。

「下りてきたのね。これからお話を伺いにいっていいかしら」

「もうご存じなんですか。ＣＩＡかＫＧＢ並みですね」

「そんな情報、もうきのうのうちに入っているわよ。お忙しいの？」

「そんなことはありません。でも、わざわざお出でになるほどの話なんですか」

「もちろんよ。初登攀、それもソロなんだから、とても重要な記録よ。もし本当だとしたらだけど」

リズの愛称で親しまれているその女性は、九十歳を超えてなお矍鑠としていて、クライマーにとっては恐るべき審問官でもある。アメリカ生まれのジャーナリストで、カトマンズに四十年以上在住し、ヒマラヤ登山の年代記を編纂してきた。

リズ自身は一度も山に登ったことがないが、ロイターの現地レポーターとしてカトマンズにやってきて、ヒマラヤの魅力の虜になったらしい。

その集大成である〈ヒマラヤン・データベース〉は、世界で最も権威あるヒマラヤ登山の記録集とされ、現在もその内容は更新され続けている。

ヒマラヤ登山に関する公式な認定機関は存在せず、ネパール政府の観光局も登山隊の報告をそのまま記録しているだけで信頼度は低い。

リズの場合は、登頂者に直接インタビューし、独自に追跡調査も行なう。記憶力は抜群で、どの山の頂上になにがあるのか、そこからどんな山が見えるのかといった情報をすべて頭に入れており、登頂したふりをして嘘をついてもバレてしまう。

そんなことから、リズは実質的なヒマラヤ登山の公認記録機関と言ってもよい。彼女のインタビューを受けることは、世界の一流クライマーである証でもあり、誰もがそれを名誉なこととして受け入れる。

和志がリズのインタビューを受けるのはすでに何度目かだ。いずれも地味な山だったが、ルート初登攀の記録をリズは決して見逃さない。まるでヒマラヤの山という山を踏破したかのような博識を駆使して細部に至るまで厳しく訊問されたが、いずれも目出度くデータベースに記録された。

「じゃあ、これから伺うわ。宿はラクパのゲストハウスよね」

リズはなんでも知っている。最近はさすがに高齢のため、助手にインタビューを任せることもあると聞くが、今回も本人がやってくるようだ。心楽しい気分で和志は応じた。

「ええ。お待ちしています。お手柔らかにお願いします」

「心配いらないわよ。登頂した瞬間をケンイチ・イソムラやシェルパたちが目撃してたんでしょ。証拠の写真もあると聞いてるから」

「彼から話を聞いたんですか」

「ジャーナリストは情報源を秘匿するものよ。でも彼がおしゃべりなのは、あなたもよく知っているはずよね」

年齢を感じさせない若やいだ声でリズは笑った。

4

二十分ほどでリズはやってきた。

さすがに足腰がやや弱くなっているようで、ネパール人の助手が付き添ってきたが、つい数年前までは自ら車を運転してインタビューに回っていたと聞く。

狭い自室に招き入れると、リズはさっそく本題に入った。

「過去に敗退した人たちにもインタビューしてるのよ。あそこは雪崩や落石が多いと聞いてるけど」

「それを避けられそうな唯一のルートが、いちばん右寄りのピラーだったんです。下のほうは岩が脆かったんですが、そこは夜のうちに登ってしまいました。幸い月も出ていて、あまり危険は感じませんでした」

「中間部には難しいスラブがあるんじゃないの？」

和志も下から眺めるまでは知らなかったルートの詳細が、リズの頭にはすでに入っているらしい。どんな経験豊富なクライマーでも、自分が登ったルート以外のことはほとんど知らない。まさにヒマラヤの生き字引の面目躍如だ。

「ええ。登ってみるまでは突破できるかどうかわからなかったんです。下から見る限り、ほとんど手がかりなしでしたから。でもそこまで登ってみると、細いクラックが一本斜上していて、それがその先の氷の帯に繋がっていたんです――」

スラブを突破した経緯を和志は淡々と説明した。リズはときおり頷きながら熱心にメモをとる。面接試験を受けているような緊張を覚える。ほんの少しでも嘘があれば、リズはたぶん見逃してはくれないだろう。

ときおり発せられる鋭い質問に慎重に答えながら、登頂までの経緯を和志は詳しく語って聞かせた。リズはそれでもまだ許してくれない。

「登頂したら、そこでケンたちが出迎えたのね」

「ええ。ちょうどその時間にタイミングを合わせて、待機してくれていたようです」

「そこで彼らから飲み物や食料の補給を受けたの？」

和志はきっぱりと首を振った。

「受けていません。ケンだけじゃなく、サポートガイドやシェルパもいましたから、確認してもらってけっこうです。そのあと彼らが設営していた第二キャンプ付近で一泊しましたが、そこでも彼らのテントには入らず、持参したツエルトでビバーク（不時露営）しました。ベースキャンプに下りるまで彼らが設置していた固定ロープにも一度も触りませんでした。これもケンたちに訊いてくれればおわかりいただけます」

　そこまで話し終えると、リズは穏やかに微笑んで手を差し伸べた。

「おめでとう、カズ。バルンツェ南西壁初登攀の栄誉はあなたのものよ。それもアルパインスタイルによるソロでね。データベースにしっかり記録するわ」

　和志は安堵の思いでその手を握り返した。

「ありがとう、リズ。あなたにそう言ってもらえて、初めて本当に登ったんだという実感が湧いてきましたよ」

「あなたの今回の登攀に関しては、最初から本物だとわかっていたのよ。でも公平を期するためにわざわざお邪魔したの。あなたがいまやっていることは地味だけどとても重要なことよ。高さに関係なく、山にはそれぞれの個性があるの。クライミングもだんだんビジネスになってきて、みんなお金になる山にばかり目がいくけど、どの山も私にとっては可愛い子供たち。これまで日の当たらなかった山に誰かが登ってくれると私はとても嬉しいの。でも、あなたにも、そろそろビッグクライムをしてみようという気はあるんでしょ？」

　リズは興味を隠さない。ラクパにも同じようなことを訊かれたが、あのときは上手く誤魔化（まか）した。しかしリズに訊かれるとそうもいかない。

「いまやっている登攀は、もちろんそのための準備なんです」

「どこを登ろうというの。まだ秘密にしておきたいの？」

「そういうわけじゃないんです。登りたいのは——ローツェの南壁です」

「ソロで？」

リズは当惑気味な声で訊いてくる。和志は頷いた。

「素晴らしい壁です。どうしても登りたいんです」

「でも、いわくつきの壁よ。文句なしのソロ初登攀ということにはならないわよ」

リズが言いたいことはよくわかる。マカルー西壁と並んで〝二十世紀の課題〟と言われたローツェ南壁は、標高差三三〇〇メートルの世界屈指（くっし）の壁の一つで、メスナーやククチカを始めとする錚々たるクライマーが挑んだがいずれも敗退し、ククチカは完登目前に転落死している。

その難攻不落の壁をスロベニア（当時はユーゴスラビア）の登山家、トモ・チェセンが、なんとソロで、しかも往復六十二時間という速攻で登ってしまったのだ。

彼はその前年にも、難壁として名高いジャヌー北壁を往復四十一時間でソロ登攀している。世界の登山界は時代を画（かく）する風雲児として彼を祭り上げた。しかし、その栄光に疑問符がつくのはそれからまもなくだった。

その半年後、大がかりな遠征隊を組織して南壁からの登頂に成功したソ連隊が、トモの登頂に疑問を投げかける。彼が頂上から見たというウェスタン・クウムを、彼らは見なかったというのだ。

それに付け加えた彼らの言い分は、あんな困難な壁をたった一人で登るのは不可能だという言いがかりに近いものだった。

ウェスタン・クウムはエベレストとローツェのあいだにある広大な氷河の盆地で、エベレストのノーマルルートである南東稜ルートの第一キャンプ地となる重要ポイントだ。

トモは反論した。ローツェの頂上は過去何十人もの登山家が踏んでおり、そこからウェスタン・クウムが見えるのは登った人間なら誰でも知っている。また、一人で登るのが不可能と考えるのはソ連隊のやり方が時代錯誤(さくご)の非効率なもので、彼らがヨーロッパ流の最新のテクニックについて無知だからだと——。

そのときはトモ側に多くの味方がついた。彗星(すいせい)のように登場した天才クライマーを、世界の登山界は新時代のヒーローと見なしていた。そのヒーローを貶(おとし)めるような発言こそアンフェアだという意見が大勢を占めた。

ところがまもなく、新たな疑念が浮上した。フランスの著名な登山雑誌に彼の手記とインタビューが載ったとき、そこで使われた頂上からの写真が、別人が撮ったものだと判明したのだ。

トモはそれを編集部のミスだと主張した。しかし登頂の真偽を問う論争は熱を帯(お)びた。当初はアルピニズムの新時代を切り拓(ひら)いたパイオニアとしてトモを評価していたメスナーも、やがて疑念を呈(てい)する側に回る。トモはさまざまな反論を試みたが、それによってさらにいくつもの矛盾(むじゅん)が露呈した。

トモは自らの主張を撤回(てっかい)しなかったが、以後はヒマラヤに向かうことはなく、故郷のスロベニアで岩登り三昧の暮らしをするようになる。

「トモのあと誰もあの壁にソロで挑まなかったのは、彼の記録への疑いがあるからよ。もし登っても、それがソロによる初登攀かどうか、どうしても疑問がついて回る。いまだって、トモを信じる人もいれば信じない人もいるんだから」

リズの言うとおり、トモのあと単独でローツェ南壁に挑んだ者はいない。ソ連隊のあとは、二〇〇六年に日本山岳会東海支部の登山隊が冬季初登攀を達成したが、そのときは極度の疲労で登頂そのものは断念している。

「リズ、あなたはトモの登攀をどう見ていますか」

和志は問いかけた。トモ・チェセンは、和志にとってはいまもヒーローだった。

高校生のときに読んだトモの手記に大きな衝撃を受けた。日本で翻訳(ほんやく)出版されたその本には、別の筆者による客観的な立場からの疑惑の詳細も紹介されていた。それも併(あわ)せてなお和志はトモを信じた。手記に綴(つづ)られているトモの真情が、山に懸(か)ける和志の思いとあまりにも強く響き合った。

世間の常識とはかけ離れた、ソロによるビッグウォールの登攀が自分に最も適したスタイルだということが、トモにとっては自明だった。

もちろんそれに見合うだけの技術、体力、精神力があっての話だが、そのために彼は冬のアルプスで数え切れないほどの壁を登った。そしてそのための力量が自らにあると確信できたとき、躊躇なくその冒険に乗り出した。

和志は彼の本を繰り返し読み、それが不合理な考えではないことを確信した。ソロでビッグウォールを登ることは、必ずしもより多くのリスクに挑戦することを意味しない。むしろソロだからこそ可能なことは、決して少なくない。

先入観を取り払い、実際に経験してみればよくわかる。バルンツェ南西壁の成功にしてもそうだった。難しい決断を迫られた局面はいくつもあったが、一人なら答えはすぐに出る。パートナーの技量や性格が違えば迷いの種は尽きなくなる。

それ以上に、なにが起きても誰にも頼れない状況に自らを追い込むことがどれほど精神の集中力を高めてくれるか、和志は身をもって知っている。トモも繰り返し述べている。ソロで登ることを決意したからには、最後まで単独でいる覚悟が必要だと——。

「もちろんジャヌーのときもローツェのときも、私はトモにインタビューしてるわ」

「あなたの考えはどうでした」

「〈ヒマラヤン・データベース〉では、疑問ありという記述にしてあるの」

「やはり不審な点があったんですか」

憧れのクライマーについてのリズの評価が気になった。真面目な口振りでリズは切り出した。

「そのときはなに一つ疑わなかったの。ローツェの頂上がどうなっているか、そこになにがあるのか、そこからなにが見えるのか、私はよく知っていたから。ローツェにはノーマルルートからすでに何十人も登頂していたし、そのときの情報もきちんと取材していたから。その点でトモの言っていることに矛盾はないと思ったのよ」

「頂上からウェスタン・クウムが見えなかったというソ連隊の証言はどう考えますか」

「見えないはずがないわ。ウェスタン・クウムは何キロもある大きな盆地よ。それが見えなかったとしたら、彼らは頂上じゃない別の場所に登ったということよ」

「トモもそう反論していたようですね。ソ連隊にはインタビューしなかったんですか」

「もちろんしたわ。彼らは、ウェスタン・クウムが見えなかったなんて私には一言も言わなかった。それはそうよ。もし言ったら、彼らが登ったのがローツェの頂上じゃなかったと私に見破られるものね」

「トモの言っていることが正しいと確信したんですね」

和志は勢いを得て問いかけた。リズは頷いた。

「トモが登った翌月に、二人のアメリカ人クライマーがノーマルルートからローツェに登頂して、そのときも私はインタビューしているの。彼らは頂上で、誰かが捨てていったオレンジ色の古い酸素ボンベを見ているわ。トモもそれを見たと言っていた。そのほかにも頂上の状況について一致するところがいっぱいあったの。それを聞かせると、彼らもトモの登頂を確信したわ」

「でもけっきょく、疑わしいという結論に落ち着いたんですね」

「仕方がなかったのよ。トモ自身がそのあと疑惑を招くような釈明を繰り返したから。いくら私が確信したからといって、世の中の半分以上の人が疑いを持つ事態になれば話が違ってくるわ。私の主観だけで認めてしまえば、むしろ公正を欠くことになるから。でも彼が登っていないとは、私は断定してないわ。疑問符は付け加えたけど、記録としてはちゃんと残しているのよ」

「そうなんですか。それを聞けて僕は嬉しいです」

「あなたはトモのファンなのね」

「ええ。彼の存在を知ったのは高校生のときで、彼の書いた本を読んでとても影響を受けました」

「つまりあなたは、ローツェ南壁のソロによる第二登を狙っているということね」

「ええ。まったく同じルートを登りたいんです。頂上近くに彼が残してきたという三本のピトン（岩の割れ目に打ち込む楔形の器具。ハーケンともいう）を見つけたいんです。それが、彼が登頂したという事実の強い傍証になりますから」

「彼の名誉のために、あなたは自分の命を危険に晒すつもりなの？」

リズは大きく目を見張る。しかし和志にとって、それは自らのプライドのためでもある。

大学を中退した後、磯村が帰国しても和志はしばらくアメリカに残り、アラスカを中心に氷壁登攀に熱中した。そのほとんどがソロによるもので、ほぼ最難度のグレードのルートがいくつも含まれていたが、地元のクライマーはその記録を認めようとしなかった。

そんな困難なルートを、たった一人で、しかも名もない日本人が登れるわけがないと――。

彼らには彼らのプライドがあったのだろう。登っている最中に写真は撮れない。頂上で撮った写真を見せても、どうせノーマルルートから登ったのだろうと相手にしてくれないこともよくあった。ソロではもちろんそれ以上の証拠が出せるわけもない。

そのうちどんな達成も、自分の胸にだけ秘めておけばそれでいいと達観するようになっていた。記録のために登るのではない。登るという行為のなかに喜びがあるから登るのだ。その考えはいまも変わらない。しかし、トモ・チェセンのこととなると話は別だった。

「僕自身のためでもあります。ソロクライミングの可能性を彼ほど高めたクライマーはいません。それを否定することは、僕を含めたあらゆるソロクライマーの希望を否定することに繋がる気がするんです」

「ソロだけが真の登山のスタイルじゃないはずよ」

たしなめるようにリズは言う。和志にしても、ソロイストだけが真のクライマーだなどという気はない。しかしソロという領域が、登山という行為のある本質的な側面を端的に表現するものだという確信は常に抱いてきた。

人は誰でも生まれて、生きて、死ぬ。人生のスタートとゴールは孤独そのもので、その宿命から逃れられる者は一人もいない。

生きているあいだはそんなことは考えず、面白おかしく世間を渡る生き方もあるだろう。しかしソロ登攀は、そんな人間としての本質を垣間見させてくれる。

だからどうなんだと訊かれても、気の利いた答えは見つからない。哲学の勉強をしたわけではないし、そういうことを突き詰めて考えたこともない。

しかし、ソロで登るたびに思うのだ。絶えず死が伴走するような登攀のさなかでこそ、生の実感が湧き起こることを。その実感こそが、宇宙のただなかに自分という存在が生まれた意味なのだと——。そんな体験をさせてくれる行為を、ソロクライミング以外に和志は知らない。

「もちろんわかっています。そもそもソロで八〇〇〇メートル峰に登るなんてことは、メスナー以前には誰もやれなかった。でも、技術や装備の進歩がそれを可能にしました。商業公募隊に参加すれば、登山用品店で買ったばかりの値札のついたアイゼンやピッケルを持参した初心者でもエベレストに登れる時代です。本格的な登山の世界ではアルパインスタイルはごく普通のやり方です。でも、僕にとって登山はスポーツでも娯楽でもない」

「だったら、登山はあなたにとってなに？」

リズは小首を傾げて訊いてくる。かすかな気負いを覚えながら和志は答えた。

「冒険です。与えられた世界に安住するのではなく、努力と創造性とリスクに堪える精神力によって、人としてのフロンティアを広げる行為です」

いかにも大袈裟な物言いだが、あえて言葉にするとしたら、そんな言い方しか和志には思い浮かばない。そんな気持ちを人に理解してもらおうとも思わない。

そもそも人生そのものが、和志にとってはソロなのだ。しかしそれは、はぐれ狼のような生き方を意味するものではない。

登山のスタイルはソロでも、それを実践するためには多くの人の力が要る。自分がクライマーとしてここまで成長してこられたのは、最初の師である叔父や、新しい時代のクライミングテクニックを伝授してくれた磯村のおかげだった。

カトマンズ滞在中、なにかと便宜を図ってくれるラクパや、今回の磯村のように、自分たちのパーティーに快く相乗りさせてくれる親しいクライマーもいる。タメル地区に集まる世界のクライマーたちからは、ルートについての貴重な情報も得られる。もちろん和志も自分が持っている情報は惜しみなく彼らに与える。ヒマラヤに挑むクライマーたちと分け隔てなく付き合い、公正な審判員の役割を果たしてくれているリズもまたそんな一人だ。

　そういう意味で、自分がヒマラヤをベースにした大きなコミュニティの一員なのだという自覚が常にあり、だからこそ自分のソロクライミングは成り立っているのだとはわかっている。

　しかし、そんな居心地のいい世界に安住してしまえば、自分の成長はそこで終わる。きょうまでの実績だけでも、この世界では二流の名士として生きていけるだろう。しかし冒険家たるクライマーとしては、目標を失うことがいちばん怖いのだ。

　かのラインホルト・メスナーでさえ、エベレスト単独無酸素登頂のあと、目立つのはガッシャーブルムⅠ峰、Ⅱ峰の縦走くらいで、真に冒険と呼ぶに値する登攀はやっていない。世界初の八〇〇〇メートル峰十四座完全登頂も、大半は比較的無難なルートからだった。

　それでもメスナーは登山界の巨人としていまも君臨し、初期のメスナーにも劣らない果敢な挑戦を行なったトモは、疑惑の霧に包まれたまま、いまでは過去の人になってしまった。

和志はトモが進もうとしたルートをさらに先まで延ばしたい。そのためにはトモの業績にふたたび日の目を当ててやりたい。そこから和志自らの力で新たな道を切り拓きたい。トモに続く第二登なら名誉なことだ。むしろそうであってほしいと願っている。やりたいのは、彼が残置したという三本のピトンを見つけること。そしてローツェの頂上で、ウエスタン・クウムを背景に自らの写真を撮影すること。

傍からみればミーハー心理にさえ映るだろう。しかし、それをやれるのは自分しかいない。初登攀であるかどうかがいまもグレーであることが、クライマーたちにローツェ南壁への挑戦を躊躇させている大きな理由だと思うと、和志は堪らない気分になる。あの素晴らしい壁は、もっと多くの人々がソロで挑むべき対象なのだ。

「冒険――。素敵な言葉ね。でもそんな言葉をぬけぬけと口にできるクライマーに会ったのは、ずいぶん久しぶりよ」

リズは楽しそうに笑って訊いてくる。

「登るとしたらいつごろ?」

「たぶん来年のプレモンスーン。ひょっとしたらこの冬ということもあるかもしれません」

「この冬――。ずいぶん野心的じゃない。だったらトモに続く第二登だったとしても、ソロでの冬季初という記録は残せるわね」

「本当はそれを狙っているんですが、やれるかどうか、まだ自信がないんです」

半ば照れながらそう応じると、リズは真顔で身を乗り出した。

「あなたならやれるような気がするわ。リスクの大きいチャレンジだから、無責任にけしかけるわけにはいかないけど」

「まだ内緒にしておいてください。登るまえからあれこれ取り沙汰されるのは嫌ですから」

「もちろん黙ってるわよ。でも、トモにだけは知らせてあげたいんだけど。きっと喜ぶと思うから」

「トモと連絡がとれるんですか」

和志が驚いて問い返すと、当然だというようにリズは頷いた。

「私もあなたと同じような気持ちでいたのよ。だからローツェを登り直す気はないにしても、マカルーの西壁やナンガ・パルバットのルパール壁のようなビッグウォールをソロで登ってみせるのが実力の証明になると彼に言ったことがあるの」

「トモはどう答えたんですか」

「もう登山界の厄介ごとに巻き込まれるのは沢山で、いまは家族との生活がいちばん大事だと言って取り合ってくれなかった。でも、自分と同じ方向を目指すクライマーがいたら、できるだけ協力するから、そのときは連絡してほしいと言われているの」

天にも舞い上がる思いで和志は言った。

「ぜひお願いします。トモの支援が得られるとしたら、これほど心強いことはありません。ただ応援してもらえるだけでも勇気が湧いてきます」

第二章　スポンサーシップ

1

カトマンズに戻ってしばらく、和志はひたすら休養に努めていたが、一週間も経つころには高所の希薄な空気が恋しくなっていた。

磯村たちの一行もバルンツェ登頂を果たし、無事にカトマンズに帰ってきた。

宿泊先のホテルに出向いて客たちと歓談したあと、磯村からホテルのバーに誘われた。

「おまえにもそろそろスポンサーがついてもいいころじゃないか。じつはそういう話があるんだよ」

磯村が唐突に言う。世界には、大企業からのスポンサーシップを得て活動している第一線のクライマーもいる。とはいえ、そんな僥倖に恵まれるのはほんの一握りだ。

磯村は登山用品メーカーとアドバイザー契約をしているが、商業公募登山のオルガナイザーとしての仕事に忙殺されて自分のための登山活動がほとんどできていない現状をみれば、契約料だけでは生活を支えられるほどの収入にならないことはよくわかる。

「僕にはまだそれほどの商品価値はないよ。現にアドバイザー契約の話一つ来ていないんだから。それに、スポンサーがつけばなにかと制約も増えるしね」

「そこは相手次第（しだい）だろう。じつはある会社から相談されてるんだよ。世界のトップレベルを目指せる日本人クライマーがいたらぜひ紹介してほしいと」

「だったら磯村さんが立候補すればいい」

「そいつはきつい冗談（じょうだん）だ。もっと若いころにそんな話があったら、おれがおれがと手を挙（あ）げていたと思うけどね。人生というハイウェイは、いったん別の道にハンドルを切ったらもとには戻れない。オルガナイザーで飯を食うようになると、勝負勘がビジネスモードに替わっちまって、山との付き合い方そのものが昔とは違ってくる」

「どう違うの？」

「積極的にリスクをとろうという発想ができなくなる。戦闘機のパイロットと旅客機のパイロットの違いみたいなもんだろうな。敵を撃墜するための飛び方と、乗客を安全に運ぶための飛び方じゃ、まったくやり方が違ってくるんだ」

「べつに山を敵だとは思ってないけどね」

「喩（たと）え話だよ。敵機と戦っているとき、安全飛行ばかり心がけていたらあっという間に撃ち落とされる。機体が壊れるすれすれの飛び方をして、初めて敵を出し抜ける。しかし旅客機のパイロットがそんなことをやったら、大勢の乗客の命を失わせることになりかねない」

磯村には登山以外にプラモデルづくりの趣味があり、そのせいか飛行機に関する知識が豊富だ。小さいときから高いところが好きで、登山家にならなかったら飛行機のパイロットになっていただろうと冗談半分に言うのを聞いたことがある。

「そう言われると、僕が登山界の暴走族のように聞こえるけど」

「暴走族は人に迷惑をかけるのが生き甲斐なだけで、生きるか死ぬかのリスクなんかとらない。ほかのスポーツだってそうだよ。どんな過激な分野だって、よほど不測の事態が起きない限り、選手が死ぬことがないようにしっかりとルールをつくっている。死ぬかもしれないという前提があって、それでも挑む登山というジャンルは、そういう意味で間違いなくスポーツを超えている。敢（あ）えて言えば、それは冒険だ」

磯村はきっぱりと言い切る。登山家が一般のスポーツマンより偉いという気はないが、スポーツという括（くく）りから逸脱した部分にこそ登山の本質があるという意味でなら、その点については和志も同意する。

八〇〇〇メートル峰十四座全山登頂を達成したラインホルト・メスナーとイェジ・ククチカに対してIOC（国際オリンピック委員会）が特別メダルの授与を決めたとき、メスナーは登山はスポーツではないという理由で辞退した。その思いに共感できる程度には、和志も世界レベルの先鋭的クライミングを身をもって経験してきた。

「でも、僕より凄い記録を達成した日本人クライマーはいくらでもいるよ。僕自身は根っからの壁屋だから、十四座全山登頂なんてやれる自信はないし、七大陸最高峰にも興味はないからね」

気乗りのしない気分で和志は言った。山で金儲けをしたいと思ったことはない。大事なのはいつでも自分の意志で登ることができる自由で、スポンサーの意向でクライマーとしての志向を変えざるを得ないなら、それは本末転倒だ。

「そうは言っても、そろそろ大きな目標にチャレンジする時期だ。どこを狙うにしても、どうせソロでやるつもりだろうから、大規模な登山隊ほど金はかからないけど、それでも今回のように公募隊に相乗りする手は使えないぞ」

ラクパにしてもエリザベス・ホーリーにしてもそうだが、ここ最近、周囲から背中を押すような声が聞こえるようになった。いま温めている計画について自分から言った覚えはないのだが、ここまで積み上げてきた記録を、より大きな挑戦への小手調べに過ぎないとみているらしい点では共通する。

リズには上手く誘導されて胸のうちを明かしてしまったが、秘密は厳守すると約束してくれた。トモ・チェセンにだけは知らせると言っていたが、トモがいまさら迷惑な話だと思わないかと、あれから少し気にはなっている。

「いつもいつも甘えてはいられないからね。今年のオフシーズンは気合いを入れて働いて、少し資金を蓄えるつもりだよ」

やむなく言うと、磯村はここぞと身を乗り出す。

「やっぱりなにか考えてるんだな。そうだよ。いつまでも落ち穂拾いみたいなことをやってると、クライマーとしての成長がそのレベルで止まってしまう。こんな話を持ちかけているのは、おまえならもっと上が狙えると思うからだよ」

「どこでも好きなところを登っていいの?」

「条件は八〇〇〇メートルを超える壁で、なんでもいいから世界初を狙うこと」

「そうなると、ターゲットは一つしかない」

「ああ。純然たる初登攀なら、マカルーの西壁しかないな」

「だったらスポンサーの話は聞かなかったことにするよ」

「怖じ気づいたか。まあ、それも当然だけどな。おれもあの壁は何度も見ているが、自分があそこを登っている姿を想像できたことがない」

磯村は落胆したような口振りだ。そう言われれば、和志も口惜しい。

「怖じ気づいたわけじゃないよ。ただあの壁はもう少し先の目標にしたいんだ」

「だったらほかになにがある?」

「――ローツェの、南壁だよ」

　磯村が息を止め、目を見開く。

「本気なのか？」

「ああ、本気だよ。ソロで登りたい。その場合、初の字はつかないけどね」

「またどうして、あんないわくのある壁を？」

「トモ・チェセンに続く第二登は、僕がやることに決めたんだ――」

　和志はリズにも伝えたあの思いを語って聞かせた。呆れたように磯村は言った。

「昔からトモに入れ込んでいたのは知ってたけど、そこまでだとは思ってもみなかった。あそこはそのあとソ連隊も日本隊も登ったけど、だからといって壁が易しくなったわけじゃない。それに、苦労して登った結果がトモに続くソロ第二登というんじゃ、骨折り損のくたびれ儲けだろう」

「トモのローツェ南壁単独登攀は、僕にとって究極のクライミングなんだよ。それがこのまま疑惑の闇に埋もれてしまうのが堪えられない」

「おまえがまったく同じルートを登ったとしても、彼が残したという三本のピトンを見つけられなかったら、逆にあの初登攀が嘘だったと証明することにもなりかねないぞ。トモに対するリスペクトという意味だったら、むしろそっとしておくほうがいいんじゃないのか」

「今回のバルンツェでも間近から眺めたけど、あそこはマカルーの西壁にも負けない困難で素晴らしい壁だよ。そしてトモが登ったルートは極めて論理的だし、タクティクスも正解だった」

「おまえが登ってみせることで、それを証明したいというわけか」

「もしあの疑惑騒動がなかったら、マカルーの西壁も彼が登っていたと思うんだ。ローツェもマカルーも、最大の敵は雪崩と落石だよ。そのリスクを最小にするのが短期速攻と夜間登攀だ。いちばん危険な箇所を彼は夜間に突破している」

「バルンツェでは、おまえもそれを踏襲したんだったな」

感じるものがあるように磯村は言う。和志は頷いた。

「彼の書いた本を読んだだけで、登っているところを見たわけじゃないし、会って話したこともない。でもわかるんだよ。彼が考えたことや感じたことが、まるで自分自身の経験でもあるかのように」

「それなら冬季を狙ったらどうだ」

もちろんそれは和志も考えていた。それならトモの記録を証明し、なおかつ自らも冬季単独初登攀の記録を打ち立てられる。しかし、いまの自分にそれだけの力があるかどうか──。

「冬に登れると思う?」

和志は逆に問いかけた。磯村は言う。

「決して不可能じゃない。とくにトモが登ったくらいの短期速攻だったらな。冬だからっていつも山が荒れているわけじゃない。晴れて、穏やかな日もたまには訪れる。そのあいだに登って下りられれば、冬であることがハンデにはならない。逆にプレモンスーンでもポストモンスーンでも、荒れれば冬とそう変わりない」

「問題なのは、冬季は晴天率が低いことくらいだね」

「短期間の好天を捉えて登って下りるのは針の穴を通すような芸当かもしれないが、気象予測の精度が高ければ不可能というわけじゃない。あとは積雪量が多いから、雪崩のリスクが大きい点くらいだな」

「壁が南に面しているから、冬の季節風が山体に遮られる。その点でも、ほかの季節よりむしろ有利かもしれないね」

「要はスピードだよ。トモ以上に速く登れれば、勝機は十分あるだろう」

「僕にやれるだろうか」

「やれるやつはそうはいない。でも、おまえならやれる」

磯村は断言する。和志は不安を口にした。

「八〇〇〇メートルはまだ未経験だけど」

「誰だって最初はそうだ。トモだって初めて登った八〇〇〇メートル級がヤルン・カンで、それがそもそもヒマラヤへの初挑戦だった」

ヤルン・カンは世界第三位の高峰カンチェンジュンガの衛星峰の一つで、標高は八五〇五メートル。世界第四位のローツェよりわずかに低いだけだ。それまでのトモのキャリアといえば、故郷スロベニアの山やヨーロッパアルプスを登ったくらいだった。

しかしヤルン・カンのあとローツェ南壁に挑戦するまでのあいだに、彼はブロード・ピーク、K2、ローツェ・シャール、ジャヌーと四座の高峰を経験している。七七一〇メートルのジャヌー以外はすべて八〇〇〇メートル峰だ。

そんな考えを口にすると、磯村は躊躇(ためら)いもなく提案する。

「だったらそのまえに、もう少し易しいルートで八〇〇〇メートル級をやってみたらどうだ」

「バリエーションルートなら入山料はディスカウントがあるけど、ノーマルルートじゃ正規料金だ。とても僕には用意できない」

「だからスポンサーが必要なんだ。メスナーやククチカが十四座完登を達成したころは、まだ入山料が安かった。アルパインスタイルなら極地法と比べてトータルコストは低く抑えられるが、おまえのような貧乏クライマーにとってはそこが別の意味での壁になる」

ネパールなど現地政府にとって、入山料は貴重な収入源だ。それが最近高騰(こうとう)しているのは商売上の理由からだけではない。商業公募登山の隆盛で、エベレストだけでも年間何百人もの登山者が訪れるようになり、環境汚染を防ぐために入山料を上げて登山者数を抑制しようという考えもあるからだ。

しかし、エベレストに登れるなら金に糸目をつけないアマチュアクライマーはいくらでもいて、登山者数の抑制という面ではほとんど効果が上がっていない。プレモンスーンやポストモンスーンのアタック日和（びより）には、ルート上に何百メートルもの行列が出来、八〇〇〇メートルを超える高所で何時間もの渋滞が発生することもある。

「その壁を突破させてくれるわけ、そのスポンサーが？」

興味を覚えて和志は問いかけた。磯村は頷いた。

「先方としては、五年くらいのスパンで目的が達せられればいいと考えている。ただ、おれの考えじゃ、乗っている時期に一気呵成（かせい）に行ったほうがいい。トモはジャヌー北壁単独初登攀のまえに、いまおまえが言った三座の八〇〇〇メートル峰に一年以内で挑んでいる。ヤルン・カンを入れても二年足らずだ。メスナーだって、ナンガ・パルバット単独初登頂とエベレスト無酸素初登頂を同じ年にやってのけ、その二年後にエベレスト単独無酸素初登頂に成功している」

「短期間に集中して登るメリットはわかっているよ。ほとんど六〇〇〇メートル台だけど、一カ月に数本というペースで登っているから、僕も高所順応する必要をほとんど感じない」

磯村の言葉にそそられるように和志が応じると、どこか照れくさそうに磯村は続けた。

「じつは、おれもそろそろ自分のためのクライミングをやってみたいと思ってるんだよ。生活のための仕事も大切だが、このままじゃクライマーとしていちばん脂(あぶら)の乗った時期をみすみす捨てることになってしまう。おれや家族に飯を食わせてくれているお客さんには失礼な言い方かもしれないがね」

「ひょっとして、僕を誘っているの？」

和志は問いかけた。生真面目(きまじめ)な顔で磯村は頷いた。

「ああ。ローツェ・シャールはどうかと思ってな」

「あそこだって、登ったのはまだ十人に満たない難峰じゃない？　南壁の小手調べと言えるような簡単な山じゃないと思うけど」

「だからといって、エベレストは商業公募隊が押し寄せて、夏の富士山みたいな状況だ。ローツェにしたって、クラシックルートは第三キャンプまでエベレストと共通で、おれたちが登るにしては歯ごたえがない。カンチェンジュンガやアンナプルナという選択肢もあるが、せっかく登るんならローツェ南壁の偵察もできるシャールがいいと思うんだよ」

ローツェ・シャールはローツェの東に位置する衛星峰で、ローツェ東峰を意味する。標高は八三八三メートル。これを独立峰と見なし、同じくカンチェンジュンガの衛星峰であるヤルン・カンとともに現在十四座とされている八〇〇〇メートル峰に加えて、全十六座にすべきだという声もある。

　一九六五年に早稲田(わせだ)大学山岳部の登山隊が初挑戦したが、八〇〇〇メートルをわずかに越えたところで敗退。その五年後にオーストリア隊によって初登頂されている。それに続く登頂成功は数えるほどしかなく、八七年にトモ・チェセンが参加したユーゴスラビア隊にしても、八〇〇〇メートルを越えることなく敗退している。主峰以上に登頂が困難な山なのだ。

「僕と二人で？」

「不服か？」

「そんなことはないよ。それでルートは？」

「初登と同じ南東稜だ」

「それならやれなくはないと思うけど」

「なんだ。物足りないという顔だな」

「いや、ローツェのクラシックルートと比べたらはるかに難しい。単に頂上に立つだけでも、Ｋ２より手強いと言われているからね」

　和志の気持ちとしてはやや複雑だ。ローツェ・シャールの登頂者が少ない理由は、難度が高いからだけではない。せっかく苦労して登っても、ローツェの衛星峰という扱いで、世間が注目してくれないからだ。つまり、頂そのもののブランド価値が低いのだ。困難さが同程度なら、世界第二位のK2に登りたいと思うのが人情というものだろう。

どの山も自分にとっては可愛い子供だとリズは言っていたが、世間一般の評価というのも、クライマーのモチベーションに大きく影響するのは否めない。

「もし可能なら――」

にんまり笑って磯村は続けた。

「主峰まで縦走する」

その発想には和志も驚いた。そうなると、とても小手調べどころではない。ローツェ・シャールと主峰のあいだは距離一キロほど。シャールは二つの峰の最低鞍部から二〇〇メートルほど高いだけだが、そのルートはいまも未踏だ。

「本気で？」

「やれるかどうかはわからない。しかし、挑戦し甲斐のある目標がないと、モチベーションが湧いてこない」

「だとしたら、最低二人は必要だね」

アルパインスタイルで登るにしても、縦走となれば日数は増え、それに応じて荷物も多くなる。それを分担して背負う必要があるから、当然ソロには向かないルートだ。しかし和志は興味を隠せない。磯村は続ける。

「ただし、それ以上は要らない。やるとしたら、おまえとのパーティー以外は考えていない。おまえのほうは、そのあと南壁の冬季単独初登攀を狙う。その前哨（ぜんしょう）戦として、これ以上のプランはないだろう」

「ああ。それなら自分の能力の限界も見えてくる。歯が立たないようなら、ローツェ南壁を単独でなんておこがましい話になるよ」

「そう難しく考えなくていい。単に高所に慣れるだけなら、平地で低圧トレーニングをすれば同じことだ。チョー・オユーやシシャパンマのノーマルルートを登ったところで、おまえにとってはハイキングだ。八〇〇〇メートルの高所で悪戦苦闘してこそ、より大きな目標に向かうための資産になる」

磯村の考えが見えてきた。彼は和志が北米でアイスクライミングに熱中していたころ、一足先にヒマラヤにフィールドを広げ、国際的なパーティーに参加して、八〇〇〇メートル級の山に何度か登頂している。そこにはエベレストも含まれる。初登攀となる記録はないが、いずれも野心的なバリエーションルートからのものだった。

その経験を彼は和志に伝授しようと考えてくれているようだ。加えて、もし成功すれば、彼も世界初という栄冠を手にすることになる。

「ちょっと待ってくれ。ある人を紹介するから」

磯村は携帯を取り出してコールした。相手はすぐに出たようで、すでに打ち合わせが済んでいたかのように、二言三言喋（しゃべ）っただけで通話を終えた。

2

五分もしないうちにバーにやってきたのは、和志も顔馴染みの女性だった。

広川友梨——。今回の磯村の公募登山隊に参加した客の一人で、カトマンズからバルンツェのベースキャンプまでは一緒に行動した。

年齢は聞いていないが、話しぶりから和志より少し若いようで、性格は明るく、なにかと機転が利いて、パーティーではサブリーダー的な存在だった。

登山経験は比較的豊富なようで、ヒマラヤは初めてだが、何年かまえのサマーシーズンにはアラスカのデナリに登ったという。

もちろんノーマルルートだが、決して容易い山ではない。ガイド付きのツアーがいまは主流だが、それでも登頂成功率は五〇パーセント前後だと聞いたことがある。

和志はアメリカにいたときバリエーションルートをいくつか登っていて、ほかにも数名デナリの経験者がいたため、ベースキャンプではその話題で花が咲いたことがある。

行動中はすっぴんに日焼け止めクリームを塗りたくり、ボサボサ頭にバンダナを巻いた野生児そのものの印象だったが、先ほどホテルのラウンジで会ったときは、濃すぎない程度の化粧をしていた。黒目がちの瞳とすっきりした鼻筋が強調されて、思いのほか美形なのに驚いた。

「改めて紹介するよ。彼女はノースリッジ社のマーケティング室長でね。今回のツアー参加は、ご本人の趣味ということもあるが、じつは仕事の一環でもあって、海外での自社製品のブランドイメージをどう高めるかという、いわば市場調査も兼ねての参加だったんだよ」

　ノースリッジは近年日本国内で急速にシェアを伸ばしている日本の登山用品メーカーで、磯村はそことアドバイザー契約を結んでいると聞いていた。アックスやアイゼンから靴、テント、ザックと扱い品目は広範で、リーズナブルな価格で品質が高いという評判だ。

　和志はヨーロッパのメーカーの製品に昔から気に入っているものがあり、これまであまり縁がなかったが、今回のツアー参加者には、ノースリッジ製品を使っている客が何人もいた。

　もちろんアドバイザーである磯村は上から下までノースリッジ製品で固めていて、欧米の製品と比べて品質面で遜色はないと太鼓判を押している。

「そうなんですか。失礼しました。ツアー中、彼はそんなことを教えてくれなかったんで」

　つい改まった調子で応じると、友梨は慌てたように首を振る。

「そんな堅苦しいことは言わないで、ツアー中みたいに気楽に付き合ってください」

「ノースリッジのマーケティング室長というと、僕のような風来坊とは格が違うから」

「そんなことないんですよ。うちの会社は平均年齢がすごく若くて、私くらいでもう古参です。マーケティング室というのは社長の直属で、部下は二人しかいない小さな部署なんです。ツアーの関係者には黙っていてほしいと磯村さんにお願いしたのは私です」

「そうなんだよ。それを言ったら、みんな気を遣ってノースリッジの製品を持ち上げるから、それじゃ正しい調査にならないんでね」

磯村が付け加える。そういう事情だとしたら、ここでの友梨の登場は先ほどの磯村の話と結びつく。

「ひょっとしてスポンサーがどうこうという話は？」

「私のほうからお願いしたんです。ノースリッジを世界に通用するブランドに育て上げたいというのが社長の夢なんです。いまのところ日本国内では大きなシェアを占めていますが、海外での知名度が不足しています。そこで、これから世界のトップに立てる日本人クライマーを発掘して支援していきたい。それによってうちの会社のブランドイメージも高めていきたい。そういう考えが社長にはあるんです」

「それなら欧米には、僕なんか足下にも及ばないような優れたクライマーがいくらでもいる。日本にだって、世界レベルの記録を打ち立てたクライマーは大勢いるよ。まずそういう人たちに声をかけるのが順序だと思うんだけど」

率直な思いで和志は言った。彼らと比べれば知名度の点ではまさに論外で、社長の期待に添える自信はまったくない。

「だから奈良原さんが適任なんです。失礼な言い方かもしれませんけど、すでに有名な人じゃ意味がないんです。カトマンズから一週間近く行動を共にして、私にはひらめくものがあったんです」

「ひらめくものというと？」

「社長がいつも言っているのは、ノースリッジは常に未完成で、だからこそ成長の可能性を秘めている。いつまでもそういう会社でいるのが自分の理想だと。いま構想しているスポンサーシップにも、そんな思いが反映されています。支援するクライマーと一緒に、私たちも成長していきたいんです」

「僕たちがやっていることに、日本のメディアはほとんど関心がないよ。それなら芸能人や芸能人まがいのクライマーのエベレスト挑戦のほうが話題性があると思うけど」

つい皮肉っぽい言葉が口を衝いたが、友梨はきっぱりと言い切った。

「私たちはそういうことにはまったく関心がないんです。なぜなら、目指すのは世界ですから。ノースリッジは、国際的に見ればまだまだローカルブランドに過ぎません。でも、製品には自信があるんです。世界で通用するものだという自信が。和志さんも――。あ、ごめんなさい。ツアー中はずっとそうお呼びしていたものですから」

「和志でけっこうです」

「ありがとう。だったら私のほうもツアー中と同様、友梨と呼んでください。和志さんも本物の実力があって、これから世界に羽ばたこうとしている。私たちはクライマーとしての和志さんを、世界に通用するブランドに育て上げたいと考えているんです」

「買いかぶりじゃないかな。僕はただ、岩や氷を登るのが好きで、そのうえ人からあれこれ指図されるのが嫌いな変人で、本当に気の合うパートナーがいるとき以外はすべてソロで登っている。せっかくスポンサーになってもらっても、そちらの注文に応えられるとは思えない」

「こちらから注文することなんてありません。和志さんがやりたいことをサポートさせてもらう。望むのはそれだけです」

「さっき彼は、五年以内に成果を出すことを期待されているような話をしていたけど」

言いながら視線を向けると、磯村は慌てて取り繕う。

「おれの期待を言っただけで、彼女からそう言われたわけじゃない。ただ、どんな目標でも、期限を切らなきゃただのお題目になっちまう。それはお互いにとっていいことじゃないだろう」

「目標って、具体的になにかあるんですか」

　友梨が身を乗り出す。和志が口を開くより先に、磯村はさきほどのローツェ南壁とその前哨戦のローツェ・シャールの話を語り出した。その話を聞き終えて、感じ入ったような表情で友梨は言った。

「素晴らしいじゃないですか。大向こうに受けそうな難ルートを目指すだけならどこにでもありそうな話ですけど、和志さんの目標にはドラマがあります。トモ・チェセンが単独初登攀に成功したことを証明し、和志さん自身は冬季単独初登攀の記録を打ち立てる──。もうそれだけで心が躍ります。あ、注文することなんかないって言いながら、ちゃっかり注文しちゃいましたね」

　友梨は屈託なく笑う。磯村が口を挟む。

「ローツェ・シャールのプランも悪くないだろう」

「ええ。そっちも野心的ですね。あんな有名な山にまだ未踏のルートがあるなんて、思ってもみませんでした」

「世間一般では、ローツェはエベレストのすぐ隣にある山という理由で名を知られているだけだけどね。ある意味、それで損をしている。もしエベレストから何十キロも離れていたら、世界屈指の難峰の一つとして世に知られていたはずだよ」

「そんなに難しいんですか」

「エベレストよりずっと難しい。アンナプルナやK2、ナンガ・パルバットといった死亡率が二桁の難峰と比べて死者が少ないのは、単に挑戦する人が少ないからでね」

「挑戦し甲斐のある山なんですね」

「サウスコルからローツェ主峰に続く北稜ルートはごく最近初登攀されたばかりだし、東稜と西稜はいまだに未踏のままだ。おれたちが狙っているローツェ・シャールから主峰までのルートは、その東稜の一部なんだよ」

「そこを踏破すれば、磯村さんも一躍脚光を浴びますね」

「そりゃそうさ。和志一人に注目が集まるのは口惜しいから、おれもあなたたちのスポンサーシップに便乗させてもらおうと思ってね」

冗談めかして磯村は言うが、どうしても本音を吐露しているように聞こえる。鷹揚な調子で友梨は応じた。

「どんどん便乗してください。スポンサーとクライマーが一体となれば、最高のプロジェクトにできると思います」

「そうやって先走って決めないでほしいな。申し訳ないんだけど、その話、あまり気乗りがしないんです」

勝手に盛り上がる二人に、水を差すように和志は言った。意外だというように友梨が視線を向けてくる。

「どうして？　私、なにかまずいことを言いましたか？」

「そんなことはないよ。身に余る光栄だと思っている。あくまでクライマーとしてのモチベーションの問題なんです」

「和志さんのやり方に、口出しする気はありませんけど」

「それはよくわかっているし、最後はけっきょく山次第で、僕がああ登ろうこう登ろうといくら考えたって、山がなかなかそうはさせてくれない」

「だったらどこが問題なの？」

友梨は怪訝(けげん)そうに問いかける。磯村はやはり言い出したかと言いたげに、苦い表情でウイスキーを呷(あお)る。

「僕にとってソロは人生そのものなんだ。生活することや登るための資金まで含めて、ぜんぶ自分で稼いできた。そういうことの延長線上に、僕のソロクライミングはある。そこを人の力に頼っちゃうと、ラストステージでの集中力がそがれてしまうような気がするんだよ」

心外だというように磯村が割って入る。

「そんなことを言ったって、なんでもかんでも自分一人でやってるわけじゃないだろう。今回のバルンツェにしたって、及ばずながらおれだって力になっている」

「そのとおりだよ。一人の人間にできることなんて限られている。磯村さんを含め、いろんな人の力を借りて僕のクライミングは成り立っている。でも、それとビジネスベースの話は違うんだ。いままで自分の足で歩いてきたのに、突然新幹線に乗ることになったら、どうしても気持ちは緩んでしまう。それに僕自身は、世界に名前を売ろうなんて考えたこともない」

「だったら、どうして記録にこだわるんだ」

「自分がなにを成し遂げたのか、それを知る目安が記録なんだ。それは自らに誇れることではあっても、世間から賞賛されたいと思ってのことじゃない」

「違う考え方だってあるだろう。この話をチャンスと見なすべきだ。おまえ自身の限界を飛躍的に広げることができる。山小屋の歩荷やビルの窓掃除は登山の一部じゃない」

「僕にとっては、クライマーとしての人生そのものがアルパインスタイルなんだよ。金銭的な側面も含めて、ぜんぶ自力でやり遂げたい。その結果いろいろ制約されることがあるにしても、それを含めて僕自身の実力と考えたいんだ」

「そんなの、おれには屁理屈にしか聞こえない。これまで小さな世界に引きこもって、ちまちました登山ばかりをやってきた。そこに安住しているほうが気が楽だというのが本音なんじゃないのか。しかし、登山という分野に限ったって、世界はおまえが思っているよりずっと広い。勇気を持ってそこに躍り出るのが本当の冒険というものだろう。企業のスポンサーシップを受けるのがずるいと言うんなら、過去のヒマラヤ登山の大半は記録を抹消されなきゃいけない」

「僕が逃げていると言いたいわけ？」

「世界には登山とビジネスを両立させているクライマーがいくらでもいる。そうじゃなくても、スポンサーに支えられて、生活の心配もなく登山活動に専念しているトップクライマーは少なくない。ノースリッジがおまえのためにやってくれるのはそういうことだ。ある程度はビジネスベースの話も出てくるだろうが、それが負担だというなら、歩荷やビルの窓掃除のアルバイトはそれ以上の負担じゃないのか」

磯村は言い募る。これまでこんなふうにやり合ったことはない。ここ何年か磯村がオルガナイザーの仕事にかまけて本格的な登山から離れていたことについて、和志が批判したようなこともない。お互いの生き方について、よく言えば不干渉、悪く言えば無頓着（むとんちゃく）という付き合い方できょうまでやってきた。

磯村にしても、あるいはいまの状況に満足していないのかもしれない。さっきは冗談めかして便乗という言葉を使ったが、それは本音なのかもしれないとまた思う。

しかし思いもかけず熱のこもった磯村の言葉が、真実を言い当てているような気もしてくる。山と関係した人間としか付き合わないことで、世の中に対する視野が著（いちじる）しく狭くなっている。そのせいで、より大きな目標に挑戦するチャンスを逃してきたのもまたたしかだろう。

トモ・チェセンがヤルン・カンに登ったのは二十五歳のときだった。ラインホルト・メスナーも、最初の八〇〇〇メートル峰のナンガ・パルバットには同じく二十五歳で登っている。和志はいま二十九歳。当時の彼らと比べれば決して若くはない。

だからといって、クライマーとしての自分の人生は最後まで自分の足で歩きたい。誰かが敷いたレールの上を走るとしたら、それが本当の自分だと言えるのか。

「とてもありがたい話だし、僕程度のクライマーをそこまで高く買ってくれるのは身に余る光栄だよ。でもそれに甘えることで、逆に失うものもあるような気がしてね」

「なにを失うというの。私たちはあなたからなにかを奪い取ろうとしているわけじゃないのよ。あなたにはあなたであり続けてほしいから、そのために手伝えることがあればなんでもさせてほしいと思っているの」

友梨は切々と訴える。筋の通らないことを言っているのが自分だということは、和志もよくわかっている。だからといって、ではよろしく、とは応じられない。そのこだわりを自分でも上手く説明できないのがもどかしい。

「もう少し考えさせてもらえませんか。そちらだって、社長の承認を得なきゃ決められないんじゃないのかな」

「じつは、社長からはもう承認をもらっています。バルンツェ南西壁初登攀の話、磯村さんから聞いたこれまでのあなたのキャリア、そしてツアー中にお付き合いした私の印象——。電話でそれを報告したら社長も大乗り気で、いますぐ話を決めてくれとのことでした」

友梨は臆する様子もない。社長との信頼関係によほど自信があるようだ。

「社長とはおれも何度か話したことがあるよ。とにかく決断の早い人だ。おまえは世間に疎いからたぶん知らないと思うが――」

磯村がまた口を挟む。

ノースリッジ社長の山際功は、一九八〇年代にヨーロッパアルプスで大活躍した岩登りのエキスパートだった。シャモニー針峰群やドロミテにいくつもの新ルートを拓いて日本を代表する国際的クライマーの一人として脚光を浴びたが、八九年にドロミテのマルモラーダ南壁で転落して脊椎を傷め、登山を続けられなくなった。いよいよヒマラヤに軸足を移そうとしていた矢先のことだった。

その無念の思いから一念発起して、登山用品店の経営に乗り出し、やがて自社開発商品の製造販売にも進出した。低価格と高品質をモットーに国内でのシェアを着実に伸ばしてきたが、かつてクライマーとしてヒマラヤに夢を馳せたのと同様に、いまはノースリッジを企業として世界に飛躍させることを人生の目標にしているという。

世間に疎いという磯村の指摘に反論の余地はなく、ノースリッジというメーカーの名前はもちろんよく知っていたし、山際功という伝説的なクライマーの名前も知っていた。しかし、その二つが和志の頭のなかでは結びついていなかった。

「むしろ私のほうからお願いしたいんです。社長の夢を叶えさせてください。そのためにいちばん力になれるのが、和志さんなんです」

友梨も真剣な表情で身を乗り出す。そこまで言われると、和志も気持ちが揺れてくる。

「来月には日本へ帰るので、そのときもう一度、話をさせてもらえますか。いますぐにと言われても、簡単には答えが出せないので」

そう応じると、友梨は期待を覗かせた。

「考えてもらえるんですね。だったらそのとき、ぜひ社長と会ってください。いい報告ができて、私も一安心です」

そこまでいけばもう決まりだと言いたげな口振りだ。さらに一押しするように磯村が言う。

「本気で考えてくれよな。答えを出すのはなるべく早いほうがいい。ローツェ・シャールは、できれば今年のポストモンスーンを狙いたいから」

「難しいんじゃないかな。積雪量が多いし、これから準備するにしても、スケジュール的にタイトだから」

難色を示しても磯村は動じない。

「南東稜からのルートなら、雪崩のリスクは少ない。登山申請はこれからやれば十分間に合う。もしおまえがローツェ南壁を冬に狙う気なら、シャールでの高所順応が生きている状態でそのまま突っ込める」

「そんなに急がなくても、山は逃げないよ」

「山は逃げなくても記録は逃げていく。ローツェ南壁を狙う物好きがおまえ一人だとは限らない。それに、おれはもっと先を期待しているんだよ。例えばマカルーの西壁だ」

「やれると思ってるの？」

「ああ。おれが見るに、いまおまえはいちばん脂が乗っている。どんなクライマーでも、そんな時期は意外に短いものなんだ。ククチカなんか、多いときで八〇〇〇メートル峰を年に三本、それもほとんど新ルートか冬季初でやっている。大事なのはタイミングを逃さないことだよ」

煽り立てるように磯村は言った。

3

磯村たちは翌日、日本へ帰っていった。

モンスーンの到来までまだ一カ月ほどあり、和志としてはもう何本か歯ごたえのある壁を登ってみたかった。

それから数日、バルンツェのときと同様に相乗りできる公募隊がないかとあちこち話を聞いてみたが、これといってめぼしい情報はなかった。

できれば高所に慣れる意味もあり、七〇〇〇メートルを超える山が希望だったが、商業公募隊にとってはそのあたりがいちばん商売になりにくく、それより低くて低料金で登れる山か、あるいは多少高くついても八〇〇〇メートルを超える山が売れ筋なのだ。

それならトレッキングピークと呼ばれる、パーミッションの取得が簡単で入山料の安い六〇〇〇メートル台の山を目指すしかない。高所トレーニングの効果は限られるが、今回登ったバルンツェのように、ノーマルルートとは別に、高度な技術を要求されるルートを持つ山がいくつもある。これまで和志がヒマラヤで達成してきた記録の多くが、そうしたルートでのものなのだ。

それぞれの山の標高は低いが、標高差八〇〇メートル前後の壁はいくらでもあり、それを四つか五つ連続して登れば、ローツェ南壁の標高差三三〇〇メートルにほぼ匹敵する。

ローツェ南壁にしても、磯村と登ることになりそうなローツェ・シャールにしてもそうだが、登攀技術はもちろんのこと、より要求されるのは持久力だ。

一日二十時間近く行動し、下山時を含めそれが四日から五日は続く。これまで登ってきたのは、ほとんどが一日ないし二日で登れる壁だった。八〇〇〇メートルの高所という問題だけではなく、未経験という意味ではそうした長丁場での持久力も同様なのだ。

その意味で、磯村が提案したローツェ・シャールから主峰への縦走というアイデアは正しい。アルパインスタイルと言っても一週間はみないと難しいルートで、自分にどれだけ持久力があるか、格好のテストにはなるだろう。

ただし、テストと言っても気楽には取りかかれない。ローツェ・シャールの頂上に達したとしても、そこから主峰に向かって縦走を開始するかどうかの判断は極めてシビアだ。

主峰とのあいだは鋸歯のような痩せ尾根で、全体としての標高差はさほどではないが、細かいアップダウンが極めて多い。引き返すのは難しく、途中からエスケープするルートも考えにくい。

メスナーが縦走したガッシャーブルムⅠ峰とⅡ峰と比べれば距離は五分の一ほどだが、どの部分も八〇〇〇メートルを超えており、無酸素で挑める限界とも言えそうだ。エベレストの無酸素登頂がごく当たり前の時代とはいえ、そこで数日間行動するのは容易い芸当ではない。

かといって酸素ボンベを担ぎ上げれば、アルパインスタイルの軽量速攻の意味が失われ、そもそもシャールまでの登攀さえ覚束ない。ローツェ南壁ソロ登攀の前哨戦と言うにはハードルが高すぎて、和志がむしろ足を引っ張るのではないかという気さえする。

しかし、磯村としてはよほど心に期するものがあるのだろう。高所経験は和志よりずっと豊富で、八〇〇〇メートルに順応するノウハウを彼は持っている。和志の高所能力の限界を引き上げるには最高のルートだし、彼自身にしても、これまでのキャリアとは一線を画す野心的なプランだ。それに自分がついていけないようなら、南壁のソロなど最初から諦めたほうがいい。

友梨から申し入れがあったノースリッジのスポンサーシップの件については、いまも思いが定まらない。磯村が望んでいるように、ローツェ・シャールとローツェ南壁に短期間のうちに挑戦するとしたら、そのための資金を工面するために、長期のアルバイトをせざるを得ない。

一方で、それだけ大きな登攀に取り組むためには、体力面でのトレーニングやルートの研究も含め、相当の準備が必要だ。果たしてそれを両立できるのか。

大学も卒業せず就職もせず、ヒマラヤで風来坊生活をしている自分を両親は黙ってみてくれてはいるが、期待を裏切ったのは事実で、内心喜んでいるはずもない。いまさら金銭的な支援を求めるなど到底できる立場ではない。

だったらスポンサーシップの話を受けるべきか。あのあと友梨は、もし承諾してもらえたなら、とりあえずは向こう五年間、安定した登山活動が続けられるように経済的な支援をすると請け合った。その方式については、ノースリッジの社員になって給料として受けとるのが、税金や社会保険の面を考えていちばん有利だろうという。

社員になったからといってノースリッジの業務に携わる必要は一切なく、個別の登攀活動に対しては別途必要資金を援助する。その資金にはパートナーの分も含まれ、いま考えているローツェ・シャールの計画に関しては、当然、磯村の参加費用も含まれる。

それを当て込んで今回の話を取り持ったわけではないだろうが、彼も生活を抱えている。本来ならポストモンスーン期はプレモンスーン期と並ぶ稼ぎどきだ。その時期を遠征に費やすのは経済的に痛手のはずで、自分の我が儘で余計な負担をさせるのはやはり心苦しい。

だからといって気が進まないのはいかんともしがたい。いくら自分の意志で自由に登っていいと言われても、金銭を受けとって、となればなんらかの責務は背負わざるを得ない。これまではいつもダメ元の気分で登ってきたが、今後はすべてにプレッシャーがかかってくる。

それ以上に、山の世界しか知らない自分は、企業社会にせよ世間一般にせよ、ビジネスベースで人と付き合うことに、著しく適応性が欠けていることを自覚している。

要するに、損得で物事を判断することが苦手なのだ。今回のスポンサーシップのことでも、損得の基準でみれば明らかに得なのは頭ではわかる。しかし、心がどうしてもついていかない。山に登ることに関しては十分緻密な計算ができるのに、相手が人となるとだめなのだ。

けっきょく断ることになるだろう。気持ちが乗らないままに引き受けたとしたら、これまでのように強いモチベーションを保てないのはわかり切っている。

ローツェ・シャールのプランには、和志も興味をそそられている。しかし、磯村の提案がノースリッジのスポンサーシップを前提にしてのものなら、実現の可能性は低いだろう。それなら一発勝負でローツェ南壁を目指すしかない。

メスナーもトモも、最初の八〇〇〇メートル峰に挑むまではヒマラヤに足を踏み入れたことはない。その意味では、和志のほうが高所経験は豊富なのだ。

やってやれないことはない。そのための費用は必死に働いて稼げばいい。それで一、二シーズン遅れるならやむを得ない。誰かに先を越される可能性はもちろんあるが、そのときは運だと割り切るしかないだろう。しかし、磯村や友梨の期待を裏切るのはやはり気が重い。

4

そんな煮え切らない思いに悶々（もんもん）としているのを見透（みす）かされてでもいたように、東京に帰った友梨から念押しの電話が入った。

「結論を急がせようというんじゃないんです。ただこのあいだのことを報告したら、社長がますます乗り気になって、ぜひ一度こちらで会って、じかに話をしてみたいというの。美味（うま）い話にほいほい乗るような男だったら、かえって信用がおけないって。登山家も起業家も、最後はどこまで自分に忠実でいられるかで、楽をしようと思えば魂を売ることになる。自分と心中するくらいの覚悟がなかったら、なにをやってもだめだって」

「自分と心中するか。凄い言葉だね」

「感心されても困るのよ。あなたもそういうタイプの人だって、社長は決めつけちゃったわけだから」

ホテルのバーでは多少は敬語を使っていたが、いまはツアー中の調子に戻り、友達のような調子で語りかけてくる。そのせいで和志も肩から力が抜ける。そうやって間合いを詰めてくるあたり、友梨も侮りがたいネゴシエーターかもしれない。

「もともと不器用な人間なんだ。自分と心中するというより、いつも自分に躓いてばかりだよ」

「自覚があるって大したものよ。とにかく社長はあなたが気に入ったようなの。あの話を受けるかどうかは別として、とにかく会って話をしてみたいと言うのよ。いつ日本へ帰るの？」

「早くて二、三週間後かな。登ってみたいルートがあと何本かあるから」

「そうなんだ。でも、かならず帰ってくるんでしょ？」

「もちろん。そのころはモンスーンに入るし、資金も枯渇するから、日本で一稼ぎしないとね」

「私たちの提案を受けてくれれば、あくせくせずにもっと山に専念できるのにね。ネパールがモンスーンのときは、カラコルムがベストシーズンだって言ってたじゃない。それなら日本に帰る必要もないし」

ツアー中、そんな話をしたことがあった。春にネパールヒマラヤを登り、モンスーン期の夏はパキスタンに移動してカラコルムの山を登り、秋になったらまたネパールに戻ってくる。冬のあいだは南半球のパタゴニアの山を登れば、一年じゅうベストシーズンの登山ができる——。

「たしかに夢みたいな生活だね。でも不器用な自分は変えられないから。変えたら自分じゃなくなっちゃう」

「社長の見立てどおりの石頭ね。会えばきっと意気投合するわよ」

明るい調子で友梨は言う。この勢いで搦めとられそうな気がして不安だが、一方でその社長に会ってみたいような気にもなってくる。

「僕も楽しみにしているよ」

「じゃあ、スポンサーの件、受けてくれるの？」

「それはまた別だよ。山際社長は尊敬すべき大先輩だから、いろいろためになる話を聞かせてもらえると思ってね」

「社長は社長で、あなたのこれまでの実績を全部調べ上げたようなの。驚いていたわよ。

自分の時代だったらスーパーヒーローになっていたはずだって」

「当時と比べて装備が格段に進歩したからね。それに伴って、そのころはできなかったことが割合簡単にやれるようになった。そのおかげでもあるんだよ」

「だったらあなたにもこれからうちの製品を使ってもらって、さらに改良していけるじゃない。それは登山界全体にとってもいいことだと思わない？」

友梨は微妙なところを突いてくる。たしかにこれまでのキャリアはソロを主体にしてきたが、磯村を始め大勢のクライマーから沢山のことを教えられ、トモやメスナーのような先人の偉業への憧れを牽引力にここまで自分を引き上げてきた。

人間の限界を、そのフロンティアを広げることが先鋭的なアルピニズムの存在理由だとするなら、装備の改良に積極的に協力することもまたクライマーの使命と言える。そんな人々の力によって、安全で効率的で、ときに不可能を可能にするような優れた製品が供給され、自分もその恩恵に与っている。

「どんなお付き合いになるかまだわからないけど、そういう協力関係を持つのはいいことだね」

「楽しみね、そういう話題になると社長は話が止まらないから。じゃあ、二、三週間後にまた連絡します。怪我をしないように気をつけて登ってね」

「本番前のトレーニングで怪我をしたんじゃ元も子もないからね。大丈夫。そんなに難しいルートを登るわけじゃないから」

うっかり口にしたその言葉を、山際に対する皮肉と受けとられないかと内心冷や冷やしたが、友梨は気にするふうもなく、社長を待ちくたびれさせないようにと念押しして通話を終えた。

心の奥に温かいものが残っていた。友梨であれ山際であれ、自分を大切に思ってくれている人々がいる。だからこそ迷いはまた深くなる。

誰かのために山に登るという意識を、これまで一度も持ったことがない。そんな責任感から無縁でいられたからこそ、失敗を惧(おそ)れずチャレンジできた。

無用なプレッシャーを与えるようなことを、彼らは言ってはこないだろう。しかし、勝手に自分が責任を背負い込むようになるのは間違いない。たとえ相手にその気がなくても、重圧を感じてしまうことになるだろう。

パートナーがいる登攀の場合、自分のミスで相手に迷惑をかけたくないという意識が絶えずつきまとう。それはクライマーとしての能力を萎縮(いしゅく)させる。ソロで登っている限り、それはない。むろん一般論ではなく、あくまで自分はそういう人間だという意味だ。

スポンサーもまた同じ意味でのパートナーで、要するに自分にはそういう対人的、対社会的な相互依存関係への免疫力(めんえきりょく)が弱いのだ。これまでの登山経験のなかで、そんなプレッシャーを感じずに済む気の置けないパートナーは、磯村を含む数名だけだった。

そのとき、また携帯が鳴り出した。こんどは磯村からかとディスプレイを覗くと、知らない番号が表示されている。

怪訝な思いで応じると、どこか訛りのある英語で喋る男の声が流れてきた。

「カズだね。私はトモ・チェセンだ」

「――本当に？」

思わず問い返した。相手は笑った。

「偽者だと思ってるのかい。たしかに世間からは嘘つき呼ばわりされてるけど、間違いなく本物だよ」

「まさか、本人から電話をもらえるなんて思ってもいなかったので」

「リズからメールをもらったんだよ。突然電話じゃ迷惑かと思ったんだが、なんだかじかに声を聞きたくなってね」

頬をつねりたい気分で和志は応じた。

「迷惑なんてとんでもない。嬉しくて、天にも昇る思いです」

「それならよかった。ローツェの南壁を登るんだって？　それも私と同じルートから」

「ええ。あなたが本当にあの壁を登ったことを証明したいんです」

「あのあと、同じルートを誰も登ってくれない。私が残した三本のピトンを発見するのが嫌だとでもいうようにね」

「あなたは、もう一度登ろうとは思わなかったんですか」

「そんなことをすれば、最初の登頂が嘘だったからだと世間は見るに決まっている。それに、そういうごたごたにはもううんざりしたんだよ。だからあれ以来、ヒマラヤには一歩も足を踏み入れていない。いまは地元のスロベニアでフリークライミングのコーチやルートセッターをしながら、家族と平和に暮らしているよ」

さばさばした口調でトモは言う。不安を覚えて問いかけた。

「僕がやろうとしていることも、余計なお世話だとお思いですか」

「いやいや、それはまったく逆だよ。誰かが登ってくれるのを待っていたんだ。三本のピトンを発見し、さらにあの壁をソロで登ることが決して不可能ではないことを証明してくれるのをね」

「僕はあなたの本を読みました。そこに書かれていたあらゆる言葉が僕の心を揺さぶりました。あなたに突きつけられた疑惑の経緯についても、その本では詳しく紹介されていました。でも、僕の考えはまったく揺るがなかったんです。あなたは間違いなくあの壁を登ったと、そのときも、そしていまも確信しています」

「しかし私が本当に登ったと証明すれば、君の登攀はソロによる第一登ではなく、第二登にしかならない」

「それを嫌って、誰もあのルートにソロで挑まないんだと思います」

「それでも君は登ると言うんだね」

「現代の登山に革命を起こした世界最高のクライミングを、このまま闇に埋もれさせたくないからです。それは世界のすべてのクライマーにとって大きな損失です」

初めて肉声に接する心のなかのヒーローに、和志は思いの丈（たけ）を伝えた。いかにも嬉しそうにトモは応じた。

「そんな若者が出てくるのを私は待っていたんだよ。あの登攀がそれほど凄いものだとは、私自身は思っていない。しかし、登山界の大半は勝手に不可能だと決めつけた。それが自分たちの可能性に箍（たが）をはめることでしかないことを知りながらね」

「僕にやれると思いますか」

和志はおずおずと訊いてみた。明快な口調でトモは言う。

「十分やれるよ。これまでの君の実績はリズから聞いている。大きな山じゃないが、どれも難しいバリエーションルートだ。ヒマラヤに出かけるまえ、私がトレーニングを積んだのはアルプスや故郷スロベニアの山だった。君の場合はそれをヒマラヤでやっている。それだけで、当時の私より先んじている」

「それを聞いて安心しました。もし可能なら、冬季を狙おうかとも思っているんです」

一笑に付されるかと思ったが、真面目な調子でトモは答える。

「いいアイデアだ。私のルートをトレースするだけじゃ面白くない。そこに新しい要素を付け加えてくれるのは大歓迎だ。私が思うに、南壁は冬の北東風が山体によって遮られるから、条件として必ずしも不利じゃない。雪崩は夜間に登れば避けられる。最近初登攀したバルンツェ南西壁でも、君はそのタクティクスをとったそうだね」

ローツェ・シャールから主峰への縦走プランのことも話すと、トモは嘆息して言った。

「野心的で素晴らしいプランじゃないか。どうだね。この夏、スロベニアへ遊びに来ないか。こちらにも面白い壁が沢山あるし、私からアドバイスできることもあるだろう。一家全員で君を歓迎するよ」

第三章　トモ・チェセン

1

「我々スロベニアのクライマーは、みんなこの山に育てられたんだ。いまは春だから君にとっては歯ごたえがないだろうけど、次はぜひ冬に来てほしいね。たぶん、そう簡単には登らせてくれないよ」

群青色の空を背景に、雪をまとったように白いトリグラウ北壁の花崗岩の岩肌を見上げながら、トモはいかにも美味そうにビールを呷った。

山小屋のテラスを吹き抜ける風は爽(さわ)やかで、早い時間に登山を終えて夕食前のひとときを過ごすグループや、いましがた下から到着したばかりのあす登る予定の客たちが、それぞれのテーブルで賑(にぎ)やかに語り合う。わざわざアコーディオンを持参して、音楽と踊りに興じる人々もいる。

あのローツェ南壁ソロ登攀への疑惑にもかかわらず、トモはここスロベニアではいまもヒーローで、その姿を認めた登山者たちが何人もサインを求めにやってきた。トモは喜んでウェアやギアにサインをする。

トリグラウはヨーロッパアルプスの南東部に位置するジュリアアルプスの最高峰で、同時にスロベニアの最高峰でもある。

標高は二八六四メートル。スロベニア人なら一度は登らなければならないと言われるほどのいわば魂の象徴とも言うべき山で、日本でいえば富士山のような存在だろう。

スロベニア国内のみならず、ヨーロッパ各地からも観光客がやってきて、夏の登山シーズンや冬のスキーシーズンには、本場フランスやスイスのアルプスに引けを取らない活況を呈する。

一般登山者が登るルートの危険箇所にはワイヤーや鉄ばしごが取り付けられ、迷いやすい場所には道標やペンキのマークがあり、食事付きの山小屋も二十軒以上ある。そのあたりは日本の北アルプスなどの登山事情とよく似ている。

巨大な氷河があるわけではなく、急峻な花崗岩の岩肌には雪も少ない。下部のアプローチは深い樹林に覆われ、日本と同様、行き違う登山者が気軽に挨拶(あいさつ)を交(か)わす習慣も心を和(なご)ませる。

ヨセミテともアラスカとも、本場のアルプスとも、もちろんヒマラヤとも違う、高校生のとき夢中になって登った日本の北アルプスや南アルプスにいるような錯覚を和志に覚えさせた。

それはそれでいいものだ。叔父とともに夢中になって登った日本の山は、和志にとって登山の原点だ。日本で生まれ育ったほとんどのクライマーが、この場に居合わせれば同じような感慨を抱くだろう。

目の前にそそり立つトリグラウ北壁は、いまいる小屋からの標高差が一八〇〇メートル。いちばん初歩的な二級からほぼ最高難度の七級に至る、何十本ものバリエーションルートを持つヨーロッパ屈指の大岩壁だ。

小屋にはきのうの夕方到着し、きょうは明け方に出発して、トモと一緒にノーマルルートから頂上を往復した。あすから集中的に登る北壁の核心部をじっくり観察させようというトモの気配りでもあるが、そもそも北壁を登ること自体は、二人がここにやってきた理由ではない。

トモはローツェでの疑惑騒動のあと、ヒマラヤやアルプスのビッグウォールに挑むことは二度となく、故郷スロベニアを中心にフリークライミングの指導者としての仕事に専念している。

しかし、いまも人生の半分はクライミングに捧げ、残りの半分は家族との生活に捧げるというトモにとって、自らが被った汚名をすすいでくれるという物好きな日本の若いクライマーを迎え、気持ちを通わせる場として、ここがいちばんだという思いが恐らくあったのだろう。

「素晴らしい山です。日本にはこれほどのビッグウォールはありません。でも難しい壁はいくつもあって、そこで育って世界に飛躍したクライマーが何人もいます。あなたにもそんな時代があったんですね」

率直な思いで和志は言った。ここに来て、生まれついての超人のように思えていたトモのイメージがだいぶ変わった。

トリグラウ北壁はたしかに素晴らしい壁だが、いまの和志にとっては単なるゲレンデ以上の意味はない。もちろんトモにとっても同様だろう。しかし二人の登山の原点を確認するように、ここに誘ってくれたトモの思いは和志の心に伝わった。

「標高三〇〇〇メートルにも満たないヨーロッパの片田舎の山だけど、私はすべてをここで学んだんだ。初めてソロ登攀をしたのは十六歳のときだった。そしてこの山を含め優に百本を超すルートを登り、自分になにができるかを理解した」

「それが、ヒマラヤでのソロ登攀だったんですか」

「いや、ヒマラヤに限らない。山はどれも素晴らしいし、登り方も人それぞれでいい。重要なのは、自分の可能性の限界をどこまで押し広げられるかだ。ジャヌー北壁にしてもローツェ南壁にしても、一足飛びにそれを目指したわけじゃない。自分にできることを少しずつ広げていく。すると次の目標が見えてくる。ヒマラヤでの二つのソロ登攀は、そんな自然なプロセスの結果なんだよ」

「でも誰もできないことを、あなたはやってのけた。僕をここまでたどりつかせてくれたいちばんの牽引力はあなたでした」

そんな言葉が自然にあふれ出る。トモは穏やかな笑みを浮かべた。

「誰もできないことじゃない。誰もやらないことをやっただけだよ。メスナーのエベレスト無酸素登頂にしても、それに続く単独登頂にしても、いちばんの障害はクライマーの意識だった。彼はそれを乗り越えた。最初から不可能だと決めつけたら、永遠になにもなし得ない」

2

和志がスロベニアの玄関口、リュブリャナ国際空港に降り立ったのは一昨日の午後早くだった。

憧れのトモ・チェセン本人に誘われたとなれば矢も楯も堪らない。予定していたネパールでのクライミング計画は、もうどうでもよくなった。

スロベニアまでの旅費は、そのために確保していた資金でどうにか賄える。ほとんど自宅でのホームステイで済むから滞在費は心配要らないとトモが言うので、その点については甘えることにした。

スロベニア滞在がどのくらいの期間になるかはわからないが、帰るころにはプレモンスーンも終わりに近づいているはずなので、そのまま日本に帰り、実家に居候してアルバイトに励めばいい。

そんな話を伝えると、磯村と友梨は驚きを隠さなかった。特に磯村は喜び、ローツェ・シャールに関する情報を期待した。

トモは一九八七年の春にユーゴスラビア隊の一員としてローツェ・シャールに挑んでいる。そのときは八〇〇〇メートルを越えることなく敗退したが、実際に登ったクライマーから得られる情報は、書物や登攀記録から得られるものよりはるかに精度が高い。それもトモ・チェセンの体験談となればなおさらで、しっかり情報収集してくるようにと発破を掛けられた。

友梨はスロベニアへの旅費はノースリッジが負担すると言ってくれたが、スポンサーシップの話はまだ決まっておらず、ここで援助を受けてしまえばあとで断りにくくなる。どちらに転ぶにせよ、いまはまだ選択の余地を残しておきたいので謝絶した。遅くとも六月には日本へ帰ると伝えると、社長も土産話を楽しみにしていると友梨は応じた。

カトマンズからクアラルンプール、アムステルダムと乗り継いでの飛行機の旅は苦役に近いものだったが、本物のトモ・チェセンに会えると思えばものの数ではない。

空港はこぢんまりとしていて、到着ロビーに出ると、すぐ目の前にトモがいた。こちらは写真で見ていた顔が頭に入っているからすぐにわかったが、トモのほうもすぐに和志に気づいたようで、軽く手を振りながら歩み寄ってきた。

自分の顔をトモが知っていたとは思えないが、大きな登山用のザックを背負った東洋人がこの空港に降り立つようなことはそうはないはずだ。

「カズシ、ようこそスロベニアへ。長旅で疲れただろう」

トモはいま五十代後半で、和志が持っている本の写真はたぶん三十代初めのころのものだろう。しかし当時の精悍（せいかん）で野性的な風貌（ふうぼう）はいまもそのままで、フリークライミングに専念しているという現在の生活を想像させるように、服の上からも腕や肩の筋肉の隆起が見てとれる。

その手に携えている雑誌を見て和志は驚いた。二年前に和志がインタビューを受けたヨーロッパのスポーツ誌で、その記事が載っている号だった。

「その雑誌は？」

訊くとトモは穏やかに微笑んだ。

「定期購読している友人がいてね。君の記事が載っていると聞いて、バックナンバーを借りたんだ。そこに写真が載っていたから君だとすぐにわかったよ。もちろん記事も読んだ。クライミングに関する君の考え方がよく理解できた」

それまで大きなメディアに取り上げられたことなどほとんどなかったから、つい張り切って大言壮語を並べた記憶がある。

「あのときはだいぶ背伸びして、生意気なことを言ってしまいました」

恐縮しながら言うと、トモは首を左右に振った。

「そんなことはない。会えばきっと意気投合できると確信したよ。話したいことがいっぱいある。君のことを聞かせたら、妻も喜んでくれた。我が家は高級ホテルとは比べものにならないが、居心地の良さは保証する。心置きなく滞在してくれていい」

誘われるままロビーを出て駐車場に向かうと、かなり使い込まれたセダンが停まっていた。着ているものを見ても、とくに暮らしぶりが豊かな印象は受けない。

ローツェでの疑惑がなかったら、スポンサーシップやアドバイザーの収入で十分裕福にやっていただろう。あれ以来ヒマラヤに足を踏み入れることはなく、フリークライミングのコーチや競技会のルートセッターのような仕事を生業にしているという。

世界の登山シーンではほとんど忘れられた存在だが、初めて対面したトモからは、そんな悲哀は感じられない。愛する家族と暮らすことが、自分にとっては登山と同じくらい大事なのだと、トモは常々語っていた。家族がいなければ、クライミングも魅力を失う。もしそれによって家族関係に問題が生じるようなら、自分は躊躇なくやめるだろうと。

家族と平和に暮らしながらのクライミング三昧の生活を、当人は心置きなく楽しんでいるようだ。そんなトモの潔い人生の処し方に感服する一方で、しかし和志は歯痒さも禁じ得ない。

年齢的にはクライマーとしてのピークを過ぎているものの、本来なら世界の登山界の指導者として大きな影響力を発揮していいはずなのだ。

ローツェ南壁の疑惑がそうした舞台から彼を追い立て、彼自身もまた真の実力を証明するためにヒマラヤに再挑戦することもなく、汚名を一身に背負って人生を終えるかと思えば、やはり切ない。

当人にすれば大きなお世話かもしれないが、もし自分がローツェ南壁の第二登に成功し、トモが残した三本のピトンを発見すれば、世界の登山界におけるトモの立場は一変するだろう。

一九五三年にナンガ・パルバットに登頂したヘルマン・ブールにも、長いあいだ疑惑はつきまとった。純粋なソロではないが、第五キャンプから単身で頂上を往復したという彼の話は本当なのか。当時としては超人的といえるその登頂には、同行者はおらず証明する写真もなかった。

その疑惑が払拭されたのはようやく一九九九年、ナンガ・パルバットの頂上でブールが残したピッケルが発見されたことによってだった。

メスナーに続いて八〇〇〇メートル峰十四座完全登頂を果たしたイェジ・ククチカにも似たような話がある。

一九八一年に、彼はマカルー北西稜を新ルートからソロで初登頂した。このときも写真などの証拠が乏しく、その成功が疑問視されたが、彼が頂上に残してきたと言っていたテントウムシの縫いぐるみを、その翌年に別ルートから登頂した登山家が発見したことで疑惑は解消された。

メスナーのエベレスト無酸素単独登頂にしても同様のことがあった。彼は登頂を証明する写真を残していない。そのとき頂上はガスに包まれて、周囲の景観を撮影することができなかった。

和志にも同じような経験がある。アラスカでは難度の高い壁にソロでいくつも新ルートを切り拓いたが、現地のクライマーたちに信じてもらえなかったことがあり、以来登頂の際には、可能な限り自分と周囲の景観が入った写真を撮るようにしている。

しかし天候が落ち着いているときならともかく、強風と極寒のなか、疲労困憊して登頂したようなとき、カメラを取り出して撮影すること自体が危険極まりない。

トモが自ら撮影した写真を持ち帰れなかった理由も、恐らくそこにある。三三〇〇メートルの標高差の壁を二日で登って頂上に立った。その状況で写真を撮るのがいかに苦痛だったかは容易に想像できる。八〇〇〇メートルの頂上は、到達したあとは一目散に立ち去るべきデスゾーンなのだ。

もちろん疑惑に満ちた登頂は過去にいくつもあった。結果的に虚偽だったケースも少なくない。

しかし高所登山に審判が立ち会うことが不可能である以上、その立証責任のすべてをクライマーに求めることは、どこか本質からずれたものだという気がしてならない。登山における公正さが、疑うことによって担保されるという風潮には、和志は共感できない。

とはいえトモの場合、結果的に脇が甘かったのは確かだろう。彼の実力からすれば、自らが頂上に立った写真をせめて一枚撮るくらいは不可能ではなかっただろうし、ブールやククチカのように、証拠になるものを頂上に残してくることはできたはずなのだ。

彼が三本のピトンを残した場所は最終ビバーク地点の二ピッチ（一ピッチはほぼロープ一本分の距離。約四〇メートル）上あたりで、同じルートを登らない限り誰も目にすることはない。そして彼の登攀以降、同じルートを登った者はいない。

そこが頂上ではない以上、発見してもそれ自体は登頂の証拠にはならないが、トモの場合、すべてが茶番で壁に取り付いてさえいないとまで疑惑が膨らんだ。自分がそれを見つけることで、少なくともそうした疑惑は晴らせることになる。

そしてその先、トモが登ったルートを忠実にたどることで、彼の証言が正しかったことが明らかになるだろう。それ以上に、まだ世界では無名に近い和志が、ソロで、しかも冬季に登ってみせることで、できるはずがないと否定されたあの登攀が十分可能だったことを証明できる。

和志はいまもトモを信じている。そこに微塵の疑いもない。根拠を示せと言われてもなにもない。しかしあらゆる登攀がそれを証明する証拠を求められるなら、そのとき登山という行為は、これまで多くのクライマーが愛し、和志自身も愛しているものとは別のものになる。それによって崩れるのは信頼というアルピニズムの黄金律なのだ。

3

空港から車で四十分ほどのリュブリャナ市街は、古都の面影を色濃く残す美しい街並みで、ルネサンス様式やバロック様式の建物がいまも数多く残る。

その穏やかで洗練された佇まいは、いまでは第二の故郷となりつつあるカトマンズの喧噪とは別世界だ。すべてが精密機械のように整然とスピーディーに動く東京の印象とも対極にある。それは柔らかいダウンのように和志の心を包み込んでくれた。

「私の家はここからさらに二〇キロほど先のクラーニという街にあるんだ。そこが生まれ故郷でもある。リュブリャナとよく似た静かで美しい街だ。そういう魂のベースキャンプがあったから、私はアルプスやヒマラヤでの困難な登攀にも挑戦できた。いまはその故郷でこのまま人生を終えても悔いはないと思っているんだよ」

ハンドルを握りながらトモは言う。わかるような気もするが、しかし寂しすぎる話でもある。

現役でヒマラヤに挑むのは年齢的に無理でも、登山界のために果たせる役割はまだまだあるはずだ。片田舎と言っては失礼だが、世界の檜舞台からはるかに離れて、フリークライミングのコーチやルートセッターをやることが、彼が残りの人生を費やすべき仕事だとは思えない。

「あなたはこれからも世界の登山シーンで影響力を発揮すべき人です。おこがましい話かもしれませんが、僕はあなたに、もう一度脚光を浴びてほしいんです」

思わず和志は言っていた。トモは意に介するでもなく笑って応じた。

「ことヒマラヤに関しては、私はもう役割を終えたクライマーだよ。いまはフリーでどれだけ難度の高い壁を登れるかにしか興味がない。しかもこの歳で、という条件付きでね。しかし君が私のルートを登ると聞いたとき、私もアルピニズムの未来に希望を感じたのは確かだよ」

「本当を言えば、あなたの登攀を証明するために登ること自体が、アルピニズム本来のモラルを貶めるものだという気がします。しかし、なにもしないでいれば、それ以上に足の引っ張り合いでアルピニズムの世界が荒廃していく。あなたへの疑惑を晴らすことが、そんな風潮への歯止めになると思うんです」

「君の言うことは正しい。ただ、いまの私がそれを言っても、誰も耳を貸してはくれない」

「どうして再チャレンジしなかったんですか。ローツェ南壁じゃなくても、例えばマカルーの西壁とか——。あなたならやれたと思うんです」

その問いが非難めいたものと受けとられないかと惧れたが、それでも和志は訊かずにはいられなかった。深いため息を吐いてトモは言った。

「そういう気持ちになったことは何度かあったよ。しかしそのときは、すでにモチベーションを失っていた。純粋に山に登るという情熱をね。それ以上に、私を疑い非難した人々と同じ世界で競いたくなかった。それでは私も彼らと同レベルのクライマーに成り下がるからね」

柔和だったトモの表情にかすかな怒りの色が滲んだ。まずいことを訊いてしまったかと不安になったが、トモはすぐに穏やかな顔に戻った。

「しかし君の考えを聞いて、自分は間違っていたような気がしてきてね。クライミングの進歩にブレーキをかけることで、自分たちのレベルの低さを隠そうとするような連中から袋だたきにされ、尻尾を巻いて退散したような形になってしまった。そのことで、結果的に私も彼らの策略に手を貸してしまったのかもしれない」

「あなたを批判したわけじゃないんです。僕だって同じ立場に立たされたら、同じ道を選んだかもしれない。でもまだ信じたいんです。僕らはまだまだ限界を超えられると」

「そのとおりだよ。人間の能力ではここまでしかできないと、頭で決めつけるのはナンセンスだ。フリークライミングであれ高所登山であれ、できるはずのないことをやってのけた人々が歴史を切り拓いてきた」

「あなたがやってのけたことを、できるはずがないと否定した人も大勢います」

「登山の世界だけじゃなく、どこの世界にもね。だから君には逃げずに闘ってほしい。君のキャリアはすべてチェックしたよ。八〇〇〇メートル級の壁に挑戦する準備はすでに出来ている。身のほど知らずだと説教する奴らの言うことを聞く必要はない。現在の君が世界で最高のクライマーの一人だということは、私が保証する」

トモは力強く言い切った。和志にとって、それ以上の激励はなかった。

クラーニ郊外のトモの自宅では、彼の奥さんが歓待してくれた。

子供たちはすでに独立し、いまは夫婦水入らずの暮らしを楽しんでいるという。息子たちが使っていたという居心地のいい一室をあてがわれ、その夜は彼女が腕によりをかけたスロベニア料理の晩餐（ばんさん）を楽しんだ。

ネパール滞在中はカレー風味の現地料理ばかりで、そろそろ日本の味が恋しくなる時期だったが、新鮮な肉と魚をふんだんに使ったスロベニアの郷土料理は絶品で、古い歴史を持つという芳醇なスロベニアワインも食欲をそそった。

無理はしないでと言いながらも、和志のローツェ南壁への挑戦を、彼女も喜んでいるようだった。夫が背負わされた汚名は、彼女にとっても堪えがたいものだっただろう。

「あなたはトモが歩いた道を、もっと先まで進んでいける人よ。それをトモが歩みを止めた場所から始めてくれる。それがとても嬉しいの。私も、息子も娘も、あなたを応援するわ。山については私たちはなにもしてあげられないけど、好きなだけここに滞在して。トモが知っていることをすべて吸収して帰ったらいいのよ」

彼女はそんな言葉で励ましてくれた。宴もたけなわになったころ、トモが待ちきれないように切り出した。

「さて、あすからなんだが、私は向こう一週間、スケジュールを空けてある。さっそく山に行ってみないかね」

「あら、あすはクラーニやリュブリャナの名所を案内するんじゃなかったの。山は逃げたりしないし、カズシだって長旅の疲れがあるでしょう」

妻は不満を口にしたが、トモはすでにその気になっているようだった。

「カズシだってこれから遠征の準備がある。そうのんびりしてはいられないだろう。技術面で教えられることはほとんどないが、ローツェ・シャールとローツェ南壁についてなら知っておいてほしいことがいくらでもある。家で話してもいいんだが、山のことは山で話したほうが臨場感があるだろうしね。市内観光はそのあとでいい。城も教会も逃げたりはしないから」

トモは、お茶目に片目を瞑ってみせた。

「カズシがそれでいいんなら、無理にとは言わないけど――」

妻は渋々確認する。和志も気持ちはトモと同様だった。中学、高校時代に自分が丹沢や奥秩父に通い詰めたように、若いトモがクライミングに熱中したスロベニアの壁を登ってみたかった。

「それでは、トモの提案に従います。最高難度の壁を彼がどう登るのか、しっかり研究させてもらいます」

「君だってヨセミテで凄いルートをいくつもフリーで登っているじゃないか。私はヨセミテは経験していないが、とはいえ登りごたえのある壁はスロベニアにも沢山ある。楽しんでもらえると思うよ」

声を弾ませてトモは言う。いまもクライミングが本当に好きなことが、その表情からも窺えた。

4

トリグラウ北壁は、想像していた以上に歯ごたえがあった。

トモが和志の技量を確認しようとでもいうように、飛び切り難しいルートを選りすぐったせいもあるだろう。

なかには取り付きから一〇〇〇メートル近い標高差がある、ホールドの少ない垂壁もあり、グレードはほぼ最高難度に近そうだ。

日本に帰っている夏のあいだは、アルバイトの合間に小川山や瑞牆山のゲレンデでかなりハイグレードなフリークライミングをこなしているが、トリグラウ北壁と比べるとはるかにスケールが小さい。

ヨセミテ時代はこの程度の壁は難なくこなしていたが、ヒマラヤに入り浸るようになってからはもっぱらアックスとアイゼンによるミックスクライミングで登るようになり、これだけの高さをフリーで登るのはなかなか厳しい。

しかしトモ・チェセンとパーティーを組んで登るなど想像すらしていなかった。そのチャンスを逃すわけにはいかないと、ためらいもなく受けて立つ。

最初のルートはトモがトップで登った。柔軟かつ力感溢れるムーブは五十代後半のクライマーとは思えない。必要に応じて腕力も使うが、ベースはあくまでバランスで、これ見よがしのアクロバチックな動きはほとんどない。

うっとり眺めているうちにトモはワンピッチを登り終え、セルフビレイ（自己確保）をとって上がってこいと合図する。

無様(ぶざま)なところは見せられないと慎重に登り出す。氷河に磨かれたスラブに雪はない。日の当たらない北壁の岩は氷のように冷たいが、ホールドが細かいからグローブは使えない。

ジャミング（クラックに手を差し込んでホールドする方法）、レイバック（クラックに両手を差し込み片側の壁を引きつけ、他の壁に両足を突っ張るようにして登る方法）、ステミング（二つの壁に挟まれ凹角になった場所を、両手もしくは両足を大きく開いて突っ張りながら登る方法）など、フリークライミングのテクニックを総動員して登るうちに、次第に勘が戻ってくる。

下から見ていたときは難しそうだったが、ヨセミテでいえば上の下といったレベルだろう。もちろんトモが登ったラインをトレースしているだけだから、そのぶんは割り引いて考えなければならない。

すべてのピッチを登り終えると、頂上直下のテラスでビレイしてくれていたトモが言った。

「やるじゃないか。スロベニアでもここを登れる奴はそうはいない」

「そう言われて安心しましたよ。ここのところフリーからは離れていて、どうなるものかと冷や冷やしました」

「いまはミックスクライミングの時代だからな。私だってジャヌーやローツェの壁はフリークライミングじゃ登れない。しかしミックスでもフリーでも、あくまで重要なのはバランスだよ。ローツェの場合、七〇〇〇メートル以上に手強い壁がいくつもある。その高さだと判断力が鈍るだけじゃなく、平衡感覚も狂ってくる。怖いのは、登っている本人がそれに気づかないことだ」

「そんなとき、あなたはどうしますか」

トモは思いを巡らすように空を見上げた。

「ただひたすら、バランス、バランスと呪文のように唱えるんだ。スピードは重要じゃない。バランスを保とうとする意識が、思考を含めた高所での歯車の狂いを修正してくれるんだ」

トモはテクニックを超えたなにかを伝えてくれようとしている。和志は思い切って訊いてみた。

「恐怖は、どう乗り越えるんですか」

「友達になることだよ。それは自分が困難な局面にいることを教えてくれる有能なコーチだ。だから恐怖と闘っちゃいけない。むしろその囁きに耳を傾けるべきだ」

「逃げてはだめなんですね」

トモはきっぱりと首を横に振った。

「逃げるくらいなら、そもそも登るべきじゃないと思うね。優れたクライマーというのは、決して命知らずじゃない。むしろ臆病なくらいだよ」

「あなた自身は逃げたことは?」

「ないと言ったら嘘になるだろうね。というより、とても無理だと思って登る前に退散したことは何度もある。しかしそれで良かったんだよ。もしそのときの実力やコンディションで登っていたら、恐らく命を落としていたはずだ」

「ジャヌーでもローツェでも、あなたは一度もうしろを振り返らずに登り切った。登れるという確信があったからですね」

だから和志もトモのあとを追った。トモの言葉を信じ、裡に湧き起こる山への熱い思いを信じて。嚙みしめるような口調でトモは答える。

「確信という言葉が当たっているかどうかはわからない。しかしその頂を目指すことが、私にとってはそのとき生きる意味そのものだった。その意味がなんなのか、言葉ではうまく説明できない。しかし君ならわかってくれると思う」

心に響くものを感じながら、和志は言った。

「日本ではそういう会話のことを禅問答と言います。わかっている人同士ならなんの説明も要らない。わからない人には、いくら説明してもわからない」

「ああ。私も禅の本は読んだことがある。もちろんわからないことの塊だったが、禅の道を究めようとした昔の僧侶たちと、私は似たような存在だと感じたよ」

「自分が特別な存在だとは思いません。でも、たまたま山という世界に出会い、そこでなにがしかのことができる適性を持ち、周囲の人たちが僕に登る自由を与えてくれた。僕にとってそれ以上の幸運はありません」

「それは素晴らしい考えだよ。私だって、山に出会わなかったら、サラリーマンとか学校の先生とか、少なくとも死と隣り合わせのような仕事はしていなかったし、収入だってそっちのほうが良かったかもしれない。そうやって充実した人生を送れる人ももちろんいるし、それはそれで立派な生き方だと私は思う。しかし、私は自分の人生に後悔はしていない」

「それ以上のなにかを得られたから?」

「いや、失ったもののほうがはるかに多いよ——」

トモはさばさばとした表情で言った。

「家族と故郷が私を受け入れてくれなかったら、生きる勇気さえ失っていたかもしれない。しかし、ふと気づいたんだ。クライマーとしての一時の賞賛も名声も、私にとってはなんら本質的なものではなかった。それは山が私にくれたものじゃない。人間社会が勝手に与え、勝手に奪い去ったものだった」

強い共感を覚えながら、和志は訊いた。

「山はあなたに別のなにかを与えてくれたんですね」

「そのとおりだよ。それは求めて与えられるものじゃない。しかし気がつけば、私のなかにたしかにそれはある。そして、それは誰にも奪えない」

「あなたに疑惑の目を向け、批判した人たちを恨んではいないんですか」

「いまは恨んではいないよ。しかしそういう連中こそが、登山を金儲けの道具にしたがっている張本人なんだ」

いかにも嘆かわしげにトモは言う。

彼のローツェ南壁単独登攀に最初に異議を申し立てたのは、同年の秋に、トモとは別のルートでローツェ南壁からの登頂に成功したソ連隊だった。

彼らのタクティクスはトモとは対極の極地法で、十七人の隊員が延べ五四〇〇メートルの固定ロープを張り巡らし、もちろん酸素も使った。それだけの大遠征となると準備段階だけでも数年を要する。さらにその遠征自体が旧ソ連の国家的事業だった。

当時、〝二十世紀の課題〟と言われていたローツェ南壁からの初登頂は、彼らにとって国家の威信が懸かった大目標で、成功すれば国の英雄であり、生活の安定も約束される。

ところがその栄誉を、彼らにすれば突然横から割り込んできたトモにさらわれてしまったのだ。それも単独無酸素というプレミアム付きで——。

彼らは別のやり方でその栄誉を奪還しようとした。ローツェから下山すると、彼らは急遽（きゅうきょ）カトマンズで記者会見を開き、トモの登頂は虚偽で、自分たちこそ南壁からの真の初登頂者だと主張した。

その言い分は和志の感覚ではまさに言いがかりとしか言えないもので、彼らが登った頂上からは、トモが見たというウェスタン・クウムは見えなかった、従って彼の話は嘘であり、さらにあの壁をソロで登攀できたとは信じられない、というものだった。

ローツェの頂上からウェスタン・クウムが見えることは、頂に立った者のほとんどが知っていることだとトモは反論し、その後も見えたという証言はいくつも出てきた。

その後、トモの強力な批判者として登場したスロベニアの登山家ヴィクトル・グロシェリも、トモをライバルというより商売敵（がたき）と見なしていたようだ。

トモに言わせれば、グロシェリがフランスの雑誌に告発の手紙を出す二日前、テレビのインタビューで、当時八〇〇〇メートル峰十四座完全登頂を目指していた彼について、トモが論評していたのがきっかけだった。

酸素を使い、通常ルートからの頂上を目指すグロシェリのやり方は、登山の進歩とは無関係で、アルパインスタイル、無酸素というのが現在のヒマラヤ登山の趨勢だと持論を語ったただけなのだが、グロシェリはそれを批判と受け取り、「頭にきた」のだろうとトモは言う。

そうした経緯を和志は本で知っているだけで、真偽についてとやかく言える立場ではない。だが、こうして生身のトモに接し、一緒に壁を攀じ、親しく言葉を交わすことで、彼を信じることがいまや確固たる信念に変わっている。寂しげな調子でトモは続けた。

「当時の私は、登山スタイルに関しては最前線にいるつもりだったが、モラルという側面への理解に関しては古いスタイルだった。あらゆる登頂について証拠が必要だなどという犯罪捜査さながらの風潮が、登山の世界を支配するなんて想像すらしていなかった」

「そうなるとクライミングとはまったく関係ないところで、僕たちは神経を遣うことになりますね。ソロの場合はとくに――」

和志は訊いた。トモは真剣な顔で頷いた。

「あらゆるソロクライマーが魚眼レンズのついたカメラを携えて登り、次に登頂する誰かのために記念品まで用意しなきゃいけないとしたら、せっかくのアルパインスタイルも意味がなくなる。私たちはグラム単位で装備をそぎ落として登るんだから。それに、登ったときに天候が荒れていたら、一分もそこには留まれない。写真を撮ったり、証拠になるものを雪に埋めたりできるのは、運良く好天に恵まれたときだけだ」

「そこはまさしくデスゾーンで、生きて到達するだけで、人間の限界を超えているわけですからね」

「そうだよ。大事なのは誰かがその頂に立ったという真実であって、それを信じることが登山という文化の高貴なモラルだと、私は思っていた。たとえ嘘をつく人間がいたとしても、それは当人が心に恥を抱えて生きればいいだけの話だと――」

「登山はスポーツじゃない。スポーツを超えたなにかなんだと思います。そのなにかの部分こそが恐らく登山の本質で、そこにスポーツと同様の思考を持ち込むことには無理があります」

我が意を得たりというように、トモは頷いた。

「私がいま携わっているフリークライミングの分野は確かにスポーツ化しているし、競技会もあれば審判もいる。そういう方向を否定はしないが、それはアルピニズムとは別のものだ。エベレストの初登頂者はエドモンド・ヒラリーとテンジン・ノルゲイではなく、ジョージ・マロリーだったかもしれないと考えるのは楽しいことじゃないか」

マロリーは下山中に死亡したとされているが、登頂に成功したという証拠はなにもない。だからといって登頂していないと証明することもまたできない。トモが言うように、そんな曖昧さを楽しめるのも、登山という文化の奥行きの深さのような気もしてくる。

「あなたがローツェ南壁を登ったかどうかも、永遠の謎にしておいたほうがいいですか」

敢えて意地悪な問いかけをしてみると、トモは笑って首を横に振った。

「君のような物好きがせっかく現われてくれたんだ。アルピニズムがこれ以上堕落しないように、ぜひやり遂げてほしいね。なにしろ私はローツェ南壁だけじゃなく、ジャヌー北壁もアルプス三大北壁も、単独で登ったものはすべて嘘だとまで言われたんだから」

5

トリグラウには一週間滞在し、十本以上のルートを登った。

教えることはなにもないと言いながらも、やはり和志の実力を自分の目で確かめたかったのだろう。そのうち半分ほどは和志がトップで登った。

生易しいルートではない上になんの予備知識もなく、もっぱら勘に頼ってのルートファインディングだったが、行き詰まってやむなくクライムダウンするようなこともなく、トモは和志のライン取りが十分論理的だと賞賛してくれた。

ヒマラヤのようなビッグウォールクライミングでは、ルートファインディングの巧拙が登攀全体に大きく影響する。たとえ一ピッチでも難しいルートを選んでしまえば、そこだけで多大な時間と体力を費やすことになり、それが結果的に敗退に結びつくことも少なくない。

スピードが命のアルパインスタイルではとくにその点が重要で、トモのお墨付きをもらったことが、和志にとっては大きな自信になった。

トモがトップで登ったときは、そのクライミングを下からつぶさに観察できた。とくべつ奇抜なテクニックを披露するわけでもなく、ごく普通に登ったように見えた箇所が、そのあと和志が取り付いてみると、じつは最高度のバランスと集中度を要求されるラインだったとわかる。

絶妙なバランス感覚と熟達のフリクションクライミングで、腕力を必要とするような大きなムーブを極力減らす。それが筋力の消耗を防ぎ、クライミングの安全度を高めることに繋がる。

ヒマラヤの八〇〇〇メートル級の長大なルートでは、純粋なロッククライミングが必要とされる箇所は一部だけだが、そこをどう登るかが登攀の効率と成功の確率を大きく左右する。

今回実際にトモのクライミングを目の当たりにして、ジャヌー北壁を二十三時間、ローツェ南壁を四十五時間というスピードで登った彼の驚異的なスピードの秘密の一端が、そこにもあることを和志は理解した。

最後の数本は雪と氷が比較的多いルートを選び、ミックスクライミングで登った。ここではさすがに和志のほうが経験が豊富で、アックスを打ち込む際の力加減や、わずかなクラックにピックをねじ込む際のコツなどをトモは興味深げに質問した。

それ以上に興味を持ったのが、和志が持参したアックスやアイゼンだった。いずれもミックスクライミングに特化した最新型で、もし自分がローツェ南壁を登ったときこれがあったら、登攀時間をあと十時間以上短縮できただろうという。

もうヒマラヤには足を踏み入れないというトモにとって、今後必要になるテクニックではないが、和志にとってはローツェ南壁に挑む際の強力な武器になるだろうと、トモは力強い調子で言った。

和志にしても勝算はそこにあった。そうしたツールの進歩は、トモの時代にはなかったアドバンテージだ。テントやウェアにしても改良が進み、いまはより軽量で耐寒性に優れた製品が手に入る。そんなメーカーの一つとして、ノースリッジも世界の檜舞台に躍り出ようとしている。

クラーニに帰ってから、和志はトモにノースリッジからのスポンサーシップの話をしてみた。登山とビジネスについてのトモの考えを聞いてみたかった。身を乗り出してトモは言った。

「いい話じゃないか。アルパインスタイルの時代だといっても、ヒマラヤの高所登山にはそれなりに金がかかる。登ったからといって賞金が出るわけでもないしね」

「そのための資金を稼ぐには働かなくちゃいけない。もしその時間を登山に費やせていたら、もっと早く、八〇〇〇メートル峰に挑戦できたかもしれません」

「私もジャヌーやローツェに挑んだときは妻にずいぶん苦労をかけた。君を応援してくれるスポンサーがいて、クライミングの経済面を支えてくれるというのは、決してアルピニズムの精神に反しない。もし反するというなら、国家総がかりで遠征隊を送り出した黎明（れいめい）期のヒマラヤ登山の記録はすべて否定されなきゃいけないことになる」

「そうですね。ただ心配なのは、それによってこれまでは感じなかった精神的な負担が出てくることなんです」

「結果についてはいかなる義務も負わないと、契約時にはっきり取り決めておけばいいじゃないか」

トモはあっさり答えを返す。そのあたりはヨーロッパの人間で、和志のような日本人的な気の遣い方はまったくないようだ。というより、大方の日本人と比べても、和志のそのあたりの感覚はたぶん過剰だと言っていいのだろう。

「でも、アルピニズムがビジネスの手段になってしまうことには、あなたは反対なのではないですか」

ジャヌーやローツェの登頂を疑う人々を、トモは登山を金儲けの道具にしたがっている張本人だと言っていた。その言葉からすれば、和志には意外に思える反応だった。トモは言下に否定した。

「それはこれとはまったく別の問題だ。彼らは彼らなりに君の実力と可能性を評価し、君を信頼してスポンサーシップを申し出た。君がなにか政治的な画策をしたわけじゃないんだろう」

「もちろんです。降って湧いたような話なんです」

納得したようにトモは応じた。

「ノースリッジはいい製品をつくる。私も競技会用のクライミングシューズを何足か持っている。彼らはフリークライマーが求めているものをとてもよく理解している」

「じつはその会社は――」

社長の山際がかつてヨーロッパで鳴らしたロッククライミングの名手で、登攀中の事故で山を断念せざるを得なくなり、一念発起して起こした会社だと説明すると、驚いたようにトモは言った。

「彼の噂（うわさ）はよく聞いたよ。ドロミテのマルモラーダ南壁で転落して脊椎を傷めたんじゃなかったか」

「そのとおりです。アルプスで実績を積み、いよいよヒマラヤを目指そうという矢先だったようです」

「天才肌のクライマーだった。ドロミテやシャモニー針峰群で新ルートをいくつも開拓していた。会ったことはないが、私と同じ年代で、ライバル意識を燃やしたもんだよ。そのヤマギワが起こした会社なのか」

「いまはビジネスの分野で世界レベルを狙っているようです」

「だったら君にとって最高のパートナーじゃないか。アルピニズムのいちばん基本的なモラルが信頼だ。アルピニズムの頂点とビジネスの頂点と、目指す目標は違っても、信頼というロープさえあれば互いに協力し合うことはできる」

「そうかもしれません。日本へ帰ったら会うことになっています。そこで気持ちが通い合えば、その話を受けることになるかもしれません」

「そういう点では、君はとことん慎重だな。しかし、それもいいかもしれん。私のように不用意に罠に足を踏み入れて、多くのものを失うよりはずっとましだろうからね」

トモは自嘲するように言うが、ノースリッジの件については、彼が背中を一押ししてくれたのは間違いなかった。アルピニズムのいちばん基本的なモラルが信頼だというトモの言葉は、まさに和志が信じたいと願ってきたことだった。

トリグラウから帰って一週間、休日にはトモの娘と息子もやってきてガーデンパーティーを開いたり、リュブリャナやクラーニの市内観光を楽しんだりしたが、それ以外の時間はすべてローツェ・シャールとローツェ南壁に関する研究に費やされた。

トモは雪や氷の状態、壁の難易度、各区間の所要時間をすべて記憶していて、詳細なトポ（ルート図）を作成してくれたが、それ自体は驚くに当たらない。

クライマーの記憶力というのはそういうもので、自分が登ったルートなら、そのときの岩や氷の感触から天候、体調に至るまで、驚くほど正確に記憶に刻まれている。言い換えれば、それはトモがそこを間違いなく登ったということの証左でもある。

もしそれがすべて彼の創作だとしたら、これからそこをトレースしようという和志に、トポまで用意して説明するというのはまさに藪蛇だ。

和志が同じルートから第二登を目指すという話を耳にして自ら電話をしてきてくれたときの彼の言葉にも、スロベニアにやってきて実際に接した言葉の端々からも、和志の挑戦を歓迎こそすれ、妨害しようなどという気配は微塵もなかった。

彼の登頂を否定する論拠の一つに、最後の壁を登り切ってから頂上までの雪の稜線で、彼は雪庇の出ている風下側を巻いて進んだという点があった。雪庇の出ている風下を通るのは常識的にあり得ないと批判者たちは指摘した。

しかしトモに言わせれば、そのときは凄まじい強風で、トモ自身も体力を著しく消耗していた。雪庇が崩落するリスクと強風で飛ばされるリスクを秤にかければ、後者のほうがはるかに高かった。

常識的な発想にとらわれず、状況に応じて最適解を見いだすことが重要で、それについても実際に和志が登ってみればわかるはずだと自信を示した。

磯村が期待したローツェ・シャールについても詳細なレクチャーを受けた。そのときはユーゴスラビア隊の一員として登ったが、トモはそこで、ベースキャンプから七〇〇〇メートル台のキャンプを一日で往復、それを何度か繰り返すことで高所に十分順応できることを発見したという。

「大事なのは登って下りるのを繰り返すことだ。順応のために高所に一泊するというこれまでのメソッドは明らかに間違っている。上部キャンプに滞在すれば、それだけ体調が悪くなる。これは私が実際に体験して学んだことだ」

その点をトモは力説した。常識的には無茶と思えるその順応方法を取り入れるクライマーが、最近徐々に増えているという。トモは続けた。

「ローツェ・シャールは厳しい山だが、高所順応さえしっかりできれば、技術的な難度はそう高くない。シャールから主峰への縦走は、ガッシャーブルムⅠ峰とⅡ峰の縦走やカンチェンジュンガ縦走と比べると距離ははるかに短い。シャール登頂のついでと言うには厳しいターゲットだが、不可能というほどでもない。これまで未踏だったのはルート自体がマイナーで、誰も積極的に狙わなかったからだ。しかしやり遂げたとすれば、それもまた偉大な達成だよ」

「あなたが参加したユーゴスラビア隊がシャールで敗退した理由はなんですか」

トモにとっては嫌な質問だろうが、やはり訊かないわけにはいかない。トモはあっさりと言ってのけた。

「タクティクスの誤りだ。大部隊の組織登山で、けっきょく二カ月もの期間を費やした。

天候やら体調やら、原因を探せばいくらでもあった。しかし根本的な問題は時間をかけすぎたことだ。生身の人間が長期間高所に滞在すれば、体力は確実に消耗していく。それに加えて荷揚げや固定ロープの設営という重労働がある。それでは、サミットプッシュ前に勝負はついてしまう」

「一九八七年という時点で、どうしてそんなタクティクスが採用されたんですか」

「当時のユーゴスラビアは社会主義国で、どこの山にどう登るかは個人の意志では決められなかった」

「極地法というタクティクスの限界を、あなたは熟知していたんですね」

「たぶんね。その点に関しては、彼らにとって伝統的なアルパインスタイルを自然に受け入れただけの西ヨーロッパの連中よりも、はるかに鋭い問題意識を持っていたと思う」

「勇気を持ってあなたはそれを実行に移した――」

「ジャヌー北壁のときは、計画を公表すると、ユーゴスラビアの守旧派はこぞって私を批判したよ。もちろん私の身を案じてじゃない。そんなことが成功したら、彼らの既得権益が失われるからだ。私を告発したグロシェリもそういう一人だった。もっとも成功すると、国内の登山界は掌を返したように私をヒーローに祭り上げたがね」

皮肉な調子でトモは言った。

6

グロシェリとトモの確執は、ローツェ南壁登頂の三年後に始まった。

発端となったのは、登頂してまもなく、「ヴェルティカル」というフランスの登山雑誌に掲載されたトモの手記とそこで使われた写真で、そのうち二点が、かつてグロシェリが撮影したものだった。

登頂の証拠とキャプションがつけられた一点は、通常ルートの頂上付近から西側を撮影したもの、もう一点は南壁を試登したときの南面の写真で、グロシェリが不在のときに訪れたトモに頼まれて、グロシェリの妻がそれらを含む何点かを貸していた。

写真はそれからまもなくグロシェリに返却された。グロシェリの主張によれば、彼がその雑誌を見たのは三年後で、たまたまスロベニア出身の登山家に関する海外の文献を紹介する仕事を依頼され、そのリストアップのために各国の代表的な雑誌をチェックしていた際に気づいたという。トモ自身はそれまでスロベニア国内では、頂上での写真は存在しないと言っていた。

トモはそれが「ヴェルティカル」編集部のミスであり、その二点を含む写真については、どれが自分のものでどれが借りたものか、説明をつけて渡したと反論した。そのうえ二点の写真は裏焼きで使われており、その点でも使用する際に編集部がチェックを怠(おこた)った可能性は大いにある。

トモの言い分によれば、写真をグロシェリの妻から借り受けたのも、編集部から手記の参考になる写真の提供を求められたためで、そのときグロシェリから借りてほしいという要請まで受けていたという。

しかし編集部は、トモから写真を預かった際にそんな区分けはされておらず、すべてトモが撮影したものと理解していたと言い、グロシェリから写真を借りてほしいと依頼したこともないと主張した。

けっきょく三年も経った時点ではすべては藪のなかで、双方の言い分はいまも食い違ったままだ。

トモ自身は写真が誤って掲載されていたことは雑誌が出た時点で知っていたはずで、それを自ら指摘しなかったのは不自然だという指摘もなされた。

トモはそれについては自らの過(あやま)ちだと認めた上で、当時は別の方向からトモの登攀を否定し、激しい論争をしていたフランスの登山家イヴァン・ギラルディーニの存在がその原因だったと釈明した。

ギラルディーニはそのころ、ローツェ南壁はおろか、ジャヌー北壁やアルプス三大北壁冬季登攀まで、トモのほぼすべての登頂を否定していた。

当時、同じフランスの登山家でも、ソ連隊と同じ時期にアルパインスタイルでローツェ南壁に挑んでいたピエール・ベジャン、クリストフ・プロフィ、同じく八五年にアルパインスタイルで南壁に挑戦しているミシェル・フォーケらはトモを擁護した。一方、批判派の急先鋒のギラルディーニはローツェに登ったことすらない。

そうした論争のさなかに、編集部のミスとはいえ、写真の誤掲載の事実が表に出ればギラルディーニにつけ込まれる、それを惧れたためだというのがトモの言い分だった。

やがてそうした議論そのものに世間はうんざりし、ギラルディーニは影が薄くなって、トモはギラルディーニが入会に猛反対していたグループ・ド・オート・モンターニュ（パリに本拠を置く一流クライマーだけが参加できるクラブ）の会員に選出された。

ところがグロシェリの告発の二カ月ほどあと、二十世紀を代表する傑出した登山家としてそれまでトモを擁護していたラインホルト・メスナーが、一転してローツェでの成功に疑義を呈した。

メスナーは自ら司会を務めたウィーンでの講演会における、トモの話と上映されたスライドに疑問を感じたという。

ギラルディーニたちの提出した疑義については仮説に過ぎないとする一方で、彼は十日足らずで高所順応がなされたという点を問題にした。

講演会の参加者からそれについて質問されたとき、トモは直前にチベットにいたからだと答えたらしい。しかし、実際はトモは直接ヨーロッパからカトマンズに飛んでいて、途中チベットに立ち寄った事実はないとメスナーは指摘した。そしてスライドに写っている下山時のトモの顔にまったく疲労の色が見られないとも述べた。

　メスナーの論点は、これまでのソ連隊やギラルディーニ、グロシェリなどからの疑惑とは一線を画していた。彼が強調したのは、トモが登頂したかどうかではなく、そもそもローツェ南壁を登ったかどうかが問題だという点だった。

　壁そのものを完登したとすれば、たとえ頂上に立たなくても偉大な達成であると認めた上で、そのことを誰もが納得できるように説明することを求めたのだ。

　こうした登攀を証明することは反証するのと同等に困難だ。しかし、その登攀が真実か否かを知っているのはトモだけであり、それを自ら立証する責任があるというのが彼の見解だった。

　チベットにいたと発言したことに関して、トモはその後のインタビューでそんなことは言っていないとはっきり否定し、短期間の高所順応は、自ら発見した特別なトレーニングで獲得したものだと主張した。

　しかし、当時すでに登山界の重鎮として大きな影響力を持っていたメスナーからの批判で、この問題についての世評はトモにとって不利な方向に変わった。

　以後、トモはその件について発言することもなく、ヒマラヤに再び挑戦することもなく、故郷スロベニアに引きこもり、世界の登山界との接触もほとんど絶ってしまっている。

そこまでが和志が知っているトモにまつわる疑惑のすべてで、つまるところメスナーにせよギラルディーニにせよ、彼の登攀が虚偽だと立証できたわけではない。一方で、その間のトモの発言に矛盾があったのも確かで、それが問題を厄介にしたとも言える。

けっきょくメスナーの言うように、真実か否かを知っているのはトモだけであり、それが立証可能ならいつでもトモはそうしていただろう。

しかし、批判者たちが納得するようなかたちでの立証ができないからといって、すなわちそれが虚偽だという結論には結びつかない。あらゆる登攀に立証責任が求められるとしたら、同伴者のいないソロクライマーは大きなハンデを負うことになる。

そうした知り得る限りの疑惑の経緯を理解した上で、なお和志はトモの登攀が真実だったことを疑わなかった。

けっきょくこの問題は、信じるか信じないかの二者択一でしかない。そしてここスロベニアで実際にトモに会い、パーティーを組んで壁を登り、親しく語り合ったいま、その思いはさらに強まった。

その疑惑を一掃するためにローツェ南壁を自らソロで登ることが、自身のクライマー人生の、避けて通れない里程標のように和志には思えてきた。

第四章　ブレイクスルー

1

スロベニアに一週間あまり滞在したあと、せっかくの機会だからとシャモニーに立ち寄り、モンブラン周辺の壁のルートを何本か登って帰ろうと和志は思い立った。

そんな考えを口にしたところ、トモがドリュ針峰群やシャモニー針峰群の魅力的なルートをいくつか紹介してくれた。いずれも和志の実力なら短期の滞在でも十分にこなせ、かつアルプスの醍醐(だいご)味(み)を堪能(たんのう)できる程度には困難なルートだった。

ヒマラヤに足を踏み入れる前はヨセミテやアラスカなど北米の山を主なフィールドにしていて、本場ヨーロッパのアルプスは和志にとって初体験だった。

トモはアルプスで活動していた時代からの親友で、地元でガイドをやっている人物を紹介してくれた。その自宅にホームステイさせてもらえたおかげで、ホテル代の高いシャモニーに一週間ほど滞在できた。

アルピニズムという言葉がいまでも先端的なクライミングの代名詞として使われていることからもわかるように、本場アルプスの山々は和志を大いに魅了した。

標高こそヒマラヤに劣るが、広大なメール・ド・グラス氷河とそれを取り巻くモンブラン、ダン・デ・ジュアン、グランド・ジョラスなど、四〇〇〇メートル級の高峰群は目を見張るほど壮麗だった。

初夏に向かって新緑が目映い山麓を大勢のトレッカーが行き来し、標高三八四二メートルのエギーユ・デュ・ミディまではロープウェイで登ることができる。

そして一般観光客で溢れるそんな場所から目と鼻の先に、いまも本格的アルピニズムの聖地として世界のクライマーが憧れるシャモニー針峰群やドリュ針峰群がある。

トモが紹介してくれたのはそれらのなかでも難ルートとして名高いものだった。和志は初見のアルプスの壁を心ゆくまで楽しんだ。記録を狙ったわけではなかったが、そのうち一つはソロによる初登となり、さらに何本かが最短時間での登攀となった。

トリグラウ北壁では技術面で太鼓判を押され、ここでも自分の力が高い水準にあることを確認し、ローツェ南壁への挑戦が、決して身の程知らずの行為ではないのだと、和志は自信を深めることができた。

しかしそれ以上に、トモと過ごしたスロベニアでの一週間あまりがいまも和志の心を昂らせていた。トモからレクチャーを受けたローツェ南壁のディテールが、岩や氷の感触まで含めて脳裡に刻み込まれている。

希薄な空気と命を削り取るような極寒の風。魂を凍りつかせるような雪崩の音――。

そんな圧倒的な登攀のイメージを思い描きながら、そこを登り切ることが既定の事実ででもあるかのように、ローツェ南壁はいまも和志の闘志を駆り立ててやまない。


六月上旬に和志は日本へ帰ってきた。夏のあいだはいつも泊まらせてもらっている実家に装備一式を預け、さっそく磯村に電話を入れた。だったらすぐに会おうと言うので、その日の夕刻、六本木の居酒屋で落ち合った。

「ついでにシャモニーにも立ち寄ってくるなんて、おまえは本当に欲が深いな。それで、トモはどうだったんだ。やっぱり凄いクライマーなのか」

磯村は興味津々という様子で訊いてくる。和志は頷いて言った。

「凄いクライマーであると同時に、凄い人間だと感じたよ――」

和志はスロベニア滞在中に接したトモの印象を、熱を込めて語って聞かせた。その熱が伝わりでもしたように、磯村も高揚した声で応じる。

「おれもその場にいたかったよ。おまえだって半端なクライマーじゃないわけで、実際のトモの登り方を見れば、力量はわかるだろうからな」

「フリークライミングの分野だったら、いまも世界のトップクラスにいると言っていいだろうね」

「八〇〇〇メートル級のビッグウォールも、いまはロッククライミングやミックスクライミングのエキスパートが主導する時代になっているからな。トモはその先駆けでもあったわけだ」

「ローツェ南壁にせよジャヌー北壁にせよ、岩や氷の難しいピッチが何カ所もある。そこで時間をとられると、悪天に遭遇したり雪崩に遭ったりする確率が高まる。スピードこそが成功の鍵だというのがトモの一貫した考えのようだ」

「たしかに一理ある。安全に慎重にと考えることが、かえって危険を招く結果になりやすい。高度なクライミング技術は、ヒマラヤでもこれからますます重要になるだろうな。おれたちがヨセミテやアラスカで培ってきたテクニックが、これから大いに役立つというわけだ」

それが自分の卓見だったとでも言いたげに、磯村は大きく頷いた。和志はさらに続けた。

「高所順応の方法についても、トモは同じ考え方みたいだ。高所に一泊とか二泊する従来のやり方では、体力を消耗するだけでなく、そのこと自体が高所障害のリスクになると言うんだ。トモはローツェ・シャールの遠征のとき、七〇〇〇メートルを超えた高所キャンプまで一日で往復した。それを何度か繰り返すことで、完全な高所順応ができることを会得したんだって」

「ローツェ南壁でも、トモはその方法を使ったわけだ」

まさに、というように和志は頷いた。

「ローツェ・シャールの南東稜を七二〇〇メートルまで四回往復したそうだよ。当時としてはあまりに突飛なやり方だったから、高所順応のことでメスナーに突っ込まれることになったわけだけどね」

「南東稜というと、おれたちもたぶんそこを登ることになる。おれが調べたところではそのあたりまでは比較的容易だが、しかし一日で往復とはな。並みのクライマーにできることじゃない」

磯村は嘆息する。しかし和志はすでにトモの考えを受け入れていた。

「トモによると、シャールの南東稜は七〇〇〇メートルあたりまでは雪崩や落石の危険がほとんどないらしい。詳細なトポもつくってくれたから、僕もローツェ南壁のときは、その順応方法を踏襲するつもりだよ」

「おれはそういうやり方をしたことはないが、高所で一泊、二泊するのはたしかに苦しいよ。それに耐えるのが高所順応だとずっと信じ込んでいたんだが、言われてみればトモのやり方のほうが理に適っている。高所での滞在時間を極力短くするのが高所障害を避ける最良の方法だと言われる一方で、順応行動に関してはその逆が正しいというのは矛盾する話だからな」

「そういう点も含めて、目から鱗(うろこ)が落ちるようなアドバイスをいっぱいもらえたよ」

「それは追い追い聞かせてもらうとして、ノースリッジのスポンサーシップの件については答えが出たのか」

　磯村は唐突に話題を変えた。会えば訊かれるとは思っていたが、答えはまだ用意していなかった。

「どうするかはまだ決めていないけど、山際社長には、ぜひ一度お会いしたいと思っているよ」

「いくらか前向きになったようだな。トモには相談してみたのか」

　磯村は期待を覗かせる。そのことでもトモに背中を押されたのは間違いなく、気持ちはイエスの方向に微妙に傾いていた。

「断るべきじゃないと言われたよ。双方の考えが一致して、互いが信頼関係で結ばれるなら、それはアルピニズムの精神に反するものじゃない。登山そのものを金儲けの手段にする商業主義とは、まったく違うものだと言っていた」

「おれもその考えに賛成だよ。ノースリッジはおまえと一緒に成長したいと願ってる。山際さんは登山からビジネスへフィールドを移しただけで、その精神はいまもアルピニストそのものだ」

　磯村は満足げな顔でビールを呷る。和志は言った。

「トモは山際さんのことを知っていたよ。面識はなかったようだけど、アルプスではライバルとして相当意識していたらしいね。怪我をしてクライマーを引退したことも知っていた。会社についてもよく知っていて、競技用のクライミングシューズはノースリッジ製品も持っているそうだよ」

「友梨が大喜びしそうな話だな。どうだ。あすにでも社長に会ってみるか」

　磯村はすかさず提案する。段どりを決めて待ち兼ねていたような反応だ。

「あすと言ったって、社長にもスケジュールがあるんじゃないの」

「いつでも最優先で時間をつくるから、おまえが帰ったらすぐ知らせてくれと言われてたんだ」

「僕なんかと会うより、もっと大事な仕事があると思うけど」

　気後れ（きおく）を感じながらそう言うと、磯村は大きく首を横に振る。

「おまえがトモに会いにいくという話をしたもんだから、ますます興味が湧いてきたらしい。友梨から聞いたところによると、山際社長もトモのローツェ南壁ソロ登攀を信じているそうだ。その点でも、おまえとは意気投合するんじゃないのか」

「それは嬉しいな」

山際への親近感が強まるのを感じながら和志は言った。こちらの気を引こうとして口裏を合わせているのかもしれない——。以前ならそう疑ってしまったような気がしないでもないが、トモとの出会いが自分のなにかを変えていた。

「じゃあ、おまえのほうも、あす一日、体を空けておいてくれ。いま友梨に電話を入れるから」

マネージャーにでもなった気でいるかのように、弾んだ声で言って磯村は携帯を取り出した。友梨はすぐに応答したようで、気安い調子で語りかける。

「ああ、磯村だけど、まだ仕事なの。いま和志と一緒に六本木の居酒屋にいるんだよ。山際社長とご対面する話、あすでどうかな。うん、うん。じゃあ、そういうことで。え、これから来るの。じゃあ待ってるよ。店の名前は——」

そんな短いやりとりをして、磯村は通話を終えた。

「社長はいま外出してるんで、これから電話で確認をとってくれるそうだよ。そのあと友梨はここに合流するってさ。おまえの土産話を早く聞きたいと張り切ってるよ。会社は虎ノ門だから、タクシーで十分もかからないだろう」

一気に話を決めてしまおうと、磯村も友梨も、まるで手ぐすね引いて待ってでもいたかのようだ。

2

磯村が言ったとおり、友梨は十分もしないうちに姿を見せた。

「お帰りなさい、和志さん。スロベニアの土産話をたっぷり聞かせてもらおうと飛んできたのよ」

友梨は席に着くなり身を乗り出す。質問攻めに遭いながら、スロベニアの印象からトモの人柄まで一通り語り終えると、感動した面持ちで友梨は言う。

「和志さんにとって素晴らしい出会いだったわけね。そういういい話がセットになると、私たちのキャンペーンにも大いに弾みがつくわよ」

「キャンペーンと言われても、まだなにも決めていないけど」

和志が慌てて抗議しても、友梨は意に介す様子もない。

「だって、トモにも勧められたんでしょ、ぜひ受けるべきだって。これが破談になったりしたら、彼の期待を裏切ることになるじゃない」

「それはそうだけど、あくまで決めるのは僕だから」

そう言い返しはしたものの、いま一つ力が入らない。そこを見透かしたように、磯村が口を挟む。

「山際社長に会えば、その場でおまえは決断するよ。それはおれが保証する。まずはポストモンスーンのローツェ・シャールだ。急いでパーミッションをとらなきゃいけないし、作戦を練る時間も必要だ。できれば低圧室を使った平地での高所トレーニングもしておきたい。つまり、おまえが夏のあいだ資金稼ぎのアルバイトをしている暇はないということだよ」

「私も社長も、ぜひ成功してほしいと思っているんです。ローツェ・シャールもローツェ南壁も——。でも、それを重荷に感じてもらっては困るんです。成功することが義務だなんて考えなくていいんです。失敗しても、次のチャンス、また次のチャンス、と支援します」

友梨も真剣な表情だ。だめ押しをするように磯村が言う。

「本音を言わせてもらうと、おまえに訪れたチャンスにおれも便乗したいんだよ。ローツェ・シャールとローツェ主峰の縦走は、おれにとって、たぶん最後の八〇〇〇メートル級への挑戦になる。おれはこれまでヒマラヤで初という冠がつく登攀をやったことがない。おまえにはさらに次の目標があるかもしれないが、おれにとっては最後のチャンスなんだよ。その夢が実現できるかどうかは、おまえの決断一つに懸かってるんだ」

そう言われると言葉に窮する。磯村は和志にとって常に貴重な導き手だった。フリークライミングでもミックスクライミングでも、世界レベルのテクニックを和志に伝授してくれた。

そのあと和志がヒマラヤに挑むようになってからも、先んじてヒマラヤをフィールドにしていた磯村からはさまざまなアドバイスを受けた。

ヨセミテでの磯村との出会いがなかったら、いまの和志は恐らくいない。その磯村にそんな言葉で懇願されれば、心を揺さぶられずにはいられない。

だからといって和志は、企業のスポンサーシップを受けて山に登るということが、まだ具体的なイメージとして思い描けないでいる。スポンサーが付こうが付くまいが登るのはあくまで自分自身で、その原点さえ失わなければ、これまでのスタイルとなんら変わりない――。

そう割り切ればいいとはわかっていても、自分の登山に関しては、人の助けを借りることなく自己完結させたい。そういう、理屈では説明しがたいこだわりが、いまも心の奥に居座っている。

そんな自分がいかにも我が儘に思える一方で、そのこだわりがなくなったとき、それは果たして本来の自分なのかと訝しい思いがなかなか拭えない。そんな、言うに言えない気持ちが伝わりでもしたように、磯村は唐突に頭を下げた。

「すまん。おれも気持ちが昂ってしまった。やはりおまえが決めることだよ。そういう頑固さがおまえの取り柄だし、そういうところがおれも好きなんだ。おまえが目指しているソロクライムは、登り始めたら下りてくるまで誰にも助けは求められない。人生もきっと似たようなものだ。おれはおまえの人生を生きられない。おまえもおれの人生を生きられない」

「そんなふうに言われるとかえって辛いよ。ただ単に僕が臆病なんだと思う。山に関してならどんな未知の領域でも突っ込んでいけるけど、世間のこととなるとぜんぜんだめなんだ。人として生きていく上でいちばん必要な部分が未熟なまま、ここまで来ちゃったんだと思う」

　率直な思いで和志は応じた。クライマーとしての現在の生活が、まっとうな社会人とは言いがたい、ある種のモラトリアムだという自覚は持っている。こんな暮らしをいつまでも続けられるとは思っていない。だからといって、いま一歩を踏み出すことができない。そんな自分に忸怩たるものも感じている。磯村は大きく頷いた。

「それだけわかってるんなら、大したもんだよ。おれだって、生きていくためにガイドになり、アマチュア相手のエクスペディションを手がけるようになって、実を言えば何度も後悔したもんだ。本当の自分がどんどん蒸発していってしまうような気がしてね。でも、そのうち考えが変わってきたんだよ。ずっと自分が自分がと思って生きてきたけど、その自分というのが、果たしてそんなに大事なものなのかってね」

「自分て、どうでもいいものなの？」

「というより、自分が変わることができる喜びもあることに気づいたんだよ。それまでのおれなら目もくれなかったトレッキングピークでも、お客さんはめちゃくちゃ感動してくれる。そんな姿を見ているうちに、おれのなかでも山に対する考え方が変わってきた。逆に、本当の山の素晴らしさをお客さんに教えられているような気がしてきた」

「エリザベス・ホーリーも同じようなことを言っていたよ。どの山も、自分にとっては可愛い子供たちだって」

「ああ。その気持ちがわかるようになって、おれのなかでの登山の世界がとてつもなく大きく広がった。それまで針の穴を通すようなことばかり狙ってきたけど、その穴の外の世界全体が山なんだってね」

いま自分が目指している針の穴がどれほど小さいものか、十分自覚しながら和志は言った。

「僕にとっては耳が痛い話だね」

「おまえを非難しているわけじゃないよ。ただ、人生は思いがけないところで新しい自分を見せてくれる。言い換えれば、自分の中身が入れ替わるような体験だな。だからといって、それは自分を失うこととは違う。いままで気がつかなかった自分に出会うとでもいうのかな。そういう新しい体験を受け入れるのはたしかに勇気がいることかもしれないけど、おれが言いたいのは、それで自分を失うなんて決してないということだよ」

磯村は噛んで含めるように言う。彼が言う新しい体験というのが、いまの自分にとってはノースリッジのスポンサーシップを受けて山に登るということなのだろう。そして和志がいま惧れているのは、それによって登山に対する自分のモチベーションが変わってしまうことだった。追い打ちをかけるように友梨が言う。

「磯村さんに同感よ。私たちは和志さんに、本当の意味でのプロの登山家になってほしいの。登山以外のどんなスポーツにもプロがいて、競技そのもので生活しているわ。クライマーだけが経済的なハンデを負わなきゃいけない理由はないと思うの。そもそも私たちにスポンサーシップの提案をさせたのは和志さんの力よ。誰かに頼るとか誰かを利用するとかじゃなく、あなたが実力で勝ち取ったものなのよ」

「そう言ってもらえるのはとても嬉しいし、二人の言うことはもっともだと思う。でも、いまはまだ自信が持てないんだよ。そういう恵まれた環境に自分が置かれたときに、代わりに失うものが必ずあるような気がしてね」

和志は申し訳ない思いを滲ませた。磯村は匙(さじ)を投げるように言う。

「これ以上の説得は、山際社長に任せるしかないな」

「大丈夫よ。うちの社長はどんな石頭でも柔らかくする魔法を知ってるから」

いかにも自信ありげに友梨は頷いた。

3

山際は翌日の夕方、和志と磯村を銀座（ぎんざ）のレストランに招待した。もちろん友梨も社長のお供でそこに加わるという。

その店は一流のフレンチレストランだから、スーツを着用するように磯村に言われたが、まともに会社勤めをしたことのない和志はそんなものは一着も持っていない。やむなく体型の比較的似ている磯村からスーツとネクタイとシャツを借用し、靴はたまたまサイズが一緒だった父のものを借りた。

「なんだ。案外、さまになるじゃないか。見かけだけなら、十分サラリーマンでやっていけるぞ」

磯村にまんざらでもなさそうに言われても、慣れないスーツを着ているだけで、自分自身まで借り物のような気がしてくる。

「初めてヨセミテの壁を登ったときみたいに緊張しているよ。馬鹿なことを言って山際社長に嫌われて、話がおじゃんになるかもしれないね」

「おい。まさかそれを狙ってるんじゃないだろうな」

磯村は慌てたように言う。和志は笑って応じた。

「心配は要らないよ、それほど器用なことのできる人間じゃないから」

「おれも社長とは何度か会ってるから、人柄はよくわかっている。舌先三寸で人を手玉にとったりする人じゃないから安心しろ」

「でも、人を見る目に関してはどうだろう。僕なんかに白羽の矢を立てるあたり、本当に大丈夫なの？」

冗談のつもりで言っただけだったが、磯村は真面目に反論する。

「社長に人を見る目がなかったら、一念発起して始めた会社をここまで成長させられるはずがないだろう。国内トップシェアをとったいまでも、会社としての規模は小さいが、そのぶん少数精鋭で、会社自体がアルパインスタイルみたいなもんなんだ。友梨にしたってそうだよ。普通の会社じゃ、あの若さでマーケティング室長という要職に抜擢されるなんて考えられない」

「ああ、彼女はたしかに仕事ができるね。バルンツェに登ったときも、パーティーをまとめるのに一役買ってくれたし、僕を説得する手腕も侮りがたいものがある」

「おまえも、こうと決めたら梃子でも動かないようなところがあるけど、彼女も負けてはいないからな。逃げ切れるとは思わないほうがいいぞ」

「あくまで自分が納得できるかどうかの問題で、べつに逃げようと思っているわけじゃないけどね」

「ということは、気持ちがだいぶ傾いてきているわけだな。あとは社長の一押しで決まりだな」

　磯村はほくそ笑む。本音を言えば、そんないい出会いを期待する気持ちも和志にはある。

　いずれにしろ、日本のアルピニストの大先輩で、いまも優れた装備の開発で登山界に貢献し、さらに世界のマーケットに飛躍しようとしている企業家から、社会音痴の和志でも学べるものは多いだろう。

　レストランには友梨が先に到着して待っていた。社長はいま出先にいて、その足でこちらに向かうという。

「相変わらず忙しそうだね、社長は」

　磯村が言うと、友梨は頷いた。

「お待たせしちゃってごめんなさい。新製品の発表会が間近でね。最後のチェックをするために、委託先の業者のあいだを走り回っているのよ。そういうことは社内の技術屋さんに任せておけばいいんだけど、最後の仕上げだけは自分でやらないと気が済まないようなの。とくに今回は北米とヨーロッパに新しい代理店が出来て、販売ルートが強化されたから、いわば本場への本格デビューといったところだから余計にね」

磯村が大袈裟に声を上げる。

「それは凄い。おれもヒマラヤで、ヨーロッパから来たクライマーに訊かれたことが何度もあるよ。おれが使っているノースリッジの製品を見て、ぜひ買いたいんだけど、どこで売ってるんだって」

「そういう話は、うちのほうでもあちこちで耳にしていたの。これまでは小売店との直取引で販路が限られていたから、どうしても供給が追いつかなくて。それでこの春、社長が北米とヨーロッパに自ら乗り込んで、現地の有力な代理店を開拓したのよ。世界進出への重要な足がかりなので、ここで失敗したらあとがないから、社長としても今回の製品には全力を注いでいるの」

「だったらポストモンスーンのローツェ・シャールと主峰の縦走、それに続くローツェ南壁冬季単独登攀が、マーケティングの面でも追い風になるな」

磯村は、すでにスポンサーシップの話が決まったような口振りだ。友梨も遠慮なしに調子を合わせる。

「もちろん、キャンペーンにどんどん使わせてもらうわよ。私たちはカズシ・ナラハラを応援していますって、大々的に広告に打ち出す計画よ」

「僕みたいな無名クライマーがそんなところにしゃしゃり出て、かえって逆効果にならなきゃいいけど」

謙遜というより、むしろ正直に自信のなさを吐露すると、否定するでもなく友梨は請け合った。

「そこがサプライズなのよ。すでに名前が浸透したクライマーじゃ、またあいつか、という感じで新鮮味がないでしょう。カズシって何者なんだと興味を抱いてもらうのが私のいちばんの狙いなの。和志さんも私たちも時代の新星として一緒に世界に飛び出す。それが社長と私の一致した願いなの」

アペリティフ（食前酒）のグラスを傾けながらそんな話をしていると、ウェイターに案内されて、五十代半ばくらいのやや小柄な人物がやってきた。

片手にステッキを持ち、片足は引きずるような歩き方だが、手を貸そうと近づくウェイターを穏やかに制して、落ち着いた動作でテーブルに着いた。磯村と和志が慌てて立ち上がると、座ったままでいいと手振りで示す。

「足が不自由なものですから、このままで失礼を。初めまして、山際です」

柔和な笑みを浮かべながら、初対面の和志に名刺を差し出す。髪にはやや白髪が交じっているが、痩せても太ってもおらず、肌の色艶もよく、いかにもやり手実業家らしいエネルギッシュな印象だ。

山の世界から離れてだいぶ経つからだろう。トモのような肩や腕の筋肉の盛り上がりは見られないが、さりげない目配りの鋭さに、かつての名クライマーらしさを感じる。

「奈良原です。すみません。名刺を持ち合わせていなくて」

「いやいや、こんなものは平地でのビジネスツールに過ぎない。君はそのうち顔そのものが名刺になるよ」

山際は鷹揚に言ってウェイターを手招きし、ワインリストを受けとって、好みのワインはあるかと訊いてくる。そう言われても和志はワインの銘柄などなにも知らない。

そこは磯村も同様のようで、お任せしますと磯村が応じると、山際はこなれた発音でフランスものらしいワインの名を挙げる。クライマー時代はシャモニーを拠点に活動したそうだから、フランス語にもワインにも通じているようだ。

オードブルが運ばれ、注文したワインのテイスティングを済ませると、各自のグラスにワインが注がれた。乾杯をしたところで、山際が切り出した。

「きょうは、肩肘張らずにたっぷり山の話を聞かせてもらおうと思ってね。帰りにシャモニーに立ち寄って、なかなか難しいルートを登ってきたと聞いたが」

かつてシャモニーを拠点にヨーロッパアルプスで活躍した山際としては、まずそのあたりが気になるようだった。

「シャモニー針峰群では、グラン・シャルモとブレティエール針峰、ドリュ針峰群ではプチ・ドリュとグラン・ドリュのかなり難しいルートを登りました。なかなか手応えがありました」

「どれも懐かしい名前だね。プチ・ドリュはどのルートを？　アメリカン・ダイレクトを登ったのかね」

山際はいかにも興味深そうに、突っ込んだところを訊いてくる。

「いえ、その隣のフレンチ・ダイレクトを登りました」

「プチ・ドリュ西壁じゃ最難度のルートだね。というより、シャモニー周辺でもトップクラスだ。どのくらいかかったね」

「丸一日でなんとか」

「それは驚異的だ。普通のクライマーなら二泊三日は必要なルートだよ。もちろんソロでだね」

「ええ。パーティーを組んでいたら、もう少しかかったかもしれません」

「シャモニー針峰群ではどこを――」

山際は嬉しそうに次々質問してくる。それぞれのルートについてのコメントもポイントを外さない。和志同様アルプスにあまり縁がなかった磯村も、一〇〇パーセント門外漢の友梨も、ただ黙って聞いているだけだ。

サラダ、スープ、魚料理とコースが進むうち、ワインのおかげで和志の舌もいくらか滑らかになってきた。興が乗ったところで、山際が訊いてくる。

「トモ・チェセンにも会ってきたそうじゃないか」

「トモも山際さんのことを知っていました。アルプスで活動していたときは、かなり意識していたようです」

和志は言った。山際は苦笑して応じた。

「社交辞令のような気もするがね。彼がアルプスの三大北壁を冬季単独、しかもわずか一週間で制覇したときは、凄いクライマーが出てきたものだと、私はあっけにとられたよ」

「フリークライマーとしての技術はいまもトップレベルでした」

「彼はたしかその前年に、ヤルン・カンの北壁を新ルートから登っている。そのときはソロじゃなかったがね」

「三大北壁を登った年には、カラコルムに遠征して、ブロード・ピークにも登っています。そしてその直後には、頂上には達しませんでしたが、K2の南南東リブの初登攀をソロで成功させています」

「ああ。あのころからトモはクライマーとしての凄みを見せていた。そのあとのジャヌー北壁もローツェ南壁も、決してフロックじゃないと私は思った。このままじゃ引き離されるばかりだと、あのときは大いに焦ったよ。けっきょくドロミテで転落して、私のヒマラヤへの夢は潰え去ったがね」

山際はいかにも口惜しそうに言う。企業家として成功したいまでも、山への未練やトモへのライバル意識を隠そうともしない。そんな山際に和志は好感を覚えた。

「山際さんは、当時、ソロで登ることに関心はおありだったんですか」

訊くと山際は、さらに口惜しそうに言う。

「ソロクライミングの優位性に気づくのが遅かった。その点も、トモに後れをとった理由だと思うね。ソロで登ったルートもあるにはあるが、本格的な壁はソロでは無理だと勝手に決め込んでいた。その常識を覆したのがトモだった」

八〇〇〇メートル級へのソロ登攀はそれ以前にも行なわれている。ラインホルト・メスナーのナンガ・パルバット、それに続くエベレスト無酸素単独登頂はその嚆矢だが、それに続くものも含めて、いずれもいわゆる壁のルートではなかった。

ヒマラヤのビッグウォールをソロで登るというアイデアに関してはトモがパイオニアで、以後、多くのクライマーが競って挑戦するようになった。しかし、パイオニアとしてのトモの業績は、悲しいかな、いまも疑問視されている。

「僕は本人に会って確信したんです。ジャヌーにしてもローツェにしても、彼は間違いなく登っていると」

「あのころの馬鹿騒ぎは、私もよく覚えているよ。寄ってたかってよくここまで言うものだと、じつに苦々しい気分だった。私もアルプスではいくつも初登記録を持っているし、なかにはソロで登ったものもあるが、それを証明するような写真はほとんど撮っていない。しかしそのころまでは、本人が登ったと言えば、それを信じるのがアルピニズムの流儀だった」

「山際さん自身は、疑問を感じなかったんですね」

「理に適っていると思ったよ。彼ほどのスピードがあれば、むしろソロが最良の選択だったろうね。ところが、ソロ登攀のパイオニアのメスナーまで、彼は登っていないと言い出したのには驚いた」

不快感を隠さずに山際は言う。心強いものを覚えて和志は応じた。

「問題は、登山におけるフェアネスの問題だと思うんです。あのとき以来、そこがおかしな方向に進んでしまったような気がしてならないんです」

我が意を得たりというように、山際は大きく頷いた。

「登山に対してほかのスポーツと同様の公正さを求めること自体が無理なんだ。審判が一緒に登るなんてことは不可能だし、写真なんて果たして証拠と言えるのか。頂上で撮った写真は、ルート初登だったら証拠とは言えない。ノーマルルートから登ったって同じ写真は撮れるからね」

同感だというように磯村も身を乗り出す。

「それにいまは、ＣＧによる合成だって可能ですからね。騙そうと思えばいくらでもできます」

「それ以上に問題なのは、そういう風潮が広まると、逆に真実を歪（ゆが）めることもできるようになるということだ。本当の記録を悪意で否定することも可能になる。伝統的な信頼の原則が失われれば、かえってアルピニズムは荒廃するような気がするね」

山際は嘆息する。磯村もそんな風潮への批判を露わにする。

「登攀の事実を証明するために、ヘリや飛行機をチャーターしてその映像を撮影しなければいけないようなことになったら、たとえアルパインスタイルでも、ヒマラヤの高峰を目指す上でのハードルが一挙に高くなる。かつての極地法の時代のように、企業やマスコミの支援がないとできない大プロジェクトになってしまいます」

磯村から、かつてそういう持論を聞いたことはとくになかったが、そんなことを考えていたのかと驚く。今度は友梨が話に加わる。

「クライミングの世界だけじゃないのよ。ビジネスの世界だって、ずいぶん胡散臭い話があるの――」

そう前置きして友梨が語り出した話は、山を愛する人間として、聞いて快いものではなかった。

何年かまえヨーロッパのネット上で、ノースリッジ製のアックスやアイゼンには重大な欠陥があるという噂が拡散したことがあるという。

登攀中に破損して危うく転落しそうになったというような話だったが、指摘された箇所はノースリッジがもっとも注意を払っていた部分で、材質でも加工精度でも最高レベルを目指したものだった。

社内で同じ条件で試験をしてみても、そんな現象は再現できなかった。もし実際に事故が起きているようなら、地元の山岳連盟のような組織から、直接苦情なり警告なりの通報があるのが普通だが、そういうこともとくになかった。

不思議に思って噂の出どころを探ってみると、最初にツイッターで発信したのは比較的著名なヨーロッパのクライマーで、ノースリッジとは別の会社とスポンサー契約を結んでいた。

そういう場合、スポンサー企業の製品を使うのが常識で、彼がノースリッジ製品を使っていたとすれば契約違反になる。その会社から依頼されてやったという証拠はないが、なんらかの意図があっての行為だったのは間違いない。ノースリッジ側はそのクライマーにメールで事実関係を問い合わせたが、けっきょく梨のつぶてだったらしい。

「それで社長は、海外の販売網を強化して、パブリシティに力を入れることにしたわけ。現地にちゃんとした代理店があれば、そういう悪質な中傷にもきちんと対応してもらえるから」

友梨はいまも憤りを抑えられない様子だ。とりなすように山際が言う。

「ビジネスの世界は修羅場でね。みんなが生き残りを懸けて戦っている。トモのようなケースもあるが、登山の世界はそれでもまだ牧歌的だよ。しかしね、どちらにも共通する不可欠なものがある。それは、逃げ道のない場所へ自ら身を置くことのできる能力だ」

「逃げ道のない場所へ自ら身を置くことのできる能力？」

その言葉が不思議に心に響いて、和志は鸚鵡返しに問い返した。大きく頷いて山際は続けた。

「山でもビジネスでも、自分一人の力でできることは限られている。私だって沢山の人の助けがあってここまでやってきた。しかし初めからそれを期待したら、誰も助けてはくれないからね」

「ソロという登り方に批判的な人も、少なからずいます」

「なにか変わったことをやろうとすれば、必ず批判者が出てくるものだ。身の程知らずだと言われ続けて、そのうちそういう批判の声が頭のなかに棲みついて、やがて自信がなくなってしまう。それに抗って意志を貫くのは並大抵のことじゃない。しかし、君はきょうまでそれをやってきた」

山際の言葉が胸を打った。

北米で活動していた無名時代、困難なルートを初登したと言っても信じてもらえなかったことは何度もあった。ソロで登ろうと現地へ出かけたら、そこにいたクライマーたちから、おまえにできるわけがない、死ぬからやめろと、親切ごかしに忠告されるのはしょっちゅうだった。

それ以上に、登ること自体を妨害されたことさえあった。レンジャーに登攀中止を勧告され、それまでの実績をいくら説明しても聞き入れてもらえない。話しているうちに、和志の登攀計画を知った地元のクラブの人間から、無謀な素人クライマーが危険な壁をソロで登ろうとしていると、通報を受けたことがわかった。

そのルートは彼らが悲願としていたもので、日本から来た若造にそこを登られてしまっては、沽券に関わるという気持ちがあったらしい。そのときの苦い思いを嚙みしめながら、和志は問いかけた。

「山際さんもそんな経験を？」

「もちろんだよ。シャモニーでいっぱしのクライマーと認めてもらえるまでに何年もかかった。それ以上に大変だったのが、いまの会社を起こしたときだった――」

山際はしみじみした口調で語り出した。

登山用品の店を経営する傍ら、山際はピッケルやアイゼンの試作品をつくって、あちこちの店を回ったという。国内の著名な登山家にも試用してほしいと頼んで歩いた。しかし、誰も相手にしてくれない。

自分はクライマーとして多少は知られた存在だと思っていたが、日本ではほとんど無名だったことに愕然とした。

製品には自信があった。本場アルプスで暮らした十数年の経験がそこに凝縮（ぎょうしゅく）されていた。しかしまとまった注文がなければ量産化はできない。

やむなく委託生産した手作りに近い製品を自分の店だけで販売していたが、ライバル製品と同等の値段にすれば赤字が出てしまう。赤字が出ない値段にすれば高くて誰も買ってくれない。

それでもなんとか事業化したいという一念で細々商売を続けていた。ドロミテでの転落事故で脊椎を傷め、片足にはいまも不自由が残る。それでも、山際は登山に関わる仕事をしたかった。そしてやる以上は、世界を相手にするビジネスにしたかった。

親兄弟からも知人からも、やめたほうがいいと忠告された。銀行にも融資の相談をしたが、相手にもされない。折れそうな気持ちを支えてくれたのは、日本へ帰ってから結婚した妻だけだった。

そんなある日、見知らぬ外国人がふらりと店にやってきた。店に置いてあるアックス類を次々手にとって、バランスを確認するように何度も振った。ほとんどがヨーロッパの有名ブランドの製品だったが、最後に手にしたのが、山際の開発したピッケルとアイスバイルだった。

それがよほど気に入ったようで、刃先の角度や接合部の加工精度を入念にチェックし、どこの製品だと訊いてくる。この店のオリジナルで、ほかでは売っていないと説明すると、他社製と比べてかなり高価なそのピッケルとアイスバイル、さらにアイゼンまでも迷うことなく購入してくれた。

じっくり話を聞いてみると、その人物は山際も名前を知っていた、ハル・ブラッドレイというアメリカの第一級のミックスクライマーだった。

たまたま知人に誘われて日本の壁を登りにきたが、運送会社の手違いで、別送したはずの登山装備が届いていなかった。それで急遽、都内で装備一式を揃えることにしたらしい。

東京にはもっと大きなアウトドアショップがいくらでもあるのにどうしてここへと訊いてみると、たまたまホテルのすぐ近くにあって、覗いてみると品揃えが充実していて、北米の一流ショップと比べても見劣りしなかったからだという。

そのころはオリジナルといってもまだ製品はアックスとアイゼンだけで、いまのようにテントやザック、ウェアやシューズまで手広く手がけてはいなかったが、店で扱っている製品は、山際がクライマー時代に蓄積した知識と経験から厳選したハイレベルなものばかりだった。

もちろんハルも山際の名前は知っていた。その場で意気投合し、その夜、ハルの投宿先のホテルのバーでグラスを傾けながら語り合った。事業化がうまくいかない苦衷を打ち明けると、ハルはある人物に会ってみないかという。

ハルの友人で、アメリカで投資ファンドのマネージャーをやっているという話だった。事業として有望と見れば、かなりの額の投資をしてくれるだろうという。それが本当なら夢のような話だが、そのときは山際も半信半疑だった。

二週間ほどして、ハルが電話を寄越した。山際のアックスとアイゼンを使って、冬の穂高と谷川岳の岩場を登ったが、期待どおり素晴らしい製品だった。ぜひ事業化を手伝いたいから、アメリカに帰ったらファンドマネージャーの友人に話してみるという。

よろしく頼むと応じはしたものの、それでもなお山際は大きな期待は抱かなかった。

ハルから予想外の連絡が来たのはその翌月だった。友人のファンドマネージャーが大いに乗り気で、ぜひ会いたいと言っている。ニューヨークまで来てもらえないかというのだ。

渡航費を捻出（ねんしゅつ）するのも苦しい状態だったが、なぜか今度はうまくいきそうな予感がした。なんとか金を工面して、山際はニューヨークに飛んだ。せめて四、五千万円の資金が得られれば、ぎりぎり事業を立ち上げられる。日本の銀行に依頼して断られていた融資額が、そのくらいだった。

ハルは持ち帰ったアックスとアイゼンを友人のトップクライマーたちにも使ってもらい、彼らからも最高の評価を得たという。

それが、キャッスル・パートナーズというそのファンドを動かしたらしい。先方が提示した投資額は日本円にして二億円。事業が順調に進めば、さらに積み増しすることも考えるという。

それを聞いて山際は慌てた。もし失敗してそれだけの負債を背負うことになったら、そのときは首でも吊るしかなくなる――。しかしそれは、投資ファンドのやり方に疎い山際の杞憂だった。

二億円の出資は、山際が設立する会社の株式取得というかたちで行ない、事業化に成功した際には株式を上場し、その売却益で資金を回収する。成功すれば初期投資額の何十倍もの値が付くこともあり、逆に失敗した場合は、その株式は紙くずになる。

そんなハイリスク・ハイリターンの投資が、彼らのビジネスモデルなのだ。だから山際は、なんの心配もせずに製品の開発と販売に専念すればいい――。

「あまりに破格な話で、正直、考え込んでしまったよ。そんな話に乗ってしまったら、自分が自分でいられなくなるんじゃないか。人生を乗っ取られるような気さえしたものだった。当時の私の肝っ玉なんて、せいぜいその程度のものだった」

自虐的な調子で山際は言う。話のスケールは違っていても、いまの自分の立場とよく似ている。山際も意識してそんな話をしているのだろうが、そのときの彼の決断には興味を引かれた。

「そのファンドの提案を、山際さんは受けられたんですね」

「ああ、さんざん迷った挙句ね。最後は腹を括ったよ。自分なんて消えてなくなっても誰も困らない。それより、自分が開発した製品は世界最高だという自信があった。それをこのまま埋もれさせるのは口惜しい。クライマーとしての人生は断念したが、アルピニズムに貢献する道はまだあるんじゃないかと考え直したんだよ」

穏やかな口調で山際は言った。自分なんて消えてなくなっても誰も困らない——。その言葉に和志はショック受けた。山際はさらに続ける。

「そう決心したとき、もう一回り大きな自分がイメージできたんだ。実際そのときは、自力でビジネスを続けるのはすでに限界だと感じていた。もう断念するしかないと、妻とも話し合っていた。しかし心血を注いだ製品が世に出るなら、会社は誰のものになってもかまわない。そう考えたら、気持ちがふっと軽くなった——」

山際はキャッスル・パートナーズの提案を受け入れて会社を設立した。資本金の九〇パーセント以上がキャッスル・パートナーズの出資で、山際は雇われ社長のようなものだった。

しかし、キャッスル・パートナーズは経営面での権限をすべて山際に預けてくれた。ハルも取締役に名を連ね、パブリシティの面で大きく貢献してくれた。

山際がまず力を注いだのは、国内での事業基盤の確立だった。まず海外で注目を集めてから日本のマーケットに参入するというアイデアもあったが、ヨーロッパで多少は名の通ったクライマーだった自分が、日本ではほとんど無名だったという苦い経験が山際にはあった。

最初に世に問うたのは、ハル・ブラッドレイの名を冠したアックスとアイゼンのシリーズだった。むろん開発に際しては、ハルのアドバイスも取り入れた。

当時は北米を中心にミックスクライミングが脚光を浴びていて、日本でもその動向に関心が集まっていた。

いまも神とあがめられるジェフ・ロウとともに、ミックスクライミングのパイオニアの一人に名を連ねていたハルのシグネチャーモデルは、日本国内で予想を超える注目を集めた。

豊富な資金力を生かして量産も可能になり、価格面でも欧米の著名メーカーの製品に対抗できるまでになった。広告宣伝費も潤沢（じゅんたく）に使えるようになり、ノースリッジのアックスとアイゼンは日本のマーケットに確固たる地歩を築くことができた。

ブランドイメージが確立すれば、あとは一気呵成だった。テントからウェア、シューズまで、山際の頭にはアイデアが次々に湧いてきた。

アックス類にしてもそうだが、ノースリッジはあくまで製品開発に集中し、製造は外部に委託した。社内のスタッフは開発と品質管理に集中できるから、少数精鋭主義を貫ける。会社設立後、わずか五年あまりで、ノースリッジは登山用品の総合メーカーとしての陣容を整えた。

五年前には新興株式市場への上場を果たし、キャッスル・パートナーズは投資額を遥(はる)かに上回る利益を手にした。山際も増資のたびに自社株を買い増して、いまでは全体の過半数を保有する筆頭株主になっているが、キャッスル・パートナーズとの強力な資本関係はいまも続いているという。

「死に物狂いで働いたよ。無駄な時間はかけたくなかった。これを逃したら二度とチャンスはやってこない。まさにアルパインスタイルの精神だったよ」

山際は穏やかに微笑んだ。

4

和志は問いかけた。

「今回のスポンサーシップのお話も、それと同じだと考えるべきだと？」

「無理強(じ)いはしないよ。しかしよく考えてほしい。私は、彼らの提案を受け入れることで大きく飛躍できた。そして失ったものはなにもない」

「でも、それだけのことをしてもらえる価値が果たして僕にあるのか、まだ自信が持てないんです」

和志の疑問に、山際はゆっくりと首を横に振った。

「キャッスル・パートナーズは、慈善事業で私に出資してくれたんじゃないんだよ。彼らはそういう甘いビジネスは、決してしない。おこがましい言い方をすれば、彼らは自らの責任で、私の能力に賭けてくれたんだ。いま我々が君に提案しているスポンサーシップについても、それと同じことが言える。私は企業家としての判断で君に投資することにした。受けるかどうかは君の自由だ。そしてその結果について、いかなる責任も君は負う必要がない」

返す言葉に窮していると、山際はさらに続けた。

「君が目指している登山は、じつは私の夢でもあった。どんなかたちであれ、それを手助けできるのなら、私にとってはこの上ない喜びなんだ。言うなれば君の夢に便乗させてもらいたいという、なんとも自分勝手な話でもあるがね」

「僕にできるでしょうか」

率直な思いで訊いた。単なるクライマーではない、企業家としての視点も併せ持つ山際の考えを聞いてみたかった。大きく頷いて山際は言った。

「君のこれまでの実績はすべて調べたよ。ヨセミテやアラスカ時代のものも含めてね。それも素晴らしいが、ヒマラヤでの実績は、困難度という点で群を抜いている。惜しむらくは、山そのもののネームバリューが不足していた」

「ソロで八〇〇〇メートルを越すことが、これまでは大きな壁でした。ただ、ノーマルルートから登ろうという気はまったくなかったんです。困難なバリエーションルートはいくらでもあったし、解決したい技術的な課題が次々出てきて――」

「それを君が着実にこなしてきたのは、これまでの記録を見ればよくわかるよ。しかし、機は熟したと私は言いたいね。君はいま、クライマーとして最高のときを迎えようとしている。ただし、そういう期間は、決して長くはないんだよ」

「いまが唯一のチャンスだと？」

「焦る必要はないが、行けるときには一気に行くべきだ。山でもビジネスでも、同じことが言えると思うよ」

「山際さんも、唯一のチャンスをしっかり生かしたわけですね」

「ビジネスに関してはそうだった。しかし、山に関してはそうではなかった。クライマーとして最良の時期に、私はアルプスというフィールドで満足していた。それで決定的なチャンスを逃した。トモのように果敢にヒマラヤに打って出ていれば、もう少し別の人生を歩んでいたかもしれない」

「もし挑んでいれば、トモ以上の実績を残せたかもしれませんね」

ライバル心をくすぐるような調子で磯村が言う。

「そこまでの自信はないけどね――」

苦笑いして山際は続けた。

「私の人生で、いちばん悔いが残るのはそこなんだよ。けっきょく私は、アルプスで得たそこそこの評価に安住してしまった。ヒマラヤという新天地に足を踏み入れる勇気がなかった。君はすでにヒマラヤを知っていて、その頂点に手が届く位置にいる」

「手応えは感じています」

和志は言った。ヒマラヤに足を踏み入れた理由は、まさしくそれだった。一歩一歩、階段を登るように目の前の課題を克服し、気がついたら八〇〇〇メートルの頂へとまっすぐ続くラストピッチだけが残っている。

満足げに頷いて山際は言う。

「しかしそういう時期というのは本当に短いものでね。時間が経ったから力が衰（おとろ）えるというような意味じゃない。チャンスというのは複雑な要素で成り立っていて、技術やコンディション以外のさまざまな条件が絡（から）み合う。それがベストの組み合わせになるタイミングというのは、そう滅多にはやってこないということなんだ」

「そのチャンスが、スポンサーシップのお話を頂いたいまだと？」

「そこまでおこがましいことは言わないよ。我々の支援がなくたって、君には十分目的を達成する力があると思う。しかし、ここで回り道をする必要はない。必要のないハンデを背負ったからといって、記録の価値が高まるわけじゃない。それに、ローツェ南壁が君の最終目標というわけじゃないだろう。だったらこのチャンスを確実にものにして、さらに先へと記録を伸ばしてほしいんだ」

山際の言葉にしだいに熱が籠もる。さらに先と言われても、和志はいま、具体的なイメージは持ち合わせていない。

しかし、アルピニズムの未来がまだまだ先まで続くのなら、自分もその一角を占めるクライマーであり続けたい。そう考えたとき、プロのクライマーとして生活の糧を得ることが、恐らく不可欠な条件になるだろう。

帰って早々両親からは、いつまでこんな暮らしを続けるのだと、いつものように小言を言われた。

物価の安いネパールにいるあいだはなんとか自活してはいるが、それも日本にいるあいだ実家でパラサイト生活ができて、そのあいだにアルバイトで稼ぐ資金があるからで、いまの生活は辛うじて回っているに過ぎない。

この秋のローツェ・シャールの計画はもちろん、冬のローツェ南壁のことは、心配させるだけだから言っていない。

今回のスポンサーシップの話がまとまれば、生活面ではとりあえず自立できる。両親もそれで多少は安心するだろうが、自分の腹が決まっていない以上、いまそれを報告するわけにもいかなかった。

「生涯などと言えば大袈裟ですが、まだまだ僕のクライマーとしての人生は続くと思います」

控えめな調子で和志は応じた。山際はここぞと身を乗り出す。

「だからこそ、いまが大事だと私は思うんだ。ローツェ南壁は、必ず君にとってブレイクスルーになる。そこを突破すれば、その先には未踏のマカルー西壁やK２の東壁がある。君だったらK２の冬季初登攀だって決して夢じゃない。しかしその手前で立ち止まっていたら、新しい世界には踏み込めない。つまり私と同じ失敗を、君にはしてほしくないんだよ」

山際は切々と訴える。そこには単にビジネス上の得失を超えた、一途な情熱が込められていた。スロベニアで聞いたトモの言葉が頭に浮かんだ。

「アルピニズムのいちばん基本的なモラルが信頼だ。アルピニズムの頂点とビジネスの頂点と、目指す目標は違っても、信頼というロープさえあれば互いに協力し合うことはできる」

トモが言ったその信頼が、自分のなかに芽生えているのを感じながら、和志は覚えず答えていた。

「ありがとうございます。スポンサーシップのお話、ぜひ受けさせてください」

磯村と友梨が、やったというようにハイタッチする。山際は満足げに頷いて、ワインのグラスを差し出した。和志もそれにグラスを合わせる。
磯村が言っていた新しい自分がそこにいるのを、和志はたしかに感じていた。

第五章　プロジェクト・スタート

1

ノースリッジからのスポンサーシップを受諾したことで、和志の生活は一変した。

まず、夏のあいだは日本でアルバイトに精を出す予定だったが、その必要がなくなり、この秋と冬のビッグチャレンジに全力を注ぐことができる。

磯村はさっそくネパール政府観光局にパーミッションの申請を済ませ、二人はまずローツェ・シャールとローツェ主峰の縦走計画の準備に入った。

ノースリッジとの契約は、社長の山際との会食の数日後に結ばれた。和志は広報室付の正社員という扱いで、給与やボーナスが同年齢の社員と同等に支給される。

しかし出社する義務はなく、すべての時間を登山活動のために費やすことができ、さらに遠征のための経費は給与とは別途に全額支給される。

その他にも、なんであれ〝世界初〟の記録を達成した際には特別ボーナスを支給するという一項もあった。しかしそれは登攀活動が金銭を目的とするものになりかねないと思え、磯村にはあとで馬鹿だと言われたが、自分の本意ではないと削除してもらった。

唯一の条件はアックスからアイゼン、ウェア類まで、すべてノースリッジの製品を使うことだった。

だがこの点においても、意に沿わない製品を無理強いして使わせるわけにはいかないとの山際の提案で、どの製品についても、本番の遠征の際には和志の意見を取り入れた特注品を用意してくれるという。

ノースリッジ側としては、いずれそれらを和志の名を冠したシグネチャーモデルとして販売するつもりのようだ。それならば製品開発にも寄与できる点で、和志も気持ちの負担が軽くなる。

山際や友梨が言ったように、登攀活動に支障が出るような仕事を押しつける気はないようで、したことといえば契約書を取り交わした翌日、広報用の写真を何点か撮影され、プロのスポーツライターのインタビューを受けたくらいだった。

両親は生活の安定という面では喜んでくれたが、より大きな目標への挑戦がその前提だという点については心配な様子だった。しかし、スロベニアで対面したトモ・チェセンのことや、スポンサーを買って出てくれた山際社長のことを熱を込めて語って聞かせると、そういう人々からお墨付きをもらった自分の息子は天才なのかと勘違いでもしたかのように、急に頼もしげな目で和志を見るようになった。

定収が得られるようになったので、どこかにアパートでも借りて自立しようかと思ったが、年に何カ月かしか日本にいないのにそんなのは無駄だと反対された。親のほうがどうもまだ子離れしたくないらしい。

一方で、恵まれた状況になったがゆえの問題も出てくる。これまでは夏のあいだの富士山や日本アルプスでの歩荷のアルバイトが基礎体力面でのトレーニングも兼ねていた。しかしこのままでは、秋と冬の登山の準備といっても、使うのは頭だけなので、和志にすればその点が不安でもある。とくにローツェ・シャールとローツェ主峰の縦走は、クライミングのテクニック以上に持久力が要求される。

そんな思いを漏らしたら、磯村が思いがけないアイデアを出してきた。夏でもモンスーンの影響のないカラコルムでのトレーニング登山だ。

カラコルムは広義のヒマラヤ山脈に属し、世界第二位の高峰K2を始め、多くの八〇〇〇メートル峰を擁する大山脈だ。

八〇〇〇メートル級となると夏場は大盛況で、これからすぐにパーミッションをとるのは難しいが、六、七〇〇〇メートル級ならば空いていて入山料も格安な山がいくつもあり、そうした山を八月中にこなしておけば、たしかに一カ月のインターバルを置いて十月以降のローツェ・シャールにいい形で繋げられる。

あくまでトレーニングという位置づけだからとくに困難なルートを狙う必要はないが、和志としてはこれから使うことになるノースリッジ製品のテストも兼ねて、氷と岩のミックスルートを狙いたい——。

そんな希望を伝えると、磯村はスパンティーク北西壁のゴールデン・ピラーはどうだという。

和志はカラコルムにはまだ足を踏み入れたことがなく、山域の情報にも詳しくない。磯村の説明によると、スパンティークはパキスタンのフンザ地域にある標高七〇二七メートルのピークだ。

ノーマルルートは比較的容易で、最近では磯村の本業である商業公募登山の人気ルートとなっている。磯村も近々ツアーを企画しようかと考えていたらしい。

先月和志が登ったバルンツェより標高はわずかに低いが、そのとき初登攀した南西壁の標高差は一二〇〇メートル。しかしバリエーションルートのゴールデン・ピラーは二〇〇〇メートルを上回る。

すでに何登かされているが、いまも世界の難ルートの一つと見なされ、高度なミックスクライミングの技術が要求される。和志が希望するアックスやアイゼンのテストにはもってこいのルートで、アルパインスタイルでも数日を要するから、ローツェ・シャールと主峰の縦走に向けたトレーニングという点でも十分だ。

磯村はスマホに入れてあるスパンティーク北西壁の写真を見せてくれた。ゴールデン・ピラーはその中央部を頂上へと直線的に突き上げる柱状の岩稜で、氷と岩が絶妙にミックスした、和志のようなミックスクライマーにとっては抗いがたい魅力を持つルートだった。

もちろん磯村がそんな提案をしたのはノースリッジのスポンサーシップを当てにしてのことで、試登やトレーニングのための登攀でも、必要な経費はノースリッジが負担し、それにはパートナーの分も含まれると明記されていた。

さっそく友梨に話をすると、もちろんＯＫだと言う。むしろ和志が初めて使うことになるノースリッジ製品のテストを事前に行なえるという点に強い関心を示し、その結果を取り入れて、本番までに十分な改良を加えられると大いに歓迎した。

一つ注文をつけられたのは、和志の登攀シーンを沢山写真に撮ってきてほしいということで、それをローツェ・シャールへの遠征に合わせて行なうキャンペーンに使うつもりらしい。

磯村は二つ返事で引き受けた。和志と違って写真を撮るのは嫌いではなく、営業用のホームページで使っている写真もすべて自ら撮影したもので、和志がたまに覗くと、唸（うな）らされるような作品がいくつも掲載されている。

2

「いよいよ始まるのね。ゴールデン・ピラーは易しいルートじゃないけど、ローツェ・シャールやローツェ南壁の前哨戦としてはちょうどいいって、社長も言ってたわ」

高揚した調子で友梨が言う。プロジェクト始動を祝って一杯やろうと友梨から誘いがあって、先日と同じ六本木の居酒屋で落ち合った。山際もカラコルムにはさほど詳しくないが、友梨の報告を聞いてすぐにネットで調べたらしい。

ミックスクライミングに特化したアックスとアイゼンの開発でビジネスをスタートさせた山際の目から見ても、そのテストフィールドとしてゴールデン・ピラーは最適と映ったようだった。

「いまさら登ってもとくに話題になるようなルートじゃないけどね。でも、前哨戦なんて言ったら失礼なくらい厳しい壁なんだよ」

磯村は顔をほころばす。期待を込めて和志も言った。

「アックスやアイゼンもそうだけど、何泊かは必要なルートだから、ビバークテントやシュラフの性能も試せる。クライミングブーツも含めて、すべてノースリッジの製品で登るつもりだよ」

「そんな話を聞くと、私も行ってみたくなるわね。もちろん登れるわけがないから、やれるのはせいぜいベースキャンプのテントキーパーだけど」

いかにも羨ましそうな顔で友梨が言う。

「それは公私混同じゃないの。社長だってそこまで気前はよくないよ」

磯村が苦言を呈するが、友梨はいよいよ前のめりだ。

「そんなことはないですよ。和志さんの遠征に関しては私がコーディネートの責任者なんだから。うちの製品を使った感想にしても、現地でじかに和志さんの声を聞くほうがずっとリアリティがあるでしょ。マーケティングってそういうものなんです。又聞きや資料、報告書から得られる情報って、けっきょく生きていないんです。大事なのは生の情報だけが持つ手触りなんです」

「わかるような気がする。ローツェ南壁は、じつはだいぶ前から意識していて、過去に登ったクライマーの記録も読んでいたんだよ。でも、実際にそこを登ったトモの口から聞いたディテールは、まったく違うものだった。目の前を覆っていたガスが一気に晴れたみたいな感じだったよ」

そんな和志の言葉に、我が意を得たりというように友梨は膝を打った。

「そのとおりよ。言葉だけでは伝えられない情報が、生きた現場には沢山あるのよ。それをキャッチするのが私の仕事だから、社長だってきっと賛成するわよ。期間はどのくらいになるの」

「余裕をみて一カ月くらい。天候がよければ三週間程度で済むかもしれないな」

「それだったら問題ないわ。八月はとくにイベントもないし、そもそも秋のローツェ・シャールと冬のローツェ南壁は私も行く予定だから、高所順応もやっておく必要があるでしょう」

「バルンツェでは七〇〇〇メートルを経験したし、とくに高所障害も出なかったから、その点は心配ないんじゃないの。まあ、本番で足を引っ張られても困るから、考えとしては悪くはないけど」

磯村は隊長になったような口を利く。こんなふうに御神輿（おみこし）に乗せられて山に登るようなことが、今後の自分の登山にどう影響してくるか、不安というよりいまは興味深い。一度踏み出してしまった以上、ここで後戻りするつもりはない。

山際は予想もしなかった投資ファンドの支援を受けたとき、ひるむことなくそれに応じた。そのときの気持ちをアルパインスタイルの精神だったと表現した。登り始めたらうしろを振り向くことなくひたすら頂上を目指す。その意味では、人生もまたアルパインスタイルなのだ。

まだ始動したばかりだが、チームというのはいいものかもしれない、と感じ始めていた。ヒマラヤでの和志の活動はまさに一匹狼だった。たまに誰かとパートナーを組むことはあっても、ほとんど一回限りの付き合いだった。目指すルートの情報を提供してくれたり、公募隊に相乗りさせてくれたりという親しい仲間はもちろんいたが、それはチームとは違う。

ノースリッジのスポンサーシップを受けたことで、いちばん変わったのはより集中度が高まったことだった。

他人に依存しない、すべてを自分の意志で決める――。そんなストイックなスタイルが、和志の登山の原点だった。しかしそこには代償もついて回る。

生活の基盤は常に不安定なうえに、パーミッションの取得からポーターの手配まで、登攀活動に付随する厄介な手続きをすべて自分の手でやらなければならない。ほかの登山隊に相乗りする場合も、それはそれで神経を遣うことになる。そして絶えず付きまとう孤独感――。

ソロを志向する自分にとって、そうした孤独もまた逃れがたい宿命なのだと自分に言い聞かせてはきたものの、それは登攀中に感じる孤独とは別物だ。

登山とは別の雑事に翻弄され、ありとあらゆる問題を自分一人で解決し、実際の登攀が始まったとき、精神的なエネルギーのかなりの部分が失われている。果たしてそれで最高の登攀ができていたのか。人生というのはほとんどが雑事の集積で、本当に大事なことのために使えるエネルギーは意外に少ないものなのだ。

ノースリッジとスポンサー契約を結んで以来、それまで当たり前のこととして受け入れてきた人生の負担が極端に減った。契約していなければいまごろは、歩荷やビルの窓拭きといったアルバイト仕事にありつくために、旧知の山小屋や業者に電話をかけまくっていたことだろう。

ところが、いまは山のことだけ考えていられる。そして自分を支えてくれる仲間がいる。それは金銭の問題だけではない。今回の契約が、一度は別の道を歩み出していた磯村とのパートナーシップを復活させてくれた。友梨と山際も、いまや和志にとって欠かせないパートナーだ。

重要なのは信頼だった。単にビジネス上の話だけだったら、そこに安んじて命運を託すような選択は和志には恐らくできなかっただろう。しかし、あの夜の山際の言葉は和志の胸を打った。だから、あのとき迷うことなくその言葉を信じられた。

言葉だけではない真実が、山際の存在そのものから心に迫ってくるようだった。それはスロベニアで接したトモから感じたのと同様のものだった。

「社長がＯＫなら、僕はもちろん賛成だよ。いずれにしても本番のローツェ・シャールやローツェ南壁では、ベースキャンプの機能が重要になってくる。インターネットを使って気象情報を受けとったり、登っているときはわからない壁の状態を下から教えてもらったりね」

和志が言うと、友梨は張りきって応じた。

「本番ではネット上に特設サイトをつくって、リアルタイムで中継するつもりよ。そのための機材の扱い方も練習しておけるしね」

「そんなことをする予定なの？」

和志は慌てて問い返したが、友梨は平然としたものだ。

「心配しないで。登攀中、和志さんたちになにか喋らせたり、撮影用のポーズをとらせたりするつもりはないから。私たちはベースキャンプから望遠レンズで淡々と撮影するだけ。和志さんたちにはあくまでクライミングに集中してもらうから」

「そうなのか。和志が嫌でなければ、おれはスマホで自撮りするよ。元気な姿を見せてやれば、女房も子供も安心するはずだから」

家族思いを言い訳にしているが、磯村はもともと目立つことが嫌いではないうえに、本業の商業公募登山の宣伝にもなると考えているのは間違いない。

「もちろん僕も協力するよ。シビアな状況だったらともかく、応援してくれる人たちに感謝の思いは伝えたいし、それ以上に、日の当たる機会の少ない高所登山に興味を持ってくれる人が一人でも増えれば、それは僕にとっても嬉しいことだから」

率直な思いで和志は言った。人生は思いがけないところで新しい自分を見せてくれる——。先日、磯村が言っていた、その言葉の意味をいま、たしかに実感している。

「本当に？　社長もきっと喜ぶわ。和志さんの言うとおり、ノースリッジの成功というより、高所登山そのものがもっと社会的に認知されるべきだというのが社長の考えなのよ」

「そうやって世界の人々がアルピニズムに興味を持ってくれれば、自然にメーカーのパイも拡大するしな」

磯村が訳知り顔で解説を加えるが、友梨はわずかに首を傾げる。

「メーカーにとってのパイがどうこうといった話には、たぶん社長はあまり関心がないの。ただ、アルピニズムという世界が本当に好きなのよ。自分が登ることはできなくなって、和志さんたちのような第一線のクライマーにその夢を託すしかないんだけど、いまの会社をやっているのも、それでお金を儲けようというんじゃなくて、アルピニズムの可能性を、もっともっと広げたいという思いからなのよ」

友梨の思いがけない反論に、磯村は少し驚きを見せながらフォローした。

「そうなんだろうな。和志みたいな風来坊を全面支援するなんて、普通のビジネス感覚で思いつく話じゃないからな。しかしそういう酔狂（すいきょう）な人がいてくれないと、世の中はどんどんつまらなくなっていく」

「社長はよく言ってるわ。そういう馬鹿がいなくなると、世の中はどんどんだめになる。損得勘定（かんじょう）こそが人間を堕落させる劇薬だって」

「だったら僕も、少しは世の中の役に立っているわけだ」

心強い思いで和志は言った。損得勘定ができないことが、自分の最大の欠陥だと思ってきょうまで生きてきた。そう言われれば山際にしても、最初にアックスとアイゼンを開発したとき、世間の目は冷ややかだったと聞いている。その道にあえて踏み込んだ自らを馬鹿と表現したのだとしたら、自分と山際は同類だ。それは和志にとって誇らしいことに思えた。

「少しどころじゃないですよ。和志さんはこれから世界のアルピニズムをリードする大クライマーになると、社長は太鼓判を押しています」

そこまで言われると面映(おもは)ゆいが、その期待にいくらかでも応えられればという思いが湧いてくる。

「実績じゃ、おれなんか歯が立たないところまで行っちゃったからな。最初にヨセミテで知り合ったときは、多少は筋がよさそうだくらいにしか思っていなかった。未来の大クライマーにクライミングの基礎を叩(たた)き込んだ男として、おれの名前もついでに歴史に残るといいんだけど」

冗談めかして磯村は言うが、そのことをねたむでもなく、心底喜んでくれているのがよくわかる。懐かしさを感じながら和志は言った。

「あのときのことはよく覚えているよ。どういうルートかも知らされずに、ただ闇雲に引っ張り回されてね。十本以上登り終えてやっと教えてくれたんだけど、ほとんどがヨセミテでは有名な難ルートで、当時の僕の実力じゃとても登れないはずのところだった。でも磯村さんがあんまりすいすい登っていくから、それに騙されて怖がりもせずに登っちゃった。あとでそのことを聞かされたときは、あらためて膝頭が震えたよ」

「そうなのか。小川山や瑞牆山のハイグレードのピッチをいくつもこなしたと大口を叩いていたもんだから、途中で泣きべそをかかせてやろうと思ったんだが、こんなの屁でもないという顔でついてきやがった。こいつは高所平気症なのかと思ったよ」

感慨深げに磯村も言う。そんな磯村とパーティーを組むのは何年ぶりだろう。ヨセミテからアラスカに転じ、未経験だったミックスクライミングのテクニックを伝授してくれたのも磯村だった。その延長線上にいまの自分がいると思えば、なにを言われても頭が上がらない。

「だったら二人の友情物語も、キャンペーンの題材として使わせてもらうわ。今度のゴールデン・ピラーは、名前からして黄金コンビの復活にふさわしいじゃない」

友梨は声を弾ませる。磯村は慌てて首を横に振った。

「いやいや、ローツェ・シャールにしてもそうだけど、おれはあくまで脇役だよ。和志は本質的にはソロクライマーだ。これまでの登攀でも、重要な記録のほとんどをソロで達成している。今回はローツェ南壁、それも冬季単独という条件での挑戦で、これまでとは難度もスケールも違うから、テクニカルな見通しをつける上でなにか役に立てればと協力するだけだ。おれ個人の野心は二の次だよ」

　そうは言っても、ローツェ・シャールとローツェ主峰の縦走というプランはいかにも野心的で、磯村にしてもクライマーとして一世一代のチャレンジなのは間違いない。すでにヒマラヤの八〇〇〇メートル級をいくつか経験している磯村は、その意味でも先達（せんだつ）といえる。彼がいまだに手にしていないと嘆く〝世界初〟のタイトルは、彼の名をリーダーとして冠したパーティーで獲得したい。

「でも、そっちのほうは磯村さんが隊長なんだから、僕は一隊員として頑張るだけだよ。初めての八〇〇〇メートル級なんで、せいぜい足を引っ張らないようにしないといけないね」

「おれに花を持たせようというご配慮はありがたいが、シャールと主峰の縦走は、あくまでローツェ南壁の前哨戦だ。それでおまえが怪我をしたり死ぬようなことがあったら、元も子もない。だから、意地でも達成しようとまでは思っちゃいない。シャールにしたって、決して容易い目標じゃないからな」

　磯村はあくまで控えめな口振りだが、和志は反論した。

「やるからには全力で挑もうよ。初めからそんなことを言ってたら、出せる力も出せなくなる。そういう考えなら、僕は最初から登らないよ」

「そうは言っても、おまえにとっては南壁が当面の最大の課題だ。その障害になるようなことはしたくない」

「そんなことを言ったら、ゴールデン・ピラーだって登っちゃいけないことになる。最大の目標に向かうステップだからこそ、一歩一歩、全力で登る。それが僕のこれまでやってきたことだから」

力を込めて和志は言った。磯村は大きく頷いた。

「わかったよ。おれの考えが甘かった。たしかに半端な気分で登ったら、かえって自殺行為になりかねない。それがヒマラヤだってことぐらい十分わかっていたはずなのに、公募隊のオルガナイザーで飯を食うようになって、なんでも安全第一という頭になっちまっていたらしい。そこまで言われたら退(ひ)いてはいられない。ローツェ・シャールと主峰の縦走は、おまえにとっては通過点に過ぎなくても、おれのヒマラヤ登山の総決算だ。そこで手を抜いたら、これまでのクライマー人生への冒瀆(ぼうとく)になるからな」

「その意気だよ。ゴールデン・ピラーにしたって、ただ登るだけじゃつまらないから、なにか記録をつくろう。例えばルート最速登攀とか」

「そうだな。シャールと主峰の縦走は、体力はもちろんだが、スピードが命になる。南壁となれば、それ以上にスピードが求められる。どうせ四登か五登にしかならないんだから、なにかテーマを持って登らないと張り合いがない」

「そこはこれまで、どのくらいかけて登られているの」

「これまでの最速で五泊六日は要しているようだな」

「だったら四泊、できれば三泊で登って下りたいね。トモはローツェ南壁を三泊四日で登って下りている。ジャヌー北壁はたったの一泊二日だ。その気になれば、もっと短縮できるかもしれない」

「おまえの場合は、たしかにそのくらいのスピードが求められるな。おれもせいぜい頑張ってみるよ。やってやれないことはないだろう」

気合いの入った口振りで磯村は応じる。友梨はいよいよ勢いづいた。

「だったらキャンペーンのスタートはゴールデン・ピラーにしようよ。それだけの意気込みで登るんなら、隠しておく理由はないじゃない。さっそく社長と相談して、私たちも秘策を練るわ」

「同行すること自体、まだ山際さんの承認を得たわけでもないだろう」

磯村が水を差しても友梨は意に介さない。

「絶対に反対はしないわよ。いまの話を聞かせたら、むしろ向こうから、ぜひ行けと命令してくると思うわよ」

「秘策を練るって、つまりなにをしようというわけ?」

勝手に話が膨らむのも困るので、和志はとりあえず訊いてみた。はぐらかすように友梨は言う。

「これから考えるから秘策なのよ。安心して。お二人の登攀の邪魔になるようなことはしないから。キャンペーンというのはスタートが大事なの。寝耳に水のところへ突然大きなイベントを仕掛けても、反応は意外に鈍いのよ。少しずつ小出しにしていって、徐々に興味を盛り上げていくのがテクニックなの。その意味で、二人がゴールデン・ピラーで最速記録を狙ってくれるのは、最初の話題づくりとして最適だと思うのよ」

「僕らは登ることだけ考えればいいんだね」

「もちろんよ。そちらはそちら、こちらはこちらで、どっちもその道のプロなんだから、お互い信頼し合って全力を尽くすだけよ。でも和志さんだって、日本にファンが出来て、応援してもらえるようになれば、いままで以上にパワーが出るんじゃないかしら」

「そうだといいけど、逆にプレッシャーになりそうな気もするね」

「そこを乗り越えなきゃ。ローツェ南壁冬季単独初登攀という大記録を達成したら、世界中が注目するようになるのは間違いないんだから。そういうプレッシャーに慣れておくことも、その先の目標に向かう上でも絶対にプラスよ」

友梨は力強く請け合った。

3

磯村は手慣れたもので、三週間後には三つの遠征のパーミッションを取得した。

登攀期間はスパンティークが八月いっぱい、ローツェ・シャールとローツェ主峰が九月から十月、和志が単独で挑むローツェ南壁は十二月下旬から翌年の三月上旬。いずれも天候待ちや不慮（ふりょ）のトラブルを想定して、期間は可能な限り長めにしておいた。

入山料はもちろんノースリッジが負担してくれた。現在、エベレストは一人当たり一万一〇〇〇ドルと突出しているが、それ以外のネパールの八〇〇〇メートル峰は一八〇〇ドルと格段に安い。ローツェ・シャール自体も八〇〇〇メートル峰だが、ローツェ主峰の一部と解釈され、縦走プランでも一座とカウントされる。パキスタンのスパンティークは標高も低いためそれよりさらに安く、すべて合わせて五〇〇〇ドルほどだ。

そこに日本からの航空運賃や現地でのポーターの賃金などの諸経費を合わせると、総額は日本円で六百万円ほどになるが、ノースリッジからはびた一文（いちもん）値切られることはなかった。

八〇〇〇メートル峰二座（実質は三座）を含む三つのヒマラヤ遠征がこれだけの経費で済むというのは、アルパインスタイルという登山形態が一般的なものになったおかげで、かつてのように二十名前後の大部隊を組織し、大勢の高所シェルパを雇い、酸素ボンベを含む大量の荷物を運び上げ、何週間もかけてルート工作をする組織登山の時代なら、一遠征につき、隊員一人の個人負担分だけで数百万円かかったと聞いている。

それでも足りずに企業を回って寄付を募る。かつてのヒマラヤ登山は、個人レベルでは到底実現できないようなビッグプロジェクトだった。

そのころと比べればヒマラヤ登山のハードルは非常に低くなったと言えるが、それでも絶えず背中に貧乏神が張り付いていた和志にとっては天国と言ってもいいほどの環境で、ノースリッジのスポンサーシップがなければ、到底不可能なことだった。

「お金のことで頭を悩ませずに済むのは本当に助かるよ。これなら精神的なエネルギーをすべて登山に集中できる。僕一人がこんな有利な立場に立てて、なにか申し訳ないような気もするね」

磯村から電話でそんな報告を受けて、和志は率直な思いを口にした。かつての自分のように、生活と登山活動を苦労して両立させながら、それでも夢を抱いてヒマラヤに挑んでいるクライマーは大勢いる。磯村にしても同じ立場だ。磯村は笑って言った。

「運も実力のうちと考えればいいんだよ。その運にしても、おまえの実力があってこそ引き寄せられたものだ。人生も登山も似たようなもので、最高の技量とタクティクスがあって、そこにさらに幸運が重なって初めて成功できる。それはおまえ自身がいちばんわかっていることだろう」

「ああ。その運を味方につけて、一瞬のチャンスを逃さない。それができるかどうかが運命の分かれ目だと思う」

「要するにおまえの人生にも、そういう意味での運が巡ってきたというわけだ。いまは余計なことは考えずに、そのチャンスを生かし切ることだ。欧米にはそういうクライマーが大勢いる。彼らと肩を並べてビッグクライムに挑み続けるのは、おまえ一人の力じゃ無理なんだ」

背中を押すように磯村は言う。たしかにこれまでの自分の登山は、それなりの記録は打ち立ててはきたものの、スケールの点で見劣りするものが多かった。

それが経済的な理由に起因することだともわかっていた。小粒でも困難な壁に挑むのは、将来のビッグクライムへの挑戦に不可欠なステップなのだと自分に言い聞かせてきたが、それも言い逃れだったような気がいまはしている。

4

その数日後には、ノースリッジから、アックスやアイゼン、クライミングブーツ、テントからシュラフまで、登攀に必要な装備一式が届いた。

いずれも初めて目にするものだったが、そのクオリティの高さはすぐにわかった。とくに山際が自らの経験を生かしてデザインし、そこにハル・ブラッドレイのアドバイスを生かして改良を加えたアックス類は、バランスの点でもヘッドの角度にしてもほぼ完璧と言えた。

強度や氷への食い込みについては実際に使ってみないとわからないが、いまの時季、日本には氷のゲレンデがない。磯村はだいぶ前から使ってはいるが、ここ数年、本格的なアイスクライミングからは離れていて、難度の高い壁を登った際の性能はまだ確認していないそうだ。

ハル・ブラッドレイを始めとするアメリカのミックスクライマーが実際に使用して絶賛している製品だから、そう心配することはないだろうが、製造過程における個体差もあり、使う者との相性もある。

けっきょくそれは八月の遠征で試すしかないことだが、ゴールデン・ピラーにしてもすこぶる難しい壁で、もしそこで問題が見つかった場合は、最悪、登攀を断念するようなことにもなりかねない。

率直にそんな話をすると、友梨がさっそく社長と相談してくれて、これまで愛用してきた他社の製品を予備として持っていく許可を得た。

それを使う機会は恐らくないだろうと和志は言ったが、山際としてはむしろそれが当然で、単に広告塔として自社製品を使ってもらうのではなく、何が違って何が足りなかったのか、そういう微妙なところまでチェックして、フィードバックしてもらうことが重要だという考えのようだった。

友梨はノースリッジのウェブサイトに「カズシ・ナラハラ　ヒマラヤ・チャレンジ」という新しいページを開設した。

ヨセミテやアラスカでの難ルート登攀の記録から始まり、直近のバルンツェ南西壁初登攀に至る数々の実績を、写真やイラストを豊富に使ったビジュアルな構成で紹介し、一般の人々には馴染みのないルートにも興味を持ってもらえるように工夫されている。

先日撮影された写真とインタビューも掲載された。磯村とアラスカの氷壁を登ったとき、たまたま彼が撮っていた和志のアクロバチックなクライミングシーンの写真も提供してもらった。

もちろんこれから挑む夏、秋、冬の三つの遠征にも触れていて、とくにローツェ南壁について大きなスペースが割かれ、トモ・チェセンとの出会いについても、和志自身の言葉でしっかりと語られている。

いまも疑惑がついて回るトモのことに触れるのが、キャンペーンという性格から見てネガティブな印象に繋がるのではという危惧も社内にはあったらしいが、逆にそれを前面に押し出すべきだという山際の鶴の一声で決まったと聞いた。

山際の判断は間違っておらず、そのページには開設初日で数千件のアクセスがあった。商品情報をチェックするためにサイトを訪れた人々が興味を引かれて覗き、それがツイートされて新たな訪問者を呼び込んだと友梨は見ていて、応援のメッセージもすでに何十通か届いているという。

初日としては絶好の滑り出しで、ウェブを通じたキャンペーンに慣れている友梨でも意外なほどの反応らしい。

日本国内にアルパインクライミングに興味のある人々がどれほどいるものか、はなはだ心許ない思いだった和志にすれば、想像もしなかった嬉しい出来事だった。してやったりという調子で友梨は言った。

「いまはまだ限られた人たちのあいだだけだけど、ゴールデン・ピラーの登攀に成功するころには、もっと注目が集まっているはずよ。これから英語版も作成するつもりなの。さらに国内外の山岳雑誌やスポーツ雑誌でもしっかり告知していくわ。メディアからの取材もあるかもしれないから、そのときは協力してね」

「ああ、もちろんだよ。ただ、あまり大袈裟になるのも困るけど」

それとなく注文をつけると、それは当然だと友梨は請け合った。

「契約の項目のなかには、和志さんに最大限、登山活動に専念してもらうことが条件として入っているでしょ。パブリシティでそっちに支障が出るようになったら、本来の目的から外れちゃうわ。私たちの最大の目的は、和志さんにクライマーとして最高の成果を上げてもらうことなんだから。決して後悔はさせないわ」

そうは言われても、パブリシティに協力するという一項もあるから、要はそこでどう折り合いをつけるかだろう。スポンサーシップを受けてしまった以上、あまり我が儘も言ってはいられない。

それに現実としては、登山以外の雑用が大きく減ったのはたしかで、これから登るゴールデン・ピラーやローツェ・シャール、ローツェ南壁に向けてのルート分析やイメージトレーニングに心置きなく専念できている。

「当面の大目標はローツェの南壁で、これまではやれるかどうか五分五分という感じだったけど、これだけの環境を用意してもらって、それが六分四分くらいの感触に変わってきているんだ。だから後悔は少しもしていないよ」

「本当に？　それは頼もしい話ね。社長に聞かせたらきっと喜ぶわ。トモの名誉も回復できるし」

「ああ。与えられたチャンスを逃さない。それがアルパインスタイルの鉄則だ。山際社長もそんなことを言っていたね。人生だってそれと同じだというような――」

「そうなのよ。私たちも耳にたこができるくらい聞かされているわ。でも間違っていないと思う。ノースリッジがそうやって成長してきたことは、私もしっかりこの目で見てきたから」

「夏、秋、冬と、続けてビッグチャレンジができるなんて、以前は想像もしていなかった。こんな贅沢な経験ができるなんて、クライマー冥利に尽きるよ」

「和志さんなら間違いなくハットトリックを達成するわよ。そうなったら一躍、世界の檜舞台に躍り出るわ。私たちもそのとき一緒に世界ブランドとして飛躍できる。和志さんとの出会いは、社長にとってもビッグチャンスなのよ」

声を弾ませて友梨は言った。

5

七月の下旬に、和志たちはパキスタン入りした。

首都イスラマバードは灼熱の季節だったが、到着初日に投宿したのは、日本を含む各国の登山隊のほとんどが利用する格安ホテルではなく、五つ星とはいかないが、しっかりとエアコンの効いた、まずまずの中級ホテルだった。

磯村の話では、夏のカラコルムのツアーで客たちがいちばん体力を消耗するのが、起点となるイスラマバードやラワルピンディの猛烈な暑さで、飛行機の運航状況によっては数日滞在することもあり、その間に体調を崩す人も出てくるらしい。そこで彼がコーディネートするツアーでは、ホテルのランクを上げて、エアコンやシャワーのトラブルのないところを選ぶようにしているという。

今回彼が選んだのも、カラコルム関係のツアーでいつも使っているホテルで、屋内にいる限り外の酷暑とは無縁でいられる。その点も、ノースリッジのスポンサーシップがあればこそで、海外では貧乏暮らしが習い性になっている和志にとっては思いがけない厚遇と言えた。

到着した翌日にはリエゾンオフィサー（連絡将校）がホテルを訪れ、キャラバンのルートや日程の打ち合わせをした。パキスタンでもネパールでも、一定以上の標高の山を登る場合、リエゾンオフィサーの同行が義務づけられ、その日当は登山隊の負担になる。

鬱陶しいといえば鬱陶しいが、担当するのは陸軍の将校で、彼らにとっては貴重な臨時収入にもなるので、キャラバンの起点の村でのポーターの雇用や食料の買い出しなどで通訳を買って出てくれて、そうした際のトラブルにも対処してくれるから、現地の言葉を解さない外国からの登山隊にとっては、実際にはありがたい存在なのだ。

ただし当たり外れは付きもので、キャラバンの途中で高山病に罹って下山したり、最初からベースキャンプまで行く気もなく、麓の村のホテルで待機する者もいる。今回の担当者はジンナーというまだ二十代の少尉で、体力はありそうだが、経験という点では未知数だ。

別送していた装備も翌日には無事にホテルに到着し、とりあえず登攀への準備は順調に進んだ。そのあたりの手配は磯村のお手の物で、西部カラコルムへの玄関口、ギルギットまでの飛行機の予約も滞りなく済んでいる。

観光シーズンで混んでいるギルギットのホテルも、磯村が公募登山で定宿にしているホテルが無理を聞いてくれたおかげで部屋を確保できたらしい。公募登山の場合は一年前から予約を入れておくのが普通だという。そのあたりは和志に真似のできる芸当ではない。

ギルギットからキャラバンの起点のホパールという村までは四〇キロ余りの道程で、そこを行く四輪駆動車はホテルで手配してくれるという。

友梨は秋以降のメインステージの予行演習だと言って、インターネット接続に強いインマルサット社の端末を持ち込んだ。

ベースキャンプではパソコンと接続して東京の本社に画像や動画を送信し、ホームページを随時更新するほか、契約した気象予測会社と電話やメールでやりとりもでき、なにかあった際には救援の要請もできる。これならば、ただのテントキーパー以上の仕事を期待できそうだ。

ギルギットに向けて出発する前夜、東京の山際から電話が入った。

友梨が受けて現状を報告したあと、和志に替わってくれと先方が言ってきた。

「いよいよプロジェクトのスタートだね。ゴールデン・ピラーは予想外だったが、私もいろいろ調べたよ――」

余計な前置きもなく、高揚した口調で山際は続ける。

「グランド・ジョラスのウォーカー・バットレスと似ているが、向こうは標高三〇〇〇メートルが起点で四〇〇〇メートルで終わる。しかしゴールデン・ピラーは五〇〇〇メートルから始まり七〇〇〇メートルにまで達する。スケールは桁違いで、しかも六〇〇〇メートルから上はほとんど垂直だ。それだけの高所で最高難度のクライミングを私は経験したことがないが、君にとってはそう珍しいことでもないんだろうな」

山際はスポンサーというより、同好の士という口振りだ。和志は応じた。

「やはり、酸素が少ないぶん、動作も判断力も鈍くなります。自分のイメージと実際の動きのギャップがとても大きいんです。それを計算に入れて登るしかないんですが、なかなか慣れるということがありません」

「いま心配しているのは、そういう厳しいルートで、うちの製品が果たして合格点をとれるかどうかだよ。我が社はまだまだマーケットが限られていてね。これまでアラスカやアルプス以外では十分なテストデータがとれていない。本格的なクライマーに、ヒマラヤの壁で実際にテストしてもらうのは初めてのことなんだ」

山際は謙虚な口振りだ。和志は言った。

「その点は心配していません。アラスカは寒さも、氷の硬さもヒマラヤ以上です。そこで十分テストされた製品なら、トラブルが起こる心配はまったくないと思います。僕が気にしていたのは、あくまで僕個人との相性なんです。それぱかりは現場で使ってみないとわからないので」

「そういう問題なら、フィードバックしてくれれば、次の遠征までに必ず調整するよ。ほかにも君ならではのアイデアがあったらぜひ教えてほしい。それを反映してつくる新製品は、ヒマラヤでのミックスクライミングに特化したものとしてアピールしたいんだ。それ自体のマーケットはそう大きくはないが、ヒマラヤに強いというセールスポイントは、うちの製品全体のイメージアップにも繋がるからね」

「ええ。ゴールデン・ピラーは素晴らしい壁です。ヒマラヤでのアルパインスタイルの実践例として、教科書と言ってもいいくらいのルートです。アックスやアイゼンだけではなく、テントやウェアにしても、いいアイデアが出てきそうな気がします」

「それは嬉しいね。しかし、それ以上に期待しているのは君たちの登攀だよ。こんな体じゃなかったら、私もぜひベースキャンプまで足を運びたいところなんだが」

山際はいかにも口惜しそうに言う。山が、クライミングがいまでも本当に好きなのだ。親愛を込めて和志は応じた。

「友梨さんが下から一部始終中継してくれるそうです。それをご覧になって、なにかアドバイスがあればぜひお願いします」

「いまさらそんなことのできる立場じゃないよ。君たちは、私がやっていたクライミングのはるか上を行っているんだから」

「僕はまだまだ発展途上です。当然、独りよがりなところもあります。一人で登ることが多いので、客観的な立場からの意見を耳にすることがあまりないんです。忌憚のないところを聞かせていただければ、今後の参考になりますから」

　和志の場合、普通なら他人からの批評は雑音だと割り切って意に介さない。しかし山際に言ったその言葉は、決して社交辞令ではない。ごく限られるが、率直に耳を貸したい相手はいる。

　それは磯村であり、トモであり、いま山際もその一人に加わっている。とくに山際からは、技術を超えたなにかが得られるような気がするのだ。今回のスポンサーシップに関しても、逡巡していた和志の心を動かしたのは山際の言葉だった。

「そう言ってもらえるのは、じつに名誉なことだよ。とやかく口を挟む気はないが、馬齢を重ねた目から見れば、なにか気がつくこともあるかもしれないね。もちろん聞き流してもらってかまわないが」

「ぜひお願いします。友梨さんもそうですが、いまは僕を支えてくれるチームがあります。失礼な言い方かもしれませんが、山際社長もその一人です。これまでのクライマー生活で、こんな手厚いサポートを受けて登るのは初めての経験です。いまは本当にそれを感謝しています」

それは嘘偽りのない思いだった。気どりのない調子で山際は応じた。

「なに、こちらはこちらで思惑があってやっていることなんだ。君はなんの負担も感じることはない。追求しているのはお互いにとってウィン・ウィンの関係だからね」

6

翌日の午前十時過ぎに、和志たちはイスラマバードの空港を飛び立った。

ギルギットまでは一時間あまりの空の旅だ。眼下のヒンドスタン平原は雲に覆われていたが、北に向かううちに、雲海から頭を覗かせたカラコルムの白銀の峰々が見えてきた。

進行方向の右手には世界第二位の高峰K２を盟主に、ブロード・ピーク、さらにガッシャーブルム山群の八〇〇〇メートル級の巨峰群が、前方には、ラカポシ、ディラン、クンヤン・キッシュと続く七〇〇〇メートル級の高峰群が衝立(ついたて)のように立ちはだかる。

ディランとクンヤン・キッシュのあいだには、目指すスパンティークの端正(たんせい)な三角形の山容も見える。鉈(なた)で断ち割ったような北西壁――ゴールデン・ピラーはここからは見えない。

そして手前に孤高の佇まいを見せるのはヒマラヤ最西端の八〇〇〇メートル峰で、かつて人食い山と恐れられたナンガ・パルバット——。

ヒマラヤに足を踏み入れて以来、ずっとネパールをベースに活動してきた和志は、これまでカラコルムとはほとんど無縁だった。八〇〇〇メートル峰の数こそネパールヒマラヤに劣るが、岩と氷の鎧(よろい)で身を固めた巨人が一堂に会したような壮観は、和志の心を震わせた。

「どうだ。ローツェ南壁の次はK2を狙ってみないか。唯一冬季未踏の八〇〇〇メートル峰だし、東壁はまだ誰にも登られていない。ソロで未踏のルートならまだまだいくらでもある」

磯村が煽り立てる。群青色に近い空を背景に、東にひときわ高く伸び上がる白銀のピラミッド——初めて実物を目にしたK2は和志の登高意欲を掻き立てた。

「まずはローツェだよ。その先まではまだ頭が回らない」

とりあえずそう答えたものの、心が躍るのを抑えられない。

クライマーとしてのメインステージに、いまようやく自分は上がろうとしている。ローツェ南壁の次には、まだまだいくらでも大きな目標が待ち構えている。

磯村の言う冬のK2もその一つだし、未踏のマカルー西壁もある。そしていま自分は、そんな大きな目標に、思いのままに挑むことができるポジションにいる。そんな胸の内を見透かしたように友梨が言う。

「そんなの嘘よ。さっきから目の色が違っているもの。うちの社長もそうだけど、そういうことがやれる人って、どこか普通じゃないのよ」

「頭が変みたいに聞こえるけど」

「だって、私はそこに惚れたんだもの。トモ・チェセンが登ったルートを、彼への疑惑を晴らすために登り直す。それも冬季単独でなんて、普通の人が考えるアイデアじゃないと思うわ。そういう一途なことができる人って、やはり特別な人なのよ」

「あんまりおだてられると、調子に乗りすぎてローツェでドジを踏みかねないよ。けっきょく一歩一歩確実に行くしかないんだよ。これまでと同じようにね」

「つまりそれが決意表明なわけね。ローツェの次がもう頭のなかにあるわけだ」

友梨は勝手な解釈をするが、あながち外れているわけではない。

「トモが切り拓いた道を、さらにその先まで延ばしていけるのは和志さんをおいてほかにいないわ。それを途絶えさせちゃいけないと思うのよ。それは私や社長の夢でもあるんだから」

友梨の言葉が心に響いた。それは恐らくトモの夢でもあり、なにより和志自身が人生を懸けたい夢にもなっている。和志は頷いた。

「そうだね、トモの到達点で終わりにしたら、彼だってがっかりするだろうからね」

「そのとおりよ。あなたはすでにみんなの夢を背負っちゃったの。だからローツェよりもっと先まで、私たちを連れてってほしいの」

ノルマは負わせない、負担はかけないという約束などすでに忘れてしまったように、友梨は発破をかけてくる。しかしそれに臆する気持ちはいまはない。確実になにかが変わっている。これまで知らなかった、新しい自分がここにいる。

7

ギルギットは西部カラコルムの高峰群を擁するフンザ地域への玄関口で、ナンガ・パルバットへの登山基地にも当たる。いまがハイシーズンのため、市街は大勢のトレッカーや観光客で溢れていた。

標高一五〇〇メートルに位置するため、イスラマバードのような酷暑とは無縁だ。投宿したホテルは三つ星クラスで、きのうのホテルにしてもそうだが、ネパールではタメル地区の安宿以外泊まったことのない和志にとっては、まさに大名旅行という気分だ。

ホテルにはディアミール側からナンガ・パルバットを目指すというイタリアの四人組のパーティーもいた。ランチで席をともにすることになり、互いに自己紹介を終えると、リーダー格のカルロ・レッジオという男が驚いた顔で問い返した。

「君が、カズシ・ナラハラか。ここで会えたのは光栄だ。今回の目標はゴールデン・ピラーらしいね」

和志は戸惑(とまど)った。カトマンズのタメル地区では個人的な付き合いのある欧米人のクライマーも少なくない。しかしいずれもプレモンスーンやポストモンスーンのあいだ、ほぼネパールに定住して気に入った壁を登りまくるヒッピーまがいのクライマーたちで、和志と同様、世界的に名の知られた者はほとんどいない。

パキスタンのギルギットで自分を知っているクライマーに出会うとは想像もしていない出来事だった。面識はないが、カルロ・レッジオという人物については和志もよく知っていた。ベテランだが八〇〇〇メートル峰十四座登頂記録を持つ一人で、ヨーロッパアルプスや北米でも数々の記録を打ち立てていると聞いている。

「どうして僕のことを？」

思わず問いかけると、カルロは笑って言った。

「君たちの秋と冬の遠征は、ヨーロッパでも話題になってるよ。ノースリッジのウェブサイトで君たちが公表してるじゃないか」

友梨が英語版を用意したのはつい二週間ほど前のことだった。それが早くも知れ渡っているらしい。登山文化という点ではヨーロッパの国々はさすがに先進国で、日本の片隅(かたすみ)から発信されたばかりの情報が、すでに彼らの関心を集めていることに驚いた。カルロは続けた。

「この秋は、ローツェの南側がラッシュになりそうだな。君たちはシャールと主峰の縦走だが、南壁のダイレクトを狙っているパーティーもいるそうじゃないか」

穏やかではない気分で和志は訊いた。

「南壁のダイレクト？」

「知らないのか」

カルロは意外そうな顔をした。磯村も傍らでぽかんとした顔をしている。和志は問い返した。

「聞いていません。どこのパーティーなんですか」

「フランスだよ。マルク・ブランがリーダーのようだが、まだ詳細はわからない。三人くらいのパーティーで、もちろんアルパインスタイルだそうだ」

マルク・ブランというクライマーは初めて聞く名前だ。ローツェ南壁に挑戦するという以上は、それなりの実力があるのは間違いないだろうが、それよりも気になることがある。和志は訊いた。

「ルートは？」

「君が冬に挑むのと同じだと聞いている。トモ・チェセンが登ったルートだ。いや、正確に言えば、彼が登ったと主張しているルートだがね」

「いったい何のために？」

思わず問い返した。すでにトモがソロで登っている。それと同じルートを、アルパインスタイルとはいえ複数名のパーティーで登ることにどういう意味があるのか。小首を傾げてカルロは言った。

「じつは我々もそこがよくわからないんだよ。君があのルートを登ろうとしている理由については、私もホームページで読ませてもらった。トモに対する思いの強さが実に印象的だった」

「彼らも、トモになにか思い入れを？」

「そういう話は聞いていない。正直言って、私もわからない。マルクのことは多少は知っているが、ヒマラヤではあまり重要なルートは登っていない。アルプスでもそれほど注目を浴びる活動はしていない。そのうえ、あまり若くない。ローツェ南壁は荷が重いと思うんだが」

「そういう意味では、僕にも自慢できるような実績はないけど」

和志は言ったが、カルロは首を振った。

「君の記録は、ウェブサイトで見て知ってるよ。というか、ヒマラヤでの君の活動はヨーロッパでも噂になっていた。最近あのサイトを見て、噂どおりだったと確認したようなものだ。まだ有名な山を登っていないだけで、登ったルートの難度は、我々も舌を巻くくらいだよ」

「マルク・ブランなら会ったことがあるよ――」

　そのとき、磯村が口を挟んできた。

「商業公募隊のツアーでシシャパンマのノーマルルートを登ったとき、彼のパーティーが北壁に挑んでいた。高所順応でベースキャンプに滞在しているあいだ、彼らの登りを下からじっくり見物させてもらったんだが、七〇〇〇メートルを越えるか越えないところで悪天候に阻まれ敗退した」

　シシャパンマは八〇〇〇メートル峰十四座のなかで最も標高が低く、ノーマルルートはごく容易なため、商業公募隊の定番コースの一つとなっている。

「新ルートだったの？」

「いや、すでに何登かされている古典的とも言っていいルートで、条件さえ整えばなんなく登れるはずなんだ。快晴が四日続いて、そのあいだに登って下りられれば成功間違いなしだった。しかし彼らは遅すぎた」

「それで悪天候につかまっちゃったわけだ」

　和志は言った。たとえバリエーションルートの北壁でも、登りだけで四日以上というのは、アルパインスタイルとしてはたしかに遅い。つまりそれだけ悪天に遭遇する確率が高くなる。カルロは頷いた。

「マルクと一緒に登ったことはないが、テクニックの点で一流という評価は聞いたことがない。シシャパンマの北壁でも、彼の手には余ったかもしれないね」

　和志は問いかけた。

「じゃあ、ローツェの南壁は？」

「背伸びしすぎだと思うがね」

　カルロは容赦ない。同席している彼のパートナーたちもそのとおりだというように頷いた。カルロは続けた。

「そもそも八〇〇〇メートル級のバリエーションルートを狙える実力の持ち主じゃない。それを本人がわかっているのかどうか。ただ、気になることが一つあってね。彼の父親はヒマラヤ経験もあるアルピニストで、グループ・ド・オート・モンターニュの重鎮なんだが、イヴァン・ギラルディーニとともに、トモのローツェ南壁単独登攀を否定するグループの急先鋒の一人だった」

「その息子が、どうしてトモが登ったルートを再登しようというんですか」

　和志が首を傾げると、カルロは声を落とした。

「私自身はトモに関しては中立の立場だ。しかしマルクは、君とは逆の目的で登るんじゃないかという気がするんだよ。これはあくまで想像だがね」

「逆というと？」

　問いかけると、カルロは穏やかではないことを口にした。

「トモがあの壁を登っていないことを証明するためにだよ。彼が残してきたという三本のピトンが存在しないことを立証するために――」

第六章　ゴールデン・ピラー

1

きのうイタリア隊のカルロから聞いた情報に落ち着きの悪いものを感じながらも、和志たちは当面のターゲットであるゴールデン・ピラー登攀に気持ちを集中することにした。プロジェクトはすでに動き始めていて、いまさら予定は変えられない。

それに、和志にとって重要なのはローツェ南壁の冬季単独初登攀で、ノーマルシーズンにトモが登ったルートをトレースするだけでは意味がない。

それでは、トモの単独初登攀の真偽を明らかにするためだけに登るマルク・ブランのパーティーと、さしたる違いはない。そんな話をトモは喜ばないだろう。彼がなし得なかったことをやり遂げてこそ意味がある。それはきょうまで自分を牽引してくれた魂の師への恩返しでもある。

食料の大半は、当初の予定どおりギルギットで調達する。インスタントラーメンや味噌・醤油などの調味料、日用品は日本から送っておいたが、鮮度が求められる肉や野菜は現地調達が基本だ。

ホテルに到着した翌日、リエゾンオフィサーのジンナーとコックとして現地で雇ったアジズを伴って街へ買い出しに出かけた。

アジズの年齢は五十代で、磯村がカラコルム方面のトレッキングやライトエクスペディションに行くときはいつも使っており、料理の腕は保証付きだという。日本からの本格的な遠征隊にもしばしば加わっているため、簡単なものなら日本風の料理もこなせ、片言の日本語も話せる。

登攀期間は余裕を見て約一カ月。登るのは二人だけでも、友梨とジンナーとアジズの分を加えれば必要な食料は馬鹿にならない量になる。ギルギットはいま、登山やトレッキングの最盛期で、現地で食料を調達するグループが多いから、食料品の価格は上昇しているようだ。

しかし大まかなリストを渡しておけばアジズは鮮度のいい品物を見繕い、価格交渉もやってくれる。トラブルが起きればジンナーが仲裁に入る。仲裁と言っても日当を支払っているこちら側に有利な裁定をしてくれるから、頼もしい味方と言っていい。

「ここまでは順調ね。さすが磯村さん、この道のエキスパートよ」

昼食に戻ったホテルの食堂のテラスで友梨が言う。

「おれはなにもしちゃいないけどね。現地に着いたら、知ったかぶりをせずに、地元の人に任せるのがコツなんだよ」

磯村は謙遜してみせるが、それができそうでなかなかできない。コックのアジズはもちろん、肉や野菜を売ってくれる地元の商人や農民にしても、それをベースキャンプまで運んでくれるポーターにしても、登山という行為になんら個人的な興味はない。

和志たちのような登山隊は、外国からやってきて金を落としてくれる貴重なお客さんだとしても、彼らとは異なる文化や生活習慣を持った異質な闖入者であることに違いはない。ちょっとした誤解が最悪の事態を招くこともあり、ポーターたちのストライキで登山を中止せざるを得なくなったというような話もしばしば耳にしてきた。

ホームグラウンドのネパールなら、和志も現地の人々と気心を通じるコツは覚えたが、パキスタンは初めて足を踏み入れる土地だ。ネパール語なら日常会話に不自由はしないが、ウルドゥー語は皆目わからない。

「なんでも自分で仕切ろうとする人は、こういうことには向かないんだよ。やらずもがなの雑用をしこたまつくって、登山以外の部分でエネルギーを消耗しちゃう。そのへんの手の抜き方が磯村さんは天才的だから」

和志が相槌を打つと、磯村は不満そうに言い返す。

「それじゃおれが、なんにもしない怠け者みたいに聞こえるじゃないか」

「でも、言えなくはないわよ。バルンツェのツアーでも、お客さんたちをおだてていろいろ雑用をやらせてたじゃない。私もなにかとうまく使われちゃったから」

友梨が言う。それは和志も感じていた。料金を払って参加した客たちが、自由意志で結集した登山隊のようなチームワークで行動していた。それは磯村の人徳としか言いようがない。

いま動き始めたプロジェクトにしても、磯村がいなかったら到底実現はしていなかった。山際や友梨の夢と和志の夢——。本来なら交錯するはずのなかった二つの夢を一つのものにした。その結節点となったのが磯村で、ついでに自分の夢まで相乗りさせた。自分を取り巻く人々の力をいい意味で利用して、新しい力の場をつくり出す。そんな才覚は磯村ならではのものだ。

「結果が成功ならそれでいいだろう。怪我人も高所障害になる人も出なかった。日本からの移動やキャラバンも含めて、どれだけ効率的にこなせるかが大事で、それが本番の登攀にも影響してくる。登る前に体力を消耗したりストレスを溜め込んだりするのは馬鹿げているからな」

やや自慢げに磯村は言う。ほどなくテーブルに並んだのは、羊肉や鶏肉のケバブ（串焼き）とひよこ豆のスープ、ナン（パンの一種）といった献立だ。ランチメニューとしてはなかなかボリュームがあり、スパイシーなマサラの香りが鼻腔を刺激する。

磯村の講釈によれば、さまざまな香辛料を組み合わせたマサラは、インド料理やパンジャブ料理を特徴づける香辛料だが、単純なカレー味ではなく、料理や素材に合わせていくつもの種類が使い分けられるという。

その言葉どおり、辛さだけではない絶妙な香りのハーモニーが素材の味を引き立て、食欲を増進してくれる。高原都市ギルギットの風は爽やかで、テラスのテーブルでの会話は弾む。

「スパンティーク自体はライトエクスペディションのパーティーが集中しているけど、ゴールデン・ピラーは、この夏も挑戦するパーティーはいないようだね。たしか二〇〇九年の日本隊と韓国隊以来、誰も登っていないんじゃないか」

ジンナーが訳知り顔で言う。とくべつ山に興味があるわけでもなく、最初に対面したときはゴールデン・ピラーと言ってもぴんとこない様子だったが、なかなか勉強熱心で、そのあと自分で調べてみたらしい。

スパンティークのノーマルルートは南東面にあり、ゴールデン・ピラーはその真裏の北西面にある。

日本隊による登攀は初登ラインの第三登となり、最初に登られたのがミック・ファウラーとヴィクター・サンダースによる一九八七年の登攀。第二登はマルコ・プレゼリらが二〇〇〇年に達成した。いずれもアルパインスタイルによるものだが、日本隊の第三登は二〇〇九年で、それだけの期間、成功する者がいなかった難ルートなのだ。

「難しいのは間違いないけど、第一線のクライマーにとって重要なのは、初登攀の栄誉だからね。すでに誰かが登ってしまった山で、それでも登りたい人間がいくらでも出てくるのは、エベレストのような観光名所に限られる。とくに八〇〇〇メートルに届かない山は敬遠される傾向が強い」

　大ぶりのケバブを切り分けながら磯村が応じる。いかにも食欲をそそられるようなその手さばきに目をやりながら友梨が言う。

「でも、もったいない話よね。まだ写真で見ただけだけど、あの壁、ちょっと想像を絶するもの。素人の目からしたら、蠅でも滑り落ちそうなくらいつるつるに見えるわよ。フンザ地域にはラカポシとかディランとかウルタルとか有名な山がいくらでもあるから、嫌でもそこに向かうクライマーの目にとまるはずなのに」

「たしかに、壁が好きなクライマーだったら、あれを見たら本能的に登りたくなるはずだよな。もっとも、トレッキングツアーでおれが案内したお客さんたちは、あそこを登ったクライマーがいると言ったら、ほとんど信じなかったけど」

　話を聞いていたジンナーが、口を開いた。

「僕だってきっと信じないよ。でもあなたたちのように、なんの迷いもなくそこにチャレンジする人たちがいる。そんな人たちが人間の可能性を広げてくれる。僕たちは国内にそういう素晴らしい山を持っているけど、そこに登ることには熱心じゃない。国民は生活するだけで精いっぱいで、そういう余裕はまったくないからね」

そう、ジンナーは寂しそうに言った。励ますように磯村が応じる。

「そんなことはないよ。たしか一九六二年だと思うけど、日本とパキスタンの合同隊が東部カラコルムのサルトロカンリに初登頂を果たしている。西部のラカポシは、イギリスとパキスタンの合同隊が初登頂した。そういう事例はほかにもあると思うよ。かつて組織登山が全盛だったころ、バルティスタンの高所ポーターは、ネパールのシェルパに劣らず精強だったと聞いている」

「本当に？　それは初めて聞いたよ。いや、恥ずかしい話だけど、それほど僕らは山に無関心なんだ。せっかく世界の屋根の下で暮らしているというのにね」

そんな話を聞かされると、和志もどこか切ないものがある。これまでは一年の半分以上をネパールに滞在してきたが、とくべつ裕福な暮らし向きだったわけではない。しかしそれ以外の期間、実家に居候してアルバイトに励めば、あとはネパールでクライミング三昧の生活ができた。

それが可能だったのは、日本とネパールのあいだに厳然たる経済格差がある故であって、いまもヒマラヤでの高所登山が、日本や欧米など先進諸国のクライマーにほぼ独占されているのは、人としての能力や努力のみによるものではないのは明らかだ。

エドモンド・ヒラリーとともに世界で最初にエベレストの頂上に立ったのは、シェルパのテンジン・ノルゲイだった。ヒマラヤ登山の黎明期、シェルパやバルティスタンの高所ポーターたちの活躍がなかったら、人類の八〇〇〇メートル峰の制覇ははるかに遅れていただろう。

「世界の屋根の下で暮らせるなんて、僕からすればとても羨ましいよ。あなたがもしＫ２やガッシャーブルムに挑むとしたら、僕らもなにかお手伝いができると思う。山に登ることそれ自体が易しくなったわけじゃないけど、少なくとも経済的な面に関しては、昔と比べれば、はるかにハードルが低くなっているからね」

そんなことを言っている自分に、和志は半ば驚いていた。これまで自分のクライミング以外のことで、積極的になにかをしたいと思ったことはなかった。

しかし、ネパールであれパキスタンであれ、その土地に住む人々が、彼らの国の山に登ろうという意志を持つことは本来当然のことで、それができないとしたら世界はなにか間違っている。

登山という狭い分野に限られた話ではあっても、そんな世界を少しでも変えられるなら、たとえ微力でもその労を惜しむべきではないという自然な気持ちが芽生えていた。

それはいま自分にチャンスを与えてくれている山際の心情にも通じるものだろう。あるいは強い精神的支援を与えてくれたトモ・チェセンの思いとも――。

「僕にもできるだろうか。君たちがやろうとしていることは、僕から見れば人間業には思えないけど」

　ジンナーは首を傾げるが、その瞳がどこか輝いている。和志は言った。

「高所登山というのは、決して特別な人間だけに許された世界じゃない。いっぺんに難しいところを狙う必要はないんだよ。でも一つ登ってみれば、次の目標が見えてくる。そんなステップを一段ずつ登っていくと、知らないうちにかつての自分には想像もできなかった高みにいることに気づくんだ。僕も彼も、そんなふうに、きょうまで山と付き合ってきたんだ」

　そう言いながら視線を向けると、同感だというように磯村も頷く。

「そのとおりだな。素晴らしい山がいくらでもある土地へやってきて、おれたちだけ楽しんでるんじゃ、他人の庭を荒らしているようで落ち着きが悪いよ。今回は高所順応のために近くの六〇〇〇メートルクラスの山に登る予定だから、あなたも一緒に来ないか」

「本当に？　足を引っ張ることになるかもしれない」

「大丈夫だよ。陸軍の将校なら、日頃から足腰は鍛えてるんだろう」

「山岳地域での行軍は何度も経験しているけど、本格的な登山は初めてだから」

　口振りは弱気だが、その表情に並々ならぬ熱意が感じられる。さらに一押しするように友梨が言う。

「だったら、私も付き合わせて。そんなに難しいルートじゃないんでしょ」

「友梨はバルンツェで平気だったんだから、ほとんどハイキングみたいなもんだよ。ピッケルとアイゼンは予備があるから、なにも問題はないだろう」

磯村は勝手に請け合うが、和志としても異存はない。

「いいと思うな。それが最初の一歩になって、そのうちK2やナンガ・パルバットにも挑むことになるかもしれない」

「そこまでいけるかどうかはわからないけど、もし興味が持てるようだったら、そのあと山岳部隊に志願してみるよ。そこでさらにトレーニングを積めば、決して夢ではないかもしれないね」

ジンナーは意欲を覗かせる。彼は二十代でまだ若い。ここでスタートを切るのは決して遅くはない。三十代から四十代で最盛期を迎えるクライマーはいくらでもいる。和志だってまだ三十の直前で、これから二十年は現役でやっていこうという意志はある。

人を育てるなどという考えを持ったことはこれまでほとんどなかったが、ここでのジンナーとの付き合いがその第一歩になるようなら、それが率直に嬉しいと感じる。

2

翌日の早朝、ホテルにチャーターしてもらった大型の四輪駆動車に荷物を積み込んで、和志たちはギルギットを出発した。

五人で一カ月分の食料や装備となると、さすがの大型車両でもカーゴルームだけでは積みきれず、屋根にも荷物満載の危なっかしいスタイルだが、これは地元ではごく当たり前の光景だ。

肝を冷やすのはそれだけではない。カラコルム山脈を越えて、パキスタンのギルギット・バルティスタン州と中国の新疆(しんきょう)ウイグル自治区を結ぶカラコルム・ハイウェイは、ハイウェイとは名ばかりで、ところどころ舗装はされているものの、大半は赤土の荒れた路面だ。そのうえ道幅が狭く、対向車とすれ違うとき、フンザ川に落ち込む断崖絶壁から車体がはみ出すような場所もある。

地元の運転手はそんな道路を、車体をバウンドさせながら、かなりのスピードで走り抜ける。

「これじゃあベースキャンプにつく前に遭難しそうね。できればこんなところで死にたくないけど――」

普段は物事に動じることのない友梨でさえ悲鳴を上げる。バルンツェのツアーでは車でキャラバンするような場所はほとんどなく、トレッキングルートの入り口にあたるツムリンタールで飛行機を降りてからベースキャンプまでひたすら徒歩の行程だった。

かなり奥地でも車によるアプローチが可能なのが、パキスタンでの登山の有利な点のひとつだが、そこがまた、べつの意味で問題でもあると磯村は言う。

カラコルム・ハイウェイもそうだが、そこからさらに奥地へ分け入るルートは道路事情が極めて悪く、落石や土砂崩れ、川の氾濫（はんらん）による水没などが頻繁に起こり、予期せぬ停滞を強いられることが多いらしい。

さらに車で一気に高度を上げるため、高所順応が不足になりがちで、トレッキングやライトエクスペディションのオルガナイザーは、その点にも十分注意を払う必要があるという。

そんな話をしているうちに、インダス川を挟んだ赤茶けた稜線の向こうに、ナンガ・パルバットが秀麗な姿を覗かせた。ギルギットまでの飛行機の窓からもその姿は望めたが、下から見上げればなおさら登高意欲を掻き立てられる。

標高は八一二五メートル。世界第九位で、エベレストやK2と比べれば見劣りするが、ヒマラヤの主脈からもカラコルムの山系からも隔絶（かくぜつ）し、ヒンドスタンの平原にほぼ独立峰としてそそり立ち、麓からの標高差でいえば世界最高といっていい。

ヘルマン・ブールによる初登頂まで執念の挑戦を続けたドイツ隊が数多くの死者を出したため、かつては「人食い山」と呼ばれたこともあり、挑戦者に占める死亡率は二〇パーセント台の後半で世界第二位だ。ちなみに世界一位はアンナプルナで、こちらは四〇パーセント近い。

南面にあるルパール壁は、標高差四八〇〇メートルを誇る世界最大の壁だ。すでに何登かされてはいるが、ソロで登られた記録はいまもない。その意味では、和志にとって今後に残された課題の一つとも言える。

「すごくきれいね。大きな砂糖菓子みたい」

友梨は陶酔したような表情だ。北面は夏でも大量の雪に覆われ、岩肌を露出した南面とは様相を異にする。機内から眺めたのは主に南面の景観だった。

「下からは穏やかに見えても、じつは凶暴な山でね。北面はどこも雪崩の巣みたいなものなんだ。ナンガ・パルバットでの死者のほとんどは北面で出てるんだよ」

磯村が言う。深い青空を背にして、曙光の赤みをわずかに残す雪肌は、和志の目にもうっとりするほど美しい。

「かつてドイツ隊が、大勢の死者を出してまで執念を燃やし続けた理由がわかるような気がするね」

「パキスタン人にとっては、魂のシンボルのような山なんだ。世界第二位のK２よりもずっと身近で、しかも崇高だ。日本で言えば富士山のような存在かもしれないね」

ジンナーは誇らしげに言う。偶像崇拝が禁じられているイスラム教国のパキスタンには、ネパールのように山を神々の座として敬う習慣はないのだろう。だから世界第二の高峰をいまだにK2という測量記号で呼んでいる。そんなパキスタンでも、ナンガ・パルバットは特別な意味を持つ山なのだ。

さらに二時間ほど走ると、今度は右手にべつの雪山が見えてきた。磯村がそれを指差して声を上げる。

「あれがラカポシだよ。その右に見えるのがディラン。どちらも西部カラコルムを代表する名峰だ」

左右に翼を広げたような幅広い山容のラカポシは、標高七七八八メートル。一見登りやすそうに見えるが、ナイフエッジ（ナイフの刃のように鋭角的な稜線）や急峻な氷壁が複雑に入り組んだスケールの大きな山で、和志の目から見ても容易いターゲットではない。

その隣に顔を覗かせるのはディランの美しい雪のピラミッドだ。標高はラカポシよりやや低いが、こちらもボリューム感たっぷりの山容で、クライミングのテクニック以上に、強靭な体力を求められそうだ。いずれもライトエクスペディションの対象になるような生易しい山ではない。

「ラカポシを見るのは初めてだよ。イギリスとの合同隊だとしても、パキスタン人があの山を初登頂したと思うと感無量だね」

　ジンナーは高揚を隠さない。ネパールでも何人ものリエゾンオフィサーと付き合ったが、ここまで山に夢中になった人物は初めてだ。

　なにごとにも相性というものがある。人生のどこかで山に接する機会を持つ人間はいくらでもいるが、和志のようにそれが高じて、ヒマラヤにまでやってきてしまう者はごく少ない。ジンナーがそんな一人だとしたら、この出会いは和志にとっても、かけがえのないものになりそうな気がする。友梨が言う。

「あなたもこれからすぐ、六〇〇〇メートル級の山に登るんだから、それだってすごいことよ。日本人は、国内では最高でも富士山の高さまでしか登れないんだから」

「富士山の高さは？」

　ジンナーが訊くと、磯村が即座に答える。

「ラカポシの半分以下だね」

「日本の最高峰でそれだけなんだ」

　ジンナーは意外だという顔をする。磯村は続けた。

「我々から見たら、君たちはじつに贅沢な国民だよ。その気になれば、こういう山が国内にいくらでもあるんだから」

「ああ。いまは国内の治安は悪いし、国民も貧しい。だからといって、日々の暮らしにはかりかまけてこんな素晴らしい大自然に興味を持たないとしたら、祖国に対して非礼にあたるね」

ジンナーはいかにもというように頷いた。

3

フンザの中心地、カリマバードに到着したのは昼少し前だった。

フンザ渓谷は桃源郷とも謳われる風光明媚な土地で、平均寿命が九十歳を超えると言われる長寿の里でもある。

カリマバードはその中心地。標高は二四〇〇メートルで、四季の変化がはっきりしていて、春には真っ白い杏の花が咲き乱れ、夏は豊かな緑に覆われる。周囲を取り囲む白銀の峰々と相まって、その景観は訪れる者の目を奪う——。

ギルギットのホテルのパンフレットでそんな知識は得てきたが、まさにいまは観光シーズンの真っ盛りで、街のあちこちに目立つ観光客やトレッカーの姿が、桃源郷の神秘なイメージとはどこかそぐわない。

ホテルのレストランで昼食をとり、この先なにが起きるかわからないので、油を売らずに先を急ぐことにした。

ここでカラコルム・ハイウェイから分岐して、ヒスパー川の谷奥に深く分け入る。道路の状況はこれまで以上に悪い。

キャラバンの出発地点はここからさらに四〇キロほど奥にあるホパールという村で、そこでポーターを雇い、一泊して、翌日からベースキャンプに向けてキャラバンをすることになる。しかし、なにかの事情で道路が不通になれば、その手前からキャラバンを始めざるを得なくなるだろう。

ヒスパー川に沿って上流に向かう道路は想像どおりの悪路で、車は激しいバウンドを繰り返し、体じゅうの関節がばらけてしまいそうな気さえするが、周囲の景観はそれを忘れさせるようにゴージャスだ。

左手には長谷川恒男（はせがわつねお）が遭難死した難峰ウルタルが怪異な姿で聳立（しょうりつ）する。最高点のII峰は一九九六年に日本山岳会東海支部の三人パーティーがアルパインスタイルで初登頂するまで、七〇〇〇メートル級最後の未踏峰とされていた。

ヒスパー川の対岸には、さきほど南面を覗かせていたラカポシが、今度はカミソリ刃のような雪稜と斧で断ち割ったような氷壁を連ねた北面を見せつける。パズルのように錯綜した氷の彫刻のなかに、登攀可能な解を見いだすのは容易ではない。

さらに先に進むと、こんどはディランのピラミッドが頭上に迫ってくる。ほとんどが雪の稜線ルートだが、気温が上がれば深雪に体力を搾（しぼ）り取られる。やはりスタミナ勝負の山だろう。

「凄いんだな、カラコルムは。七〇〇〇メートル級でこれだけ手応えのあるピークが揃っているなんて——。きょうまで食わず嫌いできて、ずいぶん損した気分だよ」

和志は思わずため息を吐いた。大きく頷いて磯村が言う。

「要するに、登らなきゃいけない山はまだいくらでもあるということだよ。おまえには、あと三十年は現役でやってもらわないと」

「そこまで期待されても困るけど、ウルタルもラカポシも、まだ新ルートを開拓する余地はありそうだね」

興味を隠さず応じると、磯村は満足げな顔で頷いた。

「そのとおりだよ。東部カラコルムにしたって、K2を始め、未踏ルートを残している山はいくらでもある。もちろんネパールヒマラヤだって、未踏ルートは無尽蔵と言っていいくらいだ」

頭上はきょうも晴れ渡っている。出発前に契約した気象予測会社からの情報によれば、短い崩れはあるものの、これから数週間、カラコルムの天候はほぼ安定しているという見通しだ。

そのせいか、磯村がインターネットを漁って集めた情報によれば、K2やガッシャーブルム山群など八〇〇〇メートル級が居並ぶ東部カラコルムは満員盛況のようで、この夏、未踏ルートのいくつかが登られるのは間違いないと見られているらしい。

　西部カラコルムも、ラカポシやウルタルなどヒスパー渓谷下流域の難峰から最上流にそびえる巨峰クンヤン・キッシュまで、すでに多くのパーティーが入山していて、その大半が未踏ルートやそれに準ずる難ルートを目指しているらしい。

　そんな状況でもゴールデン・ピラーを目標にするパーティーは和志たちだけで、その点については気持ちにゆとりが持てる。

「ネパールが雨期だから、野心的な連中がみんなカラコルムに集まってくる。冬以外はほぼノーマルシーズンだと考えれば、条件の面でカラコルムは有利なはずなんだが、その割に登り残しのルートが多い。それだけ難しい山が多いんだろうな」

　そういう磯村にしても、カラコルムで大きな登攀活動に加わったという話は聞いていない。

「下は安定していても、七〇〇〇メートルを超える高さになると、ほんの一崩れで撤退を余儀なくされるからね。そこは技術というより、ギャンブルに近い部分だから」

　気持ちを引き締めるように和志は言った。晴天が続けばいいというものでもなく、そのせいで雪や氷が緩んで、落石や雪崩のリスクが高まることもある。

　そうは言っても、ヒスパー渓谷の両岸に城壁のように連なる七〇〇〇メートル級の峰々の頂稜部を見れば、わずかな雪煙は上がっているものの、ガスはほとんどかかっていいない。

ゴールデン・ピラーに先行パーティーが入っていたら、先に登られてしまうのではとさぞかし気を揉んでいたことだろう。初登攀ではないにせよ、誰かの後塵を拝するのは気分がよくない。

そのとき、友梨が声を上げた。

「見えたよ。あれじゃないの、ゴールデン・ピラー」

指差す方向に目をやると、赤茶けた岩肌の前山に狭められたV字形のフレームにぴたりと収まるように、驚くべきシルエットの垂壁が立ち上がっている。磯村も窓のほうに身を乗り出す。

「ああ。やっと見えたな。もうじきナガールの村だ。そこで一休みしよう」

右手から頂上に向かって緩やかに伸びる雪の稜線が西稜で、そこが恐らく今回の下山ルートになる。その西稜が頂上に達したとたんに、ほぼ垂直に切れ落ちる。板を立てたようなその北西壁のほぼ中央を頂上に向かって突き上げる柱状の岩稜がゴールデン・ピラーだ。

ほどなく到着したナガールは、点在する杏やポプラの木立のあいだに、手入れの行き届いた段々畑が広がる美しい山村だった。

車を降り、道路に面したチャイハナ（茶店）に立ち寄ってミルクたっぷりのお茶で喉を潤すことにした。目の前にそそり立つゴールデン・ピラーの偉容に、友梨が改めて目を見張る。

「凄いじゃない。スカイツリーなんか目じゃないわね」

「その三倍以上はあるからね。それにいま見えているのは上半分だけで、あの下にもまだ一〇〇〇メートルの壁がある」

磯村が言う。その上部だけでもほとんど隙のない壁で、ビバークポイントを探すにも苦労しそうだ。

「どうだ。いけると思うか」

磯村は他人事のように訊いてくる。高揚を覚えながら和志は応じた。

「易しくはないけれど、シンプルで気持ちのいい壁だね。技術的には十分いけると思うけど、六〇〇〇メートルから七〇〇〇メートルがほぼ垂直で気を抜ける場所がない。かなり集中力を要求されるのは間違いない」

「ベースキャンプに入ってからしっかり観察するしかないが、過去の記録からすると、小規模なチリ雪崩は頻繁に起きるらしい。ただし岩は硬くて、落石はそうはないそうだ。とくに上部一〇〇〇メートルのあたりにある大理石の層は密度が高くて、崩落する心配はまずないらしい」

「だとすると、逆にクラックが少なくて、プロテクション（確保のための支点）が十分にとれないかもしれないね」

「ああ。場合によっては確保なしで登る箇所も出てくるかもしれないな」

割り切った顔で磯村は言う。確保なしで登るということは、トップでもセカンドでも、落ちたらパートナーは助けようがないことを意味するが、和志のようにソロ主体で登っているクライマーにとっては、むしろそれが通常のやり方だ。

ソロでも自己確保して登ることは可能だが、その場合、いったん登り切ってから、ロープを伝ってまた下降して、ロープを固定したギアを回収して登り直すという手間が増える。それによって登攀スピードは落ち、それはべつのリスクを生み出すことになる。

登攀に要する時間が長くなるほど、高所障害に陥る危険性が出てくるし、体力も消耗する。雪崩や落石に遭遇する確率も高くなる。落ちたときのリスクという点を除けば、確保なしのほうが全体としての安全度は高くなるというのが和志の考え方で、きょうまで数々のソロ登攀をそれでこなしてきた。しかし磯村はそういうやり方に慣れてはいないはずだった。

「最悪の場合、それも選択肢だけど、可能な限りお互いロープで結び合おうよ。そうじゃなきゃ、二人で登る意味がない」

和志は言った。ソロ登攀とペア以上での登攀は、ジャンルが違うと言っていいほど本質的に異なるものだ。生死を含めたあらゆる運命を自分の責任で引き受けるソロとは違い、複数人のパーティーによる登攀では、パートナーとともに生還することに最大の力点があると和志は常に思っている。そしてそこには、ソロとはべつの喜びがあるはずだ。磯村は力を込めて頷いた。

「もちろんそうだよ。おまえとロープを結び合うのはずいぶん久しぶりだ。足手まといにならないように、おれも気合いを入れていかないとな」

4

キャラバンのスタート地点のホパールに到着したのは、午後四時を過ぎたころだった。村の有力者には事前に連絡を入れておいたので、宿泊予定のゲストハウスの前には十名ほどのポーターの応募者が集まっていた。

さっそくジンナーに通訳をしてもらい、リーダー格の男と交渉に入った。

ここからベースキャンプ予定地までは氷河上のルートをたどるため、荷物の運搬はすべて人力でしか行なえない。しかし距離は三〇キロほどで、多少の荷物を担いでも三日もかからないはずだ。

ところが現地の協定料金では五日のルートと決められていて、日当は帰りの分も含めて七日分欲しいという。

その金額を聞いて、友梨は気にすることもない額だから決めてかまわないと言った。だが、磯村としてはそうはいかない。どこかのパーティーが気前よく応じてしまえば、それが前例になって相場が上がってしまう。

磯村自身、これからもこの地域でツアーを行なう可能性があるわけで、それは自らに跳(は)ね返ってくることになる。

それにノースリッジのスポンサーシップを得て登る和志たちには十分な資金の余裕があっても、これまでの和志のようにぎりぎりの資金で山に挑む者もいる。下手に折れれば彼らにも迷惑をかけることになる。

そんな実情をジンナーもわかってくれていて、リーダーの執拗(しつよう)な要求をときに激しくやり合いながら突っぱねて、協定どおり、五日分の料金で話をまとめることができた。

積んできた荷物をゲストハウスの庭に下ろし、車はギルギットへ帰っていった。感無量という調子で友梨が言う。

「いよいよ始まるのね。プロジェクトのファーストステージが」

西に傾いた日射しを受けて、ゴールデン・ピラーが黄金色(こがね)に輝いている。夕暮れどきのその光景が、まさにその名の由来だと聞いている。友梨が盛んにデジタルカメラのシャッターを切る。

ローツェ・シャールとローツェ南壁の小手調べだというのが磯村の当初の話だったが、

そう言った磯村も、いまは考えを改めているだろう。

　これよりスケールの大きな壁はヒマラヤにはいくらでもあるが、これほど美しい壁はそうざらにはない。そして麓から眺めただけで武者震いを感じるほど、技術的にも難度が高い。和志はからかうように言った。

「磯村さんが無責任に思いついてくれたおかげで、こんな歯応えのある壁に挑むことができたわけだから、まさに瓢簞から駒といったところだね」

「易しい壁だなんて言った覚えはないよ。しかし、本気で登ろうと思って眺めると、難度といい風格といい、世界有数の壁の一つといって間違いないな」

　磯村はどこか言い訳がましいが、友梨はいよいよ気をよくしたようだ。

「それならアピール度は抜群よ。この壁だったら、山に関心がない人が見ても、美しさに惹かれるのは間違いないわよ。すごく難しいというのも一目瞭然だし――」

　さっそく、きょう撮影したゴールデン・ピラーの写真をウェブサイトに掲載すると言って、友梨はゲストハウスのテラスのテーブルに陣どり、パソコンとインマルサットの端末を接続した。

　ここまでの行程についても、ノースリッジのサイトに設けられた特設コーナーに随時写真やコメントを掲載してきたが、いよいよここからが本番で、彼女も気合いが入っているようだ。その友梨が、タッチパッドを操作しながら声を上げた。

「あら、和志さん宛てにメールが来てるわよ。トモからみたい」

「トモから？」

和志は慌てて横からディスプレイを覗き込んだ。

「開いてみていい？」

友梨が確認する。和志は頷いた。それは次のような内容のものだった。

親愛なるカズシへ
ノースリッジのウェブサイトを覗いて、君がこの夏、ゴールデン・ピラーを目指すと知った。きょうもサイトを確認してみたが、すでに現地入りしているようだね。

私は、登ったことはもちろん現物をこの目で見たこともないが、素晴らしい壁だということは知っている。

ローツェの前にやり甲斐のある壁を一つ登っておくというのはいいアイデアだ。私が知る限り、短期間に集中して多くの山を登れるクライマーほど、全体としての成功率は高い。

雨期のないカラコルムに目をつけたのもいいアイデアだ。私がブロード・ピークとK2の南南東リブを登ったのも七月から八月にかけてだった。

天候に恵まれれば快適な登攀ができるが、注意しなければいけないのは暑さだ。日射を避ける手段のない壁では、暑さが最大の敵になる。ゴールデン・ピラーは北西面だが、午後の日射は避けられない。

易しい壁ではないが、君たちの力があれば決して困難ではないだろう。これが登れないようでは、ローツェ・シャールと主峰の縦走や、ローツェ南壁冬季単独という目標も危ういことになりかねないからね。

ところで、最近気になる情報を耳にした。マルク・ブランというフランス人のクライマーがいるんだが、彼の率(ひき)いるパーティーがこの秋に、私の初登ルートにチャレンジする計画らしい。

それによって私の単独初登攀の真偽を明らかにすると盛んにメディアに吹聴(ふいちょう)しているようだが、彼は私の記録に懐疑的なグループの代表格だ。

マルクがフェアなクライマーであることを私は願うが、もし登頂に成功しなくても、私が三本のピトンを残してきた最終ビバーク地点まで達すれば、そのピトンが存在しないことを偽証することはいとも容易い。悪意を持って証拠を隠滅したとしても、目撃者は彼らのほかに誰もいないんだからね。

こんな話を君にするのは、私個人の名誉を守りたいという思いからじゃない。私にとって、もはやそれはどうでもいいことで、私を嘘つき呼ばわりしたい人間には勝手にやらせておけばいい。

わざわざメールを送ったのは、そんなことで君に動揺してほしくないからだ。マルクがなにを証明しようとしまいと、君は自分の目指すものを最後まで追求してほしい。無理に私を信じる必要もない。君の自由な判断を拘束(こうそく)しようという気は毛頭ない。しかしスロベニアまでわざわざ君が来てくれて、さまざまなことを語り合ったあのとき、私は君とのあいだに、強い心の絆(きずな)が生まれたと感じた。

それは、君が私の記録を信じてくれたからという理由によってではなかった。私が目指した登山のスタイルを、そのスピリットを受け継いでくれると信じたからだ。

私のそんな希望を叶えてくれるのなら、挑戦するのは必ずしもローツェ南壁でなくてもかまわない。マカルーの西壁もあれば、Ｋ２の東壁もある。しかし君が確実に私を乗り越えた証として、ローツェ南壁で冬季単独という記録を打ち立ててくれれば、なお嬉しい。

ヒマラヤへの夢を放棄した私にとって、敬愛する君の力で、高所クライマーとしての最後の記録が乗り越えられるのは望外の喜びなのだということを理解してほしい。ローツェでの君の成功を信じている。私の記録を屑籠(くずかご)に捨てようとしている人々がいるとしても、君が樹立しようとしている冬季単独という記録の輝きが失われることは決してない。

その前に、まずはゴールデン・ピラーだね。最速記録を目指しているとのことだが、目標を持つのはいいことだ。過去のパーティーの記録を見る限り、十分更新は可能だと思う。サイトの情報をチェックしているよ。成功を確信して。

リュブリャナにて　トモ・チェセン

マルク・ブランの話に関しては、すでに情報が入っていたので驚きはしなかった。それでもトモから連絡があったことで、単なる噂ではないと確信が持てた。

しかしそれ以上に、トモがウェブサイトの情報をチェックして、こちらの動向を見守ってくれていたことが嬉しかった。

マルクがやろうとしていることに、トモも疑念を抱いていることはわかったが、和志にせよトモにせよ、それを阻止する手立てはない。トモ自身も自らの記録に執着していないという真意は伝わってきた。それならマルクにはやりたいようにやらせるしかない。ローツェ南壁単独初登攀は、和志にとって証拠がどうこうの話を超えた真実だ。

その夜、そんな思いを込めて、和志は返信のメールを書いた。

尊敬するトモへ

僕たちのチャレンジに注目してくれていたことを知って、とても心強く感じました。

きょうキャラバンの出発地点のホパールに到着して、あすから五日の日程でベースキャンプを目指します。

　間近に見るゴールデン・ピラーは、とても美しく、しかも手強い壁です。ここをしっかり登り切ることで、ローツェ南壁というより大きな目標に着実に近づけるものと確信しています。

　マルク・ブランの遠征計画のことは、僕らもギルギットのホテルで同宿したイタリア隊のメンバーから聞きました。

　気にならないと言えば嘘になりますが、あくまで彼らは彼らで、それが僕の登攀に影響を与えることはないでしょう。

　噂どおり彼らがネガティブな意図を持っていて、それがあなたの記録の輝きを失わせる結果をもたらしたとしても、あなたが真実だ、という僕の信念には変わりはありません。

　ローツェ南壁単独初登攀という素晴らしい記録に、さらに冬季というもう一つの輝きを加えられるなら、そのこと自体が、あなたの達成を非現実的だとする非難への明確な反証になるでしょう。ゴールデン・ピラーはそのための第一歩です。

　僕たちの体調はベストで、天候についても現在は大きな不安はありません。スポンサーは最高のサポートをしてくれています。あなたにいい報告ができることを、いまから心待ちにしています。

ホパールにて　カズシ・ナラハラ

5

翌早朝、和志たちはホパールの村を出発した。

雇ったポーターは十名ほどで、それぞれが六〇キロほどの荷を背負う。ベースキャンプ予定地点は、バルプー氷河を遡（さかのぼ）り、さらにその右俣（みぎまた）の源頭（げんとう）部に入った標高四〇〇〇メートル地点だ。

ゴールデン・ピラーを中央に据えた北西壁をほぼ正面に望みながら、右岸のモレーン（氷河の堆石（たいせき））地帯を進んでいくが、道と言えるような道はなく、大きな岩が積み重なったルートを進むのは意外に骨が折れる。かといって氷河上にはクレバスがあり、うっかり踏み抜けば命を落とすから、やはりモレーン上を行くしかない。

「トモには返事を書いたのか」

傍らを歩きながら磯村が訊いてくる。和志は頷いた。

「ああ。英語で作文するのは得意じゃないから、ずいぶん苦労したけどね」

「どんなことを書いたんだ」

「もちろん、トモの登頂を信じているし、どんなことがあっても、それは変わらない。たとえマルク・ブランがそれを否定するような証拠を見つけたと主張しても、その考えには変わりないと――」

「おれも同じだよ。だからなおさら、おまえが証拠になる三本のピトンを見つけることを期待したいな。トモにとってはどうでもいいことかもしれないけど、おれやおまえにとっては決してそうじゃない」

岩を乗り越えながら、和志は真剣な表情で言った。

「そこが否定されてしまうと、アルピニズムのモラルそのものが破壊されるような気がする。ひょっとしたらトモは嘘をついているかもしれない。しかしそれは誰にも証明できない。だとしたら信じるか否定するかしかない。そんなとき、信じることがあるべきモラルだという原則がないがしろにされれば、少なくとも僕にとっては、アルピニズムは命のリスクを冒してまでチャレンジする価値のある行為じゃなくなるから」

「そうだよな。嘘をつく人間はどこにでもいる。しかし、あらゆる記録をはなから疑ってかかるような風潮が広まると、真面目に記録を重ねているほとんどのクライマーが疑惑の目に晒されることになる。そんなことになったら、おれだってアルピニズムの世界から足を洗いたくなるよ」

磯村は嘆くように言う。すでに何度も語り合った話題だが、マルク・ブランの件がトモの耳にも入っていたことで、和志もまたその意味を噛み締める。

「トモがどうでもいいことだと言っても、僕にとってはすごく重要な問題だからね。だからといって、マルクがなにか画策しているとしたら、こちらに打つ手はないわけだし」

「おれは信じるよ。もしマルクが三本のピトンがなかったと主張してもね」

　磯村はきっぱり断言する。和志にはそれが嬉しい。二人の話を聞いていたようで、背後から友梨の張りきった声が聞こえる。

「まずはゴールデン・ピラーを登らなくちゃね。登攀の一部始終を私が下から撮影するから、これに関しては誰にも文句を言わせないわよ」

「そうだね。いまは目の前にある目標に集中しないと。見れば見るほど惚れ惚れする壁だけど、舐(な)めてかかれるわけじゃない」

　和志は頷いた。太陽はまだスパンティークの向こう側にあり、壁は青黒く陰(かげ)って言いしれぬ凄みを感じさせる。ほぼ垂直の鏡面のように滑らかな上部岩壁を、ときおり小さな滝のようなチリ雪崩が走り落ちるのが見える。壁から飛ばされるほどの威力はないが、それをシャワーのように浴び続けるとなると、しだいに体力をそぎ落とされる。

　ここまで近づくと、下部岩壁もその全容を露わにする。上部ほどの傾斜はないが、それでも七〇度以上はあるだろう。想像していたより雪は多く、ところどころラッセル（深雪を踏み固めながら進むこと）を強いられそうな箇所もある。そのあたりに関しては、本格的な雪崩にも注意する必要がありそうだ。

「おまえが得意な夜間登攀も、積極的に取り入れたほうがよさそうだな。とくに日中の午後はあまり動かないほうがいいだろう。問題は、上のほうがあれだけつるつるだと、まともに休める場所があるかどうかだよ」

上部岩壁に目をやりながら磯村は言う。友梨が弾んだ声で応じる。

「だったら、ノースリッジのポータレッジ（吊りテント）のテストに最高じゃない。ヨセミテではけっこう好評なのよ。今回持ってきたのは寒冷地仕様だから、少し荒れてくれたほうが性能評価にはうってつけなんだけど」

「登るのはおれたちなんだから、無茶な注文はつけるなよ」

磯村は渋い顔だが、友梨は悪びれることもない。

「自信があるから言ってるのよ。それに、天候については、私が注文をつけられるわけじゃないんだし」

「どう見てもまともなビバークサイト（不時露営できる場所）はないから、ポータレッジは重要な意味を持つことになるだろうね。ノースリッジの製品は凄く軽くて、こういう壁には最適だよ。耐寒性能となると、やはり荒れてみなくちゃわからないけど」

和志は言った。磯村は空を見上げる。

「まあ、こちらから頼まなくても、勝手に荒れてくれるのが山だからな」

きょうも天候は安定していて、北西壁の中間部に雲の切れ端がかかっているが、頂上からの雪煙はきのうより小さい。登る前に天候が良すぎるのもかえって不安だ。いざ本番というときに悪天の周期が巡ってくることは珍しくない。

出発して五キロほど進んだところで昼になった。規定により、きょうの行程はここで終了だ。ポーターたちは背負ってきた薪で火を起こし、勝手に昼食の準備を始める。それがこの土地のしきたりだから仕方がない。

太陽はスパンティークの真上に高く昇り、三〇〇〇メートル近い高所といっても、照りつける陽光がじりじりと肌を焼く。トモも言っていたように、カラコルムはたしかに夏の暑さが大敵だ。

ここで体力を消耗してもしようがないので、急いでキャンプの準備をする。アジズはモレーンの石を器用に積み上げて即席の調理場をつくる。

ベースキャンプでも使う予定の大型テントを設営し、和志たちはそこに落ち着いて、アジズが用意してくれる昼食を待つことにした。

日射しさえ遮られれば、さすがに高所の、しかも氷河沿いのルートで、テントに吹き込む風は肌寒いほど冷涼だ。

友梨はさっそくインマルサットの端末をザックから取り出して、ここまでの行程で撮影したキャラバンの様子を、ノースリッジのウェブサイトにコメントをつけてアップロードする。

日本語のコメントは英語に堪能な社内のスタッフが一日以内に翻訳して英語版のコーナーに反映してくれるので、世界じゅうにほぼリアルタイムで情報発信できると友梨は自慢げだ。

サイトを開設して以来、海外からも一日一万件近いアクセスがあり、それも現地入りして以来急速に伸びているそうで、それだけでもプロジェクトの効果はすでに出ていると友梨は言う。

マルクのことを除けば、すべてが順調すぎて気味が悪いくらいだが、あえて悲観材料を探すことはない。うまくいくときはすべてがうまくいく。だめなときはすべてが悪い方に転ぶ。

これまで和志がやってきたクライミングでもそうだった。失敗したケースというのは、最初から悪路に踏み入ったようなものだった。しかし成功したときは、まるでそれが約束されてでもいたように、いとも容易に達成できてしまうものなのだ。

トモの場合も、恐らくそれが言える。ジャヌー北壁とローツェ南壁のソロ登攀をわずか一年のうちに達成してしまった。それも前者が四十一時間、後者が六十二時間という恐るべきスピードで。

その登攀自体が容易なものでなかったのは間違いない。それはトモの高度なテクニックと抜群のスタミナ、予想される困難を撥(は)ねのける強靭な意志の賜(たまもの)だ。しかし傍目(はため)からはそれがいとも簡単に実現してしまったように見えただろう。トモ自身も、数々の僥倖に恵まれたことは自覚していたはずだ。

すべての要素がうまく働いたその見事な登攀ゆえに、彼は疑惑の標的にされたとも見ることができる。困難な目標に到達するためには、想像を絶する艱難辛苦に堪えるのが当然だというのが一般の人々の感覚だ。あるいは一般人ではない一線級のクライマーにも、そんな人たちがいた。

その点は、トモにとって不幸だった。実現不可能と思われていたことを、いとも鮮やかに達成してしまったがゆえに、彼らはそれをあり得ないことだと考えた。要するにトモがやってのけたことは、批判者たちの想像力をはるかに超えていたのだ。

テントの外から食欲をそそるマサラの香りが漂ってくる。チキンとひよこ豆のカレーだとアジズは言っていた。きょうはもう先に進む予定がないので、キャラバンの最初の食事にじっくり腕を振るうつもりらしい。

ジンナーはさすがに陸軍の将校で、最初のころは足場の悪いモレーン上のトレイル（舗装されていない山道）で覚束ない足どりだったが、すぐにコツを覚えたようで、ほどなく不安を感じさせない歩きぶりを見せていた。

高所順応に同行して六〇〇〇メートルまで登ることになったので、ここで無様なところは見せられないと気を張っているのかもしれないが、ゴールデン・ピラーが見えてきてからは、持参のデジカメで盛んに写真を撮り、和志や磯村にあれこれ質問を投げてくる。昨日来、彼が示していた山への興味はどうやら本物らしい。

友梨はバルンツェですでに氷河歩きには慣れていて、足下に不安は感じさせない。次は自分もヒマラヤの本格的な山に挑んでみたいと意気込んでいる。

思わぬライバルが出現しそうで和志としては気が抜けないが、ヒマラヤを愛する仲間が増えてくれることは無条件に嬉しい。

アジズがコーヒーを届けてくれた。食事のほうはもうしばらくお預けらしい。日本から持参したパーコレーターで淹れたレギュラーコーヒーで、器具の使い方をアジズはよく知っている。

標高の高い山岳地帯では、気圧の関係でサイフォンはうまく機能しないし、ドリップは淹れているうちに湯が冷めてしまう。こうした場所ではパーコレーターが向いている。

アップロードの作業を終えて友梨がインマルサットの接続を切ろうとしたとき、音声通話が着信した。友梨が端末を耳に当てて応答する。

山際からかと思っていたら、友梨が慌てた様子で英語で応答している。要領を得ないやりとりをしばらくしたあと、当惑した表情で和志に端末を差し出した。

「カトマンズのエリザベス・ホーリーさんからよ」

「リズから？」

慌てて端末を受けとって応答すると、いつもの元気な声が流れてきた。

「カズ、元気でやってる？　もうキャラバンは始まってるんでしょう。あなたを特集している日本のウェブサイトを毎日チェックしてるのよ」

日本を発つ直前に、状況を報告しようとリズに電話を入れていた。そのとき向こうから訊かれて、インマルサットの番号を教えておいた。

リズはヒマラヤ登山のデータベースの作成をライフワークにしているが、対象はカトマンズをベースにしたネパール国内の山で、カラコルムは守備範囲に入れていない。

カトマンズに在住し、クライマーに直接インタビューして記録を作成するのが彼女のスタイルだ。ネパールの山に登ったクライマーのほぼすべてがカトマンズに戻ってくるから可能な手法で、パキスタンにあるカラコルムは守備範囲に入らない。

しかし、彼女としてはゴールデン・ピラーに続く秋のローツェ・シャールと主峰縦走、そして冬のローツェ南壁ソロ登攀に大いに期待しているようで、その前哨戦としてのゴールデン・ピラーにも少なからぬ興味を持ってくれているのだろう。

「ええ。すべて順調に進んでいます。じつはきのうトモからメールをもらいまして」

ローツェ南壁への挑戦の話をトモに伝えてくれたのがリズだった。そのおかげでトモと親交が結べたわけで、なによりもまずその報告をしたかった。

「ちゃんと連絡は取り合っているのね。じつは電話したのは、トモとも関係のあることなのよ」

リズはわずかに声を落とした。

「というと？」

「マルク・ブランが、この秋、ローツェを狙っているという話は聞いている？」

その話か、と納得して、和志は冷静に返す。

「ギルギットのホテルで会ったイタリア人クライマーのカルロ・レッジオという人から聞きました。トモもメールでそのことに触れていました」

「カルロと会ったの？　彼のことはよく知ってるわ。優秀で誠実なクライマーよ。たしかこの夏は、ナンガ・パルバットのディアミール側を登ると聞いてたけど」

「さすがに地獄耳ですね。そのとおりです。マルクの件は、ヨーロッパではかなり噂になっているようです。僕と同じように、トモが登ったルートをトレースする予定だと」

和志が応じると、リズはさらに声を落とした。

「あなたにとっては嫌な話かもしれないけど、事前に耳に入れておいたほうがいいと思って電話したのよ」

「彼が南壁に挑むことについては、僕にはどうしようもありませんから」

意に介さない口調で言うと、苦い口振りでリズは続けた。

「私が聞いた情報だと、彼は南壁を登るんじゃなくて、下るつもりらしいのよ」

「南壁を下る？」

素っ頓狂な声が出てしまった。

「そう。ノーマルルートのローツェ・フェースから頂上に登って、トモが登ったというルートを下降するそうなの」

「どうしてそんな馬鹿馬鹿しいプランを？」

「マルクは世界初のローツェ横断になると言ってるわ」

「それはそうでしょう。これまで誰も、そんなつまらないことは考えませんでしたから」

「だから、狙いはすぐにわかるわよ。トモが言っている三本のピトンが存在しないことを証明することよ」

「それなら僕と同じように、トモのルートを下からトレースすべきでしょう」

「マルクの実力じゃ、ソロじゃなくても不可能よ。でもノーマルルートなら、彼でも十分登れるわ。そんな恥知らずなこと、よく思いついたものね」

憤りを隠せない様子でリズは言った。

第七章　ワンデイアセント

1

キャラバンはとくにトラブルもなく、予定どおり、ホパールを出発して五日後にベースキャンプ設営地点に到着した。直下から見上げるゴールデン・ピラーは、急峻すぎてかえって高度感が摑めない。

場所はバルプー氷河右俣の源頭部で、標高は四〇〇〇メートル。氷河上のキャンプはあまり快適とは言えないが、いまは真夏で比較的流水が多く、調理用の水には不自由しない。

天候はわずかに崩れ始めているようで、午後に入ると雲が厚くなり、頂上付近は灰色の雲底に呑み込まれている。

気象予測会社の予報では、あす、あさってと気圧の谷が通過するが、その後はふたたび安定した高気圧に覆われ、向こう一カ月は全般的に好天日が多い見込みとのことだった。

「ここまでは順調だったな。どのみち一週間ほどは高所順応と休養に充てるつもりだったから、むしろタイミングがいいくらいだ」

磯村が言う。飛行機や車を乗り継いで、最後は遅々として進まない五日間のキャラバン。どれも本番の登攀活動とは体力や神経の遣い方が違うから、疲労が溜まっていないといえば嘘になる。そのあたりに関しては、大規模な遠征隊や本業の商業公募登山のオルガナイザーとして培った磯村の経験値に一日の長がある。

「でもそれだと、ホームページの更新もツイッターやフェイスブックの投稿もあまりできないから、せっかくのフォロワーの関心が冷めちゃうんじゃないかと心配なのよ」

友梨は不満げだが、登山活動というのは、四六時中、目新しいイベントが続くわけではなく、むしろ退屈な時間が大半を占める。その時間をストレスを溜めずにどう楽しむかも、長丁場の遠征では工夫のしどころだ。和志は言った。

「材料はいくらでもあるんじゃないの。アジズの料理とかジンナー少尉の健脚ぶりを紹介したり、スタッフ全員のパルスオキシメーター（動脈血酸素飽和度の測定器）の数値を公表したり」

「パルスオキシメーターの数値って、重要機密じゃないの」

友梨は怪訝な表情で訊く。和志は笑って首を振った。

「そんなことはない。むしろみんなが自分たちの経験を共有することのほうが、ずっと大事だと思うよ――」

パルスオキシメーターは本来医療用に使われる機器だが、最近では高所順応のレベルを知る目安として、高所登山の世界でもよく使われるようになった。

多くの登山隊がそういう数値を公表することで、いまも謎の多い高所順応の研究にも寄与できるし、同じように高所登山を目指すクライマーにとってもそれが参考になる。

そんな考えを説明すると、友梨は納得したというように膝を打つ。

「たしかにそうね。私たちの経験が沢山の人に共有されれば、それだけヒマラヤ登山が安全なものになるし、より素晴らしい記録が生まれるかもしれない。それはアルピニズムの発展でもあるし、結果的にノースリッジのマーケットも広がるわけだしね」

つい先ほど測ったところでは、高所経験の豊富な和志と磯村は九〇パーセント台の後半で、ほぼ平地での正常値だが、友梨はぎりぎり九〇パーセント。ジンナーは九〇パーセントを切っている。普段から標高二四〇〇メートルのフンザで暮らしているアジズはほぼ一〇〇パーセントだ。

友梨とジンナーもこれから高所順応で六〇〇〇メートルまで登る予定だが、現在の数値ならどちらも十分だと磯村は太鼓判を押す。前回のバルンツェでは友梨もベースキャンプ到着時点でジンナーと似たような数値だったが、なんら問題なく七〇〇〇メートル級の頂上を極めている。磯村が呆れたように言う。

「なんでも商売に結びつける発想は見上げたもんだよ。だけどおれもその点は同感だ。パルスオキシメーターの数値に限らず、情報はどんどん発信していくべきだな。逆におれたちだって、次に登るローツェ・シャールやローツェ南壁について、誰かが情報を発信してくれれば、安全度も成功の可能性も高まるわけだから」

「インターネットが普及して、高所登山の世界も風通しがよくなったからね」

和志は頷いた。友梨が首を傾げる。

「その割に、マルク・ブランの情報発信は少ないわね。リズが言っていたローツェ横断の話、南壁に挑むとだけ言っていて、ツイッターにもフェイスブックにも投稿していないのよ」

「そりゃ、いくらなんでも恥ずかしいからじゃないのか。そんな下らないプランをいま発信したら、トモの記録を疑問視している連中のあいだでも非難囂々（ごうごう）になるのは間違いない。表向きは南壁から登るふりをしておいて、直前になって天候不良やらなにやら理由をつけてノーマルルートにコースを変更するつもりだと思うよ」

「そうだとしたら、なおさら汚い話だね。でも、リズの情報は正しいと思うよ」

確信を持って和志は言った。リズがその情報を得たのは旧知のロベール・ペタンからで、彼はマルクの従兄（いとこ）だった。

マルクがローツェ南壁にチャレンジする計画を持っているという噂をロベールが聞いたのは今年の二月だったという。ロベールはさっそくマルクと会って話をした。

マルクの実力ではとても無理で、命を落とすからやめたほうがいいと説得したが、昨年父親を亡くしたマルクは、父の遺志を継いでトモの虚偽を暴くのが自分の使命だと言って聞かない。

ロベールの話によれば、マルクの父、ラルフ・ブランは一九七〇年代に活躍したアルピニストで、のちにはヒマラヤでも活動したが、当時はシャモニー周辺やドロミテの難ルートに数々の初登記録を打ち立てて一時代を築いていた。

ところが八〇年代に入り、アルプスで活動するようになったトモ・チェセンが、彼の記録を次々打ち破るようになった。

もちろん初登記録というのは決して破られることはないが、トモの記録はスピードにおいてもスタイルにおいても抜きんでたもので、そのほとんどをソロ登攀でやってのけ、しかも要した時間は半分から三分の一。冬季の登攀もいくつかあって、ラルフの記録はすべて陳腐なものに変わってしまった。

やがて冬のアルプス三大北壁冬季単独登攀をわずか一週間で達成してしまうに至って、ラルフの怒りは頂点に達した。

トモはことさらラルフの記録を標的にしたわけではなく、それがたまたま著名な難ルートだったから挑んだだけで、良識あるクライマーならむしろ栄誉と受けとるだろう。しかし、ラルフの反応はまさに逆恨みと言うべきものだった。

同じシャモニーのガイド仲間であるイヴァン・ギラルディーニとともに、トモの記録に言いがかりに近い疑義を突きつけた。その後のジャヌー北壁やローツェ南壁についても、批判の急先鋒だったのは言うまでもない。

凡庸な才能のマルクにとって、自らのプライドの源泉が、かつてトップクライマーとして一世を風靡した父だった。父と同様、彼にとってトモは打倒すべき宿敵だった。

ローツェ南壁への挑戦を断念するように説得するロベールに、マルクはそんな思いを切々と訴えた。そして本音を吐露したという。

それがノーマルルートから頂上に達し、トモのルートを逆にたどって南壁を下るというアイデアだった。それはアルピニストとして恥ずべきことで、父の名をも汚すものだとロベールは諭した。

マルクもそのときは説得に応じ、計画はやめると約束した。ところが最近になって、ツイッターやフェイスブックを通じてローツェ南壁への挑戦を大々的に発信し始めた。

ロベールはまたマルクと会って、やめるようにと諭したが、マルクはこんどは言うことを聞かず、しかも汚い手は使わない、堂々と南壁から登ると言い切った。

パーティーのメンバーはマルクよりも若く、ヒマラヤのビッグウォールの経験はほとんどない。やむなく、無理はしないように、難しいようなら早々に撤退するようにと言い聞かせてそのときは別れた。

ロベールがおかしな噂を耳にしたのは二週間ほど前のことだった。ロベール自身もこの秋、マナスルに遠征する予定で、現地の情報を仕入れようと、古い付き合いのシェルパと電話で話をした。

そのとき思いがけないことを耳にした。彼の仲間のシェルパが今年五月に、ローツェのノーマルルートであるローツェ・フェースの八〇〇〇メートル地点に大量のロープやピトンをデポ(予め登山ルートの途中に食料や燃料などを運んで置いておくこと)してきたという。依頼したのはマルク・ブランだった。

ローツェ・フェースはローツェの西面を覆う氷の壁で、そこを登るルートはエベレストのノーマルルートの南東稜ルートから分岐する。斜度は頂上直下を除けば五〇度から六〇度程度で、八〇〇〇メートル峰の頂を目指すルートのなかで決して難しいほうではない。

その頂上付近にマルクが大量の装備をデポしたということは、当初の思惑どおり、ローツェ・フェースを登って南壁を下るプランを実行に移そうとしているものと考えられる。

ローツェ南壁は、登るのはもちろん困難だが、下るのも容易くはない。しかし大量のロープを持ち込んで、それを使い捨てながら下るのなら、マルクの技量でも十分こなせる。もちろんそれはアルピニストの風上にも置けないやり方で、真相が明らかになれば非難の嵐に晒されるのは間違いない。

しかし、マルクはもはやそんなことを気にしていないのだろう。彼の目的はトモの記録が虚偽だと立証することで、トモを貶めることに成功すれば、自らの卑劣さは帳消しになるとでも思っているらしい。

そういう狙いで彼が南壁を下る以上、トモが残してきたという三本のピトンが、じつは存在しなかったという結論に落ち着くのは間違いない。それがなかったと言うのは簡単だし、もしあったとしても、なくしてしまえばいいだけだ——。

ロベールがそんな話をわざわざリズに知らせてきたのは、もしその結果、トモの記録が彼女のデータベースから抹消されることになるのは不本意だからだという。

ロベールはトモの記録の真偽に関しては中立だし、そもそものことで、世界の登山界が論争し続けること自体が不毛だという考えだった。

真偽はトモの胸のうちにある。それをとやかく詮索するのは、アルピニストの仕事ではない。いわんやその疑惑を「立証」するために登るなどということはアルピニズムに対する冒瀆だと彼は言い、この秋、マルクが持ち帰る「答え」に惑わされないように忠告しておきたい思いからだったという。

「ロベールのような人もいるけど、登山界にはいまも、トモのような先駆者の足を引っ張ることに熱中している人もいるのよ。だから、どんなずるいやり方であれ、マルクが持ち帰った結果だけが注目されて、彼の登山に関しては話題にもならないだろうとロベールは言うの。でも、マルクは困らない。それが本来の目的だから」

あのときの電話でリズはそう言った。ロベール・ペタンは現在八〇〇〇メートル峰九座登頂を果たし、十四座全山制覇も間近とみられている実力派のクライマーらしい。一方のマルクについては、リズは一度だけインタビューしたことがあるという。

五年前にヌプツェに登頂したという報告を受け、カトマンズに下りてきたマルクに直接話を聞いたが、頂上からの景観やルートの詳細について一般に知られている事実との乖離が大きく、認定を却下せざるを得なかったとのことだった。

愛想のよい好感の持てる若者だが、その言動にどうも軽いところがあり、言うなれば呼吸するように嘘がつけるタイプではないかというのがリズが受けた印象だったらしい。

「おれたちがローツェ・シャール経由で先にローツェ主峰に登り、トモのルートを下降して、三本のピトンの存在を証明する手だってあるだろう」

磯村が大胆なことを言い出した。シャールと主峰の縦走は、クライミング技術以上に体力を必要とする。恐らく主峰に到達した時点で精根尽き果てているはずで、そのあとに下りでも難度の高い南壁を下降するのは、当初の目的を達成したあとに、さらに必要のないリスクを付け加えるだけのことだ。

「それは無茶だよ。僕だって南壁に挑むときは、頂上からローツェ・フェース側へ下るつもりなんだから」

トモは南壁を下ったが、それはほとんど空身で頂上を目指し、下降に必要な装備を途中に残していたためだった。より困難な冬季にチャレンジする和志としては、その選択はなんとか避けたい。シャールと主峰の縦走には、それに堪えうる体力と高所能力を身につける意味もある。

「いや、言ってみただけだよ。可能性としてはそれもあると思ってな」

磯村はあっさり退いた。もちろん和志もそんな考えに惹かれるところはある。しかし、恐らくトモは喜ばない。立場は逆であれ、トモの記録の真偽を明らかにするだけの目的で余計なリスクを背負うとしたら、マルクがやろうとしていることとなんら変わらない。

和志にとってなにより重要なのは、ローツェ南壁冬季単独登攀の記録を達成することなのだ。それによってトモの記録が、荒唐無稽なフィクションではないことを明らかにできる。そんな思いを共有しているように友梨が言う。

「マルクには勝手にやらせておけばいいのよ。大事なのは、和志さんが正真正銘の冬季単独登攀を達成してみせることなんだから」

「そうだね。僕はいまでもトモを信じているし、トモがやれたことだからこそ、僕にだって不可能じゃないと自信を持てる。それを疑うとしたら、僕自身の可能性についても疑問だということになる」

思いを強くして和志は言った。

2

気象予測会社の予測は当たり、天候の崩れは三日続いたが、四日後からは再び好天に恵まれた。和志たちは、さっそく高所順応のための登攀に取りかかった。

目指すのは北稜の一角にある約六〇〇〇メートルの無名峰で、取り付きから頂上まではなだらかな雪稜が続き、高度な登攀技術が必要な箇所はなく、稜線上のルートだから雪崩の心配もない。

天候が崩れていたあいだ、ベースキャンプ近くの雪の斜面で、ジンナーのためにピッケルとアイゼンによる雪上歩行の訓練を行ない、友梨も復習だと言って付き合った。

基本的なロープワークや滑落停止の技術も練習したが、ライトエクスペディションのオルガナイザーとしてベテランの域に入っている磯村の指導力は抜群で、半日もしないうちにジンナーはほぼ初心者の域を脱した。

友梨にしても、バルンツェのツアーで磯村の指導を受けるまでは雪のある山に登ったことがなかった。磯村のツアーではそんな初心者も断ることなく、現地での指導で必要な登攀技術を身につけさせてしまう。

あるいはそれは、現在の仕事を始める前からの磯村の天分なのかもしれない。和志自身がヨセミテで磯村に会って以来、自分の技術が急速に進歩したことに驚かされた。その出会いがなかったら、現在の自分はいなかったと、率直に感謝している。

ベースキャンプを出発したのは午前四時で、稜線の取り付きから登り始めたのが午前五時。西の空はまだぎっしりと星が瞬いているが、東の空はうっすらと明るくなってきた。その空を背景に、三角定規(じょうぎ)のようなスパンティークのシルエットが力強く浮かび上がる。

稜線上に出ても風は穏やかで、氷点下一〇度前後の気温でも、体の火照(ほて)りで寒さは感じない。ジンナーは若いうえにさすがに陸軍の将校で、息づかいは荒いものの、足どりはしっかりしている。友梨もヒマラヤに関しては先輩だとばかりに、着実なペースを崩さない。

出発前に計測したパルスオキシメーターの数値は二人ともほぼ正常レベルに戻っていて、ここしばらくのベースキャンプ滞在だけでも、ある程度の順応効果が出ていると言えそうだ。

稜線の左右がやや切れ落ちて、雪も硬くなってきた。磯村がロープを出して全員を結ぶ。磯村がトップで和志がラスト。そのあいだにジンナーと友梨が入った。

一時間ほど登ったところで背後を振り向くと、北西方向の眺望が大きく開けている。天に突き出た城塞のようなウルタルの頂上付近が熾火(おきび)のような朱に染まり、フンザの谷は凪(な)

いだ海のような雲海に覆われている。

さらに登ると西の眺望が一気に広がり、ディランのピラミッドがすっくと立ち上がる。その右肩越しにヒマラヤ襞(ひだ)の雪壁を巡らせたラカポシの頂も顔を覗かせる。

その遥か向こうに連なるのはティリチ・ミールやノシャックなどヒンドゥークシュの高峰群。そのすべての頂が曙光を受けて鮮やかな薔薇(ばら)色に染まる。

「すごいよ。これがカラコルムなんだね。これがヒマラヤなんだね」

ジンナーは陶酔したような表情だ。和志はむろんネパールで、あるいはアラスカでこういう光景は数え切れないほど見てきているが、ジンナーの感動にはいまでも共感できる。だからこそ、山は自分を惹きつける。山が単に困難な挑戦の対象に過ぎないのなら、果たして自分はここまで山と人生をともにしてきただろうか。

人間も自然の一部に過ぎない。自然を支配し得る存在だという驕(おご)りこそが、文明の最大の病(やまい)で、そのことを魂と肉体を通じて感得できるからこそ自分は山に登るのだ。

やがて周囲の山肌が燃えるような赤に彩(いろど)られ、晴れ渡った空は、消え残る星々をちりばめながら、目映い黄金色から目が覚(さ)めるようなサーモンピンクへ、さらに血潮(ちしお)のような鮮紅色から濃い紫へと絶妙なグラデーションで染め上げられる。

「バルンツェの朝も素晴らしかったけど、こっちも負けてはいないわね。きょうはサイト更新の材料がいっぱい集められそうよ」

友梨はザックからカメラを取り出して、立て続けにシャッターを切る。

ほとんどの登攀活動をソロか少数精鋭のアルパインスタイルでこなす和志は、磯村と違い、友梨やジンナーのようなヒマラヤ初心者と登攀活動をするのは初体験だ。バルンツェでも一緒に動いたのはベースキャンプまでの往路だけで、あとは一人で行動していた。

しかし友梨とジンナーの喜びようをみれば、アマチュア相手のライトエクスペディションを生業とするようになって、山に対する、人生に対する考え方が一変したという、磯村が言っていた言葉にも頷ける。

今回のゴールデン・ピラーへの挑戦が、自分のクライマー人生にいままでなかったものを付け加えてくれるとしたら、それは和志にとって、思いもかけないプレゼントになりそうだった。

3

友梨とジンナーのコンディションはよく、頑張ればこの日のうちに頂上に達することもできそうだった。しかし、なるべく高所での滞在を避けて、登ってすぐ下りるのがもっとも効果的な順応方法だというのがトモのアドバイスだ。

和志と磯村の足なら一日で頂上に達してベースキャンプに戻ることも可能だが、友梨とジンナーの高所能力を考えれば、負担の少ない五〇〇〇メートル付近で一泊して、あす一気に頂上まで往復し、その日のうちにベースキャンプまで下るほうが理に適う。

和志と磯村はこのあとも数回、順応のための登高を行なう予定だから、きょうは二人にカラコルムのライトエクスペディションを堪能してもらうことにした。

標高五〇〇〇メートルに達したのが午後一時過ぎだった。高く昇った太陽がラカポシやディランのヒマラヤ襞をぎらつかせ、頭上の空は魂を吸い込まれるように青かった。トモから聞いていたように、夏のカラコルムの日射しは強烈で、気温はマイナス一〇度前後でも、日向にいれば肌は汗ばんで、アノラックも不要になるほどだ。

さっそくテントを設営し、やや遅めの昼食をとることにした。和志と磯村がピッケルを振るって硬く締まった雪を掘り起こし、テントの前に積み上げると、友梨は手慣れた様子でコッヘルにそれを詰め込み、ガスストーブで融かしていく。

昼食のメニューのレトルト食品や粉末スープ、ティーバッグはすでにザックから取り出して、傍らに手際よく並べてある。

夜間に風が吹き出した場合に備え、和志たちはさらに雪のブロックを切り出して、テントの周囲に積み上げる。

一通りの作業が終わるころには十分な量のお湯が出来た。レトルトのパックを温め、スープを融かし、テルモス一本分の紅茶をつくって、待ちかねていた昼食が始まった。

スパンティークの北西壁にもいまは陽光が射し込んで、ゴールデン・ピラーの全容が間近に迫ってみえる。遠目には隙のない一枚岩のように見える上部の壁も、子細に眺めれば弱点も見える。標高差は和志がよく知っているヨセミテのエル・キャピタンを二つ重ねたようなもので、雪と氷がなければ技術的難度は同等とみていいだろう。

条件面での最大の違いは、ゴールデン・ピラーの標高がエル・キャピタンより五〇〇〇メートル高いことだ。一方、技術的には、ロッククライミングが中心になるヨセミテと違い、こちらはミックスクライミングの技術をフルに使える。

ほとんど一枚岩のような壁だが、氷雪に覆われている部分は意外に多い。氷の壁を登る技術に関しては、磯村も和志も自信がある。かつてフィールドにしていたアラスカで、最高難度の氷壁をいくつも制覇した。ミックスを得意とするクライマーにとって、氷のルートは舗装道路のようなものなのだ。

もちろん氷の硬さを計算に入れたアックスの打ち込み方や、ロッククライミングとは異なる体重移動の感覚など、身につけるべき技術要素は多いが、そうだとしてもアックスとアイゼンで氷も岩も登るミックスクライミングの普及によって、かつて登攀不可能とみられていたいくつものルートが、あっさり克服されてしまった事例も数多い。

それを指摘して、ミックスクライミングはエイドクライミングの一種ではないかと指摘されたこともあり、現在ではミックスクライミングに特化した、ロッククライミングとはべつのグレード評価が定着している。

いずれにせよ、近年のヒマラヤのビッグウォール登攀に、ミックスクライミングの技術が大きく貢献しているのは間違いない。その意味でゴールデン・ピラーが、最大の目標であるローツェ南壁攻略の前哨戦として大きな意味を持つことを改めて実感した。

「近くで見ると、細かいガリー（岩溝）がいくつも走っているし、氷の部分をうまく繋げば、おれたちならスピードが稼げる。案外楽しんで登れそうじゃないか」

磯村は楽観的な口振りだ。和志も頷いた。

「ああ。想像していたほど嫌らしいルートでもなさそうだね。ラインはシンプルだから、取り付いたら、あとはぐいぐい登るだけだ。ビバークポイントには苦労しそうだけど、その点については、ノースリッジのポータレッジという強い味方があるし」

友梨が張り切って言う。

「ゴールデン・ピラー攻略の切り札になるかもしれないわね。あれはうちの社長の自信作なのよ」

「それは言えそうだな。ここから見る限り、横になれそうなビバークポイントがほとんど見つからない。過去に登ったパーティーも、一泊か二泊はスタンディングビバーク（壁に体を固定して立ったままのビバーク）を強いられたようだから」

磯村も期待を込める。ポータレッジの寝心地はまだ試していないが、ベースキャンプでの天候待ちのあいだ、和志は近くの壁でノースリッジのアックスとアイゼンをテストした。

　アックスはバランスも刃先の角度もよく、アイゼンも氷と岩のどちらでも食いつきがいい。これだけ性能の高い製品を食わず嫌いで使わずに来たかと思えば、忸怩たる思いも湧いてくる。

「アックスやアイゼンにしても、山際社長の山への情熱が伝わってくる名品だよ。こういう製品をつくり上げたノースリッジは、日本の誇りと言っていいね」

　率直な思いで和志は言った。声を弾ませて友梨が応じる。

「じゃあ、今夜さっそく社長に伝えておくわ。その言葉、ホームページに掲載してもいいわよね」

「よろしく頼むよ。少しはビジネスのお役に立てればいいけどね」

「少しどころか、大いに役に立つわよ。じつは、今回二人が使う製品はなんなのか教えてくれという問い合わせが、国内からも海外からもいくつも来てるのよ。もちろんうちの製品で、将来的には今回のゴールデン・ピラーや秋のローツェ・シャール、さらに本番のローツェ南壁での経験をフィードバックして、和志さんのシグネチャーモデルを発表したいと考えているると教えてあげたら、予約開始はいつだっていう問い合わせまで来ちゃって」

　面映ゆいものを感じながら和志は言った。

「そうなると責任が重いね」

「それは和志さんが気にすることじゃないのよ。むしろ沢山欠点を見つけてくれたほうが開発する側としてはありがたいって、社長は言ってるわ」

きっぱりとした調子で友梨は応じる。会話の意味はわからないが、三人のやりとりをにこやかに聞いていたジンナーが流暢(りゅうちょう)な英語で口を挟む。

「飛行機に乗ったとき以外で、こんな高さまで上がったのは初めてだよ。君たちにとっては平地みたいなものなんだろうけど。こういう体験をさせてもらったリエゾンオフィサーは、パキスタン陸軍始まって以来だと思うね。本当に感謝しているよ」

「おれたちが感謝される筋合いの話じゃないよ。これまでいろんなリエゾンオフィサーと付き合ってきたけど、たとえ高所順応のための登山でも、誰も一緒に登ろうなんて言わなかった。むしろあなたの意欲に、おれは敬意を表する」

磯村が笑って言うと、ジンナーは誇らしげに応じる。

「そう言ってもらえて嬉しいよ。みんなの足を引っ張らずにここまで来られたこともももちろんだし、こんな素晴らしい景色を見ることができたのも、人生最高の喜びだ」

「こんなの、まだまだ序の口だよ。あすは六〇〇〇メートルの頂上だ。そこからはクンヤン・キッシュやディステギール・サールも一望できるはずだ。おれにしても初めて眺める景色だから、大いに楽しみにしているよ」

「しかし、こんな素晴らしい宝物を授かりながら、パキスタンの国民のほとんどが知らずに一生を終えるのは寂しい限りだ」

切ない調子で言うジンナーに、和志も力強く応じた。

「あなたのような人の意欲が、きっとそれを変えていくよ。きょうがそのための最初の一歩になるなら、そこに居合わせた僕だって光栄だ」

「そうよ。あなたには、ナンガ・パルバットやK２にぜひ登ってほしいわ。そのときは、もちろんノースリッジの製品を使ってね」

友梨はここでもＰＲを忘れない。一同は笑いに誘われた。

翌日も朝四時にテントを出て、四人は北稜上の無名峰を目指した。

友梨もジンナーも、パルスオキシメーターの数値はやや低下しているが、体調はまずまずのようだった。

夜半には風が強まったが、未明になるとそれも収まってきた。重い荷物はテントに置いて、空身に近い状態で登り始めた。

きのう一日の行動で、ジンナーはアイゼンを使った登高にほとんど不安を感じさせなくなり、友梨もバルンツェのときの勘を取り戻したようで、行程は和志や磯村の予想以上に捗った。

無名峰の頂が間近に迫るあたりから稜線は斜度を増した。二、三歩進んでは荒い息を吐く。友梨もジンナーも辛そうだが、こういう場所での苦しさは、高所に慣れている和志たちでも変わらない。

日が昇る時刻になるとガスが湧き出して、きのうのような壮麗な眺望は得られなかったが、そのぶん登高に集中できる。

頂上に立ったのは、予定していたよりだいぶ早い午前十一時だった。灰色のガスに包まれて、眺望はまったく得られない。風はかなり強く、谷側から吹き上げられる雪の礫が頰を打つ。

「残念ながら、頂上からの絶景は諦めるしかないな。しかし友梨もジンナーも、とくに高所障害もなくここまで登れたのは大したもんだよ」

磯村は満足げに言う。高所障害の出方は体質や体調にもよる。初心者でも六〇〇〇メートルでけろりとしている者もいれば、富士山や日本アルプスで高所障害に陥る者もいる。その点ではジンナーは前途有望と言うべきだろう。そのとき友梨が声を上げた。

「ガスが切れそうよ、あのあたり」

指差す東の方向に小さな青空の切れ端が現われて、それが急速に面積を広げてゆく。やがて、開け放たれた窓のようなガスの切れ間の向こうに、氷雪の鎧をまとった巨大な山が姿を現わす。

「クンヤン・キッシュだよ。さすがにでかいな」

「ああ。あれで八〇〇〇メートルに満たないというのが信じられない」

　和志も思わずため息を吐く。麓からの高さが四〇〇〇メートル近く、山体の占める面積はK2の三、四倍はあるという。その左の肩からわずかに頭を覗かせているのが西部カラコルムの最高峰、ディステギール・サールだが、ヒスパー山群の盟主という名にむしろふさわしいのは、標高ではやや劣るクンヤン・キッシュのほうだろう。

「技術もさることながら、体力勝負の山だな。主峰は七〇年代に初登頂されているが、東峰は二〇一三年に日本隊が登るまで未踏だった。カラコルムを代表する難峰の一つだよ」

　惚れ惚れしたような表情でジンナーが言う。

「素晴らしい山だね。K2もナンガ・パルバットも魅力的だけど、僕は最初にあの山を狙いたい。できるだろうか」

「君はまだ若い。十分やれるよ。あれだけでかい山だから、未踏のルートだっていくらでもあるはずだ。パキスタンと日本の合同隊でチャレンジするのもいいかもしれない。そのときは、おれたちも参加するよ」

　磯村は勝手に話を決めるが、そんな話なら和志も異存はない。友梨もさっそく乗ってきた。

「素晴らしいプランじゃない。それなら社長だって支援に乗り出すわよ。今夜、さっそく相談するわ」

「まだまだ先の話だよ。目の前にある課題を一つ一つ片付けないと」

和志は水を差したが、ジンナーは意に介する様子もなく瞳を輝かせた。

「もし実現したら素晴らしいね。僕も山から戻ったらすぐに山岳部隊に志願して、トレーニングに励むことにするよ」

4

友梨たちを同行した無名峰に、そのあと和志と磯村はもう一度登り、さらに下山路にする予定の西稜の六〇〇〇メートル地点にも二度登った。いずれもトモのアドバイスに従って一日で登って下りた。

それが功を奏してか、体調は絶好調と言っていい。それならベストの状況で登攀を開始したほうがいいと、八月の上旬、和志と磯村は本番の活動をスタートさせた。

「頑張ってね。最高のクライミングを期待しているわ」

出発の前夜、高倍率のズームレンズを装着したカメラと頑丈な三脚を用意して撮影の準備を整えた友梨は、遠慮なくプレッシャーをかけてきた。

「下からしっかり見学させてもらうよ。最高のクライマー二人の登攀を間近から観察できるのは、滅多にない幸運だからね」

ジンナーも期待を露わにする。かつての和志だったら大いにストレスを感じたはずのそんな応援団の存在も、いまは理想のクライミングに集中するための対価と割り切れる。

「任せてほしいな。ここで手を焼いているようじゃ、ローツェ・シャールもローツェ南壁もただの戯言（たわごと）になっちまう」

磯村は胸を張る。高所順応のための登高の際に、ゴールデン・ピラーは北稜と西稜の両方からじっくり観察し、写真も大量に撮ってきた。それをもとに詳細なトポを作成し、もっとも効率的なラインが頭のなかに出来ている。

しかし実際に登り出したら、なにが起きるかわからない。すべてが予定どおりにいくことはまずあり得ない。

雪崩も落石もほとんどないと見ていたが、意外に大きなチリ雪崩は頻発（ひんぱつ）しているし、それに誘発された落石もたびたび目にした。

遠目には容易そうに見える壁も、実際に登ってみるとホールドとなるクラックやリスが見つからないことがある。

過去の記録を調べた限りでは、大理石主体の上部岩壁がとくにその傾向が顕著（けんちょ）なようだ。そこを考慮して、可能な限り雪や氷のラインを繋ぐことにしたが、問題は氷の状態がどうかということだ。

そもそもネパール中心でやってきた和志は、夏のヒマラヤの氷というものは経験したことがない。そこは磯村も似たようなものだろう。軟らかくて脆ければ技術的な難度は高まる。

氷の硬いアラスカのフィールドで高い評価を得てきたノースリッジのアックスやアイゼンが、そういう条件でどこまで性能を発揮するか、そこもポイントの一つと言えそうだ。自らを鼓舞するように和志は言った。

「舐めてかかれるわけじゃないけど、決して登れない壁じゃない。課題はスピードだよ。三泊四日くらいでと思っていたけど、トモがジャヌー北壁を一泊二日で登ったことを考えると、やはり一泊以上はしたくないね」

磯村も大きく頷く。友梨が不満そうに口を挟む。

「三泊四日でもルート最速なんだけどな。たしかにそれじゃ物足りない」

「それじゃ、あまりにもあっけないじゃない。世界中のフォロワーが楽しみに待ってたんだから、もう少し引っ張ったほうがいいと思うんだけど」

「引っ張れと言ったって、用もないのに長居したら、かえってリスクが高くなるんだよ。スピードこそがアルパインスタイルの命だということは、これまでもさんざん言ってきたじゃないか」

磯村がたしなめる。それならと、友梨はべつの注文をつけてくる。

「だったら、見栄えのいいシーンをいっぱいつくってね」

「ミックスクライミングのエキスパート二人が登るんだ。べつに構えなくても最高のショットが撮れるに決まってる。問題は友梨の腕前じゃないか」

「それなら心配要らないわ。こう見えても高校時代は写真部にいたんだから」

「本当なのか。そりゃ初耳だ」

「能ある鷹は爪を隠すって言うでしょう」

友梨は自慢気に胸を反らしてみせた。

「たしかに、これまで友梨が撮った写真、なかなか構図が決まっていたよ。おれと比べれば、まだ修業が足りないがな」

写真に関して一家言ある磯村は、ライバル心を隠さない。仲を取り持つように和志は言った。

「登攀中のアップを磯村さんがしっかり撮ってくれて、下からのロングショットを友梨が確実に押さえてくれれば、見る人に登攀の全体像が伝わるよ。自分が登るところを映像で見る機会はこれまでなかったから、僕も大いに楽しみだ」

「それなら任せておいて。超望遠レンズでアップもいけるから、磯村さんの登りっぷりだってしっかり撮ってあげるわよ。だから手抜きしないでしっかり登ってね」

「命が懸かっているような場所で、誰が手抜きをするんだよ」

鼻を鳴らして磯村は言う。こんな掛け合い漫才ができるくらいに、チームは気持ちが通い合っている。このムードが当面のゴールのローツェ南壁まで自分を導いてくれるなら、和志も肩の荷が軽くなる。

5

出発したのは午前零時だった。

下部は傾斜がやや緩く、日中はしばしば雪崩が起きるのを間近に見ていた。そのための用心という意味もあったが、あわよくばきょう一日で頂上まで達したいという思惑もある。

明るい月が中天にかかり、ゴールデン・ピラー下部の雪稜が目の前に青白く浮かび上がり、目が慣れてくればヘッドランプが不要なくらい周囲は明るい。

トモが一泊二日で往復したジャヌー北壁は標高差が二八〇〇メートル。それより七〇〇メートル低いゴールデン・ピラーなら、条件さえよければさらに短時間で達成できる。

むろん用心のために食料と燃料は三日分用意したが、量は極力切り詰めた。ロープやビバーク用のポータレッジを含めても、各自のザックの重さは五キロ前後。平地なら空身に近い。

ベースキャンプを出発して、氷河の上流に向かってモレーンを登り、ゴールデン・ピラー取り付きの四〇〇メートルのクーロワール（岩溝）の基部に達したのが午前一時。そこでロープを結び合い、磯村がトップに立って登攀を開始する。月明かりで視界は十分だが、下から写真や動画を撮影する友梨のためにヘッドランプを装着した。

ここは上部岩壁ほどの傾斜はない。ホールドも比較的多く、ランニングビレイ（中間支点）をとるためのクラックやリスも思っていたより多い。

磯村は快調なペースでロープを伸ばす。一緒に壁を登るのは何年ぶりだろうか。ハードなクライミングに関してはブランクがあるはずなのに、かつてアラスカで見せてくれたようなアグレッシブなムーブは衰えを感じさせない。

雪はほとんどついていないが、磯村はドライツーリングの技術を駆使して果敢に攻めていく。磯村も心に期すものがあるようだ。

四〇メートルいっぱいにロープが伸びたところで、磯村がセルフビレイを取り、ロープを軽く二度引いてOKの合図を寄越す。

和志はビレイを解いて登り始めた。むろんこちらもドライツーリングだ。ノースリッジのアックスは指もかからないような小さな突起やリスを正確に捉える。アイゼンもしっかりと岩を嚙み、確実に体重を支えてくれる。

十分使えるという以上に、これまで使ってきたものとは次元の違いを感じさせる。それは山際の執念、いや山への愛の賜と言うべきかもしれない。

ランニングビレイを回収しながら磯村がいる狭い岩棚まで登ると、磯村は回収したギアを受けとって、余計な話をしている暇はないというようにまた登り出す。

最初の五ピッチを登ったところで、磯村とトップを交代することにした。

「いいペースじゃない。少しも衰えを感じないよ」

率直な思いで和志は言った。磯村は鼻で笑った。

「師匠を摑まえて生意気な口を利くんじゃないよ。まだまだおまえには負けないよ」

「だったら今回は、磯村さんに引っ張り上げてもらうことにするよ。この勢いなら、一日で頂上に立てるかもしれない」

「そこはお天気次第だが、きょうはなんとか保ちそうな気がするな。おれは昔から晴れ男だし」

楽観的な調子で言いながら、磯村はビレイ器具（確保器）にロープをセットする。頭上からは稜線を渡る風音が聞こえるが、天候が悪化する気配はない。磯村が晴れ男だというのは本当で、過去に彼とペアを組んだ登攀では、たぶん晴天率が八〇パーセントを超えている。

長話をしている時間はないので、和志はトップで登り始めた。

磯村に負けてはいられない。大胆なムーブで果敢に体を押し上げる。トモ直伝の高所順応テクニックが功を奏したのか、まだ五〇〇〇メートルを超えていないこのあたりでは、多少運動量を増やしても、ほとんど息が上がらない。

天候もコンディションもこれだけよければ、さきほど欲張って言ってみたワンデイアセント（一日で登頂すること）も可能な気がしてくる。

約一時間半で岩塔を登り切り、上部岩壁に続く九〇〇メートルの雪稜に出た。ここでいったん傾斜は緩くなる。鋭角的なナイフエッジだが、とくに危険な箇所ではない。

「ここはコンティニュアスでいいな」

磯村が確認する。もちろんだと和志は頷いた。ロープで結び合ったままパーティーが同時に行動するのがコンティニュアスで、一方が確保しているあいだ、もう一方が行動するのをスタカットという。後者のほうが安全だが、スピードの点では前者が勝る。

ここでは和志が先に立って登り出す。左右はすっぱり切れ落ちて、綱渡りしているような気分だが、天候に恵まれて風がなければ、和志にとってはむしろ爽快だ。

星は空を隙間なく埋め尽くし、月は眼下の氷河を青白く照らし出す。夜間の低温で雪は締まっているが、それでも膝までのラッセルだ。斜度は六〇度を超えており、さすがに息が荒くなる。

下を見ると、氷河の源頭部にベースキャンプの明かりがぽっかりと浮かんでいる。背後を振り向けば、月光を浴びたラカポシとディランが、異界の魔物のように青ざめて立ち尽くし、薄衣のような雲海がその足下に裳裾のようにまとわりつく。

振り仰げば、ゴールデン・ピラーの核心部が、天を突き刺す槍のように、一直線に伸び上がる。

「いい壁を選んでくれたと、おれに感謝してるんじゃないのか」

磯村が軽口を叩きながら歩み寄り、そのまま横から追い越して、阿吽の呼吸でラッセルを交代してくれる。

「磯村さんにももちろんだけど、こんな素晴らしい壁をつくってくれた神様にも感謝しないとね。これはまさしく芸術品だよ」

息を弾ませながら和志は言った。エル・キャピタンもハーフドームも、この壁と比べればこぢんまりして見える。ジャヌー北壁もローツェ南壁も、ここまで明快な直線で構成された造形美は持っていない。

「おれだって、正直言って驚いてるよ。神様もサービス精神旺盛だ。こんな楽しい遊び場を、おれたち山屋のためにつくってくれたんだから」

「本当にね。一泊二日で登って下りるなんて、もったいないような気がしてきたよ」

「だからって、こんなところにいつまでも張り付いていたら、いつ神様の機嫌を損じるかわからない。一荒れ来たら、虫けらみたいに吹き飛ばされる」

怖気をふるうように磯村は言うが、口振りには楽観的な気分が滲んでいる。

和志がソロ主体で登るようになったのは、磯村のように気持ちの通い合うパートナーとなかなか出会えなかったこともあった。久しぶりに磯村と組んだパーティーには、故郷に戻ったような安心感がある。

6

雪稜を登り切り、懸垂氷河末端のセラックを乗り越えて、初登パーティーが円形劇場と名付けた雪田(せつでん)に達したのは午前五時半だった。

上々のペースだ。初登攀したパーティーはこの雪田でビバークした。まともなビバークポイントの少ないこのルートでは貴重な場所だが、ルート最速を狙う和志たちには用がない。

月はラカポシの肩に沈みかけ、頭上の空はだいぶ赤みを帯びてきた。このまま天候が一日保てば、ワンデイアセントも不可能ではない。

急峻な雪田を慎重にトラバース（横移動）して、ピラー右側の垂直のクーロワールに取り付く。ここは和志がトップに立った。

最初は氷の詰まった快適なルートだったが、登るにつれて岩が露出して、高度なミックスクライミングを要求される。

岩を捉える感覚と氷を捉える感覚には大きなギャップがあって、それがスムーズなムーブを阻害する。ノースリッジのアックスはそこに一工夫があるようで、刃先の角度のせいなのか、全体のバランスのせいなのか、そのギャップが驚くほど小さい。

山際がクライマーとして活躍した時代、まだミックスクライミングという技術は注目を集めていなかった。

その道のエキスパートのハル・ブラッドレイのアドバイスがあったとはいえ、その山際がここまでミックスに特化した製品を生み出した。それは持って生まれたセンスの良さと、時代を読む目の確かさがなせる業だと言うしかない。

事前に得ていた情報どおり、岩は硬くてランニングビレイをとるのに苦労はするが、氷が張り付いた部分は比較的多く、アイススクリュー（氷にねじ込む金属製の釘）を多用すればこと足りる。

登っているうちに夜が明けた。西の峰々の山肌が灼熱するが、北西に面するこの壁に日が射すのは午後に入ってからだ。その点では南に面した壁より条件が有利で、日射によって氷が緩み、落石や雪崩に襲われるリスクが少ない。心配していたチリ雪崩も、いまはそれほど頻繁ではない。

和志が五ピッチ登ったところで、トップを交代がてら、軽く食事をとることにした。二人が辛うじて立てる狭い棚で、クラッカーとチョコレートをテルモスに詰めてきた紅茶で流し込む。重要なのは水分の補給で、それが高所障害を防ぐ決め手になる。

友梨たちが気を揉んでいるだろうと、和志が衛星携帯電話でベースキャンプを呼び出した。

通信インフラが発達していない西アジアや中東では、日本だと高額な衛星電話が普及していて、和志たちも現地の電話会社と契約し、日本との通信に使うインマルサットとは別に、軽量の衛星携帯電話の端末を持ち込んでいる。

登攀活動中の通信手段は、かつてはトランシーバーが中心だったが、気象条件や障害物によって通信が困難になることがしばしばだ。そうした新しい通信手段の普及も、高所登山の安全性や効率性に、今後大きく寄与するものと言えるだろう。

「和志さん、どんな調子なの。こちらから電話を入れたら邪魔しちゃうと思って、ずっと我慢してたのよ」

友梨は待ちかねていたというように応答した。余裕を覗かせて和志は言った。

「順調すぎるくらい順調だよ」

それを聞いて、ほっとしたように友梨が言う。

「二人が登り始めてから、ヘッドランプの動きをカメラで捉えて、その動画をリアルタイムで流していたのよ」

「ホームページで？」

「もちろん。アクセスは一万くらいあるそうよ。いまは明るくなったから、二人の姿もちゃんと識別できるわ。見たところ元気そうね」

「ああ。磯村さんもぜんぜん歳を感じさせないし、僕も体調はベストだよ」

傍らで磯村が鼻を鳴らす。インタビュアーのような調子で友梨が問いかける。

「ワンデイアセントを狙うと言っていたけど、成功の見通しは？」

「いけそうな気がするね。このまま不測の事態さえ起きなければ」

「不測の事態？」

「上部に行くとセラックもある。それが崩壊したり、午後になれば落石もあるかもしれない。危険な事態を想像すれば切りがないからね」

「それでも登るのが、本物のアルピニストなのね」

「想定できるリスクを極力避ける努力をした上でね。一〇〇パーセント安全だというんなら、それはスポーツであって冒険じゃない」

「つまり登山はスポーツ以上のなにかだということ？」

友梨は興味深げに問いかける。妙な方向に話が向かってしまった。頭を捻(ひね)りながら和志は答えた。

「上とか下とかは関係ない。ただ、明らかにべつのものだと思う。失敗した場合のペナルティが死であるスポーツなんてないからね」

「それでも山に登ろうとする理由はなに？」

「じつは、その問いにうまく答えられたことが一度もないんだよ。あえて言えば、その答えを見つけるためかもしれない」

とりあえず、そうとしか言いようがない。友梨はまだ不満げだ。

「わかるようなわからないような答えね」

「でも誰だってそうだと思うよ。自分がなぜいま生きているか、答えられる人っているだろうか」

「登山って、なんだか哲学的な行為なのね」

「それは登山に限らないよ。なぜ、なぜと問い続けていくと、最後に答えのない世界に飛び込んでしまう。でも、言葉にできる答えは見つからないけど、存在全体でその答えを感じている――。山にいると、そんな気持ちになることがよくあるよ」

日頃から考えているわけではないが、訊かれて答えようとすれば、そんな言葉が頭に浮かぶ。それは圧倒的なこの壁が、そしてカラコルムの壮麗な景観が、自分に語らせているもののような気もしてくる。

「少しわかったような気がする。バルンツェの頂上に立ったときも、このあいだ高所順応で登った無名峰でも、私、いままで知らなかった自分に出会ったような気がしたのよ。うまく言葉にはできないけど」

友梨は彼女なりに咀嚼（そしゃく）してくれたらしい。自分が言いたかったことと響き合うところがたしかにある。それがどこか面映ゆく感じられて、はぐらかすように和志は言った。

「でも、単に好きだから、山を見るとパブロフの犬みたいに反応してしまうだけかもしれないけどね」

「パブロフの犬だって、本当はその答えを知りたいんじゃない。あ、長話をしている暇はないんだね。下からしっかり撮影するから、記録達成、お願いね」

友梨は快活に言って通話を終えた。不思議そうな顔で磯村が言う。

「なんだか禅問答みたいなやりとりをしていたな。おれの前でそんな話をしたこと一度もないのに。いつからインテリになったんだ」

「そういうのは相手によるからね」

「おれの知的レベルに合わせていると言いたいのか。いや怪しいな。ひょっとしておまえ、友梨に気があるんじゃないのか」

磯村が肘で小突く。和志は慌てて首を振った。

「そんなことにかまけている暇はないよ。いまはこの壁のことしか頭にないんだから。さあ、先を急ごう」

そのあとの登攀も快調に進んだ。

ピラー上部は岩が硬くてホールドが少なく、そのうえびっしりと氷が張り付いて、とてもフリーで登れるルートではない。しかしこの壁のために誂(あつら)えでもしたかのように、ノースリッジのアックスは微細なリスに確実に食い込み、アイゼンはグラインダーで削ったようなスラブの細かい肌理(きめ)を捉えてがっちりと食らいつく。

クーロワールを抜けると、オーバーハングしたスラブが立ち塞(ふさ)がった。かつてなら岩にボルトを打ち込んで、人工登攀で越える場所だ。そこを大きく迂回して上に出るルートもあったが、それでは時間がかかりすぎる。

迷わず和志がリードして、上から吊り下がる巨大な氷柱にアックスを打ち込み、ほとんど腕力で乗り越えた。もちろんそのシーンも磯村はしっかりカメラに収めた。

眼下千数百メートルには、蛇腹(じゃばら)のような横皺(よこじわ)に覆われて荒々しくのたうつバルプー氷河。その源頭部にはベースキャンプのテントが豆粒のように見える。

ふたたび氷に覆われたクーロワールを登る。午後一時を過ぎて、太陽が稜線の向こうから顔を出す。照りつける日射で雪が緩んだのか、上から頻繁にチリ雪崩が落ちてくる。

スノーシャワーというより滝に打たれるような圧力で、体は壁から引き剝(は)がされそうだが、ほぼ垂直のクーロワールでは逃げようがない。両手のアックスで壁に張り付き、背中を丸めてなんとかやり過ごす。

岩や氷の塊が落ちてきたらひとたまりもない。なんとか早く抜け出したいと、雪崩の合間を縫ってスピードを上げようとするが、腕や太腿(ふともも)の筋肉に乳酸が溜まってきて、思うように力が入らない。

辛うじて見つけた岩の窪(くぼ)みに身を潜(ひそ)め、上から確保しながら磯村が登ってくるのを待つ。そのあいだにも何度も雪のシャワーが落ちてくる。そこに拳(こぶし)大の氷がときおり交じる。

雪まみれになって登ってくると、腹を括ったように磯村が言う。

「まだるっこしくスタカットで登るのはやめにして、ノーロープで一気に抜けよう。この上に出れば雪崩は来ない」

和志は躊躇なく頷いた。転落を惧れてスタカットで登れば時間がかかる。それは氷や石の直撃を受ける可能性を高める。その二つのリスクの意味は異なる。転落のリスクは技術によって軽減できるが、落ちてくる氷や石のリスクは自分の力では対処できない。二人の技術があれば、確保なしでも十分登れる。

「よし。じゃあ、行くぞ」

磯村は足下のロープをまとめてザックに突っこみ、岩窪を出てクーロワールを登り出す。磯村が回収した確保用のギアをハーネス（安全帯）に下げて、和志もすぐにそれに続いた。

そのあとも何度かチリ雪崩に襲われた。壁から引き剝がそうとするような圧力に堪え、拳大の氷を頭や肩に受けながら、それから三十分ほどでクーロワールを抜け出した。

時刻は午後二時。そこは頂上プラトー（台地）に続く難しいランペ（傾斜路）の基部で、雪崩や落石の心配はなくなった。

休みなく酷使した筋肉がいよいよ泣き言を言い出していたが、狭い岩棚で休憩し、甘いものと水分を補給すると、いくらか機嫌を直してくれた。

日が沈むまでまだ時間がある。磯村の顔を覗くと、行こうと言うように頷いた。疲労の色は濃いが、気力は充実しているようだ。

外傾した上に雪のついたランペの登りは極めてデリケートで、緻密な大理石の壁にはホールドが極端に少ない。

ここは和志がトップで進んだ。筋力への負担は少ないが、斜め方向への移動はバランスに神経を遣う。

アックスをねじ込めるリスが極端に少ないから、グローブを外し、素手で岩肌を押さえてのフリクションクライミング（靴底や掌の摩擦を利用して登攀する技術）を多用する。凍てついた岩は指を凍えさせる。

辛うじてビレイのとれた場所で磯村にトップを替わってもらい、ダウンスーツのポケットに手を入れて、凍傷になりかけた指を温める。

そうしてトップを何度か交代しながら、ランペを抜けたのが午後三時。あとは緩傾斜の斜面を二〇〇メートル登るだけだが、午後の日射しで雪は腐り、膝から太腿に達するラッセルが骨身に応える。

午後四時。周囲にそれ以上高い場所がなくなった。

「やったな、和志」

荒い息を吐きながら、磯村はその場にしゃがみ込む。

「ああ、やったね。ワンデイアセント達成だよ」

そう応じながら、和志は長らく忘れていた喜びを嚙み締めた。ソロもいい。しかし息の合った仲間と達成する登攀もまた、素晴らしい。

わずかに黄金色を帯びた陽光に照らされて、ディランが、ラカポシが、ウルタルが、クンヤン・キッシュが、そして遥か南にはナンガ・パルバットが、壮大なパノラマとなって目路(めじ)の限りに広がっていた。

第八章　フィードバック

1

　ゴールデン・ピラーのワンデイアセントを達成し、和志と磯村は、翌日の午前中にはベースキャンプに戻った。

　天候は登頂後に崩れ出し、六五〇〇メートルまで下降した時点で吹雪（ふぶき）になったが、友梨が期待していたポータレッジのテストにはもってこいの条件だった。

　ビバークしたのはほぼ垂直の氷壁で、アイススクリュー二本を支点に吊り下がったときはあまりに華奢（きゃしゃ）で不安を覚えたが、乗ってしまえば二人の体重をしっかりと支えてくれて、狭い岩棚で横にもなれないようなビバークばかり経験していた和志にとっては、まさに天国のようなものに思えた。

　夜半を過ぎても吹雪は続いていたが、ポータレッジが使えたことで体力は十分回復していた。きのうの登攀中もチリ雪崩には頻繁に襲われたものの、本格的な雪崩には遭っていない。それなら無駄な時間は使わず、一気に下降しようと決断した。

午前三時に下降を開始し、上部岩壁のほとんどを懸垂下降で下った。吹雪はまもなく収まり、夜が明ける頃には晴れ間が覗いた。ベースキャンプに到着したのが午前十時過ぎ。ビバークも含めての登攀時間三十四時間は、過去の記録を大幅に塗り替えるものだった。

もちろん登攀時の天候に恵まれたことや、過去にいくつかの隊が登っているクラシックルートだったことが有利に働いているので、それがそのまま実力だと過信できるものではない。標高差で七〇〇メートル上回るジャヌー北壁をトモ・チェセンは往復四十一時間で登っていることを考えれば、まだまだ精進の余地がある——。

ベースキャンプに戻り、アジズが用意してくれた熱いスープやコーヒーで人心地がついたところで、そんな思いを漏らした和志に、声を弾ませて友梨は言った。

「それでも幸先(さいさき)がいいのは間違いないじゃない。きのうのワンデイアセントで、ホームページは満員盛況よ。動画の再生はもう五万件に達しているわ」

登攀中の二人の姿は超望遠レンズで友梨が捉え続け、和志たちも頂上でのツーショットや周囲のパノラマを動画で撮影し、それを衛星携帯電話でベースキャンプに送っていた。友梨はそれをインマルサットで東京のサーバーに送って、続々とホームページにアップしたのだ。

衛星電話によるデータ通信はトモがローツェに登った時代にはまだできなかったし、そもそも端末自体が、とても背負って山に登れる代物ではなかった。

彼の時代にこうした通信インフラが存在していたら、ローツェ登攀にまつわる疑惑も防げたのかもしれないとつい思う。しかし、そこが疲労困憊して到達した八〇〇〇メートル峰の頂上で、極寒と強風に晒されながら、薄いインナーグローブ一枚でカメラを操作するとなると、ときとして命と引き替えの危険な行為でさえある。

八〇〇〇メートル級未経験の和志でもそれは十分想像できることだし、現に自身もそれに近い状況で撮影を断念したことは何度もある。今回のような絶好の条件で頂上に滞在できることのほうが、ヒマラヤではむしろ稀なのだ。

しかしローツェ南壁への挑戦はソロだが、今回のように友梨が下からカメラで追ってくれれば、そのあたりの不安は解消できる。それでも頂上がガスで覆われていれば、下からはもちろん、和志自身が撮影する写真や動画にもなにも写らない。マルク・ブランのように、なにがなんでもトモの成功を否定しようとする者がいる以上、和志もそこは十分覚悟してかからなければならないだろう。

「その代わり、ドジを踏んだら大恥さらしになっていたところだよ。ノースリッジのサイトが炎上していたかもしれないな」

怖気をふるうように磯村は言うが、友梨は気にする様子もない。

「今回の登りっぷりなら、ぜんぜん心配ないわよ。それに、どんなスポーツだって観客がいるのに、登山だけ誰もいないところでこっそり、なんてずるいじゃない。いい加減なことをしたらブーイングされるくらいじゃないと、本当のパワーは出ないわよ」

そういう単純な話ではないのだと言い返したいところだが、たしかにそういうところもあるかもしれない。登山をスポーツ一般と同格に扱うべきかどうかについては異論があるが、自分の登攀をリアルタイムで見てくれている人々がいたことが、プレッシャーというより、いい意味での緊張感を持たせてくれたのはたしかだった。

「素晴らしい登攀だったよ。技術的なことはなにもわからないけど、それでも感動的だった。あんなことはとてもできないが、これから努力して登れる山があるなら、僕もぜひ挑戦したくなった。大事なのはできるかできないかじゃなく、やってみようという意志だと思う。君たちにいちばん感じたのはそれなんだよ」

高揚を隠さずジンナーは言う。和志は大きく頷いた。

「そのとおりだよ。やりたいという意志を持って目の前にある一歩をまず登る。そうやって登っていった先に、クンヤン・キッシュの頂がありK2の頂がある」

「あなたたちと付き合えて本当によかった。いままで考えてもみなかった夢をもらえたからね」

「パキスタンには八〇〇〇メートル級が五つもある。そこに七〇〇〇メートル級を加えれば、登る山に不自由はしない。おれたちにしてみたら羨ましい限りだ」

磯村は煽るように言う。容易い道程ではないのはもちろんだが、やってのけようという意志がなければ不可能は永遠に不可能のままだ。登山に限らず、スポーツや科学技術の分野では、そんな意志の力が不可能を可能にしてきた。

たとえ小さな分野でも、そんな努力を惜しまない人がいて、世界は少しずつよりよい方向に進んでいく。山に登る以外に能がない自分でも、そういう意志を持ち続ける限り、生きているのは無駄ではないのだと、ささやかな自負も持っている。

「でも、和志さんの新しい物語もいま始まったばかりよ。次のステップにもうみんなの期待は移っているようだから、しっかり結果を出さないとね」

友梨はさっそく発破をかける。そういうことはしないという当初の約束も、いまではほとんど反故になっているが、メンタルな意味でそれがマイナスになったということはない。インターネットを通じた観客の存在と同じ意味で、気持ちを前に押してくれていたのは間違いない。

「今回は天候から体調からすべて恵まれた。ジンナー少尉のおかげでキャラバン中のトラブルもなかったし、アジズの料理は素晴らしかった。友梨の遠慮なしのプレッシャーも大いに力になったしね」

皮肉を利かせて和志が応じても、友梨はけろりと受け流す。

「和志さんたちのモチベーションを上げるのも私の仕事のうちだからね。たまには心を鬼にしないと」

「たまにじゃなくなってきてるから問題だろう。登攀中もなにかとうるさく叱咤激励されたからな」

磯村も横から口を挟むが、友梨はそれでも悪びれない。

「つい気持ちが入っちゃうのよ。二人のクライミングがそれだけ凄かったということね。でも、結果も素晴らしかったんだから、私も少しは役に立ったってことじゃない」

「少しどころじゃないかもしれないな。チームの力って、つくづくありがたいと思ったよ」

率直な思いを和志が漏らすと、磯村が訝しげに問いかける。

「おまえ、なんだかおかしくないか。このプロジェクトが始まる前は、人から干渉されるのをあれほど嫌ってたのに。やっぱりなんか怪しいぞ。友梨も和志の応援にばかり力が入っていたし」

和志はとくに意識もしていないが、改めてそう言われると、わずかだが、自分のなかに変化が起きていることに気づくのだ。

磯村が勘ぐっているような意味とは違うが、当初は慣れないプロジェクトでの登攀に、緊張もあったし不安もあった。なによりも自分のクライミングに、そういう気持ちの変化が必ずしもプラスではないかもしれないとは覚悟していた。

しかし実際に登ってみれば、それは明らかに杞憂だった。ときに当たりがきつくても、魂に響いてくるような友梨の言葉に押されて、無意識のうちに心の殻が砕けていたような気がする。

ノースリッジのスポンサーシップによるプロジェクトという未知の領域での挑戦にどこか萎縮していた自分を、いわば友梨の天然ぶりが解き放ってくれた。その期待を追い風と感じることはあっても、重荷と感じることは決してなかった。磯村の勘ぐりは別として、そんな意味で友梨が特別な存在になっているのは間違いない。

「どうして磯村さんはそういう下世話なレベルに話を持っていくの？　和志さんも私も、このプロジェクトを成功させるために真剣に努力しているんだから」

普通なら軽く受け流す程度の話なのに、友梨は妙に生真面目に言い返す。

頭上には深々とした青空を背景に、天を突き刺す槍のようなゴールデン・ピラーがそそり立つ。登り終えたいまも、それが世界でもトップクラスの偉大な壁であることに変わりはない。頂に立ったからといって、山がクライマーに屈服するわけではないのだ。登山は山との闘いではない。小賢しい人間の思惑などとは無縁の存在で、人はその内懐でただ遊ばせてもらうだけなのだから。

だから〝征服〟という言葉が和志は嫌いだ。その遊びがたとえ命と引き替えのリスクを伴うものであっても、クライマーがそれで山に勝ったり負けたりするわけではない。

「しかし僕たち、あんな凄い壁を登っちゃったんだね」

畏敬(いけい)の念を込めて和志は言った。ヒマラヤであれアラスカであれ、困難な壁を登り終えたとき、いつも抱く思いがそれで、自分にその山を登らせてくれた僥倖への感謝の思いでもあった。磯村も頷いた。

「ああ。山の神様がよほど機嫌がよかったんだろう。虫の居所が悪かったら、いつ振り落とされていても不思議はなかった。いまのところ、おれたちのツキはそう捨てたもんでもなさそうだ」

2

八月の中旬に和志たちは帰国して、次の遠征の準備に取りかかった。

できれば九月上旬にはネパールに入りたい。プレモンスーンは四月から五月、ポストモンスーンは九月から十月とされているが、ポストモンスーンはプレモンスーンよりやや短い傾向がある。

ローツェ・シャールとローツェ主峰の縦走は尾根ルートが主体となる。例年どおりならモンスーン明け直後は積雪量が多いため、それを考慮して雪が落ち着く十月を目標にするところが、今年は雪が少ないという情報が入った。

　それならなるべく早くネパール入りして、できれば九月中に登攀を開始したい。十月も押し迫ってくれば気候は冬に近づく。壁よりも時間を要する縦走の場合、寒さは手強い敵になる。

　パーミッションは九月初めから十月いっぱいまで取得してある。雪が少ないという情報に賭けるほうが成功の確率は高そうだ。ゴールデン・ピラーで一度高所順応をしているから、その効果もより生かせるだろう――。

　磯村のそんな考えに、むろん和志も異論はなかった。一カ月のスパンでの連続登攀は和志にとって苦もないことで、六、七〇〇〇メートル級なら月に三本以上登った経験はざらにある。

　スロベニア滞在時にトモとも話してみたが、ポストモンスーンを狙う案にはいい考えだと賛成してくれた。深雪は下部でラッセルに苦労することがあるが、彼が一九八七年にユーゴスラビア隊の隊員として登った南東稜からのルートなら雪崩の危険は少ない。中間部から上は雪も締まって危険な岩場も隠れるから、むしろ雪の少ないプレモンスーンより楽かもしれないというのが彼の見立てだった。

　ゴールデン・ピラーで達成した短期速攻のタクティクスは、尾根ルート主体の今回の遠征にも十分生かすことができる。とくにシャールから主峰までの縦走は、一度踏み出してしまえばエスケープするルートがほとんど存在せず、そこがもっともリスキーな区間になるだろう。

重要なのは、シャールまでをどれだけスピーディーに登り切れるかで、そこからさらに縦走に踏み切るかどうかは、そのときのコンディション次第で柔軟に考えるべきだと磯村は言う。

それについては和志も同感だった。自分にとっては八〇〇〇メートルという標高自体が未知の世界だ。しかもそれをクリアしたあとには、全行程の標高が八〇〇〇メートルを上回る主峰までの縦走が待っている。

距離は一キロほどと短いが、あいだには八四一三メートルの中央峰を含めいくつものピークが続き、稜線はカミソリの刃のように鋭い。これまで壁が専門だった和志にとって、そうした高所での縦走も未知の領域だった。

「ゴールデン・ピラー登攀中の動画は私もインターネットで見ていたよ。無駄のない、卓越したクライミングだった。しかし、ローツェ南壁となると持久力も重要になる。その前哨戦と考えれば意義の大きい挑戦だと思うよ。恐らく、極限まで体力を要求されるルートだからね」

帰国後、報告を兼ねてこちらからかけた電話で、トモは力強く言い切った。マルク・ブランが南壁を登るのではなく下ることを考えているらしいというリズからの情報を伝えると、トモは一笑に付した。

「勝手にやらせたらいい。私はすでに過去の人間なんだから。私が残してきた三本のピトンの存在が彼によって否定されたとしても、もうなんとも感じない。それより切に望んでいるのは、君が冬季単独登攀によって私の記録を上書きしてくれることだよ。それによって、私のローツェ南壁単独登攀が虚偽でも妄想でもなかったと、世界が認知してくれることなんだ」

「じつは、僕らも縦走のあと、ローツェ南壁を下降して、マルクより先にあなたのピトンを見つけようかとも考えたんです」

　それは磯村が提案したアイデアで、そのとき和志は乗らなかったが、トモの考えもとりあえず確認しておきたかった。トモはきっぱり言い切った。

「それはやめてくれないか。それじゃあ君たちもマルクと同じレベルになってしまう。いまも言ったように、私が求めているのは、自分個人にまとわりついた疑惑の払拭じゃない。そんなことはもうどうでもいい。いちばん惧れるのは、アルピニズムの可能性がその種の下らない議論によって絶たれてしまうことなんだよ」

「わかりました。そう言っていただけると、僕も心置きなく南壁に挑めます」

「そうしてくれるのが、私としてはいちばん嬉しい。大事なのは、私のためでも誰のためでもなく、君が君自身のために挑戦することなんだ」

トモは力を込めて言い切った。

3

ノースリッジの山際社長とは、報告を兼ねて会食した。こんどは赤坂にある高級割烹の店で、もちろん友梨も磯村も同席した。

これまで一年の半分近くをネパールで暮らしていた和志にとって、遠征中のメニューの大半を占めたパンジャブ料理も新鮮だったが、それでも体のほうが無意識に日本の味を求めていたようで、東京の一流店の日本料理の品々は、グルメとはほど遠い和志にも十分に堪能できた。

友梨の音頭で成功を祝しての乾杯をすると、山際はのっけから訊いてきた。

「どうだったね、我が社の製品は？　不満なところがあれば、なんでも遠慮なく聞かせてほしいんだが」

社長の山際自らが、和志のような若造の声に積極的に耳を貸す。そんな対応にノースリッジという会社の柔軟さ、懐の深さを感じる。和志もその問いかけに率直に応じた。

「アックスもアイゼンも、これまで使っていた他社製品より格段に優れていると感じました。バランスといい刃先の角度といい、ミックスクライミングのツールとして際立った性能です。ただ一つだけ注文させていただくとしたら——」

　そう切り出すと、山際は手帳を取り出して、続けるように無言で促す。

「軟らかい氷に対する食いつきが少し弱いような気がしました。恐らく開発の際のアドバイザーがハル・ブラッドレイを始めとするアメリカのクライマーだったせいだと思います」

「彼らになにか問題があったと言うのかね」

　山際は真剣な表情で身を乗り出す。和志は慌てて否定した。

「いえ、そういうことじゃないんです。彼らはミックスクライミングのパイオニアで、僕にとっては最高の手本でもあります。ただ、彼らがフィールドとしているアラスカとヒマラヤでは、氷の質が違うんです」

「それは初めて聞いた意見だ」

　山際は頷いてさっそくメモをとる。和志は続けた。

「北極圏にあるアラスカの氷は、ヒマラヤより標高が低くてもガラスのように硬いんです。現在のノースリッジのアックスとアイゼンはそんな氷に適合しているんですが、僕の経験からすると、ヒマラヤの氷はもっと軟らかい」

「気象条件のせいかね」

「そうかもしれません。年間平均気温は、ヒマラヤよりアラスカのほうがずっと低いですから」

「つまり、硬い氷にアジャストしてあるから、軟らかい氷に対しては切れが良すぎる。バターにアイスピックを突き刺すようなものだ、と」

「もちろんそれほど極端じゃありません。感覚的にはごく微妙な差ですが、利いているようであまり利いていないときが何度かありました」

「なるほど、そこは工夫が必要だね。硬い氷と軟らかい氷と、どう両立させるかだ。いままで指摘されたことがなかったが、そこをクリアできれば、日本国内の氷にもより対応しやすくなるかもしれない」

気を悪くするふうもなく、むしろ製品改良の絶好のチャンスと受け止めているようで、冗談めかして山際はさらに訊いてくる。

「せっかくスポンサーになったんだから、我々も元を取らなくちゃいけない。ほかになにか気づいたことはないかね。遠慮は要らないから、なんでも言ってほしい」

そう言われると、次々と改善のアイデアが湧いてくる。ポータレッジの使い勝手やウェア類についても、あれこれ細かい注文を付けた。次第にあら探しをしているような気がしてきたが、山際は嫌な顔もしないですべてメモをとる。

そのくらいにしておけと言いたげに磯村が目くばせするが、和志にとって、これは山際への信頼の証でもあった。

「ありがとう。これを社に持ち帰ってさっそく検討しよう。製品に反映するのはローツェ・シャールまでにというのは難しいかもしれないが、冬の南壁には必ず間に合わせる」

山際は言う。ローツェ・シャールに関しては、アイスクライミングは重要な要素ではないし、その他の問題に関しても、あえて注文すればというレベルのことで、登攀に支障があるわけではない。

「それで十分です。現状でもノースリッジの製品はクオリティで抜きん出ています。それでもなにかお役に立てればと思って、和志も気がついたことを言わせてもらっただけですから」

山際の気分を害してはまずいと思ったか、磯村は取り繕うように応じるが、山際はむしろこちらを気遣うように言う。

「私自身が試用できればいちばんいいんだが、なにぶん体が不自由なもので、どうしても人任せになる。和志君が言うように、たしかにアラスカをフィールドとするミックスクライマーにモニターしてもらうことが多かった。クライミングが好きなうちの社員にもモニターさせていたんだが、国内のゲレンデはスケールが小さくて、そこまでチェックが行き届かなかった。このプロジェクトで本格的なヒマラヤの壁をテストフィールドにできたことは、我が社にとって願ってもない幸運だったと思っているんだよ」

「本当にそうなのよ。社長は二人が登っているあいだ、ずっと動画に釘付けだったそうよ。時差があるからほとんど徹夜でね」

友梨が嬉々として口を挟む。今回の登攀が期待を裏切らない成功を収めたことで、和志へのスポンサーシップを企画した友梨としても一安心というところらしい。山際も頷く。

「ああ。久しぶりに興奮したよ。グランド・ジョラスのウォーカー・バットレスと似ているが、ゴールデン・ピラーはその倍の高さの壁で、しかも標高が三〇〇〇メートルも高い。ウォーカー・バットレスには何度も登って、手強い壁だとは知っているが、ゴールデン・ピラーと比べれば子供の遊び場のような気がしてきたよ。現代最高レベルのミックスクライミングも堪能させてもらった」

「まだまだですよ。ミックスのテクニックなら、ハル・ブラッドレイのような神様がいますから」

磯村は謙遜するが、山際は首を振る。

「しかし彼はこれまでヒマラヤをほとんど登っていないからね。酸素が薄ければ心肺機能にも影響が出るし、判断力も鈍るんじゃないのかね」

「高所でのクライミングには、技術よりも持久力や精神的なタフネスが要求されます。確かに一つ一つの動作に、低い山の場合と比べて何倍、ときに何十倍の集中力やエネルギーが必要とはされます」

「そういう場所で、ワンデイアセントを達成した。それはすごいことじゃないのかね」

「もしあそこがヨセミテと同じ高さだとすれば、第一級のクライマーなら五、六時間で登れると思うんです。エル・キャピタンのザ・ノーズの世界最短登攀記録が約二時間半ですから」

磯村はさりげなく言う。エル・キャピタンは世界最大の一枚岩と言われるヨセミテを代表する大岩壁。ザ・ノーズはその最難関ルートの一つで、一般的なクライマーなら登り切るのに数日はかかる。

和志も磯村もかつて登ったことがあるが、そのときは四時間余りを要した。それでも当時としては最速記録に近く、大いに鼻を高くしたものだった。

今回のゴールデン・ピラーは十六時間かけて登っている。標高差が倍あるにせよ、壁自体の技術的な難度でみればザ・ノーズのほうが間違いなく上だ。その時間の差が、ほぼ高所登山の困難さを示していると言って間違いはない。

和志がアックスやアイゼンのわずかな切れ味の差にこだわったのはそのためだ。ただでさえ精神と肉体のエネルギーを搾りとられる高所クライミングでは、小さなエラーを少しでも減らせるかどうかが疲労度を左右するポイントになる。

「ヒマラヤ登山は伝統的なアルピニズムの延長線上にあるものと考えていたが、そういう意味ではまったく別世界と考えたほうがよさそうだね。アックスの一打、アイゼンの一蹴りの持つ意味が、より重要になるというのがよくわかったよ」

山際は真剣な顔で頷いた。同感だというように友梨が言う。

「そういうところまで神経が行き届いた製品をノースリッジが発表すれば、ヨーロッパの製品が圧倒的に強い現在の市場で、これまでにない存在感を示せるのは間違いないんじゃないですか」

「そうだな。現在の製品をブラッシュアップして、よりターゲットを絞ったアラスカバージョンにする。その一方で和志君のアイデアを取り入れた新製品を開発して、ヒマラヤバージョンとして売り出すという手も考えられる。もちろんカズシ・ナラハラのシグネチャーモデルだ」

山際は即座に応じる。決断が早いのはいいが、和志としてははずしりと責任を感じてしまう。

「僕なんかの名前で売れるかどうか」

自信のない調子で言うと、友梨は大きく首を振る。

「そこに火を点けるのが今回のスポンサーシップなんだし、私の仕事じゃない。現に、ゴールデン・ピラーの最短登攀記録達成だけでも十分反応があって、国内からも海外からも、今回使った製品にかなりの注文が来ているのよ。シグネチャーモデルのプランもアナウンスしておいたら、いつになるかという問い合わせも殺到してるし」

「イソムラ・モデルの予定はないの」

　不満そうに磯村が問いかけるが、もちろん顔は笑っている。友梨はさらりとあしらった。

「このキャンペーンのストーリーとしては、磯村さんは、和志さんの恩師という位置づけなのよ。先生があまり前に出てくると、かえって重みがなくなるわ」

「なんだか急に老け込んだ気がしてきたよ。まあ仕方がない。いまはおれも専業のクライマーとは言えない身だし、今回のローツェ・シャールで、シビアな登山は終わりになりそうだしな」

「あの登りを見ると、まだまだ現役で十分やれそうだけど」

　寂しいものを感じて和志が言うと、磯村は笑って言い返した。

「おれはおまえみたいな風来坊じゃないからな。一家の主として妻子を養わなきゃいかん。本格的な登山は今度で最後だと、かみさんに約束させられたんだ」

「そうなんだ。だったら結婚するのも考えものだね」

「まあ、そこは人それぞれだよ。家族がいる幸せってのは、またべつのものだから」

「両立することだってできるわよ。私だったら――」

　友梨が途中まで言って、慌てたように口ごもる。山際と磯村が顔を見合わせた。和志もどこか落ち着かない。結婚という話題に関心を持ったことはほとんどない。むしろ実家にいるときに、早く結婚しろと父や母からしつこく言われて、言い合いになることがしばしばだった。

　意識して逃げてきたわけではない。山以外のことに気持ちが向かなかっただけなのだ。あるいは心惹かれる相手が近くにいなかっただけとも言える。ところが、友梨と出会ってなにかが変わった。磯村が近ごろ意味ありげなことを言うようになったが、これまでなら大きなお世話としか思わなかったはずのそんな話に、とくに抵抗を感じない自分がいる。

　というより、これまでの自分だったら、そもそもノースリッジのスポンサーシップを受けていたとは思えない。山の先輩であり、卓越した経営者でもある山際の魅力に惹かれたところはもちろん大きいが、もし友梨がいなかったら、果たして自分はその申し出に応じていただろうか。

　そう考え始めると、心がほんのり温かくなった。そんな奇妙な気分で、これから向かう大きなターゲットに果たして集中できるのかと不安な思いも湧いてくるが、それ以上に、いまはより積極的に前へ向かおうとしている自分に気づくのだ。

「ローツェ・シャールの遠征に成功したら、また山の虫が騒ぎ出すに決まっているよ。そのときは付き合ってあげるから」

　そんな言葉で流れを変えて、和志は話題を本筋に戻し、山際に問いかけた。

「次の遠征まであまり間がないんですが、プロジェクトのほうで、なにかお手伝いできることはありますか」

目顔で山際に確認をとってから、友梨が手帳を開いて身を乗り出した。

「遠征の成功が最大の目標だから、なるべく負担をかけないように調整してるんだけど、けっこうマスコミから問い合わせが来ているのよ。いつもならタレントがエベレストに登ったとか、七大陸最高峰登頂とか、一般受けする材料にしか興味を示さないのに――」

「だったら友梨の作戦勝ちだな。本格的なヒマラヤのクライミングをネットで中継するなんて、おれたち山屋じゃ思いつかなかった」

そこは和志も率直に認める。配信された動画は帰国してからじっくり眺めたが、遠距離からの超望遠撮影にしては画質がよく、和志たちが自ら撮影してベースキャンプに送った鮮明なアップの動画も適宜挿入されて、思った以上に見応えのあるものだった。

動画はプロジェクトのホームページだけでなく、ＹｏｕＴｕｂｅなどの動画サイトにも配信しているとのことで、いまも閲覧者の数は増える一方だという。

「クライマーの負担になっては本末転倒だが、最先端のアルピニズムは、やり方によってはエンターテインメントにもなるということだね。これまでアルプスやヒマラヤの奥地でひっそりやられていたことが、沢山の人の目に触れるのはとてもいいことだ。アルピニズムという文化にとっても、我々のような企業にとってもね」

山際も満足そうに目を細める。友梨が続ける。

「それで、できるだけ絞り込んだんだけど、新聞が一件と雑誌の取材依頼が二件あって、それには協力してほしいのよ。新聞は全国紙で、雑誌は週刊誌と登山専門誌なの」

「もちろん協力するよ。というより、いまはノースリッジの社員だから、そういう面でもちゃんと仕事をしないとね」

和志は言った。帰国してすぐ銀行口座を確認したら、七月分の給料が振り込まれていた。正社員として給料を受けとったのは生まれて初めてで、世間の水準よりやや高めと友梨からは聞いていたが、そのあたりの実態を知らないから和志としてはなんとも言えない。

しかし、遠征にかかる費用がすべて会社持ちで、日本にいるあいだは実家に居候という身にとっては十分すぎるほど潤沢で、秋と冬の二つの遠征を終えた頃に、アパートを借りて自立することも十分できそうだ。

両親もその点は安心したようで、以前は反対していた一人暮らしにしても、近くならという条件で軟化してきている。山際も身を乗り出す。

「もう一つ、お願いしていいかね。いま聞いた製品についての意見を、うちの技術担当者にじかに伝えてもらえるとありがたい。もちろん体が空いているときでいいんだが」

「当然です。むしろこちらからお願いしたいくらいでした」

和志は躊躇なく応じた。山際の見識を疑うわけではなかったが、場合によっては登攀の成否に影響が出るかもしれない製品の改良に関しては、現場の技術者と直接とことん話し合いたい。

「それは助かる。うちの技術部長も登攀中の動画を見ていて、ときおりアックスが外れる場面があって気になっていたらしいんだよ。改良するにしても、十分に技術的なすり合わせをしてからじゃないと、かえってべつの問題が出てきかねないからね」

満面の笑みで応じてから、やや眉を曇らせて山際は訊いてきた。

「ところで、広川君から聞いたんだが、この秋、ローツェに登るという例のフランスのクライマーの話はどうなっているんだね」

「その後、とくに新しい情報は入っていないんですが――」

トモと話した内容を含めてこちらの腹づもりを説明すると、不安げな口振りで山際は言った。

「マルク・ブランというクライマーのことは知らないが、彼の父親のラルフ・ブランならよく知っている。最近亡くなったそうだが、生前はシャモニーの、というよりヨーロッパアルプス全体に及ぶガイド業界の重鎮で、グループ・ド・オート・モンターニュの会員でもあった」

「トモの疑惑の追及に関しては、急先鋒の一人だったと聞いています」

「知っているよ。彼の持っていたアルプスでの記録を次々トモに破られた恨みもあったようだね」

「僕らが得た情報では、マルクはそういう父親の恨みを晴らそうとしているようにも聞こえてきます」

「心配なのはそこなんだよ。ヨーロッパを中心にラルフの信奉者はいまも多いはずだ。それだけじゃない。何度かフランスの大きな登山隊を率いてネパールに遠征したことがあり、僻地（へきち）に学校や診療所を建設するような慈善事業にも力を入れていたから、ネパール政府に対する影響力もあるはずだ」

「この秋のマルクの馬鹿げた試みに対して、ネパール政府が手助けをするようなことがあるかもしれないとお考えなんですか」

「政府がとくになにかできるとは思わないが、これから問題が発生した場合、君たちに不利な方向に裁定を下すこともあるかもしれない。ラルフに関しては、じつは私も煮え湯を飲まされたことがあるんだよ。シャモニーを拠点にガイド稼業で生計を立てていたころの話なんだが——」

苦い思いを吐き出すように山際は続けた。

あるときシャモニーのガイド組合からパーティーに招待されたという。モンブラン山群の、あるルートを初登攀した組合員を祝福するためのもので、新しいルートはそのときのリーダーの名前をとってブラン・ルートと名付けられたという。

その招待状を見て山際は驚いた。それは一年前に彼が初登したルートで、大々的なパーティーなどはしなかったが、ガイド組合には登録を行なっていて、それは受理されているはずだった。

日本からやってきたクライマー仲間と登ったもので、そのときのパートナーはすでに帰国している。

山際は組合の事務局に確認を申し入れた。すると、ある有力な組合員から、山際たちの記録には信憑性がないというクレームがついて、登録は抹消されたという。

その有力な組合員というのがラルフ・ブランで、しかもそのときの初登攀者の一人だった。

山際はパーティーの場でラルフ本人に抗議を申し入れた。

しかし、ラルフの態度はけんもほろろで、山際たちの初登にはなんの証拠もない。登っているのを目撃した者はいないし、登頂を証明する写真もない。ただ申請しただけで登録されるなら、世間の誰でも初登攀者になれるというのがその言い分だった。

そう言われれば確かにそのとおりで、落石が多い不安定なルートだったため、その当時、トモ・チェセンも採用していた夜間登攀を敢行した。頂上に立ったのが未明だったため、写真はフラッシュを使って撮影したが、そのため背景となる周囲の山々は写っておらず、たしかに証拠にはならない。

ラルフの主張はそれだけではなく、さらに付け加えたのは、彼らが一泊二日を要したルートを、日本から来た無名のクライマーが一晩で登れるはずがないという、まさに偏見に満ちた言い草だった。

シャモニーを中心とする当時のヨーロッパアルプスでは、外国から来たクライマーが華々しい記録を樹立することが相次いでいた。山際もトモも、そんな外国人のなかに含まれていた。地元にはそうした状況を苦々しく思うナショナリスト的な考えの人々がいて、ラルフもそんなグループの一人だった。

山際はガイド組合に強硬に抗議したが、ラルフが強い影響力を持つ組合の決定が覆ることはなかった。一時は訴訟に打って出ることも考えたが、そんなことで無駄な金銭や時間を費やすより、一本でも多く困難なルートを登って、ラルフたちの偏見に痛打を浴びせるほうがいい。それが山際の結論で、日本に帰国しているパートナーも同意したという。

山際は嘆息した。

「ラルフたちは、トモの冬季三大北壁単独登攀に関しても同じような疑惑を提示していたようだね。それが遺恨になって、ジャヌーやローツェの登攀についても否定派の急先鋒になった。そういう人たちは、いまもフランスの登山界に少なからずいるはずだ」

「今回のマルクの動きの背後にも、そういう人々がいる可能性があるんですね」

不穏な思いで和志は問いかけた。リズから聞いたロベール・ペタンの話と共通する部分がある。

「ああ。ノーマルルートを登って南壁を下降するなどという馬鹿馬鹿しいことは、普通のクライマーなら決して考えない。トモが残したという三本のピトンが存在しなかったことにして、彼の実績を抹殺しようとしているとしか思えないね」

山際は頷く。和志は言った。

「トモにもそのことは伝えましたが、当人はもう過去の話だと言って、あまり気にしていませんでした。それより大事なのは、僕がトモの記録を、冬季というプラスアルファをつけて上書きすることだと。それによって、彼の記録が決して不可能なものではなかったことが証明されれば、それがアルピニズムの未来にも繋がると」

「彼の言いたいことはよくわかる。私もラルフにしてやられたときは同じようなことを考えた。しかし、君がやろうとしている今回の南壁登攀に関しては、油断できないような気がするんだよ」

「と言うと?」

「まだなんとも言えないんだが、そちらにも難癖をつけてくる可能性がある。トモの場合がそうだったが、全面的に否定はできなくても、疑惑の論争を巻き起こすことで、事実上、登山界の表舞台から引きずり下ろすことはできたわけだから」

山際は苦渋を滲ませる。スポンサーとしての立場を考えれば、その不安はよくわかる。

和志の成功とともにノースリッジも世界に通用するブランドとして飛躍する——。そんな目算が狂うのは間違いない。話題になるのはけっこうなことだが、そんな論争の種にされれば、ノースリッジのブランドにネガティブなイメージがついて回る。

「心配ないですよ。今回のゴールデン・ピラーみたいに、友梨がまた実況中継をやればいいんです」

磯村はこともなげな口振りだ。友梨の撮影の腕前に関してはすでにお墨付きを与えているようである。友梨も楽観的なところを見せた。

「下からの撮影はもちろんだけど、登頂のタイミングに合わせて空撮したらどうかしら。ネパールは飛行機のチャーター代も安いと聞いているし」

道路のない山間部に数多くの集落が点在するネパールでは、ヘリや小型飛行機が重要なインフラで、いずれも日本などと比べて身近な乗り物だ。チャーター代はたしかに安い。

「そのあたりは万全を期さねばならないな。しかし、気象条件によっては飛行機は飛べないし、雲が多ければ下からの撮影も難しい。それ以上に――」

山際は不安を覗かせる。友梨が問い返す。

「ほかになにか心配なことがあるんですか、社長？」

「うまく言えないんだが、こんどもトモのときと同じような手で来るとは思えないんだよ。マルクの怪しい行動を考えてもね」

マルクの父親、ラルフ・ブランとの因縁を持つ山際は、磯村や友梨が考えているのとは異なるなにかを感じ取っている様子だ。しかし磯村は強気だ。

「心配ないですよ。今回みたいに世界のフォロワーをバックにつければ、そういう連中の小細工なんか吹き飛んでしまいますよ」

「それならいいんだが、マルクは我々の狙いを知っているからね。三本のピトンが見つかろうと見つかるまいと、和志君の登攀が成功すれば、トモに対する彼らの批判の最大の論拠が崩れる」

山際が言う最大の論拠とは、ローツェ南壁をソロで登るなど不可能だという思い込みで、最初にそれを言い出したのは、トモの半年後に大遠征隊を組織して登頂したソ連隊だった。

そのとき同時に彼らが指摘した、トモが見たというウェスタン・クウムが頂上からは見えないという話はのちに否定されたが、前者の思い込みはその後の疑惑追及のいわば通奏低音として響き続けた。

それから指摘されたあらゆる疑惑が、その思い込みを裏付けするために取りざたされたという印象を、和志はいまも拭えない。それを思えば、山際の言うことも、単なる杞憂だとは思えなくなる。

「もちろん、和志君にとってもトモにとっても、そんなことはどうでもいいのかもしれない。登頂の栄誉は登った者の心にこそ宿るべきで、世間の評価は別次元の話だと私も思う。しかし、手前勝手なことを言わせてもらえれば、我が社にとっては、やはりあってほしくないことなんだよ」

困惑を隠さない山際に、和志は問いかけた。

「そうなったとしたら、スポンサーシップの継続は難しいということですね」

山際は強く首を振る。

「そんなことは絶対にない。それは君との約束という以上に、私の夢なんだから。しかしやる以上は、トモへの一連の疑惑にも終止符を打ちたい。君にとっても、それがいちばん望ましいことじゃないのかね」

「そのとおりです」

「だったらとことんやり切ろうじゃないか。君は登ることに専念してくれればいい。彼らがおかしな工作をするようだったら、私が受けて立つ。ノースリッジの名誉に懸けてもね」

山際はきっぱりと言い切った。

4

プロジェクト第二弾のローツェ・シャールと主峰の縦走に向けて、磯村と和志は翌日から準備作業に集中した。

　現地入りは九月上旬を予定しており、準備に費やせる期間は一カ月足らず。モンスーン明け直後は世界中から登山者やトレッキング客が殺到するから、ポーターの手配にも苦労する。

　しかし磯村はそこは手慣れたもので、ゴールデン・ピラーに向かう前に、地元のエージェントに依頼して手配を済ませていた。

　ベースキャンプとなるローツェ氷河の上流部には、この春、和志が相乗りさせてもらったバルンツェを始め、メラ・ピークやアイランド・ピークといったライトエクスペディションの対象となるピークがいくつもあり、磯村にとっては庭のような地域だ。

　しかし、本命のローツェ・シャールは過去にも数隊しか登っていない難峰で、そこから主峰への縦走となれば前人未踏だ。

　シャールまでのルートとなる南東稜は、かつてトモがユーゴスラビア隊の一員として参加し、登頂は果たせなかったものの途中まで登ったもので、そのときの状況はトモ自身からつぶさに聞いている。

　そのときトモが登ったのは南西支稜の七二〇〇メートル地点までだったが、彼はそこを一日で往復し、しかもそれを四回繰り返している。そこまでは安全で容易なルートと言ってよさそうだ。

だが、南西支稜から南東稜に出てからは斜度もきつくなり、高所障害も出やすくなる。とくに難関は八〇〇〇メートルのあたりにある深いギャップ（V字形に切れ込んだ稜線）で、一九六五年の早稲田大学隊を始め、過去、いくつもの隊がそこで敗退している。

八〇〇〇メートル未経験の和志には、ルートの難度以上に高所というハードルがある。ゴールデン・ピラーでの順応効果がある程度持続することは期待できるが、縦走に入れば、デスゾーンと呼ばれる標高八〇〇〇メートル以上の高所に最短でも二日は滞在することになるだろう。

もちろん酸素ボンベは使わない。一本三キロ余りのボンベを大量に担ぎ上げる負担と、酸素吸入による行動面の有利さを天秤（てんびん）にかければ、むしろデメリットが大きいというのが高所登山の世界では常識となっている。

しかし、デスゾーンでの長期滞在による肉体的ダメージも決して小さくはない。その意味で、シャールと主峰の縦走は、当初考えていた以上にリスキーなプランだったと言える。

いろいろ検討はしてみたが、いったん縦走を開始してしまったら、エスケープできるルートは一つしかない。二〇〇一年にロシア隊が、シャールと主峰の中間に位置する中央峰を登ったときのもので、エベレスト南東稜ルートの最終キャンプとして有名なサウスコルからチベット側を横切って中央峰に至るルートだ。

それにしても、エスケープした先のサウスコルもまた、標高七九〇〇メートルのほぼデスゾーンで、高所障害に陥った場合の緊急避難先としての意味はさほど大きくない。

他を参考にしようとしても、八〇〇〇メートル級の山での縦走の事例は決して多くはなかった。代表的な例として挙げられるのは一九八九年のソ連隊によるカンチェンジュンガ四峰縦走だろう。シェルパを含む五十人余りの大遠征隊を組織し、大量の酸素ボンベと固定ロープを運び上げ、二カ月近くをルート工作に費やしての成果で、ヤルン・カン（西峰）、主峰、中央峰、南峰の四峰を繋いだ距離は約四キロに達する長大なものだった。

もう一つの事例はラインホルト・メスナーとハンス・カマランダーによるガッシャーブルムII峰からI峰への縦走だが、こちらは尾根伝いではなく、いったん氷河に下ってからI峰に登っており、縦走というより継続登山と言うべきだろう。

それらと比べ、ローツェ・シャールと主峰の縦走は、距離が約一キロと短い上に、ルートは鋭い岩稜ではあっても、アップダウンは比較的少ない。

コンディションによっては一日で縦走を終えて主峰に達し、その日のうちに安全圏の七〇〇〇メートル前後まで下降できるかもしれない。困難ではあっても決して不可能ではない。むしろ縦走ルートとしてはアルパインスタイル向きではないかというのが、磯村の考えだった。

極めて楽観的な見通しだが、スピードの点はゴールデン・ピラーで自信をつけている。

いまあえて悲観的な材料を探すのは精神衛生上も好ましくない。そのうえ、なんといっても達成すれば世界初だ。この遠征で先鋭的な登山にピリオドを打ちたいと言っている磯村に花道を飾らせたいという思いもあるし、その成功でまた欲が出て、もう一花咲かせようという気になってくれればもっと嬉しい。

いずれにしても高所対策が重要になるという点で和志と磯村の考えは一致し、現地での高所順応に加えて、出発前にも名古屋大学にある低圧訓練施設で事前トレーニングをすることにした。

山際と約束した製品改良のための技術者たちとのミーティングも、あのあとすぐにセットされた。冶金や構造力学などの専門知識に加え、全員が山好きで、和志と磯村が伝えたい微妙なニュアンスもしっかりと理解してくれ、打てば響くように対応するアイデアを出してくる。

友梨もそうだが、彼らも同様に極めて有能な人材で、山際が標榜する少数精鋭主義が看板に偽りのないものだということが和志には納得できた。

山際は改良点を製品に反映するのは冬の南壁までかかるようなことを言っていたが、同席した技術部長は、ローツェ・シャールへの遠征までに試作品を完成するので、ぜひそれを使ってみてほしいと言う。

世界のトップクライマーならともかく、自分の注文に応えてカスタマイズされた道具を使えるなどはるか夢の世界だった。それによってアルピニズムの発展になにがしかの貢献ができるとすれば、和志にとっては身に余る光栄だ。

そんなスケジュールの合間を縫って、友梨がセットした新聞と雑誌のインタビューにも和志は応じた。友梨と事前に打ち合わせをして、話の大半をトモとの出会いのことに費やした。

日本にはヨーロッパのようにトモの敵はいない。というよりトモ・チェセンが何者かを知っているのは山岳雑誌の編集者くらいだったが、それがむしろ幸いして、インタビューの際の反応は概(おおむ)ね好意的だった。

マルク・ブランの動向については、友梨が彼のツイッターやフェイスブックをフォローして随時チェックしているが、とくに目を引くような発信はないらしい。ポストモンスーンの南壁挑戦という看板はいまも外しておらず、リズから聞いた南壁下降のプランはおくびにも出していない様子だ。

その件についてリズに問い合わせたところ、まだモンスーンは明けていないのに、マルク本人がすでにカトマンズ入りしていて、ネパール政府観光局の関係者と頻繁に接触しているという噂があるという。

「なにか画策しているのかもしれないから、あなたたちも気をつけたほうがいいわよ」

リズは言った。マルク自身のクライマーとしての実績はとくに評価に値するものではない。しかし父親のラルフは、山際が言っていたように、過去に何度も大規模な遠征隊を率いて訪れて、地元に金を落としてくれたことはもちろん、僻地に学校や診療所を建設するなどの活動も行なっていて、ネパール政府部内でも信望が厚いという。

「私もラルフとは面識があるわ。クライマーとしての考えは保守的だけど、そんな慈善活動に積極的なところはとても尊敬していたの。ただ、トモのことになると人が変わったようになったわ。彼の取り巻きはいまも大勢いるし、ネパール政府観光局にも、彼の影響下にある役人はいるわ」

「その七光を利用すれば、マルクにも、なんらかの政治工作は可能なんですね」

「と思うわね。なにを考えているかはわからないけど」

心配げな調子でリズは言った。トモの半年後にソ連隊が南壁からの登頂を果たしたとき、初登攀を主張する彼らのために、ネパール政府観光局は大々的な記者会見の場をセットした。

それ自体が、暗黙のうちにトモの成功を否定する行動とみることもでき、アルパインスタイルが主流になりつつあった当時、大遠征隊を組織して地元に金を落としてくれるソ連隊に、ネパール政府が肩入れしたという見方も地元では囁かれた。裏で金が動いたと見る向きさえあったという。

現にそのソ連隊が、同時期にアルパインスタイルで南壁に挑もうとしていたフランス人のパーティーに、二万ドルを提供する代わりに計画を中止するように持ちかけていたという噂さえある。

フランス人たちはそれを断ったが、登山の世界が金銭や政治的な思惑で左右される話は、じつは枚挙にいとまがないのだという。そんな話を聞けば、山際やリズの憂慮にも相応の根拠があると言わざるを得ない。

5

ネパール入りの準備を滞りなく済ませ、和志たちが成田空港に集合したのは九月二日の夕刻だった。

まず成田からバンコクに飛び、そこで一泊して翌日カトマンズに向かう。装備は別便ですでに現地に送ってあるから、背負っているザックの中身は身の回り品がほとんどだ。

今回は技術部長を伴って山際自ら見送りにやってきて、出発前の時間を空港内のラウンジでくつろいだ。

技術部長はぎりぎりで間に合わせた改良版のアックスとアイゼンを持参していた。ほぼ打ち合わせどおりの改良が施されていて、使うのが楽しみになる出来映えだった。

ローツェ・シャールとローツェ主峰の縦走というプランは、友梨のパブリシティの成果もあって、事前の注目度では前回のゴールデン・ピラーを上回る勢いだという。

それならマルクたちのローツェ南壁挑戦にも大いに注目が集まってよさそうなものだが、そちらはツイッターやフェイスブックでときおりおざなりな情報を発信する程度で、とくに目新しい話題も提供せず、世間の関心は概して低い。

それを見る限り、リズが聞いた話の信憑性は高いと言えそうだ。もともと南壁を登ろうという意志がないのなら、むしろ世間の注目は集めないほうが都合がいいはずだ。

リズから聞いた話を伝えると、山際はきっぱりと言った。

「もしなんらかの妨害行為があったら、ノースリッジが表に立って闘うよ。必要なら訴訟も辞さない。和志君は現在うちの社員で、かつその登山活動は当社のビジネスの一環だから、企業としての利益を守る意味でも、会社が表に立つのは当然のことだ」

そんな話題は帰国直後に会食したときにも出たが、山際はそれについてはすでに腹を固めているようだ。

和志にとってそれは心強い。これから挑むシャールと主峰の縦走はもちろんのこと、ローツェ南壁に至っては、一瞬の気の緩みも許されない厳しいクライミングになるのは間違いない。マルクたちがなにを企てようと、それにかまけている余裕はない。友梨が言う。

「だから和志さんたちは、登ることだけに集中すればいいのよ。社長だってフランスの登山界にいまでも人脈があるし、昔のガイド仲間にはグループ・ド・オート・モンターニュの会員になっている人もいるから、味方についてくれる人は見つかるはずよ」

「そういう強い味方がいるんなら、三流クライマーのマルクなんて怖くもなんともないですよ。シシャパンマの北壁で敗退したときのへたれぶりからすれば、そもそもノーマルルートからローツェに登るのだって怪しいくらいですから」

安心しきった様子で磯村も言う。起きてもいないことをいまからあれこれ気に病むのも考えものだが、このことに関してはノースリッジのスポンサーシップを受けたことの、思いがけない効用があったと考えるべきだろう。

もしそれなしに和志が単独で挑むとしたら、トモの二の舞になるかもしれない。その点での安全装置として機能してくれるなら、そこだけでも大いに感謝すべきだ。

高所登山の、とくに単独行の場合、疑惑の付箋(ふせん)はいくらでもつけられる。登頂者の言葉を信じるというアルピニズムの黄金律は、いまやノスタルジーとしか見なされなくなっている。

しかし、登攀中の一瞬一瞬が命のやりとりのような先鋭登山の世界に、そうした証拠一辺倒の立証主義が持ち込まれたら、クライマーに求められるのは登攀より写真撮影の技術ということにもなりかねない。

そのとき磯村の携帯が鳴り出した。電話の着信音と違うから、誰かからのメールのようだった。失礼と言って磯村は画面を操作し、覗き込んだとたんに眉間(みけん)に皺を寄せた。

「どういうことだよ。ふざけやがって」

「なにか困ったことでも起きたの、磯村さん？」

友梨が不安げに声をかける。磯村は頷いた。

「東京のネパール大使館からだよ。この冬のローツェ南壁のパーミッションが取り消されたという連絡だ」

「どうして？　申請になにか問題でもあったわけ？」

和志も慌てて問い返した。苦り切った顔で磯村は言う。

「国内の政治的事情としか書いてない」

「そういうことって、よくあるの？　僕は聞いたことないけど」

当惑しながら和志が言うと、磯村は忌々しげに吐き捨てる。

「ないことはないが、あのあたりでいま政治的な紛争が起きているなんて聞いたことがない。マルクにしてやられたかもな」

「マルクが？」

「パーミッションを出す出さないはけっきょく観光局の腹一つで、必ずしも公正に運用されているわけじゃない。ああいう途上国の役所では、金や縁故がものを言うというのが通り相場だから」

第九章　パーミッション

1

和志たちは九月四日の午前中に、カトマンズのトリブバン国際空港に降り立った。

磯村が空港から現地のエージェントに電話を入れて、こちらが無事に到着したことを伝え、別送の荷物がすでに宿泊予定のホテルに搬入されていることを確認した上で、チェックインを後回しにしてまず向かったのがネパール政府観光局だった。

理由は突然取り消された冬のローツェ南壁のパーミッションの件だ。東京の大使館からの連絡だけでは要領を得ない。背後でよからぬ力が働いている可能性が考えられ、磯村はその真相を問い質し、理不尽な理由によるものなら撤回させると意気込んでいる。

観光局には磯村もそれなりのコネがある。マルクの父のラルフ・ブランがネパール政府に一定の影響力を持つ人物だったにせよ、自分もネパール政府観光局にとっては上得意で、年に何回ものトレッキングやライトエクスペディションを催行し、地元に落とす金は決して少なくない。その面子を潰してまで、彼らが得することはなにもないはずだ。それでもまだごねるようなら、今後はネパールから撤退し、カラコルムを中心にツアーを組むと脅してやると磯村は気合いが入っているが、そういうレベルの話で決着がつくとは和志には思えない。
カトマンズのエリザベス・ホーリーには、経由地のバンコクから和志が電話を入れた。
突然のパーミッション取り消しには彼女も驚いたようだった。
「以前ならヒマラヤにやってくる登山隊は、どこも国家の威信をかけた競争という意識が
強くて、裏での政治的な駆け引きもいろいろあったと聞いてるわ」
「今回もそういう動きがあったということですか」
問いかけると、当惑気味にリズは続けた。
「でも、最近は高所登山の世界も大衆化が進んで、エベレストを始め八〇〇〇メートル級
の山にもアマチュア主体の商業公募隊が押し寄せるようになったから、そういう国家レベ
ルの大遠征隊に依存しなくても、地元は十分な収入が得られるようになったはずなのよ」
「つまり、政治的な圧力は考えにくいと?」
「私が言いたいのはむしろ逆よ。普通に考えたら、あなたたちのパーミッションを取り消
すことで、ネパール政府が得をすることはなにもないはずなのよ。だからこそ、そこにあ

る種の陰謀の臭いがするの」

「つまり、パーミッションを左右する権限のある政府職員に、誰かが影響力を行使したというようなことですか」

「そんなところかもしれないわね。向こうの説明は政治的な事情ということなのよね。昨年の大地震以来、一部で治安が悪化しているという話は聞いているけど、マオイストが武装闘争をしていたころのような危険な状況ではないはずよ」

マオイスト（ネパール統一共産党毛沢東主義派）とは、王政廃止と民主化を求めて一九九〇年代に武装蜂起した反政府勢力で、一時はネパール国土のかなりの部分を実効支配した。

しかし、国王の退位によって和平合意が成立した二〇〇六年以降は、体制内改革を目指して国政選挙に参加して、まもなく第一党に躍進し、現在は議長のプラチャンダ（本名プシュパ・カマル・ダハル）が連立政権の首相を務めている。

和平合意以降もたびたび政争は繰り返されてはいるが、あくまで政治の世界の問題で、国内の治安に影響を与えるような状況には至っていない。和志は言った。

「政治的事情というのは、根拠のない出まかせとみてよさそうですね」

ローツェやエベレストを含むクーンブ地域では、プレモンスーンに登ったバルンツェを始め和志はいくつものピークに登っているが、治安の面で不安を感じたことは一度もない。

　そもそもマオイストが武装闘争を繰り返していた時期にも、ネパール国内の山々には外国から多くの登山隊が訪れ、数々の輝かしい記録を打ち立てていた。

　ローツェの北東面は中国領だが、そのあたりでも国境紛争があるわけではないし、現在のネパールは、中国とは外交面で親和的だと言われている。

「私も情報を収集してみるわ。どうせよからぬことが起きているはずだから、そこを明らかにすれば逆転はあり得るわよ。なんにしてもまだ先の話だから、あなたたちは当面の目標のローツェ・シャールに全力を注ぐべきだわ。私もとても楽しみにしてるの。主峰への初縦走に成功したら、真っ先にインタビューさせてね」

　リズは力強く励ましてくれた。彼女は彼女でネパール政府観光局に対して強い影響力を持っている。彼女が私的に編纂している〈ヒマラヤン・データベース〉は、世界の登山家のあいだのみならず、政府観光局自体が事実上の公式記録と認めているほどなのだから、観光資源としてのヒマラヤが外貨獲得の柱であるネパールにとって、彼女の貢献は計り知れないのだ。

2

観光局で応対したのはクマールという四十代くらいの課長で、駐日大使館に勤務したこともあり、磯村とは忌憚のない話ができる仲らしい。

いまは海外からのトレッキングやライトエクスペディションを誘致するためのプロモーションを担当していて、パーミッション関係は畑違いだというが、裏話を探るにはむしろそのほうが都合がいい。正式の抗議はしっかり黒幕の尻尾を摑んでからのほうが効果的だろうと磯村は言う。

冬のローツェは登るのは和志一人だが、申請者は磯村になっている。役回りとしては彼が隊長で、現地での折衝も彼が表に出て和志の負担を減らそうという考えからだ。ここでも当然それに従い、口火を切ったのは磯村だった。

「どうしてこういうことになったんだ。手続き上の問題があるというのなら、指摘してくれれば対応するが、政治的事情などという曖昧な話じゃ納得できない」

磯村は強い口調で切り出したが、クマールは困惑を隠さない。

「あなたから言われて私も確認してみたよ。たしかに却下されている。私は担当じゃないのでなにがあったかわからない。ローツェのパーミッションが出せないような政治的事情はとくに存在しないはずなんだが」

「そりゃそうだろう。今回の目的はローツェ・シャールから主峰への縦走だが、そっちのほうはちゃんととれている。ポストモンスーンならOKで、冬はだめという理由がわからない」

「季節が問題じゃないだろうね。現に隣のエベレストは、三隊ほど冬季のパーミッションが出ている。ローツェに関してはほかに申請者がいなかったから、君たちに問題があるのかローツェに問題があるのか、私も判断できないんだよ」

「こちらに問題があるはずないだろう。これまでネパールで法に抵触するようなことは一度もしていない。言っちゃ悪いが、そちらのお国柄を考えると、誰か偉い人がおれたちの登攀を妨害したい人間から金でももらってるんじゃないかと、つい疑いたくもなるんだよ」

そこまで言うと喧嘩を売ることになると和志は心配したが、クマールは思いのほか率直な人柄のようで、磯村の疑念を必ずしも否定しない。

「あり得なくもないけど、君たちの登攀を妨害したい人間がいるのか」

「マルク・ブランというフランス人のことは知ってるか」

磯村は大胆に踏み込んだ。クマールは怪訝な表情で応じる。

「私はそれほど付き合いはないけど、局長とは仲がいい。父親のラルフ・ブランという登山家がネパールで長年慈善活動をやってくれていて、こちらの局じゃＶＩＰ待遇だった。父親は最近亡くなったようだけど、その縁があってか、マルクはよく局長のところを訪ねてくるよ」

リズが言っていたのは本当のようだ。その地獄耳には驚かされる。

「マルクが、ポストモンスーンにローツェ南壁に挑戦する話は聞いてますか」

和志はしらばくれて問いかけた。

「知ってるよ。ローツェのパーミッションをとっているのは確認した。しかし、南壁を本気で登る気でいるのか、いまネパール入りしているクライマーたちのあいだでは疑問視する声が出ているようだね」

パーミッションはある山に対して包括的に与えられるもので、ルートは特定されない。従ってマルクが、南壁から挑戦すると吹聴しておいて、西壁を登って南壁から下山するという奇矯（ききょう）なやり方に転じても、手続き上はなんの問題もない。

「じつは、こういう噂も耳にしてるんだよ――」

リズがマルクの従兄のロベール・ペタンから聞いたという話を、出所は曖昧にして磯村が語って聞かせると、クマールはなるほどというように頷いた。

「ラルフ・ブランはとても保守的な登山家で、ヒマラヤの八〇〇〇メートル峰をアルパインスタイルで登るのは邪道だという意見の持ち主だったらしいね」

「本業はアルプスのガイドなんだから、アルパインスタイルは自分本来のやり方じゃなかったのか」

「そういうことはよくわからないけど、ヒマラヤとアルプスは別だという考えを持っていたんじゃないのかな。その点が、ネパール政府関係者にとってはありがたかったんだろうね。そのころはアルパインスタイルが注目を集め出した時期で、それじゃ入山料も少なくなるし、シェルパやポーターの収入も減ってしまうと政府筋は心配していた。ラルフはそういう主張をするだけじゃなく、自身も大きな登山隊を組織して地元にお金を落としてくれたから」

「だとしたら、トモ・チェセンはラルフにとってもネパール政府にとっても共通の敵ということになる」

「そこまで極端な話じゃないけどね。そうなったら、エベレストに単独初登頂したラインホルト・メスナーこそネパールの敵になってしまう。ただ、トモに対するラルフの敵愾心（てきがいしん）は尋常（じんじょう）じゃなかったようだね。マルクもその執念を継承しているらしい」

クマールは訳知り顔で言う。パキスタンのリエゾンオフィサーのジンナーもそうだったが、ヒマラヤを抱える国の人々が必ずしも山に詳しいわけではない。和志がこれまで接してきた観光局の役人も概ねそんなところで、大半がメスナーもククチカも、むろんトモも知らない。その意味で観光局の役人としては、クマールはとりわけ仕事熱心だと言えそうだ。

「とにかく、パーミッションを出さないという決定には、観光局長が関与していると見ているんだな」

「そういう無茶なことができるとしたら、そのクラスの大物の可能性が高いね」

声を潜めてクマールは言う。観光局は文化・観光・民間航空大臣の所管で、その局長となると閣僚に次ぐポジションと言っていい。

「じゃあ、覆すのは無理なのか」

磯村が問いかけると、渋い表情でクマールは応じる。

「正式に抗議されれば、よほど明確な理由がない限り押し通すのは難しいと思うけど、交渉が長引けば、この冬には間に合わない可能性もあるね」

「おれたちはあと三日くらいカトマンズに滞在する。そのあいだに、パーミッションの担当者と会わせてくれないか。局長とまでは言わない。その決定の内情がわかる人間でいいから」

「会わせてもいいけど、そういう裏事情が本当にあるとしたら、たぶん無駄だと思うんだよ。本当のことを言うはずがないし、逆に上の人間に話が伝わって、かえって態度を硬化させかねない。下手(へた)をすると、今回の遠征にまでちょっかいをかけてくるかもしれないし」

クマールは剣呑なことを言う。悪気があってのことではなさそうで、むしろ自分の所属する組織の乱脈ぶりへの不信感の表われと見ていいが、政府関係者にそう言われれば、こちらにとっては恫喝と同様の意味になる。

「そんなことをしたら、ネパール政府観光局への信頼が地に堕ちるぞ」

「そんなこと、上の連中は一つも気にしないよ。そのうちまた政権が替われば、局長の首もすげ替えられる。いまの地位にいるあいだにたっぷり甘い汁を吸っておこうというのが彼らの腹のうちだから、あとのことなんか考えちゃいないよ」

クマールは投げやりに言う。ここで彼と喧嘩をしても始まらない。一呼吸入れて磯村は言った。

「あんたとは長い付き合いだ。これで縁切りにしたいとは思わないが、このままじゃこちらも立場がない。なにかいい手は思いつかないのか」

「財政的に逼迫しているネパールにとって、世界の登山界は重要なお客さんだ。ただ、いまはエベレスト人気で左団扇だけど、入山料の高騰に嫌気が差して、パキスタン方面に流れる傾向も見え始めていてね。例えば、日本山岳会はその意味で重要で、いまも大きな遠征隊を出してくれる数少ない組織の一つだ。そこから強力な抗議を受ければ、決定が覆ることもあるかもしれない」

和志は日本山岳会には加入していないが、磯村は日本に本拠を移してからは、仕事上の便宜もあって会員になっている。今回のパーミッション取得に際しても、もちろん推薦を受けている。

その日本山岳会の東海支部は、田辺治隊長のもとに二〇〇一年以降三度にわたって冬のローツェ南壁に大遠征隊を送っており、〇六年には登頂は逸したものの、頂上直下の稜線にまで達し、事実上の南壁冬季初登攀を達成している。

そうした極地法による大規模な遠征はかつては日本のお家芸で、槇有恒を隊長とする日本山岳会隊によるマナスル初登頂を始め、時代を画する数々の記録を打ち立ててきた。その意味でクマールが言うように、日本はネパールにとってはなかなか縁の深い国なのだ。

「おれみたいな有象無象が抗議したところで、なんの力もないと言いたいわけだ」

苦々しげに磯村は言う。クマールは慌ててとりなす。

「そんな意味で言ったんじゃないよ。ただ、パーミッションの取り扱い自体はオフィシャルな決定だから、抗議するにしてもオフィシャルなルートからのほうが効果があるということだ。今回の決定によって観光局として得るものはなにもない。それによって誰か得をした人間がいるとしたら、観光局内部でも問題視されることになるしね」

「汚職として摘発されるというのか」

あり得ないという顔で磯村は問い返す。ネパールに限らずだが、途上国では、役人の汚職は公認のサイドビジネスのようなものなのだ。

「表に出るわけじゃないけど、誰かが甘い汁を吸っているのを見て気持ちが穏やかな人間はいない。日本山岳会のような権威のある組織から正式な抗議を受ければ、観光局の人間なら、誰がなにをしたかすぐに見当がつく。当然、その人物の足を引っ張る人間が出てくるものなんだ」

　クマールはしたり顔で言う。どうやらそれが途上国なりの自浄作用ということらしい。

「そっちの人間に金を払えば、おれたちのために動いてくれると言いたいわけか」

　磯村は皮肉な調子で問いかける。クマールははっきり否定するでもない。

「そういう対応の仕方もあるということだよ。もちろん正規のルートでしっかり抗議することが前提で、そこをおろそかにしたら、一部の人間の思うがままでことは終わってしまうだろうけど」

　クマール自身が金を寄越せと言っているわけではない点が救いだが、役人や政治家の世界が伏魔殿（ふくまでん）だという点では、先進国も途上国もさして違わない。恐らくネパールの役人が懐に入れる金額は、どこかの国の役人や政治家のそれと比べて桁違いに少ないはずだが、それでも彼らの感覚では法外な所得になるのだろう。

3

ホテルに戻り、磯村は日本山岳会の本部に電話を入れた。

事情を説明して、正式なルートで抗議してほしいと要請すると、それは困ったことになりましたね、と応対した事務局員は同情したものの、次の理事会の予定が再来週なので、どう対応するかはそこで諮って決めることになると、返答をしたらしい。

むろん磯村はそれでは納得せず、かつて参加したダウラギリ遠征で隊長を務め、いまも親交がある理事に直接電話を入れた。

そちらは、会長とじかに話をして、正式な抗議を要請すると応じたとのことだった。

「ああいう組織も一種の役所で、動きはのろいし、どこまで本気で抗議するかもわからない。あまり期待はしないほうがいいかもしれないな」

磯村は電話を終えたあと、気が抜けたように言った。和志は心配になっていたことを切り出した。

「それよりわからないのはマルクの狙いだよ。この冬の登攀を妨害したところで、来年もある。僕以外の誰かがチャレンジすることだってあるだろう。誰であれ南壁単独登攀をやってしまえば、トモの記録が決して不可能じゃなかったことが証明される。トモの記録を否定する人々の最大の論拠はそれで崩れることになる」

「だとしたら、この冬の挑戦を妨害しても、あまり意味はないことになるわね」

深刻な顔で友梨が言う。しかし、意味がないのはマルクにとってであって、シャールと主峰の縦走から間をおかず、コンディションを維持したまま南壁に挑むという和志たちの作戦は修正を余儀なくされるし、シャールから主峰への縦走と南壁の冬季単独登攀という、二つの世界初を目玉にした友梨のキャンペーン戦略も見直さざるを得なくなる。やりきれない思いで和志は言った。

「その意味のないことを、マルクはどうしてやるのか、だよ。そこがなんだか薄気味悪い。こちらが考えていた以上に頭が働く男なのかもしれないと思ってね」

「いやいや、それほどのタマじゃない。けっきょく逆恨みだな。トモ憎しの思いが募って、おれたちにまで嫌がらせをしてきているんじゃないのか。こっちは当初からトモを擁護する立場でプロジェクトを進め、キャンペーンを張ってきたわけだから、それを頓挫させれば胸のつかえが下りるというくらいのことだろう」

吐き捨てるように磯村は言う。もしそうだとすれば、その作戦が功を奏する可能性はある。その場合、せっかくここまで盛り上げてきたノースリッジのキャンペーンは仕切り直しせざるを得なくなる。

和志にしても、この冬の計画がこのまま潰え去ったら、果たして次のシーズンまでモチベーションを維持できるか、必ずしも自信は持てない。

クライマーにとって、そこは極めてデリケートな部分なのだ。なにごとにも時節というものがある。いまは身も心もその一点に集中していて、冬の南壁にベストのコンディションで臨める自信があるが、それが一年先延ばしになったとき、体力の面でもメンタルの面でも、それを維持していられるかどうかわからない。そんな思いを口にすると、友梨は切ない口調で言う。

「そんなの絶対に許せないわよ。嫌がらせにもほどがあるじゃない。なんとかしなくちゃ。社長にも動いてもらわないと」

そうは言っても、いまの山際になにができるのか。日本山岳会や日本山岳協会といった日本を代表する山岳団体の賛助会員になっているとは聞いている。しかし、賛助会員というのは一種のスポンサーに過ぎず、会の運営に対してさしたる発言力があるわけでもないだろう。

「山際さんは、欧米の登山家にも知り合いが多いんじゃないのか。そのルートから圧力をかけてもらう手もあるな」

磯村が身を乗り出す。友梨は張り切って応じる。

「それだったら頼りになるわよ。前にも言ったけど、いまでもグループ・ド・オート・モンターニュの会員に何人も知り合いがいるから」

「でもそっちは、トモに対して厳しい見方をしている人が多いと思うけど。ラルフ・ブランやイヴァン・ギラルディーニも会員なんじゃないの」

和志は首を傾げたが、自信ありげに友梨は言う。

「社長によると、そんなことはないそうよ。トモへの批判の急先鋒になったのは一部の声の大きい人たちで、大半は中立。逆にトモを擁護した人もかなりいるそうなの。懐疑的だった人たちだって、アルピニズムの公正さを追求する立場からなわけだから、今回のような汚いやり口には批判的になるんじゃないかしら」

「たしかにそうだな。一方でトモがフェアじゃなかったと批判しながら、マルクのやり方には黙ってたんじゃ理屈が合わない」

磯村が頷くと、わが意を得たりというように友梨は続ける。

「さっきの観光局の人が言っていたみたいに、お金で解決するのは手っ取り早いかもしれないけど、それじゃ、私たちもマルクと似た者同士になっちゃうからね。そんなことが発覚したら、和志さんの記録にも、私たちのキャンペーンにも疵がつく。やっぱりここはフエアに戦わなくちゃ。これから社長に相談してみるわ」

友梨は張り切って携帯を手に取り、東京の山際をコールした。山際はすぐに出たようで、深刻な顔で切り出した友梨の表情が、話が進むにつれて明るくなる。

友梨から言われるまでもなく、山際は自分の伝手を使ってすでに動いていたようだった。通話を終えて和志たちを振り向き、明るい表情で友梨は言った。

「知り合いのグループ・ド・オート・モンターニュの会員何名かに、もうメールを送っているそうよ。それからハル・ブラッドレイたちアメリカのクライマーにも。社長のほうから匂わせたわけじゃないけど、今回のマルク・ブランの動向を怪しんで、背後で彼が動いた結果だろうという人もいるらしいの」

「そうは言っても、証拠がないからな」

磯村が言うが、友梨は動じない。

「そういう問題以前に、正式な手続きを踏んでいったんパーミッションを取得したのに、明確な理由もなくそれが取り消されるのは、あってはならないことだというのがみんなの意見なのよ。とりあえず日本の山岳組織を通じて正式な抗議をしてほしい。それでもパーミッションが下りないようなら、世界の有力クライマーに声をかけて、共同声明を出すことを考えていると、グループ・ド・オート・モンターニュの主要メンバーも言ってくれているそうなの」

「それは心強いな。ヨーロッパの山岳界は、どちらかといえばトモに冷淡だったけど、僕にとっては助け船になってくれそうだ」

「今回、動いてくれそうな人たちのなかには、当時、トモを詐欺師(さぎし)呼ばわりした人もいるらしいの。でも、それとこれとは話が別。ローツェ南壁に挑戦する権利は誰にでもあるし、もしマルク・ブランがそれを妨害しているとしたら、それはそれでアンフェアの極みだと怒っているという話よ」

「だったら、まずはこっちが口火を切らないと。日本山岳会には早いとこ動いてもらう必要があるね」

和志の言葉に、友梨は任せておけというように胸を張る。

「日本山岳会の会長とも社長は親しいらしいの。賛助会員にもなっているし。磯村さんのルートに加えて社長のルートからもプッシュすれば、向こうも動かざるを得ないはずよ。だから、二人はローツェ・シャールに集中してほしいと社長は言ってるわ」

「たしかに、いまおれたちにできることはそれしかないな。なに、ネパール政府にしたって、世界の有力登山家から総スカンを食らったんじゃ商売が立ち行かない。けっきょく収まるところに収まるような気がするよ」

磯村はとたんに楽観的になる。友梨も大きく頷いた。

「そうよ。和志さんがトモへの疑惑を晴らすために冬のローツェ南壁に挑むことは、私たちのキャンペーンを通じて世界に知れ渡っているわ。でも、トモの記録について懐疑的な人も含めてそれを非難する人はほとんどいない。むしろ妨害するようなことが行なわれているとしたら許せないと言ってくれているんだから、そこは大きな追い風よ」

たしかに、いまはそれを信じて目の前の目標に邁進(まいしん)するしかないだろう。腹を括って和志は言った。

「こんなことで混乱させられてローツェ・シャールも失敗したんじゃ、ますますマルクの思う壺（つぼ）になる。どのみち目の前の目標を一つ一つ片付けなきゃその先へは進めないからね」

4

翌日の午前中にはリエゾンオフィサーとの打ち合わせを終え、和志たちは二日後の出発のための準備に取りかかった。

今回もベストの天候を待って一気に登る作戦だが、縦走を含むルートのため、ゴールデン・ピラーのときのような短期速攻は望めない。四日ないし五日はかかると覚悟はしているが、それだけの期間、好天が続くようなチャンスはそうは来てくれない。

そのチャンスを待つために、ベースキャンプでの滞在期間も最長で二カ月と長めにとっているから、食料や燃料もゴールデン・ピラーのときよりかなり多い。

ただ今回は、荷運びにヤク（高山地帯で暮らす牛の一種）が使えるため、ポーターの人数もゴールデン・ピラーのときの半分ほどで済み、あとはヤクの背中に載せて運んでもらえる。

その荷をホテルの中庭で、人やヤクが運びやすいように小分けする。現地のエージェントに任せてもいいのだが、それだとどこになにが入っているか把握(はあく)できないし、盗まれてもわからないと、磯村は小分けした荷の中身をすべてノートに記録する。ゴールデン・ピラーでもやっていた作業だが、これがなかなか手間を食う。

磯村がやっているような公募ツアーに相乗りすることの多かった和志にはあまり経験のなかった作業で、これまではずいぶん楽をさせてもらっていたものだと改めて実感せざるを得なかった。

キャラバンのルートは和志も通い慣れているエベレスト街道で、友梨も春のバルンツェで一度通った道だから、ベースキャンプまで心配することはほとんどない。

ルクラまでは飛行機で入るが、あとはすべて徒歩というのがカラコルムとの大きな違いだ。ルクラからローツェ南面のベースキャンプまでは、最短でも一週間ほどの行程になる。

シーズン中は大勢のトレッカーで賑わうため、ルートはしっかり整備されていて、和志や磯村なら四日ほどで行けるが、ポーターが一日に歩いてくれる距離は決まっているし、同行するリエゾンオフィサーはシェルパ族ではないから、高所順応させながら進まなければならない。その状況によっては、もう少し日数がかかるかもしれない。

リエゾンオフィサーはマハトというネパール陸軍の中佐で、年齢は四十代。高所経験はまったくないとのことだった。ゴールデン・ピラーのときのジンナーは高所順応に付き合って六〇〇〇メートル台まで登ってしまった。

しかし、今回のベースキャンプの標高はゴールデン・ピラーより一〇〇〇メートル近く高いし、マハトは山にことさら関心があるふうでもない。年齢もそう若くはない。ベースキャンプのすぐ手前の村でさえ四七〇〇メートルの標高があるから、安全を考えて、より標高の低いナムチェ・バザールで待機したほうがいいと勧めた。

ホテル代はこちら持ちだから出費はかさむけれど、高所障害を起こされてヘリで下まで運び下ろすよりはむしろ安上がりと考えたのだが、本人はいたく仕事熱心で、ぜひベースキャンプまで同行したいと言う。途中で具合が悪くなったら無理をしないで下りてもらうことを条件に、やむなく了承した。

コック兼サーダー（シェルパ頭）は磯村がいつも雇っているニマというシェルパ族の青年で、バルンツェのときも一緒だった。洋食も和食も器用にこなし、キャラバン中のポーターの統率も任せられる。友梨とも気が合っていて、ベーススキャンプを支えるスタッフとして申し分ない。

ホテルの屋上から望むヒマラヤの峰々は、事前の情報どおり、ポストモンスーンにしては雪が少ない。エベレストやローツェはここからは見えないが、地元の人々が聖なる山と崇めるガウリシャンカールの優美な双耳峰を始め、六、七〇〇〇メートル級の峰々が帰ってきた自分を出迎えてくれているようで、ここネパールはやはり第二の故郷なのだと和志は実感した。

ノースリッジのホームページで和志たちがカトマンズに入ったことを知ったようで、トモからは激励のメールが届いた。ローツェ南壁のパーミッションの件はまだトモには伝えていなかった。

そのことも含めて感謝と状況報告のメールを返信すると、トモはすぐに折り返しのメールを寄越した。

親愛なるカズシへ

君たちが現在の目標に集中していると聞いて安心した。

冬までにはまだ十分時間がある。パーミッションのほうは、最後にはいいかたちで落ち着くはずだ。そういう理に合わないことは、ネパールやパキスタンではよくあることだし、それが覆らなかったという話もほとんど聞いていない。

金で解決するのが手っ取り早いという考えもあるかもしれないが、それをしないという決断には賛成だ。誰かがそれを許せば、そういうやり口が常態化する。パーミッションの取得に裏金が必要となれば、それはヒマラヤを目指すあらゆるクライマーにとって多大な迷惑になる。

マルクがクズだということは、ヨーロッパのクライマーたちのほとんどが知っている。これまでは父親の威光があったから大っぴらな批判が起きなかっただけで、疑惑の登攀の数では私など足下にも及ばない。

君たちも彼の行動には十分注意したほうがいい。君たちの読みどおり南壁を下降して、そのうえそれを登ったことにさえしてしまいかねないからね。

いずれにしても、そんな男の下らない策謀に惑わされて、いま目指している挑戦に失敗したら元も子もない。私はいまもグループ・ド・オート・モンターニュの会員だ。幸い、例の疑惑で除名処分にするほどには彼らも腐っていなかった。数少ないが味方もいる。私からも彼らに働きかけてみよう。ただし、私の名前は表に出さないようにしてね。

ローツェ・シャールは、私がユーゴスラビア隊に参加して登頂が果たせなかった山だ。それを登って、さらに主峰まで足を延ばすという君たちの野心的なチャレンジに、私は大いに期待している。それをアルパインスタイルで達成したとしたら、ローツェ南壁の単独登攀に匹敵する快挙だということは私が保証する。

二人で登るんだから、私の轍を踏まないように、写真はしっかり撮るべきだな。成功を確信している。

リュブリャナにて　トモ・チェセン

自分が表立って動けば、火に油を注ぎかねないと思っているのだろう。当人には口惜しい思いもあるだろうが、その心遣いは適切かもしれないし、それ以上に、トモもまたこの件について楽観的なのが嬉しかった。和志もすぐに返信した。

敬愛するトモへ
パーミッションの件では、あなたを含め、世界の大勢のクライマーから支援してもらえそうで、とても心強く思っています。

あなたがおっしゃるとおり、僕らがいま全力でやるべきことは、目の前にあるローツェ・シャール登頂と主峰への縦走です。それは誰に強要されたわけでもない、自分たちが決めた目標です。僕はそんなふうにこれまでも生きてきたし、これからもそうするつもりです。

マルクがなにを企んでいるかは、もうじきわかるでしょう。これから僕らはシャールのベースキャンプに入りますが、南壁のベースキャンプはすぐ近くです。そこに彼らがやってこなければ、リズが聞いた話は本当だったということになります。

そもそも、彼らに南壁を下降できるかどうかさえ怪しいところです。西壁からの通常ルートも決して容易くはありません。いずれにしても登攀の時期が重なれば、彼らの行動は僕らのルートから観察できます。

彼としては、できれば今回のローツェ・シャールも妨害したかったのかもしれませんが、ポストモンスーンならローツェにもエベレストにもかなりの入山者がいるはずで、僕らだけをターゲットにするのは不可能だったのでしょう。

しかし、同じアルピニストとして望みたいのは、たとえ達成できなくても、彼らが言葉どおり南壁からの登頂を目指してくれることです。そうでなければ父親のラルフの名声にも疵がつくことを認識してほしい。そしてそれ以上に、彼もアルピニストを自任する以上、そのくらいのプライドは持っていてほしいと思うのです。

まだキャラバンは始まっていませんが、カトマンズから望むヒマラヤはいまはきれいに晴れていて、積雪量もさほど多くはないようです。順調にいけば十日ほどでベースキャンプを設営できそうです。また状況を報告します。

カトマンズにて　カズシ・ナラハラ

5

その二日後、和志たちはカトマンズからルクラへ向かった。

ルクラのテンジン・ヒラリー空港は世界で最も危険な空港と言われ、エベレストを始めとするクーンブ地域の山を目指す人々にとって、ここへの着陸は、本番の登攀よりもはるかにリスキーなポイントといっても大袈裟ではない。

標高が二八〇〇メートルと高いため大気密度が低い上に、ヒマラヤの高山に囲まれた谷間に位置し、滑走路はわずか四六〇メートルで、しかも傾斜しているため、着陸には極めて高度な操縦技術が必要とされる。霧や降雨による視界不良で欠航になることも頻繁で、予定どおり出発できたのはむしろ僥倖とさえ言うべきだった。

カトマンズからは約三十分の飛行でルクラに近づくと、クワンデ、カンテガ、タムセルク、アマ・ダブラムなどエベレスト街道沿いの六〇〇〇メートル峰が衛兵のように居並び、その奥にひときわ高くエベレストとローツェの勇姿が伸び上がる。

凍てついた波濤（はとう）のような白銀の峰々の内懐に向かって、双発小型機のツインオッターは一気に高度を下げていく。いくら慣れていても、ここでは和志も一瞬祈るような気持ちになる。

短い滑走路ぎりぎりで機体が停まると、機内の乗客たちから歓声が上がる。リエゾンオフィサーのマハトは、ヒンズーの神々になにやら祈りを捧げているようだった。

機内から出ると、ひんやりした風が頬をなぶる。ネパールの高山の空気は、カラコルムのそれよりやや湿度が感じられることに改めて気づいた。

空港にはニマがポーターとヤクを引き連れて迎えに来ていた。プレモンスーン以来の再会を喜び合ったあと、ニマはポーターたちに手際よく荷物を振り分け、最初の宿泊地となるパクディンへ出発した。

エベレスト街道で最大の街、ナムチェ・バザールまで和志や磯村なら一日で歩いてしまうが、ポーターは一日の歩行距離が決まっているし、友梨とマハトもいるから、余裕をみて中間地点のパクディンで一泊ということにする。一般的なトレッキングではそれが普通のコースタイムで、とりわけ遅いというわけではない。

パクディンは小さな村で、宿も質素なものだったが、その翌日に到着したナムチェ・バザールは、ホテル、レストラン、カフェはもちろん、郵便局や銀行、登山用品店まである。標高三四四〇メートルという高度に突然出現したちょっとした都会だ。

すり鉢状の谷に馬蹄（ばてい）形に広がる町並みは壮観で、背後からはクワンデの氷雪の山肌が覆い被さる。町の背後の尾根に出ればローツェの南面も視界に入る。ホテルにチェックインしてから、さっそく磯村と二人で登ってみた。

カトマンズから眺めた山並みからもある程度は確認できたが、目の当たりにするローツェ南面は確かに雪が少なく、プレモンスーンのコンディションを思わせる。シャールから主峰にかけての稜線は、雪庇の発達もそれほどではない。

ローツェ・シャールに関しては願ってもない条件と言えそうだが、南壁に関しては微妙なところだ。雪崩のリスクは少ないが、アイスクライミングで効率的に登れる部分も少ない可能性がある。しかし、トモが登ったのはプレモンスーンで、むしろいまより雪は少なかったはずだから、悲観的に考える必要はとくにない。

「山の条件は悪くないぞ。あとは天候だけだな」

傍らに立って磯村が言う。和志は慎重に応じた。

「それぱっかりは、僕らの力でどうこうできることじゃないからね。でも、ポストモンスーンで四、五日好天が続くことはそう珍しくはないよ」

「問題は、それを見極められるかだな」

目を細めて晴れ渡った空を見上げながら磯村は応じる。これまで和志は、挑んできたルートのほとんどを一泊二日前後の短期速攻で片付けた。その程度の期間ならチャンスも比較的摑みやすい。しかしそれ以上の長期となると、好天が持続する機会は限られる。

ローツェとローツェ・シャールの頂からは南西方向に雪煙が流れている。チベット方面からの冷涼で乾燥した風によるもので、チャイナウィンドとも呼ばれ、ヒマラヤでは好天を約束する風だ。

「気象予測会社の情報も大事だけど、ヒマラヤの天候は理屈どおりにはなかなかいかない。最後は勘に賭けるしかないね」

とくに不安も覚えず和志は言った。経験や知識、技術はもちろん必要だが、ヒマラヤ登山において、それらは決定的な要素ではない。計算どおりには決してさせてくれないのが山なのだ。だから最後は勘、そして運に賭けるしかない。

「絶景じゃない。エベレストは隠れてるけど、ローツェ南壁もマカルー西壁も見えるし、あれは春に登ったバルンツェじゃない？　なんだか神様が味方してくれそうよ」

和志たちにやや遅れて尾根に着いた友梨が、さっそくカメラを取り出してその景観を撮影する。

「ああ。なんとかやりきらないとな。今回の目標だけでもビッグクライムだが、それでも和志の南壁挑戦の前哨戦だ。ここで敗退したら後々の作戦に響く」

自分に言い聞かせるように磯村は言う。和志自身に関しては体調は万全だ。磯村もとくに不調は訴えていない。天候も山の状態も悪くない。

しかし新しい目標に挑むときにいつも感じる、あの燃えるような高揚感に欠けている。マルクの下らない策謀によって、ローツェ南壁という目標そのものが、これまで感じていた輝きを失ったように感じられてならないのだ。

もちろん、そのことで挑戦の価値が減じるわけではないし、トモ自身も言っているように、マルクがどんな汚い手でトモの記録を否定しようと企てても、同じルートで自分が冬季単独の記録を打ち立てることで、そんな策謀は打ち砕けるはずだ。

だからといって、クライマーのモチベーションは微妙なもので、頭でいくら納得しようとしても、心はなかなかついてこない。

闘う相手がマルクのような低劣な人間だという思いが募れば、それがどうしても気持ちの足を引っ張る。そんな気分にどう活を入れるか、その点がベースキャンプに到着するまでの和志の宿題だった。

6

ナムチェ・バザールには二日滞在した。生鮮食料関係で買い足すものがあったのと、軽い高所障害が出たのか、マハトが頭痛を訴えたためだった。

東京の山際からは随時連絡が入った。日本山岳会はきのう臨時理事会を開いて、今回のパーミッション取り消しについて遺憾の意を示し、早急に再付与するよう要請する文書を、ネパール大使館および政府観光局東京事務所宛てにきょう送付するらしい。同時に、公式な声明として、同じ内容の文書を日英併記で協会のホームページに掲載するという。

予想していた以上に動きが速い。ローツェ南壁への挑戦は十二月下旬からの予定だから、まだあと三カ月半ほどはある。それでも埒が明かないようなら、海外の登山家の協力を得て、より強いメッセージを発信していくと山際は言う。

マルクが背後でなにを画策していようと、こちらはあくまで正攻法でいくとのことで、その点は心強い。マルクを犯人と糾弾しても証拠があるわけではない。そういう誹謗合戦に巻き込まれたら、こちらも同類に堕してしまう。

ナムチェ滞在中にはリズからも連絡があった。今年の五月にローツェに登り、そのまま継続してエベレストに登ったというイギリス人の登山家が最近カトマンズ入りしたので、そのときの登攀についてインタビューしたという。

彼らはネパール側から中国側に縦走するかたちでエベレストを登ったため、下山後にカトマンズに立ち寄らず、そのせいできょうまでインタビューできずにいたらしい。

ローツェ登頂はノーマルルートである西面のローツェ・フェースからで、例のごとく、リズはその行程を詳細に聞きとったという。その登山家は、頂上に近い八〇〇〇メートル付近の斜面に掘られた雪洞に、大量のロープとピトン、カラビナなどの登攀用具、さらには燃料や食料までがデポされているのを見かけたと証言したらしい。

現代のクライミング技術なら、ローツェ・フェースからの登攀にそれほどの装備が必要だとは考えにくく、なぜそんなものがそこにあるのかが、彼にとっては謎だった。

もちろん、それがロベール・ペタンが言っていたという、マルクがシェルパに依頼して五月に運ばせておいた装備なのは間違いない。

「ペタンの話を聞かせたら、マルク程度の実力だと、南壁を下降するだけでもそのくらいの装備は必要じゃないかと、その登山家も言ってたわ」

リズは、いかにも嘆かわしいというようにため息を吐いた。彼女が得ている情報では、マルクのパーティーはまだカトマンズ入りしていないという。

当初から南壁を登る気がないのなら、そう急いで準備に入る必要はないし、むしろ和志たちが登攀を終えたあとのほうが、小細工するにもなにかと都合がいいだろう。和志は言った。

「ナムチェではヨーロッパやアメリカから来た顔馴染みのクライマーとも話をしましたが、マルクが南壁を登れると信じている人はほとんどいませんでした。その意図はトモの南壁登攀の真偽以上の謎だと、冗談を言う人もいましたよ」

「事情を知らない人にとっては、まさにそのとおりだと思うわ。ただ、パーミッションの件は、あまり楽観しないほうがいいかもしれないわよ――」

リズは声を落とした。穏やかではないものを感じて、和志は問い返した。

「なにか新しい情報が？」

「マルクが付き合っている政府関係者は、観光局長クラスじゃなく、その上の閣僚級らしいのよ」

「閣僚というと？」

「文化・観光・民間航空相よ。観光局はその管轄（かんかつ）下にあるの」

「現在のプラチャンダ政権は、汚職撲滅（ぼくめつ）に力を入れていると聞いていますが」

呆れたようにリズはため息を吐く。

「建前に過ぎないわよ。観光立国ネパールでは、そのポストは利権の宝庫なの。観光以外にこれといった産業のない国だから」

「だとしたら、観光局に抗議したくらいじゃ解決は難しいかもしれませんね」

「私はマオイストには人脈がないのよ。連立政権だから、昔からの政党の閣僚も何人かいるけど、文化・観光・民間航空相はマオイストでね」

「父親の築いた人脈だけなのかと思っていましたが、マルクはよくそこまで食い込みましたね」

　思わず感心したように言うと、リズもそこは同意した。

「登山のほうはともかく、世渡りの才覚はなかなかのようね。それならいっそ政治家の道を選べばよかったのに。もっともそれも、フランス国民にとっては迷惑な話かもしれないけど」

「父親の威光だけじゃない、なにかがあるんでしょうね。クライマーとしての技術に光るものがなくても、世界の登山界ではそこそこの存在感を示しているようですから」

　感心している場合ではないが、観光局の決定を覆すのは予想していた以上に難しいかもしれない。とりあえず日本山岳会が公式ルートで抗議したことを伝えると、リズは力強く言った。

「私も付き合いのある政治家のルートから抗議をするわ。これはあなた一人にかかわる問題じゃないから。そんな自分勝手な話が通るとしたら、ヒマラヤ登山という文化自体が崩壊するのよ」

過去四十年以上カトマンズで暮らし、ヒマラヤ登山の年代記作成に人生を捧げ、彼女が構築した〈ヒマラヤン・データベース〉は最も権威のあるヒマラヤ登山の公認記録として世界の登山家から認められている。そんなリズにとっても、今回の事態は他人事ではないようだった。

7

マハトの頭痛も治まり、和志たちは再びキャラバンを開始した。

歩き慣れたエベレスト街道だが、見上げる周囲の山々は相変わらず美しい。モンスーン明け直後は好天が続きやすく、トレイルは世界各地から集まったトレッカーたちで賑わいを見せている。

途中の村で日本から来たというトレッカーの一団が和志たちに気づき、サインを求められたり記念写真に付き合わされたりしたのには当惑した。

友梨が精魂込めて運営するウェブサイトの効果のようで、有名人のように扱われるのは面映ゆいが、それもノースリッジが負担してくれる毎月の給与と遠征費用の対価だと思えば贅沢なことは言えない。

ナムチェからタンボチェ、ディンボチェを経てチュクンまで、キャラバンは三日の行程で順調に進み、標高は四〇〇〇メートルを遥かに超えたが、マハトの体調はその後は落ち着いて、これならベースキャンプでの生活にも堪えられそうだった。

友梨は、春のバルンツェ、夏のゴールデン・ピラーでの順応効果がまだ生きていて、コンディションは快調そのものだ。パルスオキシメーターの数値も全員がまずまず良好で、心配だったマハトが意外に高所に強いようで安心した。

やや気になったのは、元来は健啖家の磯村の食が少々細く感じられることで、それとなく訊くと、ゴールデン・ピラーでは体が重いと感じたので、減量を心がけているという返事だった。

高所登山では余分な脂肪や筋肉はたしかに邪魔だが、磯村はとくに太っているというわけではないし、耐寒能力やいざというときの持久力を考えれば、多少の脂肪はあったほうがいい。

そもそもダイエットなどという言葉が磯村の辞書にあるとは思っていなかったので、体調はどうなんだと突っ込んで訊いてみたが、磯村はなんの問題もないとけろりとした顔で応じる。

たしかにキャラバン中の足どりにも不安を感じさせるところはなかったが、クライマーという人種には自分の体調について楽観的に考える習性があり、和志にしてもそれが言える。登攀活動に入ってしまえば極力気持ちを前向きに持っていき、悲観的な考えに陥らないようにするのが戦略的には正しいからだ。

しかし、それが裏目に出ることがないとは言えない。いたずらに不安の種を探す必要はないが、希望的観測を排した客観的な判断力も必要で、そのあたりの匙加減が、メンタルな面を含めたコンディションの維持という点で難しいところだ。

チュクンで文明の匂いのする最後のロッジ泊をしてから、イムジャ・コーラ（川）を上流へと進み、ベースキャンプ設営地点を目指す。目の前にはヌプツェからローツェ主峰、ローツェ・シャールへと続く稜線が、紺碧の空を背景に荒々しいスカイラインを描く。

途中で通過した南壁のベースキャンプには、テントも人の姿もない。その裏側のウェスタン・クウムには、エベレストやローツェのノーマルルートを目指す商業公募隊が群れを成していることだろう。

チュクンを出てしばらくは、イムジャ・コーラの上流へ向かうトレッカーやアイランド・ピークを目指すライトエクスペディションのグループの姿もちらほら見られたが、ローツェ氷河に入るころには人影もほとんどなくなった。

ローツェ南壁は圧倒的な威圧感で頭上に迫り、中間部のクーロワールをときおり瀑布のような雪崩が駆け下りる。その震動が谷間の空気を伝わって鼓膜を震わせる。ゴールデン・ピラーのようなシンプルな壁ではないから、雪崩や落石の発生は予想しがたい。

「真下から見るのはおれも初めてだよ。やはり凄い壁だな」

気圧(けお)されたような声で磯村が言う。基部からの標高差は三三〇〇メートル。ナンガ・パルバットのルパール壁、マカルーの西壁と並ぶヒマラヤの最高難度の壁の一つだ。

「この壁をソロで登ろうと考えたんだから、なによりそこがトモの凄いところだよ」

和志は感嘆の声を上げた。南壁に最初にソロで挑んだのはトモが初めてではない。その一番手はニコラ・ジャジェールというフランスの登山家で、一九七八年のエベレスト登頂のあと八〇年に単独で南壁に挑んだが、六六〇〇メートルで敗退。その後ローツェ・シャールに目標を変え、八〇〇〇メートル付近まで登ったあと消息を絶っている。

以来、ラインホルト・メスナーやイェジ・ククチカといった名だたるクライマーが大規模な遠征隊を率いて挑戦したが、ことごとく失敗し、ククチカはそこで命を落としている。

ジャジェールはともかく、エベレストを初めてソロで登り、気を吐いていたメスナーでさえ、この壁をソロどころか、アルパインスタイルでも登れるとは考えはしなかったのだ。和志は言った。

「メスナーやククチカの失敗を見ていて、トモは逆に、ソロじゃないと登れないと考えたんだろうね。いちばん重要なのがスピードで、その点で最も勝っているのがソロだから。

でも、それを実行に移し、自ら達成してみせた。それが最も驚くべきことだと思う」

あらゆる状況でソロが有利だと言うつもりはない。シャールと主峰の縦走のように、ある程度の登攀期間が予想されるケースでは装備や食料も多くなる。それを分担して持つという点で、二名以上のパーティーが望ましいのは明らかだ。あるいはソ連隊によるカンチェンジュンガ全山縦走のようなスケールの大きなエクスペディションでは、極地法による物量作戦が有利なケースもある。

ただ、ローツェ南壁については、明らかにソロが有利だと和志は確信している。しかし、その偉容を間近に見るとき、そこをソロで登るという決断にどれほどの勇気が必要だったかと、和志は畏怖のようなものさえ感じる。トモの達成を信じる自分にとってはすでに証明された事実だが、トモの場合は身をもってそれを立証する必要があったのだ。

和志にすれば、まさにトモがあっての挑戦で、彼が成し遂げた単独登攀の記録に、自分がさらに冬季という冠を加えたとしても、それでトモの達成を凌駕したとは思わない。

8

ベースキャンプはローツェ氷河のモレーン上に設営することにした。取り付き点からはやや離れているが、氷河が融けた水流がここにはある。アプローチに一時間ほど余分にかかるが、これより上に行くと水に不自由する。いちいち雪を融かす手間と比べれば、一時間のロスはとるに足りない。

運んできた荷をすべて下ろし、規定の賃金を支払うと、ポーターとヤクたちは元来た道を戻っていった。

食料倉庫兼用のキッチンテントと、食堂兼会議室として使う大型テント、各自の居住用テントを設営すると、居心地のいいベースキャンプが出来上がった。

南にはイムジャ・コーラの谷の真ん中に大きな島のように盛り上がるアイランド・ピーク。その右手には美しいヒマラヤ襞をまとったカンレヤムウやチョー・ポルやピーク38。西にはエベレスト街道のランドマークともいうべきアマ・ダブラム――。だいぶ傾いた西日を浴びて、それらがほんのり薔薇色に染まり出している。

ニマが夕食の支度に取りかかったようで、パンジャブ料理とはまた異なる、香ばしいスパイスの匂いが鼻腔をくすぐる。

気温は急速に低下して、いまはマイナス一〇度前後か。友梨は残照のヒマラヤの絶景を撮影すると言って、ダウンスーツを着込んでテントを飛び出した。

東京の山際とは友梨がさきほども連絡をとった。日本山岳会からの抗議文書に対し、大使館からも観光局からもまだ返事が来ていないという。

ネパールの役所仕事のスピード感をよく知る磯村に言わせれば、べつに不思議でもなんでもないらしいが、和志としては早く答えが出てほしい。本格的な登攀活動に向けて、心の憂いはいますぐにでも払拭したい。

これでメンタルなコンディションづくりに失敗すれば、シャールと主峰の縦走にも影響が出る。そこで敗退するようなことがあれば、南壁への挑戦にも悪い影響が出かねない。そこでも失敗するようなことになれば、まさしくマルクの思う壺になる。

肉体的なコンディションにも増して、精神面のコンディションが登攀の成否を左右することを、和志はこれまでの経験から身に沁みて知っていた。

第十章　ローツェ・シャール

1

ベースキャンプを設営して十日経った。天候は比較的安定しているが、ほぼ三日に一度の周期で荒天がやってくる。

契約している気象予測会社の予測でも、チベット方面への高気圧の張り出しがいま一つ弱いため、そんな傾向がしばらく続くとのことだった。

この時期のヒマラヤのコンディションとして、決して悪いわけではない。ローツェ・シャールだけなら、条件が整えば最短二日で登れるが、問題はそこから主峰までの縦走で、未踏のルートだから計算が立ちにくい。

ベストの天候が四日以上続けばというのが当初からの目算で、その見通しがつくまでは行動に移れない。

晴れた日には、高所順応のためにアイランド・ピークを何度か往復した。標高は六〇〇〇メートルをわずかに超える程度だが、ゴールデン・ピラーでの順応効果に加えて、国内の低圧訓練施設でのトレーニングの効果もあるから、それで不足ということはないはずだ。

理想を言えば、トモが高所順応の秘訣(ひけつ)を体得したというローツェ・シャールの七〇〇〇メートル地点を何度か往復したかったが、それだと、いったんベースキャンプを出たら一気に頂上を目指すという、アルパインスタイルのルールに抵触する惧れがある。食料のデポや目的が高所順応とはいえ、途中まで登ればルート工作をしたと疑われる。固定ロープの設置は行なわなくても、トレース(踏み跡)を残すだけで事前の工作と見なされかねない。そうした批判の芽は事前に摘(つ)んでおくのが賢明だという磯村の判断に、和志も賛成した。

アイランド・ピークは氷河を挟んでローツェ山塊(さんかい)の南面に向き合う位置にあり、シャールも主峰の南壁もじっくり観察できる。シャール頂上まではほぼ尾根通しで、予想どおり雪は少なく、大きな雪崩の心配はなさそうだった。

しかしローツェ南壁は、複雑に入り組んだクーロワールが雪崩の通り道になっていて、登るにせよ下るにせよ、日中の行動はリスクが大きい。冬までに落ちるだけ落ちてほしいところだが、セラックの崩壊による底雪崩は積雪量に関係なく起きるから、そのあたりが成否を分かつポイントになるだろう。

エリザベス・ホーリーからの情報では、マルクのパーティーはまだカトマンズ入りしていないという。プレモンスーンであれポストモンスーンであれ、押し迫るほど気象条件は悪くなる。その点からすると、そもそも西面からの登頂さえも、本気なのかどうか怪しくなってくる。

あるいは和志たちの縦走が終わるのを待って登るつもりかもしれない。だとしたら、こちらには見られたくない作戦を考えている可能性もある。

やはり気になるのは、ローツェ西面の頂上近くにデポされた大量のロープや登攀用具のことだ。もしロベール・ペタンにマルクが言った話が本当で、南壁を登るのではなく下るつもりだとしたら、そのデポを目撃したイギリス人クライマーの話はやや奇異だ。

マルクの実力だと、下るだけでもそれだけの資材が必要だろうと彼は言ったらしいが、それはあくまで皮肉と受けとるべきで、どんな壁でも懸垂下降用のロープ一本と、支点に使うピトンやスリング（捨て縄などに用いる細いロープやナイロンテープを輪にしたもの）をある程度用意すればこと足りる。

しかしそのクライマーが目撃したロープの量を考えると、別の作戦があるようにも思えてくる。吹聴しているとおり、マルクたちは南壁を登り西面に下る一方で、別働隊が西面から登頂して南壁を下るのではないか。交差縦走といわれるパターンで、それ自体は珍しくはない。ただし、成功と見なされるのは二つのパーティーが同時に登攀した場合だ。

　和志が不安を覚えるのは、更にその交差縦走を装って、じつは別働隊が先に南壁を下り、その際に、デポしてある資材を使って固定ロープを設置する。それを使ってマルクたちが南壁を登るという作戦をとられたときだ。

　シャールを含めたローツェの南面に今季挑むのは、マルクのパーティー以外では和志たちだけだ。こちらが登り終えたあとにそれをやられたら、目撃する者は誰もいない——。

　そんな考えを口にすると、磯村もなるほどというように頷いた。

「下りながらのルート工作なら、登りながらより桁違いに楽だ。その資材もすでに西面の頂上直下に運び上げているんだから、やりかねないな」

「かといって、向こうがどう登るか見届けるために、ポストモンスーンのあいだ、ここに居残るわけにもいかないしね」

「まあ、勝手にやらせるしかないな。そういう汚い手を使ったことがバレたら、恥を晒すのはけっきょく向こうなんだから」

　磯村は意に介さない。それで南壁を登ったと言い張っても、カトマンズに下ればリズのインタビューからは逃げられない。

　ヒマラヤ登山年代記編纂者としての四十年以上の知見に基づくその追及は容赦なく、わずかな証言の齟齬も見逃さない。和志もこれまで何度かインタビューを受けたが、記憶が曖昧なところを鋭く突かれ、肝を冷やしたことがしばしばあった。

天候はきょうも芳しくなく、ローツェの山塊は、中腹以上が分厚い雲に呑み込まれている。その雲のなかでは烈風が吹きすさび、激しい吹雪と濃密なガスが視界を閉ざしていることだろう。

予報ではあすには回復するというが、こう短い周期で天候が変化し続けた場合、結果として、マルクたちが行動を開始するまで、こちらも動けないということもむろんあり得る。

「それより、問題は冬のローツェ南壁でしょう。政府観光局から、まだ返事がないのが心配よ」

友梨が不安げに言う。和志も焦燥は感じているが、ネパールの政府機関のスピード感が、お役所仕事と揶揄される日本のそれとさえ、比べものにならないほど遅いことはよく知っている。

「日本山岳会の事務局もさすがに業を煮やしているようだ。大使館や観光局の東京事務所に口頭で迅速な対応を要請しても、いま本国で協議中だと言って埒が明かないらしい」

渋い口調で磯村が言う。こちらは登攀活動に専念するしかなく、磯村が直接交渉に当たれる状況ではない。

山際は世界の著名登山家に働きかけて、抗議の声明を出す準備に入っているらしい。そちらからプレッシャーがかかれば、さしものネパール政府もしらばくれ続けるわけにはいかないだろうが、それ以上の決め手がなければ、決着がつくまでまだだいぶ時間がかかりそうだ。

リズも親交のある政治家を通じて働きかけてくれてはいるが、現内閣は連立政権といっても呉越同舟で、手に入れた利権は互いに譲らない。所管の役所はそれぞれがある種の治外法権で、他人の縄張りに首を突っ込むことはまずないらしい。

「首相のプラチャンダの鶴の一声があれば、閣僚も従わざるを得ないはずなんだけど、彼の政権基盤は案外脆弱なのよ。かつては革命の闘士でも、いまはただの政治屋で、権力闘争に打ち勝つにも政治資金が必要だから、そういう配下の閣僚ポストは、彼にとっても金づるなの」

きのうかかってきた電話でリズは言ったが、一つ希望が持てるとしたら、彼女と親しいアメリカのクライマーが、冬季のエベレスト・ローツェ完全縦走を計画しているという点だった。

彼女がインタビューしたイギリスのクライマーも、ローツェとエベレストを続けて登ったが、それはローツェ・フェースからの登頂後、いったんウェスタン・クウムに下降して、そこからサウスコル経由でエベレストに登ったもので、完全な意味での縦走とは言えない。

アメリカのクライマーが考えているのは、チベット側からエベレストに登り、そのままサウスコルからダイレクトにローツェ主峰に登るもので、そのかたちでの完全縦走はまだ誰も達成していない。

難関はサウスコルからローツェ主峰に至る北稜で、ロシア隊によって初登攀されたのが二〇一〇年の春だった。そこを含めたエベレストとローツェの完全縦走を冬季に実行するプランはすこぶる野心的で、和志の南壁冬季ソロ登攀に負けず劣らず注目されるプロジェクトと言えるだろう。

現在、ネパール政府にエベレストとローツェの二峰のパーミッションを申請しているところで、エベレストの中国側はすでにとれているという。もしそちらにパーミッションが出れば、和志たちを不許可にする理由がなくなる。逆にそちらも不許可になれば、世界の登山界からの批判はいっそう高まり、ネパール政府は苦境に立たされるだろうとリズは言う。

彼らも和志たちが置かれている状況は知っていて、もし自分たちも不許可なら、和志たちと共同行動をとってネパール政府に抗議するし、自分たちがもしとれたら、和志たちを彼らの隊の一員として迎えてもいいと言っているらしい。

パーミッションは一つの山につき一つの隊に与えられ、同一の隊ならどこをどう登ろうと自由だ。複数のルートから一つの頂上を目指す作戦は珍しくないし、和志もしばしばそのやり方で、他の隊のパーミッションに相乗りしてきた。

もちろんノースリッジのキャンペーン効果という観点からは、自前のパーミッションで登るのが理想なのは言うまでもない。友梨にとってもそこが重要なポイントで、とにかく登ればいいという考えとはやや隔たりがあるようだ。

「それはあくまで次善の策よ。まずは自分たちでやれるところまでやらないと。マルクがこっちへ来れば、直接本人をとっちめられるんだけど、私たちがいるあいだは、姿を見せない気かもしれないわね」

友梨は怒り心頭に発した口振りだ。ベースキャンプで登山隊同士が悶着を起こすことは珍しくないが、そういう隊が登頂に成功するケースは案外少ない。隊のなかでの諍いも同様で、その点から言えば登山は極めてメンタルなものでもあるのだ。

和志も気持ちを乱されないように自分に言い聞かせてはいるものの、登攀開始前の精神状態としては、これまで経験したなかでいまは最悪と言ってよさそうだ。それを計算しての嫌がらせなら、マルクの作戦は大成功というべきだろう。

そんな事情を知っているから、リエゾンオフィサーのマハトはどこか居心地が悪そうだ。

「王政が廃止されても、この国の政治は変わっていないんだよ。理想の社会を建設すると言って武力闘争を繰り広げたマオイストも、政権をとれば利権に群がる蠅に堕落してしまう。ネパール国軍の軍人が、こんなことを言っちゃいけないのかもしれないけどね」

「今回のことはあなたのせいじゃないし、ネパール政府だけの問題でもない。そういう構造を利用して、裏から手を伸ばす汚い連中がいるから起きることなんだ」

宥（なだ）めるように和志は言った。いくらか安心したようにマハトは応じる。

「そう言ってもらっても、もともとそんな風土があるからつけ込まれるわけでね。私にはなにもできないが、なんとか問題が解決してくれればいいと願っているよ」

慌てたように友梨が言う。

「この国の人たちを非難しているわけじゃないのよ。あなたにしてもニマにしても、私たちにとてもよくしてくれてるもの」

「せめてそのくらいはしないと、あなたたちに愛想を尽かされちゃうからね」

そんなマハトの言葉が心の苛立（いらだ）ちを和（やわ）らげてくれた。思いを込めた口振りで磯村が言う。

「愛想を尽かすどころか、こんな素晴らしい山がある場所から逃げ出すなんて、おれにはとてもできないよ」

「でも、我々はたまたまここに住み着いているだけで、エベレストもローツェもその前からずっとあったんだから。それを私欲を満たす道具にするような政治家にはこの国から消えてほしいよ。何百年、何千年かかるかわからないけどね」

寂しげな調子でマハトは応じた。

2

気象予測会社から朗報が届いたのは、その三日後だった。

チベット方面の高気圧の勢力が強まって、ネパール一帯の天候を不安定にしていたベンガル湾の前線が南に下がったという。その気圧配置は最低でも一週間は続きそうで、クーンブ地域の山を登るには絶好の条件だというサジェスチョンも付け加えられていた。

そういう予報が必ずしも当たるわけではないし、広域的には当たりでも、七、八〇〇〇メートルを超す高峰が林立するヒマラヤでは、予測を超える局地的な変化もある。

そうはいっても基本情報としての意味はあり、かつベースキャンプを設置して以来の短い周期の天候変化については、ほぼ正確に予測していた。

ローツェ・シャールから主峰への縦走という、アルパインスタイルの限界に挑むような今回のチャレンジの場合、ここで逡巡すれば今季唯一の機会を逃しかねない。マルクたちの小細工をじっくり見学したい気もするが、そんなつまらないことにこだわってせっかくのチャンスを棒に振ったら、いくら後悔してもし切れない。

ローツェ・シャールに至るルートは、七〇〇〇メートル付近までは主に尾根伝いで、大きな雪崩や落石の危険はないから、スタートは明朝の四時とした。

トモはユーゴスラビア隊に参加しての遠征で、七〇〇〇メートル台まで一日で往復。それを何度か繰り返したと語っているが、そのときは大登山隊による極地法を採用していたので、事前にしっかりルート工作がなされた上でのことだった。

事前の工作のない和志たちにそれと同じスピードは無理だろうが、それでも初日で七〇〇〇メートル前後までは登りたい。その先の長丁場を考えれば、そこが大きな鍵になるだろう。

もし縦走に成功した場合、西面のローツェ・フェースを下降して、ウェスタン・クウムでエベレストのノーマルルートに合流し、そこからエベレスト・ベースキャンプに下ることになる。

従って、ローツェ主峰に達した時点で友梨たちはベースキャンプを撤収(てっしゅう)し、ニマがポーターとヤクを呼んで、エベレスト・ベースキャンプに移動して待機する。順調にいけば、ベースキャンプへの下山はローツェ主峰登頂の翌日になるだろう。

登攀に向かう心の準備は出来ていたから、和志は落ち着いた気分で夜を迎えたが、磯村がどこか緊張しているようなのが気になった。

和志と違い、磯村はヒマラヤの八〇〇〇メートル峰は何度も経験している。しかしアルパインスタイルでの挑戦は初めてで、しかも主峰までの縦走というプラスアルファを加えた野心的なプランだ。

それがどれほど困難かを、磯村は和志以上に知っている。だからこその緊張かとも思えたが、肝っ玉の太さだけが取り柄だというのが、磯村本人のこれまでの口癖だった。

キャラバン中に気になった食の細さはベースキャンプに入ってからはとくに感じさせないが、きょうは夕食を終えてからも落ち着きがなく、パッキングを済ませたザックの中身をまた取り出して詰め直す。磯村のそんな神経質な行動を、和志はこれまで目にしたことがない。心配ごとでもあるのかと訊いてみたが、磯村は笑って応じた。

「登山から心配の種を取り去ったらなにも残らない。何千という心配の種をすべて潰し終えるのは、登山が終わったときだけだ。そう腹を括って初めて、危険を避ける知恵が湧いてくるってもんだろう」

「もちろんそれは正論だけど、いつもとどこか違うみたいだから」

和志はさらに突っ込んだ。友梨がいるところではここまでの話はできないが、いまは自分のテントに籠もり、あすの登攀開始を控えて、ホームページの更新に没頭している。

「今回の登攀が、おれのいままでの登山とは一線を画す、大きなチャレンジなのはたしかだけどな」

磯村はぽつりと言う。その声音に不安の色が滲んだような気がして、不安を覚えてさらに訊いた。

「いままでだって大きな遠征はやってきたし、どんな目標だって危険は付きまとう。厳しいことは間違いないけど、ほかの山がこれより易しいということはない。あのゴールデン・ピラーだって、幸運の女神が大サービスしてくれた結果だと思ってる。そういう一般的な話と別な意味で心配なことがあるんなら、僕にはぜひ言ってほしいんだ」

「しつこいな。なにもないよ。いま言ったとおり、今回の挑戦は、おれのクライマー人生の総決算だ。おまえはまだ若いから失敗しても次があるけど、おれの場合はそうはいかない。ひょっとしたらこれが最後のチャンスかもしれない」

「そんなことないよ。僕より五つ年上なだけじゃない。そのくらいの歳で現役ばりばりのクライマーは世界にいくらでもいるよ」

「そういう環境が整っていればという話だよ。今回の遠征にしても女房は反対した。子供も大学には行かせなきゃならんから、なにかとこれから金がかかる。おれが死んだら一家は路頭に迷うと言われてね。これが最後だと約束して、なんとか納得してもらったんだよ。それでもまだ半信半疑な様子だったけど」

　切なげな調子で磯村は言う。そんな話を聞かされれば、和志も寂しくなってくる。まだまだやれると励ましてもそれは和志の勝手な思いに過ぎず、独身で身の振り方になんの制約もない自分とは磯村の置かれている境遇はまったく異なる。そこまで踏み込んだ話を聞くのは初めてで、今回のことでも妻や子供は応援しているものと思い込んでいた。

「これが最後の挑戦だという思いがあるんだね」

和志の問いに、磯村は複雑な表情で頷いた。

「山だけが人生じゃないからな。むしろきょうまで好きなように生きさせてもらって、幸せだったと思ってるんだよ。子育ては任せっぱなしで、年がら年中家を空けて、金にもならないことに命を懸ける。近ごろはなんとかオルガナイザーの仕事が軌道に乗って、女房も安心していたところだったんだが」

「僕が平和を乱しちゃったみたいだね」

「そんなことはない。そもそもノースリッジの件を持ちかけたのはおれで、それで勝手に刺激を受けちまったわけだから。おまえが気にする話じゃない」

「そうだよね。初めは冬の南壁の前哨戦という話だったけど、実際に動き始めてみれば、南壁に勝るとも劣らないビッグクライムだ。僕にとってもやる価値は十分あるよ」

率直な和志の反応に、磯村が苦笑する。

「おまえの師匠として、ここで隠居する気にはなれなくてな。付き合わされるそっちは迷惑かもしれないけど、とてもソロで挑めるルートじゃない。おまえに甘えて最後の花道を飾らせてもらおうというのが、じつは本音なんだよ」

肩の力を抜いた調子で磯村は言うが、そこに込められた思いの強さが、かえって和志の胸に響いてくる。和志にとってこのルートは、まずローツェ南壁、さらにその先のマカルー西壁やナンガ・パルバットのルパール壁に向かって伸びているクライミングの極致への旅の道標に過ぎないが、磯村にすれば、アルピニストとしての最後の到達点というべきものなのかもしれない。

緊張というより、いま始まろうとしているそんな時間の一秒一秒を味わい尽くそうとでもいうように、彼は全神経を張り詰めている——。言外のニュアンスから、和志が感じ取ったのはそんなことだった。

もとよりゴールデン・ピラー、ローツェ・シャールと主峰の縦走、南壁冬季単独初登攀というハットトリックを達成しようという意欲はあったが、今回の登攀が磯村にとってそれだけ特別なものなら、それを確実に達成することが、和志にとって重い責務のように思えてきた。

むろんそんなプレッシャーを和志に与えないように、磯村が慎重に言葉を選んでいるのはよくわかる。しかしその一方で、そうした思いをクライマー人生最後のパートナーにしっかり伝えたいという気持ちも、十分理解できるのだ。

「最後の花道なんて言ったって、これに成功したらまた次の目標が見えてくる。奥さんとの約束はきっと破ることになると僕が保証するよ」

軽い調子で和志は応じた。過度の集中や緊張はメンタルなエネルギーを消耗させる。それを和らげようという気遣いもあったが、それ以上に、この先も磯村が、アルピニズムの先端で自分を導いてほしいという強い思いからでもあった。

「おれが妻子から捨てられるのを願っているらしいな」

磯村は苦笑いする。他人の人生にそこまで踏み込む気はないが、このチャレンジに成功すれば、磯村を見る世間の目も変わるだろう。

「クライマーとして脚光を浴びれば、本業のほうだってきっと商売繁盛だよ。そうなったら奥さんだって、やめろとはなかなか言えなくなるんじゃないの」

「おまえは独身だからわからないだろうが、夫婦の関係というのは戦場なんだよ。向こうだって、そう簡単に降伏はしないよ」

「だったら磯村さんも最初から白旗を上げずに、徹底抗戦すればいい。ローツェ南壁の次にマカルー西壁を狙うとしたら、いくらなんでもソロじゃ手強い。そのとき僕のパートナーは、磯村さんしかいないから」

「ちょっと待てよ。あんなとんでもない壁を登れって言うのか。冗談じゃない」

磯村は慌てて首を振るが、まんざらではなさそうな笑みも浮かばせる。意を強くして和志は言った。

「ローツェ南壁だって、みんなそう思っていたわけだよ。トモが登ってみせるまではね。いずれは誰かが登るんだから、それが僕らじゃないなんて誰にも言えない」

「おまえ、近ごろずいぶん意欲的になったな。ノースリッジのスポンサーシップの効果は大きかったようだな」

　磯村の言葉に改めて、いまの自分の思いを知る。

「人から期待されて登ることが、決して悪いことじゃないってわかったんだよ。人に喜んでもらえることは、こちらにとっても凄く嬉しい。これまでは、自分が好きでやっていることだから、すべて自分のなかで完結すべきだと思っていた。でも本当は違うんだよ」

「どう違うんだ？」

「ヒマラヤの山頂なんて、地球の大きさから見たら針の先よりずっと小さな場所だけど、僕らがそこを目指すことで、世界全体が少しだけ前へ進む。それは僕らに限らず、記録に挑むアスリートなら誰にでも言えることだけど、人類はそうやって少しずつ自らの限界を広げてきた。そしてそれを喜んでくれる人々がこの世界に大勢いる。だったら僕のやっていることも、いくらかは世の中のためになっているんだと思えてね」

　面映ゆいものを感じながら和志は言った。そのとおりだというように磯村は頷いた。

「偏屈者だったおまえも、ずいぶん角がとれてきたな。そこまでわかったら、これからはせいぜい人の力を利用して、遠慮なしに自分の夢に向かって進んでいけばいい」

「だからとりあえず、磯村さんの力も利用させてほしいんだよ」

「その希望に応えるには、まず女房という壁を突破しないとな。これがローツェ南壁やマカルー西壁よりずっと手強い」

渋い口調で返すわりには、磯村はどこか嬉しそうだ。思い詰めている気分が緩んでくれればそれでいい。和志はさらに一押しした。

「大丈夫。磯村さんは僕と違って口も達者だから、そっちの難壁もなんなく乗り越えられるよ」

3

翌日、午前三時に起床すると、ニマがすでに朝食の準備を整えていた。

「いよいよだね。二人とも、軽くやっちゃいそうな顔してるよ」

手早く食事を済ませて出発の準備が整うと、登攀開始前の二人を撮影しながら、友梨が声を弾ませる。頭上には重苦しいほど濃密に星が瞬いて、ベースキャンプのあたりは風も穏やかだ。

「そう甘い山じゃないけどな。しかしやる以上はもちろん成功を目指すし、その自信があるから挑戦することにしたんだから」

磯村にしては謙虚な物言いだ。昨夜のぴりぴりした気配はだいぶ和らいでいる。登攀活動に入ってしまえば、あれこれ余計なことは考えない。それは北米時代に磯村からとことん教え込まれたことで、心のなかにそういうモードが用意されてでもいるように、登攀当日になればほぼ自動的に切り替わる。磯村もすでにそちらのモードに入っているようだ。

「一週間とまで贅沢は言わないけど、最低でも四日、天候が保ってくれれば十分いけると思うよ」

和志は自信を滲ませた。別れの儀式は早めに切り上げて、それぞれのザックを背負って歩き出す。

「今度会うのはエベレスト・ベースキャンプだね。早めに行って待ってるから」

背後から友梨が声をかける。成功はもう決まりだというその口振りにストックを振って応じて、ローツェ氷河のモレーン上を歩き出す。

背負っているザックは一五キロに抑えた。それでも和志のいつもの荷物の三倍はある。食料は磯村とぎりぎりまで検討し、最長で一週間分。ただし、質も量も最低限の体力を維持するだけにとどめ、美味（おい）しい食事は下山するまでお預けとする。逆に高所障害を防ぐために水分の摂取（せっしゅ）は欠かせないから、雪を融かすための燃料を多めにした。

テントはノースリッジの製品で最軽量のものだ。二人で入るには窮屈（きゅうくつ）だが、ビバークには可能な限り雪洞を利用する作戦だから、それで支障はないと割り切った。

七〇〇〇メートルから上では岩と氷のルートが続き、とくにシャールから主峰への縦走路には急峻なギャップがいくつもあるため、懸垂下降を多用することになる。その場合、支点のピトンやアイススクリューは残置することになるから、それらと捨て縄に使うスリングはやや多めに用意した。

これまでローツェ・シャールをアルパインスタイルで登ったという記録はない。そもそも失敗例も含めて挑戦したパーティーが極端に少ない。八〇〇〇メートルを超す高峰と言ってもあくまでローツェの支峰という扱いで、そのうえローツェ自体がエベレストのすぐ隣にあるために、その付属物のように見られる傾向さえあるわけだから、そこはやむを得ないとも言えるだろう。

この山に極地法で挑んだ登山隊は、七〇〇〇メートル台半ばの最終キャンプまで、短くても一カ月以上を要している。和志たちはそれをできれば一日、長くても二日で登るつもりだ。

極地法では、シェルパも含めて二十名前後の人々が、いくつものキャンプを設営しながら荷揚げを行なう。最終キャンプからのアタック要員は数名でも、実質、その人数掛ける日数分の荷揚げを行なうことになる。さらに酸素ボンベやルート工作用の大量のロープ類があり、その総量は数トンにも達するのが普通だ。

それがないと考えれば決して無理な話ではないし、現にラインホルト・メスナーは、極地法で一、二カ月を要していたナンガ・パルバットのディアミール側を、わずか三回のビバーク、しかも八〇〇〇メートル峰では世界初のソロで登ってしまった。

それはペーター・ハーベラーとともに世界初のエベレスト無酸素登頂をやってのけた年

で、さらにその翌々年には、これもむろん世界初のエベレスト単独無酸素登頂を三泊四日で達成している。

それをきっかけに、世界の登山界でアルパインスタイルの優位性が認められるようになり、いくつものヒマラヤの高峰や難壁が短期速攻で登られるようになった。

トモのジャヌー北壁やローツェ南壁のソロ登攀もまた、それらの成果があってのもので、メスナーが確立したヒマラヤでのアルパインスタイルは、先鋭登山の世界のコペルニクス的転回とも言うべきものだった。和志もまた、その恩恵の上に自らのキャリアを積み重ねてきた。

初めて挑む八〇〇〇メートル峰に、きょうまでの自分の登山が通じるか、絶対的な自信はない。しかし、それはどんな偉大なクライマーも一度は越えなければならないラインだ。トモもメスナーも初めてのヒマラヤ挑戦が八〇〇〇メートル級で、どちらも登頂に成功している。それを考えれば、不可能だとは決して思わない。

ベースキャンプを出てほぼ一時間後に氷河の最奥部に達し、南西支稜から派生する側稜に取り付いた。この地点で五五〇〇メートル。きょう目標とする最初のビバーク地点まで、標高差は約一五〇〇メートルだ。

最初の一〇〇〇メートルは比較的平凡な雪稜が続く。そこから先は岩と氷のミックスした急峻な壁やナイフエッジが続き、かつてはルート工作にかなりの時間と労力を費やした。

しかしアルパインスタイルのタクティクスに加え、和志たちの主要な武器であるミックスクライミング技術を駆使すれば、きょうのうちにそこを突破することは十分に可能だし、そのくらいの難度のルートはこれまでもいくつもこなしてきた。ワンデイアセントを達成したゴールデン・ピラーの標高差は二〇〇〇メートル。ルートとしてはそれよりずっと易しい。

しかし、厳しくなるのはそこから先で、八〇〇〇メートルを越えてからの酸素の希薄さが、最大の敵になるだろう。その点では、八〇〇〇メートル峰での無酸素登攀を経験している磯村がパートナーなのは心強い。

ローツェ・シャールとアイランド・ピークを繋ぐコル（鞍部）に出たのが午前六時。ここが今回のルートの実質的なスタート地点だ。

東の空は明るんで、ローツェの頂から伸びる雪煙が、曙光の紅に染まっている。周囲の峰々のヒマラヤ襞もほんのりと赤みを帯びて、やがてローツェ主峰やシャールの南面が、灼熱したような赤に染まり出している。

いまも星が残る中天には金色に縁（ふち）どりされた巻積雲（けんせきうん）が流れているが、それはきのうまでの荒天の名残で、今後のことを考えれば好ましい兆候だ。

西空はいまも濃い紫に沈んでいるが、カンテガやタムセルクなど六〇〇〇メートル級の山々も、目覚めの時間に気づいたように頂上付近を朱に染めて、天に向かって伸びをしている。

いま登っているのは三〇度ほどの傾斜の雪稜で、滑落の心配はまずないから、ロープは着けずにハイペースで登る。気温はマイナス一〇度ほどだが、アノラックの下で肌はかすかに汗ばんでくる。

ローツェからシャールにかけての岩壁群が、挑もうとする者をひれ伏させようとするように、圧倒的な重量感で頭上からのしかかる。

ローツェという山の偉大さは、南面に入ってみないとわからない。北面や西面からの眺めだと、世界第四位の高峰もエベレストの従者のようなものだ。ローツェ・フェースの広大な雪壁も、エベレストを目指す商業公募隊のアマチュアクライマーにとっては、サウスコルに至るノーマルルートの一部に過ぎない。

しかし、イムジャ・コーラの谷底からローツェ山塊の南面を見上げたとき、峻険さと複雑さにおいて、それが他に類をみない氷と岩の殿堂だということを否定できる者はいないだろう。

標高差においてナンガ・パルバットのルパール壁に劣り、八〇〇〇メートルを超す高みにオーバーハングしたヘッドウォールを擁するマカルー西壁のようなトリッキーな障害はないにせよ、そのルート構成の複雑さから生まれるトータルな意味での難度の高さは、やはり世界のトップレベルと言って過言ではない。

複雑に入り組んだガリーや懸垂氷河を除けば、壁全体が黒々と見える。それは構成要素として、雪のつかない急峻な壁が多くを占めていることを意味している。これから登ろうとするローツェ・シャールも、その上部はそれら南面の大岩壁の一角を成すわけで、侮れないルートなのは間違いない。

前を行く磯村の足どりに不安はない。和志も不調は感じない。きのうは一日荒れ模様だったが、このあたりに新雪が積もった形跡はなく、雪はよく締まって、ラッセルの必要はまったくない。

ときおり岩や氷の壁も現われるが、なんなくコンティニュアスで乗り切った。あちこちに過去の登山隊のピトンやロープが残っているが、それを利用すればアルパインスタイルの原則に反するので、うっかり触ることのないルートを選ぶ。それが面倒と言えば面倒だ。

アルパインスタイルの原則と言っても、抵触したら登攀が認められないというような難しい話ではない。そもそもいまのエベレストのノーマルルートでは、シーズン中は一種のインフラとして遊歩道並みのルートが整備され、そこを使わずに頂上に達するのは事実上不可能だ。

それでもクライマーとしての矜持(きょうじ)は失いたくないし、傷んだピトンやロープに体を預けて、落下するようなことでもあれば目も当てられない。

さらに三十分ほど登ると、南東支稜の背後に隠れていたマカルー西壁が全容を覗かせた。いまは逆光でディテールは見えないが、神のハンマーで断ち割られたようなそのダイナミックな相貌(そうぼう)は、和志の登攀意欲を掻き立ててやまない。

困難だが、不可能な壁だとは思わない。一般にはオーバーハングしたヘッドウォールが最大の難関と見なされているが、実際にはほとんどの隊がヘッドウォールに達する前に敗退したか、ヘッドウォールを避けて右か左の稜線に抜けている。いずれも雪崩と落石に退けられた結果と言える。

ヘッドウォールは確かに困難だが、それはあくまでテクニカルな問題で、技量によって克服は可能だ。しかし雪崩や落石を完全に避けることは、クライマーの能力を超える部分だ。

だからその点は、運次第だとしか言いようがない。ベストの条件を見極めて挑んだ世界の一流クライマーも、その運を味方につけることができなかったということだ。自分にできるかどうかは神のみぞ知るところだが、そこをクリアしさえすれば、ヘッドウォールそのものは不可能ではないという自信がある。もちろん同じことは、いま登っているローツェ・シャールにしても、あるいはローツェ南壁にしても言えるだろう。

勝利の女神を微笑ませるのは、けっきょくスピードなのだとつくづく思う。高所にいる時間が長ければ長いほど、落石や雪崩に遭遇する確率は大きくなるし、高所障害に陥る危険性も高くなる。そうしたリスクを極力減らした上で、あとは運に任せるだけだ――。そう割り切れば、自分にも世界のトップクライマーに伍して、今世紀最後の課題に挑む資格は十分にある。

午前七時に六〇〇〇メートルのラインを越えた。ローツェ氷河最上部のモレーンに設営したベースキャンプが小さく見える。そこで小休止して、友梨に連絡を入れた。

「まだまだ余裕じゃない。二人が登っているところ、しっかり撮影できてるわ。さっき入った気象情報でも、天候は安定しているそうよ」

「こっちも状況は悪くないよ。上のほうでも、まだ落石や雪崩は発生していない。雪もしっかり締まっているから、順調にペースが稼げるよ」

「それならいいね。さっき社長から連絡が入ってね。日本山岳会の理事長に状況を訊いてみたそうなの。まだ非公式なんだけど、これから調査に乗り出すとの言質はとれたようなのよ。リップサービスかもしれないから、安心するのはまだ早いと思うけど」

「反応がないよりはあったほうがいい。少しはいい方向へ進むかもしれないな」

楽観的な調子で和志は応じた。登攀中に気持ちが乱されるのを嫌い、磯村はパーミッションの件は、理事長と直接パイプがある山際に一任した。グループ・ド・オート・モンターニュを始めとする世界の登山家との親交も彼にはある。その意味では磯村が前面に出るよりも効果的だろうし、磯村にしても、いまはローツェ・シャールに集中する必要がある。

「任せておいて。二人は余計なことは考えずに、登ることだけに専念すればいいのよ。きょうになってホームページへのアクセスはうなぎ登りよ。もうゴールデン・ピラーのときの三倍くらいカウントしてるわ。今回成功したら、次のローツェ南壁は国民的イベントになりそうよ」

そこまで言うのは大袈裟だが、プロジェクトの成功は、いまや友梨との共通の願いだ。弾む気分で和志は応じた。

「それも、僕らにとって貴重な追い風だよ。ぜひとも期待に応えないとね」

4

予定していた標高七〇〇〇メートルのビバークサイトに到着したのは、ほぼ日も暮れかけた午後六時だった。

ゴールデン・ピラーのときと比べればスローペースだが、今回はこの先が長丁場だ。この段階ではなるべく体力を温存したいというのが、二人の一致した考えだった。

途中にはそこそこの難度のミックスの壁もあり、ノースリッジの技術者が急遽手直しをしてくれた、アックスとアイゼンの使い心地も十分試せた。

　和志が指摘した軟らかい氷への対応に関しては申し分なく、このままヒマラヤ・モデルとして市場に出してもいいほどの出来だった。

　ビバークサイトとして選んだのは稜線に張り出した懸垂氷河の上の雪田で、周囲で雪崩が起きた形跡がないのと、適度な傾斜が雪洞を掘るのに適していたためだった。

　外の気温はマイナス一〇度を下回るが、雪洞のなかは二人の体温だけでも十分暖まり、ストーブを燃やせばダウンスーツも不要なくらいだ。

　コッヘルで雪を融かしながらベースキャンプに連絡を入れると、まずは一日目が予定どおりの進捗で、友梨も一安心という様子だった。ローツェ南壁の件では、あれからとくに進展はないらしい。

「ああ、それから、二時間ほど前にエリザベス・ホーリーさんからメールが届いたの。大事な用事だと困るから覗かせてもらったんだけど、マルクのパーティーが、十日ほど前にカトマンズに到着して、翌日、すぐにルクラへ向かったというのよ」

「まだ、カトマンズに着いていないという話だったけど」

「ローツェの南壁を目指すくらいの野心的なパーティーなら、普通は事前に情報が流れるものらしいの。でも、マルクは今回は隠密行動をとったようで、そのうえ、カトマンズには一日しかいなかったから、さすがのリズも情報が得られなかったみたい。アマ・ダブラムからの下山途中に、ナムチェで彼らに会ったというカナダのクライマーから聞いたそうよ」

「だったら、そろそろベースキャンプに入るんじゃないのか」

「そうかもしれないわね。どっちのベースキャンプかわからないけど――」

皮肉な調子で友梨は続けた。

「そのクライマーもマルクがローツェ南壁を狙っているという噂は聞いていたから、さっそく話題にしたらしいの。もちろん登るとマルクは応じたそうだけど、彼が吹聴していたアルパインスタイルでの登攀にしては、キャラバンの人数が多かったそうなのよ」

「どのくらい？」

「八人。ちょっと多すぎると思わない？」

いかにも不審げに友梨は問いかける。クライマーは六名以内、酸素ボンベは持たず、固定ロープも使用しない。さらに高所ポーターやシェルパの支援を受けないというのが、国際山岳連盟によるアルパインスタイルの定義だ。

和志の感覚では六名でも多すぎる。短期速攻というメリットを生かすには、多くても三名以内、できれば二名が理想といえる。もちろん和志にとっての究極はソロだが、それはチームプレイとしてのアルパインスタイルとは別ジャンルとみるべきだろう。そんな感想を口にすると、同感だというように友梨も応じる。

「私もそう思うの。それじゃ昔ながらの大遠征隊じゃない。リズも理解に苦しんでいるようだけど、ひょっとしたら和志さんが言っていた例の作戦なんじゃないの。交差縦走を装って、南壁に上からロープをフィックスするという」

「あり得なくはないな。ローツェ・フェースから四、五人で登れば、南壁の核心部にしっかりルート工作できる。マルクたちは素知らぬ顔でそこを登って頂上に立てる」

「でも、フィックスしたロープを回収しながら登るのは容易じゃないんでしょ。和志さんが冬に登れば、その痕跡をしっかり写真に撮れるわよ」

「それで、この冬の挑戦を妨害したいんじゃないのかな」

そう考えるといろいろ辻褄が合ってくる。友梨が言うように、ロープやギアを極力回収しながら登っても、やはりある程度は残ってしまう。冬に登れば容易く発見できるが、一年も経てば風雪や日射に晒されて、過去の登山隊のものと区別がつかなくなる——。

「それ、当たりのような気がするわね。だったら、ぜひとも和志さんにはこの冬に登ってもらわなくちゃ。社長にも私から発破をかけておくわ」

友梨は張り切って言う。通話を終えてその話を伝えると、磯村は鼻で笑った。

「やはりその手か。お手並み拝見だな。ローツェ南壁はそんなに甘くない。そういう汚い手を使ったって、マルクの力量じゃ登れるかどうかわからない。もし登れたとしても、そんな仕掛けがバレでもしたら、クライマーとしての生命はそこで絶たれる。親父の七光も効き目が薄れるだろうから、おれたちのパーミッションの件だって、あっさり逆転するかもしれないぞ」

5

その晩は早い時間に寝入り、雪洞を出たのは午前三時だった。この先は厳しいミックスのルートで、しかもアップダウンが多いとみての判断だ。七〇〇〇メートルを超える高所では、和志も起き抜けは頭が重い。

気温はマイナス二〇度に近いが、風は比較的穏やかだ。頂上稜線が北東風を遮ってくれるのは、南に面したルートの有利な点と言える。

気になるのは磯村の体調だった。朝食のあとに嘔吐(おうと)したのだ。食べたのはインスタントラーメンとチーズとチョコレート。即戦力になるエネルギー源は炭水化物で、それを重点に、あとはお茶でたっぷりと水分を補給する。

高所ではうんざりするほどお茶を飲むから、普通ならそのあと嘔吐することは珍しくないが、磯村は、ここまでそんなところを見せたことがない。さらに気になったのは、雪洞の入り口付近に散らばった吐瀉物(としゃぶつ)に、わずかに血が混じっていたことだった。

「大丈夫なの？」

慌てて問いかけると、平然とした顔で磯村は応じる。

「なんでもないよ。これから向かうのは半端なルートじゃない。いくらおれだって、緊張で胃潰瘍（いかいよう）くらいにはなるさ」

強いストレスで胃に潰瘍が出来ることは、普通の暮らしをしていてもよくあるというが、自然に治癒（ちゆ）してしまうから気がつかないことが多いらしい。しかし、和志や磯村にとってクライミングすることは喜びで、命の危機に瀕（ひん）してでもいない限り、ストレスとはもっともほど遠い精神状態のはずなのだ。

それにきのう出発してからの磯村の表情にも挙動にも、緊張しているようなところはとくになかった。それが杞憂だと証明するかのように、磯村は先に立って力強く登り始める。

雪田を抜けると、ルートはミックスの壁に変わる。思っていた以上に岩が脆く、日中になれば落石のリスクが高まりそうだが、いまは氷がセメント代わりになって、アックスもアイゼンもしっかりと壁を捉える。

ノースリッジの技術者がブラッシュアップしたアックスは、刃先の先端まで自分の神経が繋がっているように、脆い氷にも正確に刺さり、糸のように細いクラックも確実に捉える。

このあたりにも風化したピトンやロープの切れ端が見えるから、かつての登山隊がルート工作した場所だとわかるが、ミックスクライミングに適した最先端の道具と最新のテクニックを駆使すれば、いまは難なく乗り越えられる。クライミングの世界はそんなふうに進歩する。別に和志たちが優れているわけではない。多くの先人の英知の恩恵に浴しているだけなのだ。

　動き始めれば磯村はアグレッシブだ。ここはスピード勝負だとばかりに、しばらくノーロープで行こうと提案してきた。

　思うところは和志も同じだ。互いに確保し合えば尺取り虫のような動きになる。安全と言えば安全だが、こうした高所ではスピードに勝る安全策はないというのが和志と磯村に共通する信念で、それを支えるのが技術であり道具の力だ。

　かつてのスタイルなら突破するのに一日かかったかもしれないミックスの壁を、二人は三時間足らずで乗り越えた。

　太陽が東の地平線に顔を覗かせる。アイランド・ピークはすでに眼下にひれ伏して、東のマカルーが薔薇色に染まる雲海に影を伸ばす。ローツェ・シャールから中央峰、ローツェ主峰に至る主稜線は、肉食恐竜の牙のように天を威嚇する。

　壁を乗り越えると稜線は一気に狭まり、鋸歯のようなナイフエッジが延々と続く。キノコ雪に行く手を阻まれては、鋭く切れ落ちた側面を何度もトラバースする。さすがにそこはノーロープとはいかず、交互に確保し合って慎重に進む。

磯村の動きに不安なところはない。アラスカの氷の壁でロープを結び合った時代の感覚が甦る。ただがむしゃらに登ろうとする当時の和志に、磯村は力の抜き方の大事さを教えてくれた。

　速く登ろうとして余分な力を使えば、筋肉に疲労が蓄積し、かえってスピードが落ちてくる。できるだけエネルギーを温存することがスピード登攀の要諦なのだと、口うるさいほど言い聞かされた。

　そのころと変わらず、磯村の動きは無駄がなくかつ伸びやかだ。まだまだ彼からは学ぶところがある。シャールで終わりだなどと、口が裂けても言ってほしくない。

　和志もコンディションは上々だ。ゴールデン・ピラーに続いて、今回も条件は整っている。幸運の女神の大盤振る舞いは気味悪いほどだが、せめてそのくらいのサービスをしてもらわないと、主峰までの縦走はなかなか達成できない。

　シャールの頂は急峻な岩稜の陰に隠れて見えないが、槍の穂先のような中央峰が、主峰を護る衛兵のように和志たちを威嚇する。

　ベースキャンプからは捉えられなかったルートのディテールが、ここからは手に取るように確認できる。

　鋭角的なギャップを連ねて主峰へとせり上がる縦走路は、最低鞍部でも八〇〇メートルを超える。距離は一キロ強しかないが、いまだに未踏ということには、それなりの理由があるのだろう。

すでに全山縦走が達成されたカンチェンジュンガは、平均標高で遥かにこちらを上回り、縦走する距離も格段に長い。しかし和志の知見の限りでは、ルートの難度はこちらのほうがかなり高い。

綱渡りをするようなナイフエッジ、行く手に立ち塞がるいくつものピナクル（尖塔）、南西側に大きく張り出す雪庇やキノコ雪――。尾根ルートとは言っても、そこではクライミングにおけるあらゆる技術要素が要求される。

それをローツェ南壁の前哨戦だと煽ってみせたのは、磯村の認識が甘かったからではないだろう。困難は承知の上でなお、彼自身の心に期するものがあったのではないか。

ここまでの登りを見る限り、磯村はいまも第一線のクライマーだ。隠居するのはまだ早い。家庭の事情があると言っても、同じような境遇でヒマラヤに挑み続けるクライマーは世界にいくらでもいる。

6

七五〇〇メートルを越えたのは午後二時過ぎだった。順調に登っているようでも、この高所ではすべてがスローモーションだ。

十一時間で五〇〇メートルというペースは、七〇〇〇メートル以下の山を対象にしてきた和志の感覚ではかなり遅いが、ここはすでにあのゴールデン・ピラーの頂上よりも五〇〇メートルも高い。もちろん和志にとっては未知の領域だ。

「そろそろきつくなっただろう」

氷の張り付いた三〇メートルほどのスラブを登り切った小さなテラスで、荒い息を吐きながら磯村が訊いてくる。和志は素直に頷いた。

「ストローで空気を吸っているような感覚だよ。六〇〇〇メートル級だったら遊びで登れるようなところが、ヨセミテの最難関の壁くらいに難しい」

「まだまだ序の口だよ。八〇〇〇メートルを越えると、空気の質がまったく違ってくる。ストローどころか、注射器の針で、息を吸うようなもんだな」

磯村は苦しげに顔を歪める。笑ったらしいが、この高所では笑うことにすら多大な労苦を強いられる。

「問題は天候が保つかだね。いい予報というのは外れが多いというのが、これまでの僕の経験則だから」

悲観的な言葉を口にはしたものの、半ばは祈るような、半ばは楽観するような微妙な気分だ。きょうも頭上には雲一つなく、風も相変わらず穏やかだ。南に面したこのルートは、日中はかなり日射しが強く、マイナス一〇度を下回るいまの気温でも、アノラックの内側は温室のように暖まる。

　ベースキャンプは豆粒のように小さくなった。登攀に専念させるために友梨も長話は避けているが、ここへ来てペースが落ちているのが下から見てわかるようで、交信のたびに調子はどうだと訊いてきて、大丈夫だと答えても、荒い呼吸で息も絶え絶えに聞こえるらしく、妙に優しい励ましの言葉を掛けてくる。

　南壁のベースキャンプには、まだマルクたちは入っていないようで、そちらも気がかりな様子だが、もしやってきても見て見ぬ振りをして、関わり合いにならないようにと忠告しておいた。

　彼らが南壁に登る話に関しては、好きなようにやらせるしかない。パーミッションの件については、マルクが裏で動いたという確たる証拠があるわけでもないから、こちらはあくまで正攻法でいくべきだろう。

　きょうのうちにはなんとか八〇〇〇メートルを越えたいから、悲鳴を上げる心臓と肺を宥めすかして上へと向かう。

　磯村の朝の嘔吐は、本人が言うとおり重篤（じゅうとく）なものではなかったようで、昼食も普通にとって、水分も十分に補給した。

　呼吸は相変わらず苦しいし、腕や足の筋肉も張ってきた。背負っている荷物は抑えたといっても一五キロ。この高度になると土嚢（どのう）を背負っているような気分になる。

重い荷を背負ってのクライミングに慣れていないから、バランスの維持に苦労する。垂直に近い壁では背後に引かれる。難しい体重移動では重心が左右に大きくぶれる。低いところなら反射的に対応できても、高所では筋肉が反応するまでに時間がかかる。しっかり重心を維持しながら、ゆっくり着実に登るしかない。

幸い過去の登山隊が残した文献で、ルートの詳細は頭に入っている。この先、八〇〇〇メートルをわずかに超えるあたりまで、技術的にはそう困難な箇所はない。ただしそこと頂上のあいだには大きなギャップがあって、過去にいくつかの登山隊がそこで敗退している。

ルート工作に一カ月以上を費やし、いくつものキャンプを設営して、ようやく最終キャンプからアタックしたら、頂上とのあいだに困難なギャップがあった。せっかく登った八〇〇〇メートル強の標高を、また二〇〇メートルほど下降して、再び頂上へ登り直すことになる。疲労しきった隊にすれば、まさに絶望的な気分だっただろう。彼らが最終キャンプを設けたのは、いずれも七〇〇〇メートル台の半ばくらいで、そこからギャップを越えて頂上を目指す作戦に、そもそも無理があったと言えそうだ。

しかし、和志たちには秘策があった。八〇〇〇メートルを超す高所での滞在はできるだけ短いほうがいい。しかし、ギャップの手前でビバークすれば八〇〇〇メートルをわずかに超える。だったらこの日のうちにギャップの底まで下降して、そこで一晩ビバークし、翌朝、気力も体力もみなぎっているときに一気に頂上を目指す。

懸垂下降で下ればいいから、体力的にそう困難ではない。気休め程度かもしれないが、その夜は八〇〇〇メートル以下の場所で過ごせる。登頂してからはローツェの主峰まで、八〇〇〇メートルを下回る場所はないから、高所対策としても意味がある。

ルートは傾斜も緩くなり、技術的には容易になったが、高所の影響はいよいよ強まって、二、三歩登っては立ち止まり、大きく荒い息を吐く。

高所順応は十分したつもりだが、高所での運動の辛さはそれとはまた別のことなのだ。順応していれば高所障害になりにくいだけで、平地と同様に動けるようになるわけではない。

八〇〇〇メートルをわずかに越えて、東稜の一角の、ギャップを見下ろす地点にたどり着いたのが午後六時三十分。ここで北面の景観が初めて広がった。

サウスコルを隔てて、視界を覆うようにそそり立つエベレスト。その頂は、ここからはまだ見上げる高さにある。

入り日を受けて南西壁が血潮のような赤を帯び、北面はすでに紫がかった宵闇(よいやみ)に溶け込んでいる。東にはマカルーが、さらにその奥にはカンチェンジュンガが、薔薇色の雲海に巨大な島のように浮かんでいる。

北西には雪の衣装を朱に染めたチョー・オユーとシシャパンマ。目の前にそそり立つローツェ・シャールの肩越しに、岩と氷の城塞を巡らせたローツェ主峰が半身を覗かせる。ネパールヒマラヤを代表する八〇〇〇メートルの巨人たちの揃い踏みだ。

しかしその光景に見とれている時間はない。懸垂下降を十回ほど繰り返し、ギャップの底にたどり着いたのが午後七時。すでに日はとっぷり暮れていた。

そこには狭いが平坦な雪の広場があった。さっそくテントを張って潜り込む。さすがに二人とも疲労困憊していた。それでも食事と水分の補給はしなければならない。周囲の雪をコッヘルにかき集め、ストーブにかけて水をつくる。そのあいだに友梨に報告の電話を入れた。

すべてが予定どおり進んだことを、友梨は手放しで喜んだ。ホームページでインタビューを流すというので、磯村と二人でやや改まった調子の友梨の質問に答えた。

それが終わったところで友梨から報告があった。ローツェ南壁の直下に、つい二時間ほど前、どこかのパーティーがキャンプを設営したという。どこかの、と言われてもほかには考えようがない。マルク一行がついに到着したようだった。

第十一章　縦走（じゅうそう）

1

翌日も午前三時に登攀を開始した。ここから先は稜線ルートで、雪崩の心配はないが、急峻な岩稜では落石の危険があり、雪が緩めば雪庇の崩落もある。気温の低い未明にできるだけルートを延ばすのがリスクを減らす最良の作戦なのは、ここでも変わらない。

そのうえ、標高八三八三メートルのローツェ・シャールの頂上は単なる通過点でしかない。そこから主峰ローツェに続く未踏の稜線こそ、この登攀の核心なのだ。

直線距離では一キロほどだが、中間部には中央峰のⅠ峰とⅡ峰を始めとする鋭い岩峰とギャップが連続し、左右がすっぱりと切れ落ちた、いわば鋸を立てたような稜線で、途中のピークを登らず巻いて回避するのも難しい。

主稜線上に出るとさすがに風が強い。好天の徴（しるし）の北東風も、この標高の稜線でまともに受ければ、ダウンスーツを着ていても寒気が骨身に沁みる。昨夜のビバーク地点は、八〇〇〇メートルを下回るとはいえほぼデスゾーンで、低酸素による寝苦しさはこれまで経験したことがないものだった。

高所での睡眠は重度の無呼吸症候群に陥っているようなものだ。低酸素の影響で呼吸数が増加し、体内の二酸化炭素の排出が亢進(こうしん)することで血液がアルカリ性に傾く。過呼吸といわれる現象で、それを是正しようと呼吸を抑止する脳幹と、それでは酸素不足になると慌てて呼吸をしようとする大脳皮質が拮抗(きっこう)して呼吸が乱れる。睡眠中にはとくにそれが起きやすく、眠りは浅くなり、息苦しさで何度も目覚めることになる。

そのためか、起き抜けは頭が重く、食欲も湧かなかった。朝食はチョコレートやクッキーなど、少量でもカロリーの高いものを主に口にし、スープと紅茶を大量に飲んで水分を補給した。

ギャップの底から始まるルートは複雑な様相を呈し、いくつもの悪場を連ねて急角度でローツェ・シャールの頂上へ突き上げる。

きのう日のあるうちに撮影しておいた写真を見ながら磯村と詳細に検討したが、取り付きから中間部にかけては比較的登りやすそうなガリーがある。しかし岩がいかにも脆そうで落石の危険が大きい。その横手を登るリッジは、技術的により困難だが落石の危険は少ない。相談した結果、気温の低い未明から早朝にかけてガリーを登り、日が高くなる時刻になったらリッジに移動することにした。

　出発の準備を整えて友梨に連絡を入れると、向こうもすでに起きていたようだった。

「いよいよ最初の難関ね。そこを登らなくちゃ、先はないからね」

　いきなり圧力をかけてくる。自信を滲ませて和志は応じた。

「勝算はあるよ。過去の隊のアタックと比べて登攀距離は短いし、天気もよさそうだ」

「体調はどうなの？　声が苦しそうだけど」

「ああ、喋るだけでも息が切れる。ここからは、ルートの難度より高度との闘いだね」

「これまで登った人たちのほとんどは、酸素を使ってたんでしょ」

「そういう時代だったからね」

　努めて気楽に応じると、友梨はあっさり話題を変える。

「じゃあ、あまり心配しないことにするわ。それと例の南壁の下のキャンプ、やはりマルクたちのものね。ツイッターをチェックしたら、きょうベースキャンプ入りしたという投稿があったわ。狙いは和志さんが想像したとおりみたいよ」

「というと？」

「計画は南壁とローツェ・フェースからの交差縦走だって書いてあるの。エベレスト・ベースキャンプには、別働隊が入っているそうよ」

「やはりそうか。でも、そのころ僕らは下山しているから、その場面を目撃はできないな」

「これから高所順応するとしたら、いまの好天には間に合わないわね。でも、そもそも和志さんたちとタイミングをずらすことが狙いだったんだろうし」

「いまはどうしてる？」

「ゆうべは夜更かしして、テントの明かりが消えたのが深夜の二時過ぎ。きょうはまだ明かりは消えたままよ」

「キャラバンの人数は八人と言ってたね」

「ええ。コックやリエゾンオフィサーやテントキーパーが一緒だとすると、本隊は三、四名ね。ベースキャンプの様子だけだと、アルパインスタイルそのものだけど」

友梨はいかにも胡散臭いと言いたげだ。和志は言った。

「勝手にやらせるしかないね。カトマンズへ下りたところで、リズに化けの皮を剝がされるに決まってるから」

「心配なのは、トモが残した三本のピトンよ。どこかに処分されて、それで『なかった』と言われれば、トモが嘘をついたことにされちゃうじゃない」

「それがそもそもの狙いなんだろうけど、でもトモも僕も、そういうことは、もうどうでもいいんだよ」

「でも、口惜しいでしょ」

友梨の言葉に、和志は首を振った。

「この高さまで登ると、そういう話が小さく見えてね」

「世間が認めようが認めまいが、和志さんが冬の南壁を登ることが、トモにとっても決定的な証明だものね」

「ああ。僕にもできることが、トモにできないはずがないと、認める人は大勢いるはずだよ」

「そのときは、和志さんのほうも嘘だって言う人が出てくるかもしれないから、私がしっかり証拠を撮影しないとね」

「頼むよ。それよりいまは、目の前の頂上だ。なかなか歯応えがありそうだよ」

「頑張ってね。磯村さんの調子はどうなの」

「問題はないよ。ここまでの登りで、いまも彼がスーパークライマーだということを十分証明してくれたから」

多少の不安はあるが、いまそのことに触れる必要はない。友梨をないがしろにするわけではないが、ここまで来てしまえば、上でなにが起きても友梨にできることはほとんどない。携帯電話で救助隊のヘリが呼べるアルプスや日本の山とは事情が違うのだ。

いまは自分と磯村の気力に懸けるだけだ。小賢しい技術やノウハウが通じるルートではない。というより、それらを使い尽くしてなお、プラスアルファの力が要求される。生きるも死ぬも、自分の潜在能力と運の総量で決まるのだ。

そんな話をしたあと、恒例のメッセージ動画を自撮りし、衛星携帯電話で友梨に送信して、テントを撤収した。

「標高が低けりゃ、前穂高の東壁より易しいくらいなんだけどな」

月明かりを受けたシャールの稜線を見上げて、磯村が言う。半月よりやや欠けているが、それでも目が慣れてくれば、周囲の山々も青ざめた亡霊のように浮かび上がる。

サウスコルでも、多くの登山隊が出発準備に入っているのだろう。無数のテントの明かりが、日本の夏山のキャンプ場のようだ。

彼らがこれから登るエベレストの頂上はシャールより四〇〇メートル以上高いが、難度でいえばこちらとは比べものにならない。もちろん容易い山ではないが、近年の公募登山ブームによって、プレモンスーンとポストモンスーンのノーマルルートはいまや観光地と化してしまった。

和志はまだ登ったことがないし、今後もとくに登りたいとは思わない。シーズン初めにルートを整備し、訪れる登山隊から使用料を徴収するシェルパのビジネスを否定するわけではないが、ベースキャンプから頂上まで、この時期のノーマルルートはほとんど遊歩道で、アルパインスタイルという概念がそもそも成立しないのだ。ローツェ・シャールのように、人が興味を持たない山にこそ、アルピニズムのより大きな可能性がある。

「高所の影響がかなり出ているから、舐めてはかかれないね」

和志が応じると、磯村は心配そうに問いかける。

「調子はどうなんだ」

パルスオキシメーターの値はさほど悪くはないが絶好調だと言えば嘘になる。

「眠れなかったせいか、頭が重いよ」

「それが普通だけどな。そもそもここは人間がいちゃいけない場所だから」

磯村はあっさりと言う。いまは八〇〇〇メートル経験者の言葉を信じるしかない。和志としては、むしろ磯村のほうが気がかりだ。

「そっちはどうなの」

「この高所にしてはまずまずだよ。もっとも平地でこの体調だったら、すぐに病院へ飛んでいくけどな」

高所登山とはそういうものだと納得するしかなさそうだ。ザックの中身は多少減ったはずなのに、きのうより重く感じる。気持ちに活を入れて和志が先に登り出す。

ガリーの中央部分には硬い氷のラインが上へと伸びており、ミックスクライマーにとっては格好の舗装道路だ。傾斜は七〇度ほどで、感覚的にはほぼ垂直だが、ノースリッジ特製のアックスとアイゼンは確実に氷に食い込み、しっかりと体重を支えてくれる。

アックスの一振り、アイゼンの一蹴りのたびに荒れる呼吸を整える。同じ高所でも六、七〇〇〇メートル級と八〇〇〇メートル級では空気の質がまったく違う。荒い呼吸を繰り返すうちに、胸部が重苦しくなって、吐き気と眩暈(めまい)を感じるようになる。睡眠中に起きた過呼吸が、ここでも始まっているようだ。

鼻と口に手を当てて、吐き出した空気をまた吸い込み、排出された二酸化炭素を肺に戻す。いまの酸素濃度に馴染むまで、そんな応急処置を繰り返すしかない。

体はだいぶほぐれてきた。どうあがいても呼吸の辛さは変わらないが、人間はなんにでも慣れるもので、しだいにそれが当たり前だという感覚になってくる。脳の指令になかなか従わない筋肉の反応にも慣れてきた。

氷のラインはときおり途切れながらもまだ先まで続いている。まず二ピッチを和志がリードして登り、そこでトップを交代する。東の空が白(しら)み、マカルーのシルエットが雲上に黒々と浮かび上がる。エベレストの南東稜を登る登山者たちのランプの列が見える。

北東からの風は相変わらず強い。動いていれば体温は上がるが、確保に回っているときはその冷たさに身震いする。しかし、これが吹いている限り天候は安定している、そう割り切って堪えるしかない。

磯村も順調にピッチを延ばす。友梨たちがいるベースキャンプは小さな光の点だ。マルクたちとおぼしいパーティーのベースキャンプはここからは見えない。

2

午前五時過ぎに、八〇〇〇メートルを越えた。ギャップに下る前に一度経験している高度だが、この先は和志にとって未知の領域だ。

頭痛と吐き気は絶え間ない。これで果たして頂上まで行けるのかと不安に駆られるが、磯村の言うように、この高所ではそれが普通だと割り切るしかない。

その磯村も動きが悪くなっている。快適な氷の舗装路もやがて尽きて、斜度もさらにきつくなってきた。岩もだいぶ脆くなり、ときおり落石の音がする。氷のルートが使えないなら、落石の通り道のガリーを登るメリットがない。磯村と相談し、右手のリッジにトラバースすることにした。

ここでは和志がトップに立った。ノースリッジのアックスはわずかな岩の凹凸もしっかり捉えてくれるが、いかんせん岩が脆いうえに逆層（岩の節理が下に傾いている状態）で、体重移動にどうしても躊躇する。

思い切って動いたとたんに、岩が剝落してアックスが外れた。危うく転落しかかったが、辛うじて伸ばしたアックスが小さな窪みを捉え、なんとかバランスを立て直す。

二〇メートルほどのトラバースでなんとかリッジに達したが、アノラックの下は冷や汗でじっとり濡れていた。こういう場面は何十回となく経験した。しかし慣れるということは決してない。むしろそのすべてにおいて、死なずに済んだのが奇跡だとしか思えない。

あらゆるクライマーに共通する感慨だろう。虎視眈々と待ち受ける死と戯れるような行為を、それ故にこそ楽しんでいる自分がいる。山に関心のない人から見れば自殺願望ととられかねないくらいの話だが、死にたいと思って登っているわけではないし、死を恐れる気持ちも普通の人々ととくに変わらないはずなのだ。

しかし、人間はいつか死ぬことに決まっているし、その危険は山だけにあるものでもない。車に乗っていても、列車に乗っていても、飛行機に乗っていてもそれは起こり得る。病気で死ぬこともあるだろう。

だから山での死を特別視する理由はない。それ以外の死と異なるところがあるとしたら、登山という行為には、死というペナルティがルールとして含まれている点だろう。そう考えれば、山での死に、不慮のとか予期せぬ、という表現は似つかわしくない。

「思っていたよりやばかったな。まあ、こんなポイントが、これからいくらでも出てくるはずだよ」

ロープとギアを回収しながら和志のいるリッジにたどり着いて、磯村はけろりとした顔だ。和志が落ちたら絶対に止めるという自信があったからだろう。

これがソロならこうはいかない。パーティーを組んでいるからこその強みがそこにある。しかしそれも絶対だとは決して言えない。確保のミスで転落死することは珍しくない。だから一度パーティーを組んだら、互いを信じることもまた重要なルールになる。

　東の空が淡いピンクに染まり出し、視界がだいぶ明るくなってきた。シャールの頂はすでに間近に見える。そこから先への縦走がなければ楽勝ペースだが、ここではそれが入り口に過ぎない。

「初めての八〇〇〇メートル級としては、ちょっと、手応えがありすぎるね」

　荒い息を吐きながら応じると、磯村も肩を大きく動かしながら首を振る。

「こんな程度で音を上げてたんじゃ、南壁はとても無理だぞ。ロートルのおれでもこれだけ登れるんだから、おまえなら鼻歌交じりのはずなんだがな」

「そう言われても、難しい山なのは間違いないよ。登頂者が少ないのは単に目立たないからだと思っていたけど、そういう理由だけじゃなさそうだね」

　頭上に伸び上がる頂上への稜線を見上げて和志は言った。平均斜度は六、七〇度だが、随所に岩の脆そうなスラブやオーバーハング、カミソリ刃のようなナイフエッジを配し、ギャップの手前でそれを目にして登頂を断念した登山隊がいくつもいた、という話にも納得がいく。

「この先はもっと手強いぞ。距離はたった一キロで、普通なら散歩気分で行けそうなのに、誰もその気を起こさなかったんだからな」

「ああ。どういう嫌らしいルートか、こうなれば早くお目にかかりたいよ」

下からは主稜線上の様子はほとんど確認できなかった。いまはシャールの山体に隠れてまったく視界に入らない。

シャールと主峰のあいだにある中央峰さえ、登られたのは二〇〇一年のことで、当時は快挙と賞賛された難ルートだった。今回の縦走はその中央峰もルートの一部になる。それを登るかどうかも思案のしどころで、登らずに巻くのが、必ずしも楽だとは限らない。

先ほどのようなトラバースをさらに長い距離こなさなければならないのなら、頂上経由のほうがむしろ安全な気もするが、それもまた楽な選択だとは言えない。

中央峰はさらにⅠ峰とⅡ峰に分かれ、どちらも槍の穂先を思わせるピナクルだ。これから向かう縦走ルートにはそんな厳しいピークが林立し、いわばシャモニーやドロミテの針峰群を縦走するようなものらしい。

「とりあえずここをやらなきゃ先がない。おれがトップで行くぞ」

磯村は気合いを入れて登り始める。リッジに出ると風はまともに吹きつけて、ロープが風に撓み、コントロールに神経を遣う。

東の空は鮮紅色に燃え出して、右手のエベレストの頂上付近も、貰い火したように深紅に染まる。寒気はこの時間がいちばん厳しい。

しかしいま目覚めようとしている山々の美しさは、それをひととき忘れさせる。自分というこの宇宙のなかでは無限に小さい存在が、無限に大きな宇宙に包摂されているという不思議な実感が湧き起こる。

磯村が二、三度ロープを引いた。一ピッチを登り切り、確保の準備が出来たことを知らせる合図だ。大声を出せば聞こえる距離でも、ここではそれだけで体力を消耗する。自己確保していたロープを外し、ギアを回収し、和志も何度かロープを引いて登攀開始の合図を送る。

登り始めると、こちらのスピードに合わせて磯村がロープを巻き上げる。緩みすぎることもなければ引っ張られることもない。その絶妙な感覚が、かけがえのない安心感を与えてくれる。

ルートは相変わらず逆層の嫌なコンディションだが、あちこちに硬い氷が張り付いていて、そこはアックスとアイゼンがしっかり利くから、先ほどのトラバースほどの困難さは感じない。

すぐ傍らには先人たちの古いピトンやボルトが残置されているが、磯村はそれを利用することなく、適当なリスやクラックを見つけて、ナッツやカムでランニングビレイをとっていく。

ナッツはワイヤーのついた金属製の分銅で、さまざまなサイズと形状の分銅をクラックに差し込むことでプロテクションとする。カムは文字どおり金属製のカムを閉じた状態でクラックに差し込み、ばねの力でそれが開くことで荷重を支える。いずれも岩を傷つけることなくかつ回収も容易なため、近年のクライミングでは多用される傾向にある。

和志はそれを回収しながら登っていく。ゴールデン・ピラーで多用したノーロープの同時登攀は、さすがに磯村もここでは使わない。高所の影響による反射能力の低下は、磯村も十分実感しているのだろう。

しかし和志は、南壁でノーロープによる登攀を避けることはできない。自己確保する方法はあるが、それだとロープを伸ばして中間支点を取りながら、空身でいったん登ったあと、そのロープを伝ってまた下りて、荷物を背負い、ロープとギアを回収しながら登り直すという、二重の手間がかかる。

それではソロで登る意味がない。スピードこそがソロの生命で、それはほとんどをノーロープで登ることによって達成できる。それに必要な技術・体力両面での自信をこの登攀で得られるか——。

先は長いから悲観するのはまだ早いが、これまで経験した七〇〇〇メートル以下の山とは体の動きがまったく違う。その厳然たる事実を体感して、やはり戸惑わざるを得ない自分がいる。

心強い思いがしたのは、ノースリッジのアックスだった。先ほど転落しかけたのは岩が砕けたためだったが、岩の強度を注意深く確認しさえすれば、生身の指先では爪もかからない微小な凹凸を確実に捉え、逆層のスラブもものともしない。

道具に助けられての登山はフェアではないというようなことを、登山を知らない人の口から聞くことがあるが、それは登山をスポーツと勘違いしているから言えることだ。

もちろんスピードクライミングやボルダリングのような、登山の派生系としてのスポーツクライミングを否定するものではないが、トモはアルプスやヒマラヤでの自分のクライミングを、冒険と呼んだ。それがスポーツだとは、決して言わなかった。メスナーはIOCが授与するとした金メダルを辞退した。

では、アルピニズムとはなんなのだと訊かれれば答えに窮するが、それはある意味で、人類が科学技術の粋を集めて宇宙を目指す行為に似ている。

大袈裟すぎると笑われてもかまわない。それが社会に、人類にどう貢献するのだと訊かれれば、寂しく首を横に振るしかない。しかしそうやって自らの限界を超えようとする挑戦の積み重ねが、世界を少しずつ豊かにしていく。その意味ではノースリッジの山際社長も、和志たちとは立場こそ違え、いまもクライミングの極限を追求するアルピニストの一人だと思いたい。

「だいぶこなれてきたじゃないか。いくらか息が落ち着いてきたぞ」

辛うじて立って休めるテラスに着くと、確保してくれていた磯村がにんまり笑う。吐く息の水分が瞬く間に凍り、髭や眉毛や髪の毛に霧氷のように張り付いて、サンタクロースのような顔をしているが、和志も同じようなものだろう。

そう言われると、たしかにけさから感じていた過呼吸による胸苦しさが、いまはだいぶ軽くなっている。脳幹の指令に張り合っていた大脳皮質が、ようやく協調路線に転換したらしい。

磯村に乗せられて前哨戦としてこの山に挑むことになったのが、結果的には当たりだった。なんの心構えもなく南壁に挑んでいたら、そんな症状に襲われた時点で気持ちが萎えていただろう。

和志が自己確保を済ませると、八〇〇〇メートル級でのペースを身をもって教えようとでもしているように、磯村はまたトップで登り出す。

むろんヨセミテやアラスカでの登りと比べればウサギとカメの違いはあるが、それでも無駄な蛇行を極力避けて定規で引いたように最短距離のラインをとる、かつて和志を感嘆させた効率的な登りはいまも健在だ。

周囲の山々がモルゲンロート（朝焼け）に染め上げられて、シャールはもちろんエベレストやマカルーの頂からも北西方向に雪煙がたなびいているが、頭上の空は抜けるように晴れ渡り、南西の空にも低気圧性の雲は見えない。

ポストモンスーンのヒマラヤでも珍しいこの好天の大盤振る舞いに、あとで高いツケが回ってきそうな悪い予感さえする。それでもいまのペースなら、それがあと二日保ってくれれば、なんとか主峰まで駆け抜けられるだろう。

三ピッチをリードした磯村に替わって、今度は和志がトップに立つ。太陽の輻射熱でダウンスーツが膨らんできた。その温もりが滞っていた血流を促して、筋肉の動きがいくらか滑らかになった。

リッジは次第に瘠せてきて、氷より岩の比率が多くなる。いくらミックスクライミングでも、アックスとアイゼンを用いる以上、岩を登るのは雪や氷より効率が悪い。グローブもアイゼンも外し、フリークライミングすればどうということのないルートだが、凍てついた岩に素手で触れればすぐに凍傷だし、登攀中の一時的なアイゼンの脱着は、誤って落とす危険があり、それはクライマーにとって致命的な事態を招く。

日が射してセメント代わりの氷が緩んだのか、先ほどのガリーから頻繁に落石の音が響いてくる。苦労してでも移動して正解だった。しかし、尾根ルートだといっても落石がないとは限らない。頭上の音に耳をそばだてながら、デリケートな登攀に集中する。

右手に世界最高峰のエベレスト、背後に第五位のマカルー、そのはるか奥に第三位のカンチェンジュンガ——。ローツェ主峰はシャールの背後で見えないが、それも世界第四位の高峰だ。居並ぶヒマラヤの巨人たちの姿は山に関心のある者にとって眼福そのもののはずだが、いまは目の前と頭上数メートルの壁しか目に入らない。

過呼吸の症状が消えたとはいえ、酸素濃度が決定的に低いのはいかんともしがたく、数十センチ体を引き上げるだけの動きのたびに、しばらく休まないと筋肉が言うことを聞いてくれない。

磯村だって似たようなペースのはずだが、自分の登りがとりわけ遅く感じられる。頭にインプットされたより低い山での登攀のイメージが払拭できないから、この高所での一挙手一投足に苛立ちが募る。

3

急峻な岩稜を抜け、一〇メートルほどのセラックを乗り越えると、ようやく頂上に続く雪田に出た。あとはなだらかな雪のルートを進むだけだ。

時刻は午前十一時を過ぎたところ。午後早い時間に登頂できれば御(おん)の字くらいに考えていたが、結果は上々だった。

風はだいぶ収まってきたが、強い日射しで雪が緩み、膝下程度まで足が潜る。ラッセルというほどではないが、この高所だとそれでもかなりの肉体的負担になる。

いまは安定しているが、周期的に訪れた荒天で思った以上に新雪が積もっていたようだ。縦走に入ったときの雪庇やキノコ雪には警戒が必要だろう。

「なんとかやり切ったな。しかしここからが、意外に長く感じるものなんだ。あと三十分はかかりそうだな」

そう言いながらも、磯村は余裕を滲ませる。すでに困難な箇所は通過した。あとは頂上までの雪上散歩だが、和志としてはその先の縦走路を早く見たかった。

技術的にも体力的にも、難度はここまで以上だろう。先人たちが敗退したのではなく、そもそも挑戦した者がいないのだ。そのルートこそがこの遠征の核心だ。いまも片手で数えられる登頂者しかいないシャールをただの玄関口と見なすことが、思い上がりではないことを願うしかない。

ここまで登っても、エベレストの頂はまだ和志たちの上にある。サウスコルのテント村の住人は、この好天を幸いに列を成して世界の頂点を目指しているだろう。いまやヒマラヤのデスゾーンさえも文明社会の波に洗われている。

それはそれでいいことだ。和志もかつては北アルプスや南アルプスの高峰に憧れて、街では接することのできない豊饒(ほうじょう)な世界があることを知った。単なる功名心や征服欲のためではなく、素直で謙虚な心で山と戯れる人々が増えてくれれば、人類はそれだけ豊かになるはずだ。

大きく喘(あえ)ぎながら雪田を登り、それが次第に狭まってナイフエッジの雪稜に変わる。そこからロープを結び合い、コンティニュアスでさらに登る。磯村の計算どおり、三十分ほど経ったころ、前方の視界が大きく開けた。周囲にここより高い場所はない。ローツェ・

シャールの頂上だった。

トモの轍を踏まないように、背後にエベレストやローツェ、マカルーが入った写真を何枚も撮影したが、ことさら大きな感慨は湧いてこない。それ以上に心を動かされたのは、目の前に姿を現わした、これから向かう縦走路の様相だった。

一キロ前方にはローツェ主峰が天に楔を打つようなシルエットを見せている。その手前には中央峰の二つのピークが、侵入者を威嚇する衛兵のように立ち塞がる。

中央峰に至る縦走路は、想像どおり一般的な感覚での尾根歩きとはまったく別のものだった。無数のピナクルを連ね、稜線の両側は急角度でそぎ落とされている。その至るところに雪庇やキノコ雪が発達し、尾根通しに進むにしても、下を巻いていくにしても容易ではない。

いまいる雪田の状態から考えれば、そうした雪の障害物も日中はだいぶ緩くなっていると考えられる。天候がいいならいいで、雪のコンディションは逆に悪化することがある。尾根ルートだから大きな雪崩の心配はないが、雪庇の下をトラバースするようなケースでは、それが崩壊して落下することもあるから危険この上ない。

「思っていたよりずっと悪相だな。かなりやばいぞ」

誘った張本人が逃げ腰の言い草だが、その調子とは裏腹に声は弾んでいる。悪場を見ると体が疼き出すという昔からの癖は、いまも変わっていないらしい。

衛星携帯電話で登頂の報告をすると、友梨は率直に祝福してくれた。

「おめでとう。凄いじゃない。二泊二日で登ったんなら余裕だよ。あと一ビバークで主峰だね」

目の前にあるいかにも底意地の悪いルートを、友梨も目の当たりにすればそういう気楽な感想は出てこないだろうが、この縦走の難しさは言葉では説明しにくい。

例えば日本有数の難ルートである剱岳（つるぎだけ）の八ツ峰（やつみね）をスケールアップして、そのままヒマラヤの高さに持ち上げたようなものかもしれないが、デスゾーンの酸素の希薄さと、一荒れきた場合の強風と寒気を考えれば、世界レベルのクライマーでも二の足を踏むだろう。

エベレストの南東稜ルートは、もし標高が三〇〇〇メートル台なら難度は奥穂高岳や槍ケ岳（やりがたけ）の一般ルートと、恐らくそうは変わらない。しかし、それがヒマラヤの高さとなると、累計二百名を超す死者を出した魔の山と化すことになる。

「そのつもりだけど、山ではなにが起きるかわからない。天候が良すぎて雪の状態が不安定なような気がするし、かといって縦走中に一荒れこられたら逃げ道がないしね」

あえて不安がらせる必要もないが、正確な情報は伝えておかなければならない。最悪の場合は中央峰と主峰の鞍部からサウスコルに下るのが唯一のエスケープルートだが、それも二〇〇一年にロシア隊が中央峰を初登頂したときのルートで、容易いものでは決してないはずだ。

それに、シャールからの縦走の場合、中央峰を越えた先から下ることになる。それなら頑張ってローツェ主峰に登り、ノーマルルートのローツェ・フェースから下山するほうがむしろましなくらいだろう。

もちろんシャールをもう一度越えてベースキャンプに戻るなどは論外だ。ここから一度踏み出すことは、すなわち退路を断つことと同義と言っていい——。

そんな考えを説明すると、真剣な調子で友梨は言う。

「やっぱり甘くはないようね。でも二人なら絶対やれると信じてるわ。私も本当は心配で心配で、ゆうべもほとんど眠れなかったの。でも、社長は私が送る動画をチェックしてくれていて、ここまでの二人の登りは驚異的だと言ってるわ。現代のスーパークライミングの実態を目の当たりにしたと大絶賛よ」

やっている当人にそういう意識はかけらもないが、言われて嬉しいのは当然だ。

「だったら、いくらか自信も湧いてくるよ。少なくともここまで来て、先に進まない理由はない。不可能だという気はしないし、やるからには絶対に成功させるよ」

「楽勝でいけるんなら、そもそも挑戦する意味はないからね。それが和志さんの言う冒険なんだから」

そう言う友梨の口調に切ないものを感じた。登っている自分たちよりも、下で待つ彼女たちの不安のほうが、じつははるかに大きいということに和志は気づいた。

「みんなの期待に応えることが、いまの僕の仕事だからね。大船に乗った気でいて」

そんな大層な言葉が自然に口を衝いて出る。自分の行動が、友梨を、山際を、そして友梨が手塩にかけたホームページを通じて応援してくれている大勢のファンに希望を与えられるものだとしたら、それは願ってもない天職ではないか。ファンを意識するのは人生で初めてだが、そんな人々が現に存在することをいまは率直に認めざるを得ない。

「じゃあ、あと三日もしたらエベレスト・ベースキャンプで会えるね。ニマに美味しい料理を沢山つくってもらって待ってるから。磯村さんも、下から見る限り元気そのものだったから、成功は間違いないわよ」

「ああ。僕も彼から教わることがいろいろあった。今回は彼のリードがすごく冴えてるんだよ」

それは率直な思いだった。この縦走に成功するとしたら、その多くは磯村に負うものだ。アルピニズムは、一人の人間の創意だけで発展したものではない。トモやメスナー、ククチカのような天才も、先人が積み上げた技術やノウハウの蓄積の上に独自のプラスアルファを付け加えた人たちだった。そしてクライミングに熱中し出した当時の和志にとって、そんな技術やノウハウの宝庫が磯村だった。

「じゃあ、また動画メッセージをお願いね。とびきり元気が出るのにしてね」

そう言って友梨はいったん通話を終えた。ざっと話の内容を伝えてから、磯村を促して、動画撮影の準備に取りかかる。雪に挿したピッケルに固定用のクリップを取り付け、そこにカメラをセットする。

背景はこれから向かう主峰への縦走路だ。こんな手間のかかることができるのは恵まれすぎの天候のおかげで、普通は一刻も早く立ち去りたい場所がヒマラヤの高峰の頂上なのだ。

もういちど電話を入れ準備が出来たことを伝えると、友梨はさっそくインタビューを開始する。電話の音声と撮影した動画をあとで合成してホームページに載せるというやり方だ。カメラで録音した音声には風音が混じって言葉が聞き取れないことが多いので、友梨が編み出したテクニックだった。

和志も磯村もそんな方式のメッセージ作成に慣れてきた。改まった調子の友梨の質問に、こちらもやや他人行儀に応答するが、不特定多数の人々に聞かれるものである以上、その点はやむを得ない。

4

インタビューを終えて、二人はすぐさま下降に取りかかった。

ルートはのっけから厳しい。急峻な壁なら懸垂下降が可能でも、そこは緩い斜度のカミソリのような稜線で、至るところに不安定なキノコ雪が載っている。

その下を巻いていくしかないが、それがいつ崩落してもおかしくない。そもそも北面も南面も切り立った岩壁で、下降しながらトラバースするのは至難の業だ。

下降を始めるとすぐに、最初のキノコ雪が現われた。南壁側に靴の先が辛うじて置けるほどのバンド（長く伸びた幅の狭いテラス）があった。キノコ雪の下からそれが切れるあたりまで続いているが、その庇（ひさし）は三メートルは張り出している。

一方、北側は一メートルほどの張り出しだが、その下の壁は磨かれたようなスラブで、そこをトラバースするという選択肢はあり得ない。しかし、南側のバンドはキノコ雪の五メートルほど下を走っており、簡単にはそこまでたどり着けない。

「懸垂下降で下りて、そこから振り子トラバースするしかないな」

磯村が言う。振り子トラバースとは、宙吊りになった状態で振り子のように体を横に揺らし、目指すポイントに着地する技法だ。登攀可能なルートが途切れ、左右どちらかへ強引に移動しなければならないときによく使うが、見かけほど危険なものではない。

キノコ雪のすぐ手前まで慎重にクライムダウンし、そこでスリングで支点をつくり、まず和志が五メートルほど懸垂下降する。そこで体を大きく揺らすと、目指すバンドの端に足がかかった。

眼下三〇〇〇メートルには広大なローツェ氷河が、表面を蛇腹のように波打たせている。その最上流部の友梨たちのいるベースキャンプは、よほど目を凝らさないと見えない。

続いて磯村が無事にバンドに乗り移り、和志がトップでトラバースに取りかかる。ここではダブルアックスは使い勝手が悪いので、グローブを外し、じかに岩角やクラックに手をかける。岩はいまは陽光で温められていて、これなら凍傷の心配はない。それでも二〇メートルほどの移動に一時間かかった。

なんとか無事にトラバースを終えたところに座り心地のいいテラスがあったので、そこで昼食ということにした。

「やはり手強いよ。手間取っているあいだにキノコ雪が落ちるんじゃないかと、冷や冷やものだった」

ため息を吐きながら和志が言うと、磯村は頷いて応じた。

「こういう厳しい縦走は、単純な壁登りよりはるかに手間を食う。マカルー西壁みたいな怪物はともかく、これからの初登レースの舞台は縦走だと思うよ」

いま登っているルートは東稜の一部だが、それをいちばん下から登って、シャールを越えて主峰に至るルートとなるとさらに厳しい。ローツェとヌプツェを結ぶ西稜は、ここと同じくらい厄介なルートが四キロも続く。まさに二十一世紀の課題だと言ってもいい。

「ナンガ・パルバットのマゼノリッジは、二〇一二年に登られたけど、あそこも今世紀中は不可能と言われていたね」

「ああ。一三キロのあいだに、七〇〇〇メートル以上のピークが六つもある。しかし、そんなルートが、ヒマラヤにはまだ手つかずでいくらでも残っている」

「だったら、これが最後のビッグクライムだなんて、磯村さんも言ってられないよ。やらなきゃいけない宿題が、まだいくらでもあるじゃない」

磯村の言葉に気をそそられて和志は言った。社交辞令ではない。壁ならソロでも登れるが、縦走となるとそうはいかない。そして磯村ほど気持ちの通い合うパートナーは、和志はほかに思い当たらない。

「そうは言うがな、人間、誰にも潮時というものがあるんだよ。おれの頭のなかに、この先のシナリオはもうないんだ」

馬鹿にきっぱりと磯村は言う。妻の反対を口実にしているが、それが果たして本当なのか、だんだんわからなくなってきた。彼の妻とは何度か会ったことがある。本人はとくに山には興味がないが、夫の成功については自分のことのように喜んでいた。

子供が大きくなって互いの人生観が変わることがあるにしても、そのくらいの折り合いがつかないとは思えないし、いまの磯村にとって登山は生活の糧でもある。クライマーとしての名声を高めることは、ビジネスの安定にも結びつくはずなのだ。

「なにかあるんだったら、言ってほしいな。僕にはまだ先があるようなことを言っておいて、自分は一抜けたじゃずるいじゃない」

「そう難しい話じゃないんだよ。要はおれがその程度のクライマーだったということだ」

磯村は大きく息を吸い、思いを吐き出した。

「しかしおまえは違う。まだまだ伸びしろがある。これから始まる新しいステージへの先導役をやれるだけで、おれは本望だよ」

「そんなことを言われると寂しいな。僕はずっとソロ中心でやってきたけど、磯村さんが言う新しいステージに挑むには、それだけじゃ不十分だよ。ソロにばかりこだわって、より大きな挑戦のチャンスを逃すのは口惜しいからね」

「おれよりタフで才能のあるやつは、いくらでもいるさ。ゴールデン・ピラーのときのジンナー少尉だっているじゃないか。彼もこの先、見込みがあるぞ」

磯村はさらりと受け流す。それがもし本音なら、今回の登攀は彼とパートナーを組む最後の機会になる。それがわかっていれば、もっと以前に彼を誘って、二人でビッグクライムに挑んでいたのにと、切ない思いが湧いてくる。そんな気分を察したように、やけに明るく磯村は言った。

「これがおれのアルピニスト人生の総決算だから、思い切り楽しむぞ。ヨセミテで知り合ったときみたいに、ついてこれなくて悲鳴を上げるなよ」

獰猛な野獣の牙のように無数のピナクルを林立させ、そのあいだには数十メートルの鋭く切れ落ちたギャップ。ジェットコースターのコースを思わせるアップダウンは息つく暇も与えない。

しかもそのピナクルの一つ一つを山と認めるならすべてが八〇〇〇メートル峰で、そのあいだのギャップの底でさえ八〇〇〇メートルを優に超えている。

キノコ雪や雪庇は次々現われて行く手を遮り、そのたびに困難なトラバースを強いられる。さらに稜線ルートでは氷の部分が少ない。和志のようなミックスクライマーにとってはそれも辛いところで、登るにしても下るにしても岩場ではなかなかスピードが稼げない。

直線距離ではたった一キロでも、アップダウンやトラバースによる迂回を計算に入れればその距離は数倍になるだろう。天候が安定しているのが幸いで、ここで荒れ出したら生きて還ることはたぶん難しい。このルートがきょうまで手つかずで残っていた理由を、和志は身をもって思い知らされた。

中央峰Ⅱ峰の手前のギャップに達したのは午後六時。前夜のビバーク地点を出て十五時間丸々行動し続けている。和志は疲労困憊していた。磯村もむろん同様だろう。そのくらいの行動時間はアルパインスタイルでは珍しくはないのだが、このルートの場合はあまりに神経がすり減った。

行動中にときおりガスに巻かれることはあったが、天候はおおむね落ち着いていた。しかし午後になってふたたび風が強まり、それでかなりの体力をそぎ落とされた。

ギャップの底には十分な雪があったが、雪洞を掘る気力は残っていなかった。小さなテントに収まって、雪を融かして湯を沸かす。そのあいだにベースキャンプに電話を入れると、友梨は喜びを露わにして訊いてきた。

「大丈夫だったのね。何度も上のほうに雲がかかったし、そうじゃなくても稜線が複雑で二人の姿を追い切れなかったから、ずっと心配してたのよ。いまはどのあたり？」

「中央峰Ⅱ峰の手前で、今夜はここでビバークするよ」

元気に答えたつもりでも、声に力が入らない。友梨もそれを感じ取ったようだ。

「疲れているみたいね。やはり簡単じゃないルートなの？」

「ああ。たっぷりいたぶられたよ。あすはもっと厳しいと思うけどね」

「体調はどうなの？」

「まあまあ、と言いたいけど、感覚としては最悪の部類だね。こういう高所じゃ当たり前なんだろうけど、僕は初めての経験だから、けっこう不安は感じるよ」

ここで強がっても始まらない。むしろそういう話を真摯に聞いてくれる人がいることが嬉しかった。ノースリッジのスポンサーシップで登る前は、登攀中に電話で誰かと話をするということなどまったくなかった。

衛星携帯電話という便利なものを持っていなかったからというわけではなく、そもそもソロ中心で活動していたこともあって、ベースキャンプで自分を見守ってくれる人などいなかった。

しかしいまは友梨がいてくれて、心の底から自分を心配してくれている。気力を使い果たしてビバークに入ろうとするとき、それがどれほど心を癒やしてくれるか、いま身に染みて感じていた。

ピアノ線のように張り詰めた孤独感こそ、自分のクライミングのモチベーションだと信じ切っていた。そんな心構えを失うことが怖かった。しかし、いまはわかったような気がした。人は一人では生きられないというあまりにも単純な事実を――。

友梨が、そして磯村がいてくれる。そこにはいままで知らなかった幸福がある。デスゾーンの過酷さとルートの困難さにとことん痛めつけられ、体力はもちろん気力のかけらもなくしかけていた和志にとって、それはなによりもかけがえのないものだった。

「でも、きっとやれるわよ。だって、ローツェの主峰はもう目の前だもの。そこへ着いたら、あとは下るだけだから――。言い出しっぺの磯村さんだって気合いが入ってるんでしょ」

「ああ。いま電話を替わるよ」

精も根も尽き果てたように仰向けに寝ている磯村に携帯を手渡すと、どこにそんな余力があったのか、やおら起き出して簡単に状況を説明したあと、逆にマルクたちの動向について問いかける。

きょうも向こうに動きはなかったようだ。今回はインタビューも動画もなしにして、電話でそれぞれのメッセージを伝え、そのあとテントのなかで撮影した写真を送った。

5

翌日も午前二時に起き出して出発の準備を始めた。疲労は完全に抜けたわけではないが、きのうのような睡眠不足の感覚はなかった。

食事の支度を始めようと雪を取りに外へ出ると、周囲は濃霧に覆われているようで、ヘッドランプの光の先は、ただぼんやり白く見えるだけだった。

ゆうべはテントがばたついていたが、いまは風は穏やかで、気温もこの時間にしてはやや高めだ。それがかえって気味悪い。寝ているあいだに友梨から届いていたメールでは、天候はきょうも安定していて、大きな崩れはないとの予報らしい。

「気象予測会社も、局地的な変化に関してはかなり外れるからな。いまはローツェ一帯が雲の帽子を被っているんだろう。大崩れはないと思うんだが」

磯村は楽観的だ。目算としては、きょう一日でローツェ主峰に達し、そのあと七〇〇〇メートル台まで下降する。そこでビバークすれば十分体力の回復が期待できるし、もしどちらかに万一のことがあった場合でも、その付近にはエベレスト・ノーマルルートの第三キャンプがあり、大勢の人がいる。やむを得ない事情なら支援の要請もできるだろう。

問題は中央峰をどうするかだ。ピークはさらにⅠ峰とⅡ峰に分かれていて、Ⅰ峰がやや高いが、それでもローツェ・シャールの標高をやや上回る。

容易に巻けるルートが見いだせれば、あえて頂上を通過する必要はないが、きのう遠目に観察した限りでは、中央峰はまさに槍の穂先で、巻こうと思えばむしろ危険なトラバースを強いられる。けっきょくストレートに登るしかないという結論に落ち着いた。

いまいるギャップからの標高差は七〇メートルほどだが、それが日本国内のゲレンデにあったとしても、恐らく高難度のルートに分類されるだろう。

Ⅰ峰とⅡ峰のギャップはさほどではなく、Ⅱ峰を登ってしまえば、中央峰自体はほぼ攻略したことになる。しかしこの濃霧は厄介で、夜間登攀時に威力を発揮する照射距離の長いLEDヘッドランプも、しょせんは目の前数メートルのガスを照らすだけだ。

考え込んでいても仕方がないので、急いで朝食を済ませ、たっぷり水分を補給してからテントを撤収した。

これから出発すると連絡すると、ただ「頑張って」とだけ友梨は応じた。余計な話をしている時間があれば、それは登攀に費やすべきだと彼女は心得ているようだ。

少し様子が違ったのは、いつも率先してトップに立ちたがる磯村の動きが鈍いことだった。ザックを結ぶ手つきも、ザックを背負う動作もどことなくぎごちない。そう言えば、嘔吐まではいかなかったものの、せっかくつくったアルファ米のピラフを残し、水分のとり方もやや少なかった。

「大丈夫？」

不安を覚えて問いかけると、磯村は大丈夫だというように小さく何度か頷くが、その表情がどこか冴えない。それ以上詮索するのも気まずいので、ここは和志がトップで登り始める。

Ⅱ峰はほぼ垂直の岩の塔だが、きのう日のあるうちに観察したところでは、氷の詰まったクラックが幾筋も走っていて、それを上手く繋げば、アイスクライミングのテクニックが駆使できる。

ここまでも岩は意外に脆かった。ドライツーリング向きのルートとは言いがたい。かといってこの時刻の岩肌は、素手で触るには冷たすぎる。

まずドライツーリングで五メートルほど登ったところで、右手の氷にアックスを打ち込んでラインを変えた。その氷の帯がどこまで続いているかガスに遮られて見えないが、行き詰まったら行き詰まったで、そのときに考えることにした。

磯村の状態が気になるが、この高所で終始一貫元気でいろというのが無理な話だ。自分にしてもきのうの朝は睡眠不足で最悪の状態だった。体調のリズムは互いに異なる。それをカバーし合えるのもパーティーを組んでいるメリットだと腹を括るしかない。

氷のラインは一〇メートルほどで途切れた。その先はガスで見通せない。きのう日があるうちに写真に撮って頭に入れておけば良かったのだが、そのときは登るだけで死にもの狂いで、とてもそんな余裕はなかった。

やむなくドライツーリングで上に向かうが、岩が凍てついているのが裏目に出ているようで、節理の隙間に入った水分が凍って膨張し、そのせいでかえって剝落しやすくなっている。

磯村の頭に落とさないようにデリケートな動作で上に向かうと、左上方にガスを透かして白い氷の帯が見える。しかし、そこに安全に移動できそうなクラックやリスが見つからない。

思い切り腕を伸ばせばアックスがその帯の末端に届きそうだが、うまく打ち込めなければバランスを崩して転落する。やはり高所の影響か、ここまでの登りでも筋肉の反応はいま一つ鈍かった。

中間支点を五メートルほど下にとってあるから、磯村が普通に反応してくれれば落ちても止まるはずだが、先ほどのもどかしい動作を思うとやや不安だ。

事情を説明して「行くよ」と声をかけた。磯村から「オーケイ」と返事が返ったが、その声にどこか力がない。しかしいまは彼を信じるだけだ。

頭上のクラックに引っかけた右手のアックスと、微小な岩の凹凸を前爪の先端で辛うじて噛むアイゼンに体重を預け、左に大きく伸び上がる。

左手のアックスが氷を捉えた。このときばかりは体が勝手に反応する。右手のアックスを抜き、アイゼンを壁から離す。全体重が左手のアックスにかかる。体が振り子のように揺れて、氷の帯の下に移動する。とっさにもう一つ、右手のアックスも打ち込んで、まさぐるようにアイゼンの爪を壁の凹凸に引っかける。しっかりバランスがとれたところで、大きく荒い息を吐く。

「うまくいったか」

下から磯村が訊いてくる。ロープの揺れでこちらの動きが伝わったのだろう。

「ああ、なんとかね」

息を整えながらそう答え、アイスピトンをねじ込んでランニングビレイをとる。あとはダブルアックスで一〇メートルほどを一気に登る。小さなテラスに出たところで自己確保し、ロープを引いて合図する。磯村が登り始めたのがロープの揺れでわかる。ほどなく磯村もテラスにたどり着いて言った。

「けっこう厳しいポイントだったな。よくやったよ」

「落ちても磯村さんが止めてくれたと思うけど、お互い体力の消耗になるから、失敗しなくてよかったよ」

信頼を込めて和志は言った。磯村は目を細める。

「おまえなら落ちっこないと思ってたけどな。アイスクライミングのテクニックじゃ、アラスカ時代には、すでにおれを追い越していたからな」

「師匠にそう言ってもらうと嬉しいよ。どうする。トップを交代する？」

「いや、いまの調子で行ってくれ。おまえは次は南壁が待ってるんだ。サボってる場合じゃないだろう」

磯村は背中を押すような調子だが、その表情にどこか辛そうな気配も窺える。和志のほうは先ほどの窮地を脱したところで、ギアが切り替わったような感じがする。

「じゃあ、行かせてもらうよ。南壁じゃ一人で休みなしだからね」

そう応じて、ふたたびトップで登り始めた。この短いルートですでに三時間を要していて、時刻は午前六時を回っている。そろそろ日が昇るころだ。周囲のガスがほの明るく見える。心なしか薄くなってきたような気もする。

傾斜は徐々に緩くなる。雪の詰まったガリーを抜けるとナイフエッジの雪稜に出た。頂上はもうすぐだ。このあたりはロープで結び合ったまま、やはり和志がトップでコンティニュアスで進む。風がまた少し出てきた。さらに強まってガスを飛ばしてくれれば幸いだが、それが新たな雲を発生させる誘因にもなるからなんとも言えない。

希薄な空気は吸っても吸っても空手形を受けとるようなもので、数歩進んでは何度も肩で息を吐く。垂直に近い岩場を登っているあいだは苦しさをさほど感じないのに、緩傾斜の登りになるとそれが強まる。

クライミングの際の体の動きは、大半が瞬発的に筋肉を使う無酸素運動で、緩傾斜の歩行はウォーキングやジョギングのような有酸素運動だからだと考えれば説明がつくが、説明できたとしてもなんの足しにもならない。

間もなく岩の露出した平坦な台地に立った。近くにここより高い場所はなく、どうやらⅡ峰の頂上のようだった。

時刻は午前八時。ピークのスケールからすればやや時間がかかりすぎだが、これが標高八〇〇〇メートルの世界なのだ。

ロシア隊が中央峰に初登頂したとき、最高点のI峰の頂上は踏んだが、Ⅱ峰まで足を延ばしたとは聞いていない。あとでリズに確認する必要があるが、たぶん自分たちはⅡ峰の初登頂者ということになる。

狙って登ったわけではない。ただの通り道だが、記録は記録だからと二人の写真は撮ったものの、背景はすべてガスでなんの証拠にもならない。

やむなくテント設営用のスノーアンカーの予備に油性マーカーで二人の名前と日時を書いて、石を積み上げたケルンの下に埋めておいた。ふたたびこの難路の縦走を企てる奇特なクライマーが見つけてくれれば、初登頂と縦走の二つの達成を証拠立てるものになるだろう。

Ⅱ峰からⅠ峰まではさしたる困難もない雪稜だった。Ⅰ峰からの下りは懸垂下降で切り抜けられた。しかし問題は主峰への登りだった。

稜線から南側に大きな雪庇が張り出している箇所がいくつもあるのが、ベースキャンプからも確認されていた。晴れていればとくに問題のない部分だが、ガスはふたたび濃くなってきている。これではどこまでが雪庇か見当がつかない。

踏み抜けば三〇〇〇メートル下の氷河まで墜落する。コンティニュアスでは一方に引きずられて二人とも落ちる惧れがあるから、ここはスタカットで慎重に進む。それだけでも時間がかかる上に、磯村がひどく遅れ出した。足どりが覚束ない。

和志がトップで確保しているとき、突然足がもつれたように磯村が雪上に倒れた。

「大丈夫か、磯村さん」

声をかけても返事がない。和志は慌てて駆け下りた。磯村は雪上に仰向けに横たわり、起き上がろうという意志も見せず、ただ荒い息を吐くばかりだ。まるで生命力の源（みなもと）すべてを使い果たしたかのように、瞳は生気を失い、その顔からは表情が掻き消えている。

「どうしたんだ、磯村さん。体調が悪いんなら言ってくれ。進むのが無理ならここでビバークしよう。あすになれば、きっと体力が回復する。せっかくここまで来たんだから、なんとしてでもローツェの頂を踏もう」

和志は懸命に語りかけた。頭のなかは混乱していた。磯村が調子を落としているのは感じていたが、ここまでの事態が起きる予兆はなかった。

なにかが違う。そもそもかつての磯村に、こういうことは絶対になかった。決して鉄人だったわけではないが、つねに自分の可能性と限界をわきまえていた。

だからこそ、無謀だとも思えた今回の縦走プランに和志は賛同した。磯村ができると言ってできなかったことは、これまでただの一度もなかった。

「おれは、もういいんだよ、和志――」

磯村が言った。和志は当惑した。

「なにがいいんだよ、磯村さん。ローツェの頂はもう目と鼻の先じゃないか。それとも、なにか、僕に隠していることでもあるのか」

磯村は寂しく微笑んだ。宙を見つめるその瞳に涙が溢れ、頬を伝う間もなく凍りついた。

第十二章　ローツェ南壁

1

磯村の身に起きた突然の異変に、和志は戸惑うしかなかった。

たしかにこの日、ビバーク地を出発してからの磯村は、それまでの勢いを失っていた。しかしここで力尽きるほどの消耗度だとは思わなかった。

無理をして元気に見せていただけかとも考えたが、八〇〇〇メートルの高所を自ら経験して、そんな三味線を弾くゆとりを与えてくれるような甘い環境ではないことは、和志も骨身に染みて感じていた。

「おれは、もういいんだよ、和志——」

涙を浮かべてそう言っただけで、磯村はそれ以上なにも語らない。語ろうにも語れないほど急速に衰弱したかのように見える。瞳は虚ろに宙を彷徨い、横たわっていても呼吸は荒く、日焼けした顔は、血の気が失せて土気色をしている。

時刻は正午を少し回ったところで、このまま進めば、夜になる前にローツェの頂を踏めると見込んでいた。しかし、磯村の異変の理由がわからない以上、いまはこれ以上は進めない。というより、磯村の状態をみれば、どう考えてもそれは不可能だ。なにが起きているにせよ、誰かに救出してもらえるような場所ではない。ローツェ登頂がどうこうより、二人が生きて還れるかどうかが、いまや問題だ。

ガスがいくらか薄くなった。前方二〇メートルほどのところに小さな露岩が見える。ここは風の通り道になりやすい鞍部だが、その陰に雪洞を掘れば、これから風が強まっても堪えられる。

「磯村さん。肩を貸すから、少しだけ歩いてくれ。この先でビバークする。そこでたっぷり休養すれば、あすには体力が回復するよ」

磯村は力なく首を横に振る。歩けないという意味なのか、このままほうっておけという意味なのか。叱りつけるように和志は言った。

「ここで死んでいいのか。それも僕を巻き添えにして。磯村さんはそんなだらしのないパートナーだったのか」

磯村は弱々しい視線を和志に向け、ローツェ主峰の方向に小さく顎を振った。そして風に吹き消されそうな声で言った。

「おまえは生きて還れ。ローツェの頂を踏んで——」

「磯村さんを置き去りにして頂上を目指すなんて、できるわけがないじゃないか」

「おれはここで死んだことにすればいい。というより、たぶん死ぬよ、もうじき——」

「たぶん死ぬって?」

「おまえを騙すつもりじゃなかった。巻き添えにする気なんてまったくなかった。しかしこのままじゃ、結果はそうなりそうだよ」

「つまり、どういうことなの?」

落ち着かない思いで和志は問いかけた。ここではない、どこか遠い世界を見つめているような表情で磯村は言った。

「今回の遠征に参加しなくても、どのみちおれは死ぬことに決まってたんだよ——」

なんとか露岩の陰まで磯村を引きずり上げ、体が冷えないようにダウンスーツの上に寝袋を着せてから、和志は一時間かけて雪洞を掘った。

磯村の思いもかけない告白に、頭のなかは混乱していた。どうして早くそれを言ってくれなかったのだと、強い憤りさえ感じた。しかし、もしその話を知っていたら、ローツェ・シャールと主峰の縦走という冒険的な磯村のプランに、自分は果たして賛同しただろうか。

雪洞を掘り終え、磯村をなかに引き入れ、雪を融かしてお湯を沸かす。和志にできるのはそれくらいで、磯村の病状がいまどうなのか見当もつかない。

「どこか痛むの、磯村さん？」

飲むことができるかどうかわからないが、とりあえず砂糖たっぷりの熱い紅茶を淹れ、磯村を抱え起こしながら問いかけた。いくらか状態は改善したようで、磯村は半ば自力で起き上がり、美味そうに紅茶を口にした。一杯目を飲み干してお代わりしても、嘔吐するようなことはなかった。磯村は問わず語りにこれまでの経緯を語り出した。

医者から余命六カ月と宣告されたのが、ゴールデン・ピラーの遠征から帰国して間もない八月中旬だったという。腰にしつこい鈍痛(どんつう)を感じて、病院に行ったらすぐに精密検査を受けさせられた。診断は膵臓癌(すいぞうがん)だった。すでに肝臓や腹膜や肺に転移していた。

軽い腰痛以外に、自覚症状はほとんどなかった。体重もとくに減少しておらず、食欲も落ちたわけではない。しかし、レントゲンやＣＴの画像を見せられて、これが癌だと言われれば納得するしかない。

遠隔転移が起きてしまえば手術のメリットはなく、抗癌剤治療が唯一の選択となるとして、それを強く勧められた。しかし、数年前に父親を癌で失っていた磯村は、末期癌患者に対する抗癌剤治療の過酷さを知っていた。それでどのくらいの延命ができるのかと訊くと、医師は口を濁(にご)した。その曖昧な説明から察するに大きな効果は期待できないが、やらないよりはましという程度のようだった。

　そんな話を聞かされた妻は、衝撃を受けた。すぐさま抗癌剤治療を受けるよう勧めたが、しかし、磯村の腹は固まっていた。どのみち延命効果が期待できないなら、著しく体力を損(そこ)ねる抗癌剤治療は受けない。それより、なんとしてでもやり遂げたいのが、目前に迫ったローツェ・シャールと主峰の縦走という大テーマだった。

　幸い体調にほとんど変化はなく、毎日欠かさないジョギングや筋力トレーニングは問題なくこなせている。それ以上に、すでに全身が癌に冒されていたはずのつい数週間まえには、ゴールデン・ピラーの登攀になんなく成功している。それを考えれば、どんなに悪くてもあと一、二カ月は現在の調子を維持できそうな気がした。

　何年かまえ、磯村が主宰したツアーの参加者のなかに、やはり癌を患(わずら)っている人がいた。彼の場合は手術もし、抗癌剤治療も受けたが、数カ月後に再発と転移が見つかり、余命三カ月の宣告を受けたという。

　彼はそれ以上の治療を望まず、長年夢見ていたヒマラヤ登山の夢をいまこそ果たそうと決意し、磯村のツアーに参加した。登ったのはクーンブヒマラヤのメラ・ピーク。ライトエクスペディションの対象としては容易なほうだが、それでも標高は六〇〇〇メートル台の半ばで、ハイキング気分で登れる山ではない。

　手術と抗癌剤治療で体力が弱っていた彼は、それでも死力を尽くして登頂を果たした。

その前向きな姿勢が癌に対する抵抗力を生んだのか、ヒマラヤの過酷な環境が体質に変化をもたらしたのか、その後、病状は安定した。それから三年間、日本の山にも数多く登り、自分の人生を生ききったことに満足したように静かに息を引きとったと、のちに妻から手紙が届いたという。

欧米人でも、癌を患いながらエベレスト登頂に成功した人の話はよく聞く。磯村にとっては、そんな彼らの挑戦に匹敵するのがローツェ・シャールと主峰の縦走だった。

「女房はもちろん反対したよ。しかしおれは言ったんだ。どのみち長く生きられないなら、ほとんど延命が期待できない治療で痛めつけられるより、人生最後の夢を追って、短い余命を全力で生き抜きたいとね」

その言葉に、妻も納得せざるを得なかった。幸い磯村は数千万円の生命保険に入っていて、リビング・ニーズ特約というものがついていた。余命六カ月以下の診断が下れば三千万円を上限として保険金の一部が前払いされる。もし山で遭難死するようなことがあれば、普通は保険金は支払われない。もちろんそんな事態は起きないという自信はあったが、少なくともその点は安心でもあった。

「おまえや友梨に言わなかったのはフェアじゃなかった。しかしもし言ったら、計画が中止になるかもしれない。それが怖かった。それにもし実現するとしても、そういう話で同情を集めたくなかった。計画は宣告を受けるまえから決まっていた。そのまま、なにもなかったようにやってのければいい——。おれはそう考えたんだよ」

「だったら、こんなところでへこたれちゃいられないよ。絶対にやり遂げなきゃ」

死んでも——、という表現は使えない。磯村をここで死なせるわけにいかないのはもちろんだが、いまはなんとしてでも彼をローツェの頂に立たせ、生きてエベレスト・ベースキャンプに連れて帰ることが自分の使命だと和志は思った。

「ああ。さっきは情けないことを言ったが、だいぶ調子は良くなったよ。突然、体じゅうの力が抜けて、立っていられなくなった。全身に癌が転移してるんだから、なにが起きても不思議はないんだが」

「だったら、きょうはこのままここで休もう。天候はあしたまで保ちそうな気がする。磯村さんの調子もきっと持ち直すよ」

胸が塞がれる思いで和志は言った。真実を知ってしまった以上、それが目いっぱい楽観的な期待だとはわかっている。もしあすもあさっても磯村のコンディションが回復しないとしたら、和志は厳しい決断を迫られる。

我が身一つ動かすだけでも精いっぱいのこの高所で、頂上経由にせよ、サウスコル経由にせよ、動けない磯村を担いで下りるのは不可能だ。では磯村が生きている限りここに留まるか。それでは磯村のみならず、自らも死を待つことになりかねない。では磯村を残して自分一人生還を試みるか。和志にとってはその選択こそあり得ない。

磯村がやがてこの世界からいなくなる。その切なさは堪えがたいが、少なくともそれはいまであってはならない。彼自身が人生最後の夢と言うこのチャレンジで、ぜひとも成功の美酒を味わわせたい。

死ぬならそのあと、いくらでもゆっくり死ねる。叶うなら、和志のローツェ南壁登攀を見届けてほしい。それよりなにより思いもかけない奇跡が起きて、磯村が死の病から生還してくれることを、和志は本気で願っていた。

いたずらに不安を覚えさせることもないし、せっかくのここまでのチームワークに悪影響を与えても困る。友梨には病気のことは伏せて、磯村の体調不良できょうはここでビバークするとだけ報告した。

あまりに早いビバーク決定に友梨は驚いた。磯村の体調不良についていろいろ訊かれたが、高所障害の兆候はなく、単なる疲労の蓄積によるもので、十分休養をとればあすには回復するだろうと、和志は極力楽観的な見通しを伝えておいた。

2

物音に目が覚めると、磯村が起き出して、雪を融かしている。時刻は午前二時。和志は跳ね起きた。

「大丈夫なの？　調子は戻ったの？」

「ああ。迷惑をかけちまったな。たっぷり寝たら、ほとんど元に戻ったよ。きのうの午前中より調子がいいくらいだな」

「本当に？」

「痩せ我慢したってしようがない。それが通じる環境じゃないからな」

　きのうの告白が冗談ででもあったかのように、磯村は屈託がない。和志は問いかけた。

「きのうは僕を担いだんじゃないの」

「だといいんだけどな。まあ、先のことであまり悩んでもな。少なくともいまは生きてるんだから、与えられた時間をしっかり味わわないともったいない」

　あまりあっさり言われるから、本当にそれがはるか先のことのように思えてくる。

「僕は信じたくないよ。医者だって間違えることはある」

　現に余命三カ月と言われたお客さんは、それから三年も生きたのだ。

「神様がいるなら、おれにもそのくらいのサービスはしてほしいけどな。とりあえず天候に関しては、まだ気前がいいようだ。外を覗いたら星も月も出ていた。悪くてもきょうの午前中までは保ちそうだよ」

　他人事のように言う磯村の胸中を、和志には推し量る術がない。山での死については絶えず考えてきたつもりだが、それもしょせんは観念の遊びに過ぎなかったような気さえする。ゲームのルールとしての死なら回避は可能でも、定められた運命としての死を我が身に置き換えた場合、どう受け止めたらいいのかわからない。

手早く食事を済ませ、午前三時には雪洞を撤収した。これから出発すると伝えると、友梨は手放しで喜んだ。磯村の体調が回復しなければ、どちらも生還の希望が絶たれることを、彼女もよくわかっている。

「だったら、きょうは主峰の頂上が踏めるね。勝利は目前じゃない。私たちは、登頂の瞬間を撮影してからエベレスト・ベースキャンプへ移動するわ。マルクたちはきょうも停滞の様子ね」

「別働隊がルート工作を終えるまでは、動きようがないんだろう。下降中にそっちの連中と顔を合わせることがあるかもしれない。なにをやってるか、しっかり見届けるよ」

とりあえずそう応じ、いつもどおりのインタビューの動画を送信して雪洞をあとにした。

雪庇の発達した雪稜はまもなく終わり、急角度のリッジが始まる。無理はしないでいいと言ったが、磯村はあくまでトップにこだわる。ここは磯村の檜舞台だ。よほどのことがない限り、和志は脇役に徹することにした。

きのうの最悪のコンディションが嘘だったように、磯村の登攀には鬼気迫るものがあった。全身が癌に冒された身で、体調がいいはずがない。しかしそれがハンデでもなんでもないように、磯村は困難なルートに果敢にロープを伸ばしていく。自分のせいで和志のビッグクライムのキャリアに疵をつけたくないとの思いもあるのだろう。

ローツェ主峰は月明かりを受けて頭上に鋭く伸び上がり、南壁の威容もここからは目の当たりにできる。複雑に入り組んだガリーのあちこちに、罠のように危険なセラックが立ちはだかり、リッジは鋭く、垂直にそぎ落とされたスラブは手のつけようがない。

そこを登る自分の姿を想像するだけでアドレナリンが湧き出すのを感じ、それがいまの和志には痛切な痛みでもある。自分には次の目標がある。恐らくその次も、そのまた次も――。しかし、磯村には次という言葉がない。

まさしく人生最後の登攀に、いま彼は全身全霊を懸けている。自らの意志で奇跡を起こしている。不可能を可能にしている――。そんな思いに心が震えてやまない。

ほぼ六時間、ほとんど休む間もなく登り続け、午前九時にはローツェの肩に達した。その大半で、磯村はトップを務めた。その渾身の登攀を天も見放す気はないようで、北東からの風は相変わらず強いが、空は晴れ渡って、右に大きくエベレストの南西壁がそそり立ち、ローツェの頂も二人を手招きするように、頂上のスノードームから長い雪煙を吹き上げる。

きのうとは違い、雪は硬く締まっている。雪庇は発達しているが、きょうは視界が良好で、端に寄りすぎて踏み抜く惧れはない。三〇度ほどの傾斜の雪稜は天空に架けられた橋のようにひたすら高みへと続いている。

なけなしの体力を振り絞って、一歩、また一歩と体を押し上げる。壁を登り終えるとそこが頂上だという山は意外に少ないもので、岩や氷のルートで体力を使い果たしたあとに出てくるこうした平凡な稜線が、じつはいちばん応える部分だ。

激しく喘ぎながらも、磯村はなにかに憑かれたように歩を緩めない。もう二度と目にすることがないかもしれないそのうしろ姿をしっかりと網膜に焼きつけながら、和志も必死で後続した。

午後十一時。前方を進んでいた磯村がその場にくずおれた。少し遅れて、和志もその傍らに立った。周囲にここより高い場所はない。

エベレスト、マカルー、カンチェンジュンガ、チョー・オユー、シシャパンマ。二人の登頂を祝福するように雲上に居並ぶ八〇〇〇メートル級の峰々――。

世界はただ美しかった。陶然とした面持ちで磯村は立ち上がる。その姿は、まさに全霊を込めてこの世界に別れを告げているかのようだった。

磯村の顔は涙で濡れそぼち、それが流れ落ちる間もなく頬や口の周りに凍りつく。和志は語るべき言葉が思い浮かばない。磯村もなにも言わない。いまこの瞬間に、言葉はまったく不要だった。

3

その日、二人は標高七三〇〇メートルにあるエベレスト南東稜ルートの第三キャンプまで下った。

縦走成功のニュースは友梨がツイッターやフェイスブックで配信し、ホームページでも最新ニュースとして特集記事をアップしたので、第三キャンプにいた公募登山隊のオルガナイザーたちもすでにそれを知っていて、下りてきた二人を祝福してくれた。

もちろん、磯村の病気のことはまだ友梨にも言っていない。今回の遠征は病気が発覚するまえに企画したものだから、自分にとってはその成功だけで十分で、それを同情によってさらに飾り立てたいとは思わない――。それが磯村の言い分だった。

翌日は一気にベースキャンプに向かう予定で、午前七時に第三キャンプを出た。下れば下るほど空気が濃密になり体調がよくなるのが高所登山の特徴で、とくに今回のように下山路が容易なノーマルルートの場合はそれが際立つ。和志はもちろん磯村も、第一キャンプに達したときには消耗し尽くしていた体力もかなり回復していた。

友梨たちは二人の登頂を確認してすぐ移動を開始し、ディンボチェで一泊して、この日の午前中にはエベレスト・ベースキャンプに入っていた。

和志たちがアイスフォール（氷瀑）を下ってベースキャンプに到着したのは午後三時。すでに設営の済んでいたテントに入ったとたんに疲れがどっと出て、和志は泥のような眠りに落ちた。磯村も同様のようだった。ようやく起き出したのが午後八時過ぎで、今度はやたら腹が減っていた。

その頃合いを見計らっていたように、ニマが食事の用意を始めていた。すき焼きはニマの得意の日本食のレパートリーだ。寒さで凍ってしまうものは使えないが、白滝の代わりが春雨で、豆腐の代わりに蒲鉾といった具合に、カトマンズで仕入れた食材を工夫してなかなかの味に仕上げる。

とっておきのワインを開けて、友梨の音頭で乾杯して、友梨たちが待ちかねていた祝勝会が始まった。リエゾンオフィサーのマハトは、成功はもとより、死者も怪我人も出なかったことを喜んだ。

友梨は衛星携帯電話でノースリッジのホームページにアクセスし、登頂成功を報告する特集コーナーを開いて見せた。下から超望遠レンズで撮影した写真から、登頂の証拠として和志たちがエベレストをバックに撮影した写真まで大きく掲載され、そのときの興奮そのままの友梨の文章が躍動している。

「まずはこのプロジェクトで最初の世界初を達成だね。幸先がいいよ。成功の一報をツイッターとフェイスブックで流したら、ホームページにアクセスが殺到して、一時サーバーがパンクしかけたのよ。いまはいくらか落ち着いたけど、トモとリズからも祝福のメッセージが届いてるわよ。あとで読んで返事を書いてね」

友梨はいまも興奮冷めやらぬ様子で、磯村の病気の話は、和志も磯村もけっきょく切り出せなかった。

祝勝会が終わり、和志と磯村は自分たちのテントに戻ったが、やはり頭を占領しているのは磯村の余命宣告のことだった。

磯村は生命保険会社に提出した診断書のコピーを見せてくれた。八月半ばの日付で、難解な専門用語はわからないが、余命六カ月という言葉ははっきりと読みとれた。

「本当なんだね」

打ちのめされたような気分で和志は言った。磯村は頷いた。

「おれだって信じられなかった。誰にというわけじゃないが、無性に腹が立った。医者から検査技師から、みんながグルになっておれを騙してるんじゃないかと思ったよ」

磯村は無念さを滲ませたが、すぐに割り切ったように続けた。

「しかしよく考えれば、人間なんていつ死ぬかわからない。そもそも死なずに済んだのが不思議なことを、おれはきょうまでやってきた。死にどきの見当がつくのも悪いことじゃないと思ったんだよ。その日が来るまで全力で人生を生きられる。怠けている暇なんかなくなるわけだから」

「たしかにそうだけど、知らないから希望も持てるんじゃないの」

「そうかもしれない。しかしそれを知ったことで、自分と世界との結びつきが強くなったような気がするんだよ。一分一秒がずっと濃密に感じられるようになった。その時間を味わい尽くしたいと思ってね。少なくとも死ぬ瞬間までは、おれは生きているんだから」

「治療を受ければ、治るかもしれない」

「ゼロとは言えないけど、可能性は極めて低い。残りわずかな人生を手術や抗癌剤治療でぼろぼろにして、親父はけっきょく死んでいった。そんな馬鹿げた話はない。それじゃなんのための余命宣告なのかわからない」

磯村はかすかに憤りを滲ませた。数年前に彼の父が亡くなったことは知っていたが、そんな最期だったとは聞いていなかった。

「でも、余命三カ月と言われたお客さんは三年生きたんじゃないの。磯村さんはもっと生きられるかもしれない」

「その人は手術や抗癌剤治療を受けたけど、けっきょく余命三カ月を宣告された。以後は病院には近づきもせず、与えられた人生を前向きに生きた。それが結果的に延命に繋がったんだろうね」

「本当のところ、体調はどうなの?」

「あちこち転移はしているものの、まだ本格的な悪さをする段階ではないらしい。それも時間の問題だと医者は言うんだが」

「きのう倒れたのは？」

「突然、体から力が抜けたんだが、あのあと理由がわかったよ。たぶん低血糖症だ」

「低血糖症？」

「さすがに膵臓に癌ができているわけだから、インスリンの分泌が少なくなって、血糖値が高くなる。要するに糖尿病の症状が出ているらしい。自覚症状はとくにないんだが、医者がせめて血糖値を下げる薬は使えと言うんだよ。インスリンの自己注射は面倒だから嫌だと言ったら、効き目はやや弱いが飲み薬があるからと言われてね――」

　言いながら磯村はポケットから錠剤の入ったプラスチックのケースを取り出した。

「これなんだが、それまでは飲んでもとくに異変はなかった。あのときは飲むタイミングが遅くなって、そもそもきつい運動で血糖値が下がっているところに効いたもんだから、低血糖症に陥ったんだろう。そのあとおまえが砂糖たっぷりの紅茶を飲ませてくれて元気が出たところをみると、たぶん原因はそれだよ」

「だったらいいんだけど、あのときはびっくりしたよ」

「おれも一巻の終わりかと思って、つい愁嘆場を見せちまったよ」

　磯村は照れくさそうに笑う。そういう肩の力の抜けた反応が、本心からなのか強がりなのか和志にはわからない。しかし、その内面を勝手に推し量って、ああだこうだと説教できる立場に自分はいない。磯村がそう言うなら、それをそのまま受け止めるしかない。和志は問いかけた。

「これからどうするの?」

「決まってるだろう。今度の南壁ソロの登攀隊長だよ」

「ベースキャンプに入ってくれるの」

切なさと喜びがない交ぜになった気分で問いかけた。磯村はきっぱりと言った。

「おまえの成功を見届けなきゃ、死んでも死にきれないからな」

「その次はマカルーになるか、ナンガ・パルバットになるかわからないけど、そっちも予約しとくよ」

「ああ。そのつもりだよ。いくらなんでも半年ってのは短すぎる」

磯村は屈託なく笑った。

4

四日後、和志たちはカトマンズに戻った。

待ちかねていたエリザベス・ホーリーがさっそくホテルにやってきて恒例のインタビューが始まったが、いつもの手厳しい追及はない。友梨がホームページやツイッターで世界に発信した映像や本人たちのメッセージが、リズの目から見ても縦走成功の動かぬ証拠だった。

　それより話題の中心になったのは、リズがもたらしたマルクについての情報だった。ノーマルルートに入った別働隊の一人が、和志たちより一足先にカトマンズに戻ってきたらしい。

　どうやら交差縦走のプランはこちらの想像どおりだったようで、その隊員は本当の狙いを聞かされておらず、第一キャンプに入ってから初めてそれを知って、嫌気が差して下山してきたらしい。持ち前の地獄耳でその情報を仕入れたリズは、彼の宿泊しているホテルに電話をかけて、さっそく話を聞いた。

　それによると、フランスの三人パーティーのうち、一人はじつはロシア人だという。ロシアの登山界には極地法による伝統的な登山をいまも信奉しているクライマーが多い。

　彼もその一人で、これまでも国家的な大登山隊に参加して未踏の壁をいくつも制覇しているが、前年にルート工作を済ませておいて、次の年にそれを使って登頂を果たすなど、アンフェアなクライミングを行なうという悪評もつきまとっているらしい。

　トモの南壁ソロ登攀に最初に疑義を呈したのは、その直後の秋に組織登山で南壁を登ったソ連隊だった。そんなこともあって、ロシアには、トモに対して否定的な立場のクライマーが多いとリズは言う。

そういう点を考慮すれば、マルクの今回のチーム編成はなかなか周到と言えそうだ。そのロシア人を含む別働隊には、ルート工作に長けた二名の高所シェルパが加わっており、それだけですでにアルパインスタイルの規範を逸脱しているが、そんなことはマルクにとってはどうでもよく、なにがなんでもトモが残した証拠の三本のピトンが存在しないことにしたいのだろう。

そのフランス人クライマーの話では、南壁側は要所に固定ロープをセットするだけではなく、八〇〇〇メートル付近に酸素ボンベもデポしておく手はずで、登攀中に誰も目撃者がいなければ、マルクはアルパインスタイルで南壁を制覇したことにしてしまうつもりのようだ。

固定ロープやギアは回収しながら登るだろうが、それでも完全に痕跡を消すのは難しい。だからそれがバレないように和志の冬の挑戦を妨害した――。そう考えればすべて辻褄が合ってくる。

「そういう強引なやり方については私も批判するつもりだけど、世界の登山界にはまだトモに敵対的な人たちがいるから、彼にとっては不利な風向きになりそうね」

リズは不安げに言うが、その点はトモも和志もすでに腹を括っている。

「僕がトモのルートをソロでトレースすれば、わかる人はわかってくれます。どちらもそれ以上のことは望んでいないんです。マルクには勝手にやらせておけばいい」

「でも私としては、トモが本当に登ったという確実な証拠が欲しいのよ。あなたが三本のピトンを見つけてくれるのがいちばんいいんだけど、あったとしても、マルクたちが処分してしまうだろうし」

リズはなお口惜しそうだ。磯村が口を挟む。

「大事なのは心のなかの真実ですよ。人が認めようと認めまいと、和志にとってもトモにとっても、必要なのは、自分が信じることのできる真実なんだと思います」

「わかっているつもりなんだけど、そこが私のような記録編纂者と違うところね。問題は、カズがこの冬、南壁に挑めるかどうかよ。じつはいまの話を観光局の上層部の人に教えてやったのよ。このままパーミッションを出さないでいると、そういう卑劣な人たちに買収されたと見なされて、信用に疵がつくわよって。ただでさえクライマーやトレッカーがパキスタンに流れているのに、それじゃ政府の財政にも影響するでしょうって」

「どんな反応でした？」

「すでに世界の登山界から非難が殺到しているところへ、そういう悪い噂が立ったら、連立政権の屋台骨にもひびが入ると慌ててたわよ。あなたたちの今回の成功が、世界中で絶賛されているのも知っているようね」

「だったら、彼らも対応を変えざるを得ないでしょうね」

和志は頷いた。そうなれば、マルクらは策に溺（おぼ）れて墓穴を掘ったことになる。パーミッションさえ出れば、あとは目標に邁進するだけだ。今回の縦走で、八〇〇〇メートルの高所での身体能力にも自信が持てた。それが磯村の置き土産だと考えれば切ないものを感じるが、いま自分ができることは、彼が元気でいるあいだに、南壁のソロをぜひ成功させることだけだ。

その三日後、和志たちは東京へ帰った。

山際は朗報を携えて、成田空港まで出迎えに来てくれた。つい二時間ほどまえに、日本山岳会にネパール政府観光局からパーミッションが再発給されたとの連絡があったという。

友梨はもちろん小躍り（こおど）りして喜んだ。和志もようやく先が見えて気持ちが軽くなったが、その喜びをいちばん強く嚙み締めているのが磯村なのは、その表情でわかった。

ヒマラヤの冬季登攀期間は冬至から立春の前日までとされ、アルプスやアラスカを始めとする北半球のほとんどの山域も、記録として認定する場合はこれに準じる。和志としては、その期間を目いっぱい使うために十二月の中旬にはネパール入りしたい。

これまでも短い間を置いての継続登攀はやっていて、ほとんどの場合、帰国せずにそのまま次の山に向かっていた。カトマンズ生活が慣れている和志にすれば、そのままネパールに滞在して次の登攀の準備に入るほうが楽だが、いまはそういう贅沢は言っていられない。技術陣との会議もあるし、マスコミ対応もゴールデン・ピラーのときより件数が増えた。友梨に言わせると、それでもずいぶん断っているという。

もちろんそれは納得していることで、ノースリッジというスポンサーがいてこその今回の成功だということは、十分感じている。忙(せわ)しないスケジュールで動かざるを得ない和志に代わって、登攀隊長の任を預かる磯村は現地での宿泊やポーターの手配を順調に進めてくれる。

リエゾンオフィサーは交代になるが、コック兼サーダーは前回と同じニマで、そこに友梨が加わるから、ほとんどメンバーは変わらない。

気になるのは、磯村が少しずつ痩せてきていることだった。友梨も気づいているようで、なにかあったのかと訊(たず)ねたが、磯村は中年太りにならないようにダイエットしているのだとしらばくれている。

和志は帰国してからインターネットで膵臓癌について調べた。どこを見ても予後は非常に悪く、末期の場合の五年生存率は一桁台で、進行も速いと悲観的なことしか書かれていない。

誰もいないところで体調はどうかと訊くと、痩せたせいでむしろ調子がいいと言う。見かけはたしかに元気だが、本当のところは本人にしかわからない。すでに病魔が彼の生命力を貪(むさぼ)り始めているのかもしれないが、嘘をつくなと問い詰めるわけにもいかない。

帰国して三週間ほどしたころ、マルクたちが南壁の登攀に成功したというニュースが入った。ニュースといっても一般のメディアが扱ったわけではなく、彼がツイッターで発信し、フェイスブック上で結果を報告したくらいだが、それなりにアクセスはされているようだった。

こちらの予想どおり、二つの隊はローツェ頂上でランデブーし、そのまま交差して反対側へ下山したことになっていて、それを世界初だと吹聴している。その説明にもかかわらず、頂上で撮影した写真に二つのチームが一緒に写ったものがないことや、登攀中の彼らの荷物がアルパインスタイルにしては多すぎることを指摘し、南壁側に事前にルート工作があった可能性をほのめかす者もいた。

もちろん、トモが頂上近くに残した三本のピトンは、残念ながら発見できなかったとマルクは報告している。それを受けて、やはりトモのソロ登攀は狂言だったと喝采(かっさい)する人々もいたが、手放しでマルクの報告を信じる者は少なく、発見したが、どこかへ捨ててしまった可能性もあると疑う向きすらあった。

5

和志たちがネパール入りしたのは十二月十一日だった。九日に入る予定だったが、晩秋から初冬にかけてカトマンズ盆地は霧に覆われることが多く、バンコクからの便が二日続けて欠航した。

食料の買い出しやリエゾンオフィサーとの打ち合わせなどで数日はカトマンズに滞在することになるが、この時期の国内便は、一週間以上欠航することも珍しくない。

ベースキャンプへのアプローチでは降雪もあり、寒気も厳しいが、晴天率がいちばん高いのもじつは冬だ。標高は低いが厳冬期の壁は和志も何度も登っている。寒さと降雪を除けば、ヒマラヤ登山にもっとも適しているのが冬だという実感がある。

現地入りしても、磯村は元気に動いている。しかし、あれからまた痩せていて、食事の量にもかつての健啖家の面影がない。

「やっぱり変だよ、磯村さん。なにか知ってるんでしょ？」

午前中に買い出しを済ませ、ホテルで昼食をとったあと、磯村が席を外したのを見計らって友梨が訊いてくる。絶対に他人には言わないと磯村とは約束している。しかし、不安なのは和志も同様だ。

「いや、なにも知らない。でも、たしかに気になるね。あとで僕が訊いてみるよ」

とりあえずそう誤魔化して、午後に、リエゾンオフィサーとの打ち合わせを終えたあと、観光局近くのティールームで話をした。磯村は切り出したとたんに嫌な顔をした。

「痩せてはきたが、体調に異常はないよ。入院しちまったら、医者はもう外に出してくれない。つまり、おれの人生はそこで終わりだ。ただ生きながらえればいいってもんじゃない。いまのおれにとって重要なのは、最後の一秒まで人生をまっとうすることなんだよ」

「手術や抗癌剤治療じゃなくても、痛みのケアを専門にやってくれるところもあるんじゃないの」

「ホスピスか。それじゃ籠の鳥なのは変わらない。というより、これからは山がおれのホスピスだ。この先、さらに生きられるようなら、ローツェの次もおれが登攀隊長を務めさせてもらうからな――」

強い調子で言ってから、切ない口振りで磯村は続けた。

「山で死ぬのが理想だとずっと思ってた。おまえに迷惑をかける気はない。引き際は自分で判断する。ただ最後の最後まで、おれを山にいさせてほしいんだ」

そう言われては、いますぐ日本へ帰れとはとても口にできなかった。少なくともここまで、磯村は迷惑をかけるどころか、八面六臂（はちめんろっぴ）の活躍をみせている。磯村にベースキャンプに陣どってもらえることがどれだけ心強いか、いちばんわかっているのが和志自身だった。

「ただ、友梨や山際さんには、そろそろ言っておいたほうがいいんじゃないか。友梨が心配している。これ以上黙っていると、信頼関係にもひびが入りかねない」

「わかったよ。このままじゃやはり無責任だ。おれの気持ちは、友梨も山際社長もわかってくれると思うよ」

　思いを定めたように磯村は頷いた。

　その晩、磯村は和志と友梨を自室に招いて、ありのままの事実を告げた。友梨は涙ぐみながらも、磯村の考えを理解した。その場で彼女は山際に電話を入れた。今回のプロジェクトの立役者でもある磯村の思いを、山際もその場で受け入れたようだった。

「でも、無理はしないでね。病状が悪化したら、いつでもヘリを呼ぶし、日本への搬送も会社持ちでやるって言ってくれてるから」

「そこまで迷惑はかけられないよ。山岳遭難じゃなく病気なんだから、そういう費用は旅行保険でカバーできるし」

　磯村は恐縮したように言った。

6

　惧れていたとおり、カトマンズからルクラへの飛行機は霧のため一週間欠航し、キャラバンを開始したのは、十二月十九日だった。

　入国時の国際便と合わせて九日の遅れは痛いが、ネパールではそれが日常茶飯事で、郷に入っては郷に従えと割り切るしかない。

今回のリエゾンオフィサーは、磯村が以前付き合ったことのあるナラヤンという少佐で、ベテランで現地の事情に詳しく、磯村とも息が合うようだった。

コック兼サーダーのニマはキャラバンの手配を済ませてルクラで待機していた。ナラヤンは高所に慣れているし、友梨も夏と秋の遠征で十分高所順応できている。前回はルクラからベースキャンプまで七日の行程だったが、遅れを少しでも挽回しようと、磯村は五日の日程を組んだ。ポーターの日当は規定の日数分払う決まりだから、その分は無駄になるが、特急料金だと割り切るしかない。

全員の足が揃い、磯村の思惑どおり、クリスマス・イブの十二月二十四日には南壁直下のベースキャンプ予定地に到着した。

郷に入っては郷に従えで、ニマを導師に、クリスマス・ツリーならぬタルチョー（五色の祈禱旗）を飾り、ネズの小枝を燃やして、安全登山を祈願するプジャ（チベット仏教の祈禱の儀式）を執り行なった。

今年の冬至は二十一日だから、いますぐ登り始めることも可能だ。高所順応は秋の縦走で十分すぎるほど済んでいるから、気象条件さえ許せばいつでも登攀を開始する覚悟だったが、到着当日は午後になると雲行きが怪しくなり、稜線を越えた風が谷に吹き下ろしていた。

気象予測会社の予測では、向こう数週間、そんな不安定な状態が続くという。キャラバン中も初冬にしては青空が覗く時間が短かった。天候待ちで一カ月や二カ月、ベースキャンプで停滞することは珍しくない。しかし、いまは磯村のことがある。一日でも早く結果を出したいという焦りはなかなか抑えられない。

山がきれいに晴れて壁全体が見通せる時間に、磯村は望遠レンズ付きのカメラでルートの詳細を撮影し、それをカラープリンターで印刷したものを繋ぎ合わせて、実写版のトポを作成してくれた。トモから聞いたルートの詳細とそれを重ね合わせれば、これから登る壁の状態が細部に至るまで頭に入る。

秋の縦走のあと何度か降雪があったようで、あのときより南壁は雪が多かった。雪崩のリスクは想定より大きいだろう。とくに七〇〇〇メートル台から八〇〇〇メートル台まで続く巨大な三角形のスラブは迂回せざるを得ないから、その下の万年雪の急斜面は、雪崩と落石を避けてほとんど夜間に登ることになるだろう。

ノースリッジの技術者は、今回は和志の意見を聞いて、岩への食いつきをよくするためにアイゼン前爪の角度を若干変更した。準備作業の合間に奥秩父のゲレンデでドライツーリングを試みたが、結果は良好で、彼らの飽くなき探究心には頭が下がった。

磯村は体重こそ元には戻らないが、ニマの料理がよほど口に合うようで、見たところまずまずの食欲だ。

高所順応がとくに必要だとは思わなかったが、ベースキャンプを設営した二日後に、偵察を兼ねてシャールの南東稜の六五〇〇メートル地点まで登った。磯村もそれに同行したが、ほとんど不安を感じさせなかった。このまま癌の進行が止まり、ふたたびヒマラヤを登るまで回復するのではないかと、和志は半ば本気で期待を抱いた。

ホームページへのアクセスはまた増え始め、ゴールデン・ピラーに始まるハットトリックの完成に期待を寄せる声が数多く寄せられている。そこに磯村の癌宣告の話を加えれば感涙もののストーリーが出来上がるが、自分の病気を見世物にするのは嫌だという磯村の考えを、和志はもちろん友梨も山際も理解した。

ベースキャンプで停滞して十日。新年を迎え、三が日が明けるころには、天候の変化の周期が読めてきた。基本的には午後に入ると崩れ始め、夜半に回復に向かう。つまり夜間から午前中にかけて登ればいいわけで、三日に一度程度、大きく崩れる日があるが、その直後なら比較的安定したコンディションで登れる。夜間登攀は雪崩や落石を避けるうえでも有効だし、和志はそれを得意としている。

この日は朝から山は中腹以上が雪雲に呑み込まれ、ベースキャンプ周辺でも雪がちらついた。強烈な北東風は稜線を越えてイムジャ・コーラの谷に吹き下ろし、ベースキャンプのテントを激しく揺らした。

夕食のときにこの天候をどう思うか訊くと、磯村は即座に応じた。

「今夜、星が見えたらスタートだ。夜のうちに登れるところまで登って、朝が来たら早めにビバークに入る。この荒れでかなり雪が積もったはずだから、大スラブ直下のトラバースは日中は避けたほうがいい。そこでたっぷり体を休めていれば、夜には新雪もだいぶ落ち着いているだろう」

　その見通しは和志と完全に一致した。友梨が不安げに問いかける。

「夜なら雪崩の心配はないの」

「絶対にとは言えないが、確率は低い。上部の壁に出るまでは雪崩のリスクが絶えず付きまとう。その確率を最小にするのが、冬の壁ではいちばん重要なポイントなんだ」

　磯村は、これから自分が登るかのように熱を込める。和志はいつでも出発する心の準備が出来ていた。もちろんその読みが当たるかどうか、絶対的な保証はないが、やはりそこに賭けるしかない。いまは悪天候のピークだが、じつはそこがベストのタイミングだったことは珍しくない。むしろ、様子見をしているうちにせっかくのチャンスを逃したことが何度もある。

　和志は寝袋に潜り込んだ。夜半に出発するにしても、これから五、六時間は睡眠がとれる。天候が回復する兆候が見えたら、磯村が起こしてくれる。

　気持ちが昂ってなかなか寝付かれないが、登攀中のビバークで熟睡できることはほとんどない。しかし狸寝入りでも十分活力は蓄えられる。ようやく熟睡しかけたところを磯村に叩き起こされた。

「晴れそうだぞ。支度をしろ」

跳ね起きてテントの外に半身を出すと、頭上の雲の切れ間に星が覗いて、気温は低いが風はやや弱まっている。

「本当だ。きのうの夜はこの時間も大荒れだった。いつものサイクルが戻りそうだね」

「おまえなら二日で登って三日目で下りてこられる。そのくらいは保つはずだよ」

磯村は勝手に太鼓判を押す。こちらの目算どおりの天候なら、和志もそれでやれる自信はある。しかし果たしてそう上手くいくものか、ヒマラヤ登山全般に言えることだが、とくにこういうレベルの高い壁では、天候が味方についてくれることが成功の必須条件になる。

装備のパッキングは済んでいる。砂糖入りの紅茶をたらふく飲み、チョコレートやクッキーなど即効性のあるエネルギー源を腹に入れ、和志はテントを出た。磯村も友梨も続いて出てくる。二人の動きがわかったのか、ナラヤンもニマも起き出してきた。

ヘッドランプの光に浮かぶみんなの顔が、忘れがたい宝のように思える。期待と不安が入り混じった表情で、友梨が出発前のインタビューに取りかかる。努めて冷静に答えたつもりだが、声が震えたのは寒さのせいか感情の昂りのせいかわからない。

7

思いを断ち切るように後ろは振り向かず、和志は壁の取り付きに向かってモレーンの斜面を登っていった。気温はマイナス二〇度を下回っているだろう。稜線から吹き下ろす風が体感温度をさらに下げるが、ノースリッジ特製のシンサレート入りダウンスーツの断熱効果は高く、モレーンの斜面を二〇〇メートルも登るうちに体温が上昇し、強張っていた関節の動きも滑らかになってくる。

取り付きは急峻な雪壁だが、きのうからの雪が積もって、不安定なラッセルを強いられる。上のほうまでこんな状態なら、日中は雪崩のリスクが高い。やはり夜間から早朝にかけての登攀がいちばん安全度が高そうだ。南西の空はだいぶ晴れ間が広がって、あちこちに密集した星が瞬いているが、南壁の中間部から上はまだ雲に呑み込まれている。

体調はすこぶるよく、全身を使って雪を押し潰しながらの登攀もそうは苦にならない。三時間登り続けて、比較的雪の締まった雪稜に出た。気を抜ける箇所ではないが、ここでは雪崩や落石の心配はない。

雲の切れ目から月が覗いて、視界がだいぶ開けてきた。ローツェの頂はいまも雲のなかに呑み込まれているが、雲底はだいぶ上がって、八〇〇〇メートル付近まで突き上げる衝立のようなスラブが全容を現わした。

急峻すぎて雪はほとんどついていない。しかし気温が上がる日中には、落石の危険が極めて高い。二〇〇〇メートルも上から落ちてくる落石はほとんど砲弾で、まともに当たれば命がないどころか、体がばらばらになりかねない。

このスラブの基部のトラバースを、トモはほとんど夜のあいだに行なっている。彼が登ったのは春で、こちらは冬だから気温はより低く、氷のセメントがより強固に浮き石を固めているはずだが、それでもベースキャンプでは、夜間に何度か落石の音を聞いていたから、やはり油断は禁物だ。

急峻な雪稜を登り切り、大スラブの下の雪壁に達したのが午前六時だった。標高は六〇〇〇メートルを超えている。出発したのが午前一時で、五時間でここまで来た。トモが要した時間の約半分だ。

もちろんそれは、自分がトモより技量や体力で勝っていることを意味しない。彼が登ったのは二十七年前で、装備も登攀技術もそのころと比べれば格段に進歩している。

そのうえ彼が挑んだのは未知のルートだったわけで、試行錯誤しながら登ったそのルートの詳細を、和志はトモからじかに聞き、それをトレースしているので、条件面でははるかに有利だ。

そうは言ってもルート自体が容易になったわけではない。スラブを迂回するルートは急傾斜の雪壁をトラバース気味に上に向かう。凍てついた万年雪だけでも高度なアイスクライミング技術を要求される上に、そこに昨夜の雪がうっすらと載り、予想していた以上に厄介だ。

ピッケルで雪を払い除けていると、残置された比較的新しいアイスクリューが目にとまった。トモの挑戦以降、このルートを登ったのはマルクのパーティーだけだ。

彼らがアルパインスタイルで登ったというのが本当なら、貴重なアイスクリューを回収しなかったのは不可解だ。アイススクリューにせよピトンにせよ、携行できる数は限られる。それを無駄なく使い回さなければ、肝心なところで進退窮まることになる。

しかし、誰かが事前にルート工作したのならその必要はない。工作の痕跡を消すためにロープやスリングは回収したようだが、深く打ち込まれたアイススクリューまでは手が回らなかったということだろう。

ローツェ・シャールの南東稜から太陽が顔を出した。頭上にそそり立つ巨大なスラブやリッジが灼熱したように赤く染まり、はるか眼下のイムジャ・コーラの谷にも日が射し込んで、ベースキャンプのテント群もはっきりと認められる。目を凝らせば、そこから上を見上げている人の姿も見える。

斜めに氷壁を登るのは見た目以上に難しい。トモもこの箇所の通過には苦労したと聞いている。トモ以前なら、ルート工作なしにここを通過しようと考えるパーティーはいなかっただろう。

頭上を覆っていた雲はほとんど消えて、頂からは濃紺の空を背景に、燃えさかる炎のような雪煙が南西に長く伸びている。気温はいまマイナス三〇度近くまで下がっているはずだ。

しかし、南壁に遮られて風はごく穏やかで、昇った太陽の輻射熱でダウンスーツがふっくらと膨張する。運動していることもあって寒さはほとんど感じない。この陽気が三日続いてくれればなんとかやれる——。そう自分に言い聞かせ、改良されたアックスとアイゼンにすべてを預けて、微妙な体重移動を繰り返す。

8

午前十時過ぎに、トラバースルートのほぼ中間に達した。この時刻になると、壁のあちこちで落石の音が響き始めた。ついいましがたも、バスケットボール大の岩が二〇メートルほど先の雪壁を転がっていった。

これ以上進むのは危険だと判断し、必死でビバークできそうな場所を探し、ようやく見つけたのが、岩壁基部に庇のように突き出たオーバーハングの下だった。そこにいれば落石は避けられる。これからビバークするなら時間はたっぷりある。斜面は急でも、雪を削って整地すれば、携行している小型のテントがなんとか張れる。

標高はすでに七五〇〇メートルに達しているが、シャールでの順応効果がまだ生きているようで、過呼吸による胸苦しさも、頭痛や吐き気も感じない。落石と雪崩の心配がなければあと五、六時間は行動できそうだが、命には代えられないからやむを得ない。

そんな事情を報告しようと友梨に電話を入れた。

「凄く順調なようね。体調はどうなの？」

そう問い返す友梨の声に、いつものはつらつとしたところがない。

「体調はまずまずだけど、落石が多くなったんで、夜までビバークしようと思うんだ」

「それは賢明だと思うわ。じゃあ、いつものインタビューを――」

触れられたくないことがあるように、友梨は話を切り上げようとする。これまでとどこか違うそんな態度に不審なものを感じて、和志は問いかけた。

「なにかあったの？」

「なにもないわよ。ホームページのアクセスカウントも増える一方だし」

「それはいいね。ちょっと磯村さんに替わってもらえないかな」

妙な直感を覚えてそう訊いてみると、友梨は慌てた。

「あの、ちょっとまずいの。あとでこちらから電話させるから」

「やっぱり、なにかあったんだね」

強い調子で訊いてみると、声を落として友梨は言った。

「和志さんには絶対に言うなと言われたんだけど、そうもいかないわね。じつはさっき、血を吐いて倒れたの。いまはテントで横になってるんだけど、なんだかとても辛そうで――」

そのとたんに衛星携帯電話の声が替わった。磯村だった。

「肺に転移してるんだから、たまには血ぐらい吐くよ。おれの心配はするな。おまえは頂上を目指せ。それがおれにとっていちばんの薬なんだから」

口振りは威勢がいいが、その声にどこか力がない。和志は慌てて言った。

「無理をしないで下山したほうがいいよ。いますぐヘリを呼んで」

「おれに死ねというのか」

「そんなことは言ってないよ。必要な治療を受けて、少しでも長生きしてもらわないと」

「ただ生きながらえるのと生きるのは別なんだよ、和志。おまえならわかってくれると思ったのに」

磯村の声は悲痛だった。和志は不安を隠さず確認した。

「本当に、大丈夫なんだね」

「おまえから成功の一報を聞くまでは、おちおち死んでなんかいられないよ。おれの体のことはおれがいちばんよくわかる。友梨たちにも迷惑をかけないように頑張るから、おれのことは頭から切り離して、登ることだけに集中してくれ。おまえの成功が、おれにとってはいちばんの元気の素（もと）になる」

その言葉を信じる以外に、和志にできることはなにもなかった。不安の種を抱え込んだのはたしかだが、むしろそれを前進のためのバネにするしかない。一刻を争うというほどの事態ではないにせよ、磯村の言うとおり、少しでも早く成功の一報を彼の耳に入れることだ。そのときは彼も素直に下山を受け入れるだろうし、本人が言うように、それが彼の延命の良薬になってくれることを願うしかない。

天候の読みは的中して、正午を過ぎるころには気温がぐんぐん上がり、小春日和（こはるびより）と言ってもいい陽気になった。午後に悪化するというこれまでのサイクルと違うのがやや気がかりだったが、強い日射しでテントのなかは温室状態だ。

肝を冷やしたのは予想以上に頻度の高い落石で、一度は小規模な岩雪崩が頭上のオーバーハングを越えて駆け下った。欲をかいて行動していれば、どこかで直撃された可能性は否定できない。

疲労度はまださほどではないが、こんな好条件でのビバークがこの先期待できるとは思えないので、夜までたっぷり眠ることにした。しかし、やはりなかなか寝付かれない。頭に去来するのは、磯村のことや、これから待っているさらに困難な登攀ルートのことだった。

磯村が眠っているときを見計らって、友梨は電話を寄越した。彼女の観察によると、磯村は顔色が心持ち黄色みがかっていて、全体として太った印象はないのに、ズボンのベルトのバックルが穴一つぶん緩いほうに移動していることも気になるという。

内科医の伯父(おじ)がいるので電話で相談したところ、顔色の変化は黄疸(おうだん)によるもので、腹部の膨張は腹水の増加が原因だろうとのことだった。どちらも肝臓癌や膵臓癌でよく見られる症状らしい。

それ自体はいますぐ命に関わる症状ではないが、喀血(かっけつ)も含め、癌が急速に進行している可能性がある。本人は口にしないにしても、倦怠感(けんたいかん)や痛み、食欲の減退といった自覚症状はあるはずで、癌の根治は別としても、症状を軽減する治療法はあり、多少の延命も期待できるから、早急に診療を受けることを勧められたという。

もちろん磯村は聞く耳を持たず、遠征が終わったら病院に行ってみるとは約束したが、いますぐ下山する気はさらさらないようだった。そのことを報告すると、山際は重い沈黙のあとで言ったという。

「彼の気持ちはわかるよ。私も山で負傷してクライマーとしての道を閉ざされたとき、残りの人生はもう要らないと思った。死のうと本気で思ったよ。私は別の道を見つけられたが、彼に残された命がわずかなら、それを思いどおりにまっとうさせるのが、我々にできる唯一のことのような気がする。こちらの勝手な判断でそれを奪うことは私にはできない」

　そのとおりだと和志は思った。思いをまっとうさせることで、残り少ない命をさらに縮めることになったとしても、それが彼にとってはかけがえのない人生だ。磯村の言葉のとおり、ただ生きながらえることと生きることは別なのだ。

　夕刻になっても好天は続いていた。日が沈むと気温は急速に下がり、落石の音も聞こえなくなった。夜七時に和志はテントを撤収し、ベースキャンプに連絡を入れた。電話を受けたのは磯村だった。状況を説明すると、打てば響くように磯村は応じた。

「今夜じゅうに三角岩壁の上に出ることだな。そこまで行けば落石の心配もなくなる。あとは難しい壁が続くが、そこはガチの勝負だ。おまえの技量なら十分勝機があるよ。トモの第二ビバーク地点まで行けば、頂上はもう手に入れたも同然だ」

　声は相変わらず弱々しいが、別の意味で不思議な気迫が伝わってくる。和志も調子を合わせた。

「あさっての昼ごろには吉報が伝えられそうだよ。成功したらマカルーの西壁も射程に入る。そっちのほうでも、いろいろ手伝ってほしいから」

　未来のことをあえて口にすることが、生きてほしいという願いを込めた和志からのエールだった。屈託のない調子で磯村は応じた。

「そいつは楽しみだ。おまえが頑張ってくれれば、おれにも藪医者の診立てをひっくり返す力が湧いてくる。人間、最後は気力だよ」

第十三章　ピトン

1

　和志は月明かりを頼りに、再び雪壁のトラバースを開始した。風は気味悪いほど穏やかで、稜線を渡る風音がほとんど聞こえない。ヒマラヤで無風状態というのは別に珍しくはないが、北東風が強まる冬場はあまり経験したことがない。

　不吉なことが一つあった。アックスの落下防止コードの金具が壊れていた。一方をアックスに、もう一方をハーネスに繋ぎ、アックスが手から離れても無くさずに済むようにするためのもので、手首に巻き付けて使うタイプの短いリーシュ（流れ止めの紐）を和志は好まず、いつもこの方式をとっていた。

　ミックスクライミングの途中でも、どうしても手を使いたい場合がある。そんなときにはこのコードでアックスを下にぶら下げておく。金具の損傷に気づかずにいたら片方のアックスを失うところで、こういう困難な壁では命にもかかわる事態だ。

やむなく携行していた五メートルほどの細引き（太さ二〜七ミリのナイロン製の紐）をアックスに結び、余った部分は巻き取ったままハーネスに固定した。必要な長さに切ってしまえばほかの用途に使えなくなる。こうしたぎりぎりの条件の登攀では、細引き一本でも無駄にはできない。

友梨から電話が入ったのは登り始めて一時間後で、気象予測会社から新しい情報が入ったという。チベット方面の高気圧が急速に弱まり、ベンガル湾の高気圧が優勢になりつつあるらしい。

現在の好天は二つの高気圧の勢力が均衡（きんこう）しているためで、バランスが崩れれば南から湿った風が吹き込んで、モンスーン期と似た状態になるとのことだった。そうなると強風と大量の降雪に見舞われ、南壁は最悪の状態になる。

現状では、それがチャンスか危機か判断できない。均衡状態があと二日続いてくれれば十分頂上に達することが可能だろう。下降はローツェ・フェース側だから、多少荒れても南からの強風は避けられる。いずれにしても、現在の好天を利してできるだけ距離を稼ぐしかない。

気温も昨夜ほどではないが、優にマイナス二〇度を下回っているから、落石の危険性はそう高くない。それでも頭上の音には耳を澄（す）ます。

ようやくトラバースを終えて、氷雪で埋まったガリーの登りに入る。両側はほぼ垂直の岩壁で、ここで雪崩が起きればひとたまりもない。斜度はそれほどではないが、逆にその点が問題で、硬い氷雪の上に昨夜の雪がふんわりと載り、自分自身が小規模な雪崩の元凶になっている。ソロだからいいものの、後続のパートナーがいたら危険この上ない。

三時間ほど悪戦苦闘を続け、ようやくガリーを抜け出した。立ちはだかる垂直の大岩壁は、先ほどまでと同様、万年雪の急なランペを登って迂回する。

南の空に雲が湧き出しているのが気がかりだ。ここまで八時間を費やし、いま午前三時。体のあちこちに乳酸が溜まり、動きが鈍くなっている。気ばかり焦ってもスピードが上がらない。そのうち南からの風が吹き出した。山の機嫌は悪い方向に向かっているらしい。

月光に照らされたローツェの頂が限りなく遠い。南壁は巨大すぎて、時間と空間のスケールが普通の壁とあまりに違う。雪が次第に深くなり、狭いランペに積もった雪を払い除ける手間が増える。その作業自体がバランスを不安定にするが、やらないとアックスやアイゼンが硬い雪面を捉えられない。

この雪の状態は予想外で、昨夜のスタートが果たして正解だったのか、自信が持てなくなってくる。きょうまで磨いてきたミックスクライミングのテクニックも、ここではほとんど意味をなさない。雪の機嫌を損ねないように、そろりそろりと体を押し上げる。

眼下二五〇〇メートルの奈落をローツェ氷河が蒼ざめてのたうつ。そこに自分が墜落するイメージが湧き上がる。どんな切り立った壁でも、硬い氷や岩ならそんな気分になることはない。トモからも、このトラバースがこれほど厄介だとは聞いていなかった。この先には本格的な岩と氷の障壁が立ち塞がるが、むしろそちらのほうが与しやすいのではないか。

あくまでトモのルートをトレースする考えだったが、この事態ではやむを得ない。上部でまた合流すればいいから、やむなく岩のルートを探すことにした。ほとんど一枚岩に見える三角岩壁の左寄りに、岩壁の肩まで続くガリーがある。肩からは安全な稜線ルートで、トモが二度目のビバークをしたピラーの基部に出られる。

ガリーの中央部には雪が詰まっているが、ほとんど垂直だから新雪ということはない。ただし、日が昇れば落石の通り道になる。月明かりでは細部の状況がわからないが、いまのルートをこのまま登っていたら、そのうち夜が明ける。日が昇れば落石と雪崩が容赦なく襲いかかってくるだろう。

しかし、ガリーを登るのはそれを上回るリスクを伴う。そこはまさしく雪崩と落石の通り道で、登る以上は絶対に夜のあいだに抜けなければならない。それでもこちらを選ぶ最大のメリットは、現在のルートより確実に速く登れることだが、だからといって、日が昇らないうちに肩に出られるかどうかは、やってみないとわからない。

　しかし選択肢はほかにない。不安定な雪を騙しながらなんとかガリーの入り口にたどり着いたとき、衛星携帯電話が鳴り出した。

「上へ向かう明かりの動きが見えた。ルートを変えるのか」

　磯村だった。こんな時間に起きていたらしい。強い調子で和志は言った。

「休んでなくていいの。いま磯村さんに倒れられたら大変だよ」

「おれの心配はしなくていいよ。おまえが寝ている時間はこっちもしっかり寝てるんだから。それより、生きるか死ぬかの瀬戸際にいるのはそっちだろう」

　磯村はこともなげに言い返す。しかしその声には、やはり力が入っていない。状況をざっと説明して、和志は言った。

「どっちも安全とは言えないけど、自力で解決できるのはガリーのルートだよ。いまのランぺをこのまま進んでも、日が昇るまでには抜け出せないからね」

「たしかにな。きっとやれるよ。下からも硬そうな氷雪のラインが見えたから、おまえにとっては梯子(はしご)を登るようなもんだろう」

「トモのルートをトレースできないのは残念だけど」

「そんなことに、向こうはこだわっちゃいないさ。それより、おれより先に死ぬなよ」

　冗談めかしたその言葉に妙に真剣なものを感じて、肩の力を抜くように和志は言った。

「登頂の報告をするまでは死ねないよ。そっちこそ、しっかり長生きしてくれないと」

「任せておけよ。おれにとって、ここよりいい療養所はないんだから」

言いながら磯村はひどく咳き込んだ。ヒマラヤでは喉の乾燥で咳が止まらなくなるクーンブ咳という症状がよくみられるが、癌の肺への転移が進行しているのではとつい考えてしまう。訊いてもしらばくれるに決まっているから、話を終えて先を急ぐことにした。

取り付きはオーバーハングした岩場に少々手こずったが、そこを乗り越えると、あとは硬い氷のラインが続いている。快適なダブルアックスでぐいぐい登る。

やっと希望が見えてきた。日が昇るのは午前七時少し前だから、あと四時間弱。壁が温まるまでさらに一時間は余裕があるだろう。できればさらに登る時間を短縮して、遅れを挽回したかった。好天の持続は当てにならない。荒れ出すまえに第二ビバーク地点の八二〇〇メートルに達していなければならないのだ。

そこは比較的良好なビバーク地で、ほかに快適な場所はほとんどないとトモは言っていた。場合によっては数日停滞することになりかねないから、なんとしてでも荒れ始める前に到達したい。

速いペースで二時間登って、中間地点をやっと越えた。南からの風が強まり、眼下の谷からガスが湧き出した。こうなると下からはこちらの動きが観察できない。息の抜けないルートだから、そう頻繁に連絡もとれないだろう。

ソロ中心の一匹狼だった時期には、それが当たり前だった。そこは初心に返るだけだが、気になるのは磯村の状態だ。この登攀を終えるまで、自分はなにもしてやれない。

　ときおり氷の帯が途切れてドライツーリングを余儀なくされるが、ノースリッジの技術者の調整のおかげで、アックスもアイゼンも思っていた以上に食いついてくれる。そろそろ八〇〇〇メートルに近づくが、シャールのときと比べてコンディションはいい。あの遠征を経験していなければ、いまごろ塗炭の苦しみを味わっていたことだろう。

　月はしばしば雲間に隠れ、南の空の星の数が減ってきた。天候に関する賭けは外れたかもしれない。しかしあのとき躊躇したとしても、よりいい条件がこの先待っていたとは限らない。

　ふたたび氷の帯が現われて、しばらくアイスクライミングでスピードを上げられた。しかし、ガリーの出口が難関だった。家一軒ほどのセラックが立ち塞がって、そこを越えないと三角岩壁の肩に出られない。

　上部がオーバーハングしているうえに、いくつも亀裂が入り、いつ崩壊してもおかしくない。左右の岩壁は垂直に切り立って、ドライツーリングではとても登れない。トモが一見容易そうなこのルートをとらなかったのは、このセラックの存在に気づいていたためだろう。といって、下降してランペのルートに戻る時間はない。東の空が白んでいる。あと一時間ほどで日が昇る。

　こういうときは頭を空っぽにするしかない。一つ間違えば死ぬかもしれないが、セラックの機嫌は誰にもわからない。落ちたときの用心に自己確保をとることも考えたが、登り終えてからギアとロープを回収しにまた下り、もう一度登り直す気にはとてもなれない。ここは一刻も早く抜けたい場所だ。

余計な衝撃を与えないように、セラックの末端に慎重にアックスを打ち込む。ピックはしっかり氷を捉える。体重を預けて体を引き上げたとたんに、氷がぎしりと軋んだ。冷や汗が滲み出る。幸い氷は割れなかった。

こうしたセラックは小さな氷河の末端のようなもので、全体が絶えずわずかずつ移動する。氷河のほとりの今回のベースキャンプでもこんな音はよく聞くから、音がして即危険信号ではないのだが、逆に崩壊のリスクは絶えずあることになる。磯村が言ったように、まさに自分が生死の瀬戸際にいることを自覚するが、そこを突破する道はただ登ることだけだ。そう腹を括ると筋肉の強張りがとれた。

アイゼンを蹴り込み、体を押し上げる。両足にしっかり体重を乗せて、腕を伸ばしてアックスを打ち込む。今度は軋みは聞こえない。意を強くしてさらに上に向かう。傾斜はきつくなり、やがて九〇度を超えた。アックスを心持ち強く打ち込み、体を丸め、足を突っ張って、バランスを取りながら体を押し上げる。

アックスは氷を捉えて放さない。視野に入らない突出した氷の向こう側を、腕を伸ばしてアックスでまさぐり、感触のあったところに強めに一つ打ち込んで、それで体重を支えながら、さらにもう一方を打ち込んだ。

　両足を突っ張って体を背後の空間に突き出し、二本のアックスにすべてを託して腕力で体を引き上げる。ハングの上に上体が出たところでさらに上にアイゼンを蹴り込み、腕を伸ばしてもう一つ先にアックスを打ち込んで、ようやくハングを乗り越えた。

2

　時刻は午前六時半を過ぎていた。まだ太陽が昇るまえなのに、空の半分が明るんできて、頭上の高層雲が血潮のような色に染まる。イムジャ・コーラの谷も湧き立つような雲海で埋め尽くされている。

　山々にまだ曙光は射していないが、空の色を映して熾火のような赤みを帯び、頂には不気味な笠雲が纏（まと）わりついている。派手な朝焼けは悪天の兆候だ。風はさらに強まり、南の地平線の雲もいよいよ高くなっている。

　残りの斜面は無難に登り切り、安全な岩稜帯に出た。友梨に電話を入れると、最新の気象情報が届いていて、チベット高原に季節外れの低気圧が発生し、これから天候は急速に崩れて、それが三日前後は続くという。

　高い料金を払ってこれでは占い以下だと友梨は憤懣（ふんまん）やるかたないが、それが山だと諦めるしかない。そのあとすぐに磯村が電話を替わり、読みを誤ったことに慚愧を滲ませたが、その点は和志も同様だったから、磯村が責任を負うべきことではない。

それより気になるのは磯村の体調で、こんな時間まで起きていて大丈夫かと訊くと、そんな心配をするより自分の頭の蠅を追えとまたどやされた。相変わらず声には張りがないが、そういう口が利けるなら、きょうあしたに死ぬことはないだろう。確信しているように磯村は言う。

「前回の遠征は無駄じゃない。長丁場でも堪えられるのは保証済みだ。腰を落ち着けてチャンスを待つんだ。いちばんやばいところは切り抜けた。その先も容易くはないが、おまえの実力なら十分こなせる」

「選択肢はほかにないからね。ここまで来れば、頂上を越えてローツェ・フェースを下るのがいちばん近道だから」

そう応じて通話を終え、先を急いだ。空の赤みはいよいよ増して、壮絶なまでの朝焼けだ。放射状に広がる巻積雲が鮮紅色に輝き、ローツェの頂は分厚い笠雲に呑み込まれ、鉛色の雲底が頭上から和志を圧迫する。

一気に抜けるつもりでいた岩稜も容易くはなかった。薄い氷が張り付いたスラブが連続し、それが気温の上昇で緩んでいて、迂闊にアックスを打ち込むと剝落する。安心してアックスが振るえるリッジやガリーが見つからず、あってもそこに移動するために不安定なトラバースを強いられる。

ようやく登り切ったときは午前十時を回っていた。風はいっそう強まって、頭上は厚い雪雲に覆われ、足の下は密集した雲海で埋め尽くされている。上の雲が下がり、下の雲が上がってサンドイッチ状になったとき、猛烈な吹雪が襲ってくる。

あとはトモがビバークしたピラーの基部まで氷雪の急斜面を登るだけだ。とりあえずここまで生きて登れたことに安堵しつつも、先のことを思えば気持ちは重い。強風に煽られてブリザードが駆け抜ける。広い斜面で視界を失えば、あらぬ方向に進みかねない。予定のポイントを見失えば、最悪のビバークを余儀なくされる。

波状的なブリザードの合間に垣間見える周囲の地形から方向を定め、ホワイトアウトのなかをひたすら登る。すでに十五時間以上行動し続けで、疲労はピークに達している。この先に快適なビバークサイトがあることが、いまは唯一の希望だった。

さらに二時間登り続けて、八二〇〇メートル地点に達した。しかし、トモから聞いていたテント一張り分のテラスがない。そこには簞笥（たんす）や冷蔵庫ほどの大きさの岩が積み重なり、幕営できる余地がまったくない。

数年前のネパール地震では、エベレストのベースキャンプ付近で雪崩が起き、二十名を超す死者が出た。崩落によって山の地形が変わってしまったところもあると聞く。ベースキャンプからは隣のリッジに隠れて見えなかったが、ここもそんな場所かもしれない。

トモがピトンを残置したのはこの上のピラーの途中で、マルクは自信たっぷりにその存在を否定していたが、下山後の報告では崩壊のことにまったく触れていなかった。

和志と同様、トモのルートをトレースして嘘を証明すると触れ込んだ以上、ここはどうしても通過せざるを得ない。マルクが登った秋以降、ネパールで大きな地震は起きていない。つまり、わかっていて黙っていたことになる。

同じルートを和志が登ることもマルクは知っていた。そうした情報を共有するのは、アルピニストのモラルでもある。知っていれば、別のルートを選択することもできたのだ。マルクたちが登らなくても同じ結果になったわけだから、一概に非難はできないが、ルート上に重大な障害があることを知りながら、それをオープンにしなかったのは、良心的な行為だとはとても言えない。

ブリザードで視界が閉ざされ、崩落が起きたピラーが登れる状態かどうかもわからない。マルクたちは果たしてそこを登ったのか。別働隊が頂上から固定ロープを張ったとしたら、登れないことはないだろう。いずれにしてもこの崩落で、トモが残置したピトンも跡形もなくなっている可能性がある。

なにより問題は、期待したビバークサイトが使えないことだ。場所は急峻な岩稜帯で、雪は少なく雪洞は掘れない。テントが張れないのはもちろんで、立ってビバークということにもなりかねない。先ほどの雪の斜面に戻ればなんとかなるが、そこはこれから雪崩の巣になる。とりあえず、ベースキャンプに状況を報告した。

「マルクの野郎、知ってて黙っていたのは間違いない。抜け目なく落とし穴をつくっていたわけだ」

電話の向こうから、磯村の歯ぎしりが聞こえてくるようだった。

3

周辺を必死に探して、積み重なった巨岩の隙間に辛うじて体が入る空間を見つけた。さっそくもぐり込んだが、横になれるほどの奥行きはない。テントの張り布を被ったところ、寒さはある程度防げそうだ。しかし周りが岩では、雪洞のような保温効果はない。こんな場所に何日も閉じ込められるのは辛いが、凍死しないだけましだと思うしかない。

外はいよいよ吹雪の様相を呈してきた。風音に混じって、腹に響くような雪崩の音が聞こえてくる。停滞は長引くものと観念して、周囲に散乱する岩屑を敷き詰めて平らな場所をつくる。テントを張るスペースはないが、天井の岩にナッツを引っかけ、蚊帳のように張り布だけを吊り下げて、断熱マットを下に敷けば、最小限の生活空間はできる。

十七時間登り続けて疲労は限界に達していたが、やはり秋の遠征の効果は大きく、頭痛や吐き気や眩暈など、高所障害特有の症状はまだ出ていない。むろん問題はこれからで、滞在が長引くほどそのリスクが高まることは医学的にも立証されている。

この悪天がいつまで続くか、この高所での滞在にいつまで堪えられるか——。その二つの変数で成功の確率は大きく変わる。天候を読み違えたことは、いまさら後悔しても仕方がない。どちらも技術や体力で乗り越えられるものでもない。だったらじたばたしても仕方がない。状況を報告するために電話を入れると、不安げな様子で友梨が訊いてくる。

「どうなの？　ビバークはできそう？」

「なんとかなりそうだよ。居心地はいまいちだけど、安全な場所が見つかった——」

岩の隙間のことを説明すると、友梨は安堵を滲ませた。

「ついてたね。幸運の女神はまだ和志さんを見捨ててないよ。もう八二〇〇メートルまで登ったんだから、あと三〇〇メートルちょっとじゃない」

「その三〇〇メートルが難しいんだけどね。崩落したピラーの状態が、いまはまったくわからない。場合によっては、まったく別のルートを探さなくちゃいけないし」

「逆にそのおかげで、登りやすくなっているかもしれないじゃない」

「たしかにね。こういうときはそういうプラス思考が必要かもしれない。ただ、トモのピトンを見つけるのは難しくなった」

「それだってわからないわよ。そのせいで、マルクたちが先に見つけて処分できなかったかもしれないわけだから」

友梨はあくまでポジティブだ。

「磯村さんはどうなの。本人に訊いても、大丈夫だと言うに決まってるけど」

いちばん気がかりなことを訊くと、友梨は今度は声を落とした。

「ときどき激しく咳き込むし、熱もあるようなの。いまはテントで休んでるけど、出てもらう？」

これまで和志からの電話は真っ先に受け、自分からも積極的にかけてきていたが、必ずしも調子がよかったわけではないようだ。

「無理はさせなくていいよ。あとで報告してくれればいいから」

「遅いみたいよ。もうここに来てるから」

友梨がそう言ったとたんに、磯村が電話口に出た。

「どうなった。ビバークはできそうか」

やむなく友梨にした説明を繰り返すと、磯村は言った。

「なに、三日もすれば天候は持ち直すよ。水分をたっぷりとって、気休め程度かもしれないけどダイアモックス（高山病の予防薬）をきちんと飲んで、関節が硬くならないようにストレッチもしたほうがいい」

「心配なのは、ピラーのどのあたりが崩落したかだよ」

「下から撮影した写真には、隣のリッジが邪魔して写っていなかったな。そこについてはおまえがトモから詳しく聞いていたんで、問題はないと思ってたんだが」

「シャールからの縦走のときちょっと見えたけど、そんなに大きく変わっているとは思わなかった」

崩れるなら崩れるでぜんぶ落ちてくれていればいいのだが、不安定なまま残っている箇所があれば心配だ。登っている最中に崩落しかねない。

「ガスと吹雪で見えないんだろう。いま気を揉んでもしようがない。そのうちちょっとくらい晴れるだろうから、そのときに見極めるしかないな。おれが撮影した範囲には、有望そうなルートがほかに何本かあった。トモのピトンは発見できないかもしれないが、とにかくいまは頂上に出ることだ」

「そうだね」

トモには懐疑的でも、それ以上にマルクの証言に疑問を持っている人は多い。

「トモもいまさら気にしてないし、僕が登ってみせることが、最高の答えだから」

「そう割り切るしかないな。なによりおまえが生きて還ることが先決で、いちばんの近道が頂上に立つことだ。あとは秋に下ったルートだから、おまえにとっては屁でもない」

磯村は太鼓判を押す。声にはどこか力がないが、気合いは和志以上に入っているようだった。

4

翌日も翌々日も山は荒れた。五日分用意していた食料と燃料は、停滞の長期化を惧れてぎりぎりに切り詰めて使ったから、なんとかあと二日は保ちそうだが、それ以上となると厳しい。そもそも八〇〇〇メートルを超える高所にそれだけ滞在することが、身体にどういう影響を及ぼすかが問題だ。

重要なのは水分の補給で、それが高所障害の最高の予防薬であり特効薬だ。しかしこういう場所では、燃料がなければ水がつくれない。水の原料は無尽蔵でも、燃料なしでは砂漠にいるのと変わりない。食べ物は多少切り詰めてもすぐに餓死する心配はないが、水分摂取の減少は高所障害に直結する。

まだ肺水腫や脳浮腫の兆候は出ていないが、停滞が長引けばそれも時間の問題だろう。そもそも人間の体は、八〇〇〇メートルの高所で生存できるようには出来ていない。

狭い岩の隙間でのビバークで、横になれるスペースがなく、岩に凭れて座っているだけの姿勢なのも辛い。磯村に言われたようにストレッチしようにも、腕や足を目いっぱい伸ばすことが難しい。しかし動かずにいれば確実に筋力は衰える。

短期速攻を宗とするアルパインスタイルのタクティクスが裏目に出ている。極地法ならルート工作がきっちり出来ていて、多少の嵐でも撤退は可能だった。最悪の場合は懸垂下降を繰り返して高度を下げるしかないが、ルートの大半がいまは雪崩の巣になっているだろう。昨晩は、深夜でも雪崩の音が頻繁に聞こえた。

それを考えれば、頂上へ抜けるほうがむしろ安全だ。ルート自体は困難でも、雪崩のリスクはさほどない。

ベースキャンプとの電話は、非常時以外は日に三回に決めた。バッテリーがなくなると連絡がとれないからだ。もっとも、連絡できても助けに来てもらえるわけではない。友梨も磯村も気を揉むだろうが、和志にとっては慣れた境遇で、集中力はむしろ高まる。

昼過ぎの定時交信では磯村とも話したが、天候の回復に期待する以外、現状を打開する妙案はないようだった。しかしそれにも限度がある。場合によってはそれを待たず、体調が維持されているあいだに、頂上を越えてローツェ・フェースを下るしかない。常識的には自殺行為だが、この高所にただ停滞し続けることもまた緩慢な自殺に等しい。

そういう考えを口にすると、磯村は言った。

「おまえがそう決めるんならおれは反対しないが、もう一日だけ様子を見ないか。まだ体調に異変はないんだろう」

「いまのところはね。ただ、どこかで決断しないと、手遅れになる」

「知り合いのアメリカ人のオルガナイザーは、エベレストにしょっちゅう登っているが、天候の関係で、サウスコルから上に三、四日滞在することはざらだと言っている。客には酸素を吸わせるが、自分は吸わないそうだ」

「僕はまだそこまで高所に慣れていないから、難しい判断になるとは思うけど。天候が回復する兆しはあるの」

訊くと力なく磯村は言う。

「北の高気圧は相変わらず勢いがなく、このあともう一つ、西から低気圧が近づいているそうだ。いまの低気圧が去ったあと、そっちがくるまえに、いったんは回復するかもしれないと言うんだが」

「じゃあ、あす一日待って結論を出すよ」

「荒れていても登るんだな」

「体調との相談によるけど、やるなら十分な体力が残っているあいだじゃないとね」

さりげない口調で和志は言ったが、それが意味することを磯村は百も承知だ。

「活路はほかにないからな」

「もちろんそれは最後の選択で、まずは天候の回復に期待するよ」

それがいま返せる、精いっぱい楽観的な答えだった。そのあと友梨が電話を替わって、山際とトモからのメッセージを伝えてきた。

「希望は与えられるものではなく、自らの力で切り拓くものだ。これまでの実績から、君にはその力があることを私はよくわかっている。君ならやれる。ローツェ頂上からの朗報を心待ちにしている」

それが山際からのメッセージだった。現在の苦境を山際も十分理解している。しかし尻を叩くでも同情するでもない、心に一本、芯を通してくれるような励ましだった。

トモもノースリッジのホームページで英語版の記事をチェックしていたらしい。八二〇〇メートルに達したことと、そこで悪天候に見舞われたことも知っているようだった。彼のメッセージは次のようなものだった。

「ローツェ南壁はいまも世界最難関の壁の一つだ。決して容易くは登らせてくれない。それにあまり簡単に登られたんじゃ、私だって面目が立たないよ。しかし、君ならきっとやってのける。君に越えられることを、私は誇りに思う」

いま和志に起きていることが深刻なのは承知のうえで、あえてそれを強調せず、自分に全幅の信頼を寄せてくれている点は、山際とも共通する。それは和志には想像もできない人生の絶望を乗り越えた二人からの、この上なく力強いエールだった。

「私も、和志さんのことは心配してないよ。絶対にやり切るから。社長だってトモだって、太鼓判を押してるじゃない」

力を込めて友梨も言う。しかしその語尾がかすかに震えている。不安がないはずはない。もし天候が回復しなければ、ここから始まる最大の難関を、嵐を突いて登ることになる。やれるかどうかは和志にもわからない。しかしやらなければ、生きて還れる可能性は限りなくゼロだ。電話の声が磯村に替わる。

「おれより先に死なれちゃ困るぞ。隊長としてのこの遠征の成功を、せめて冥土の土産にさせてくれよ」

こちらは冗談とも受けとれない物言いだ。切ない思いを込めて和志は言った。

「もちろんやるよ」

それができなければ、自分も手ぶらで冥土に行くことになる。

5

翌日の午前中も吹雪は収まらなかったが、午後に入って風が弱まり、ガスもいくらか薄れてきた。気象情報によると、きょうまでの嵐をもたらした低気圧はまもなく東へ去るが、次の低気圧が予想以上のスピードで近づいていて、一時的な回復があっても最長で十二時間程度。二つの低気圧は一繋がりの気圧の谷と考えてよく、本格的な回復は数日後になる見込みらしい。

トモはここから八時間で頂上に達した。ただし、登りと同じルートを下る計画で、空身だった。ローツェ・フェースを下る和志の場合、ここに荷物を残しては行けない。そのトモも、下降中には雪崩の恐怖に晒された。雪の少ないプレモンスーン期でそうなら、冬季のいま、しかも吹雪で大荒れのさなかに南壁を下降する選択肢は考えられない。

体調は確実に悪化している。昨夜から頭痛や吐き気を感じていて、眠りも極端に浅い。窮屈な空間で体を丸めているため、背骨や腰が疼くように痛む。恐らく筋力も低下しているはずで、これ以上停滞していれば、最後の三〇〇メートルがますます困難になり、生還の希望も遠のくことになる。

そんな思いを伝えると、磯村も賛同した。いまや撤退はあり得ず、登頂することが生還への唯一の道だった。

テントを撤収し、岩の隙間から外に出ると、風はまだ強いが、雪はほとんどやんでいる。そのぶん寒気は強まっているが、それは天候回復の兆しと受け止めるしかない。

関節も筋肉も強張っている。屈伸運動をしても痛みが走るばかりで、そのうえ寒さのせいもあり、腕や足の可動範囲が狭い。テントやロープを含めたザックの重さは七、八キロで、平地なら背負っていることも忘れるくらいだが、それがずしりと背中にのしかかる。

気後れしないと言えば嘘になるが、いましかチャンスがないのは自明だ。意を決して和志は行動を開始した。崩壊した岩屑の山は雪を被って危険極まりない。踏み抜けば岩の隙間に挟まれて足を骨折しかねない。慎重に足場を確認しながら横手に回り込むと、そこから垂直に近いスラブが始まっている。

雪はついていないが薄氷が張り付き、迂闊にアックスを打ち込めば剝落しそうだが、ほかに登れそうなルートは見当たらない。弱めに打ち込むと弾かれる。今度は強く打ち込んでみると、厚さ一、二センチの氷が割れた。その中間の加減で打ち込むと、なんとか刃先が氷を捉えた。

その加減を体に染み込ませ、ダブルアックスで慎重に登り出す。トモが登ったのはもう少し右手のリッジで、崩壊したのはそちらのようだ。残存している岩にも無数の亀裂が入り、わずかな衝撃でも崩れそうに見える。

しかし、こちらのルートもまた手強く、トモが選択しなかった理由は納得できる。二〇メートルほど登ったところで氷が消えた。一枚岩の表面にはクラックやリスがほとんどない。一〇メートルほど上には氷の詰まったガリーがあるが、そこまで到達する術がない。

強烈な寒風が急速に体温を奪い去る。目を皿のようにして、磨かれたような岩の表面に数ミリの凹凸を見つける。そこにアックスの刃先をあてがうと、磁石で吸い付きでもしたように岩を捉えた。そこが、今回の遠征のためにノースリッジの技術者が加えてくれた改良点で、効果はこちらの注文以上だった。

ガラス窓を這い上る蠅の気分でスラブを抜ける。頭上の雲は薄くなったが、眼下は荒海のような雲の波濤で埋め尽くされて見えないから、かえってその下の奈落が不気味だ。

ガリーに入るとチリ雪崩が頻繁に落ちてくる。本物の雪崩がくるほど雪は積もっていないが、なんであれ、登攀中に上から落ちてくるものには本能的な恐怖を覚える。

体調は思った以上に悪い。頭痛と吐き気はますます強まって、出発前にがぶ飲みした水もあらかた吐いてしまった。筋力も確実に落ちていて、三〇センチほど体を引き上げるだけで、そのあとしばらく力が戻らない。

寝たきりになった場合、一週間で筋力が二〇パーセント低下すると聞いた。岩の隙間での四日のビバーク中、体はほとんど動かせなかった。それを思えば納得がいくが、まさかここまでとは予想もしていなかった。

ルートは想像以上に困難で、五〇メートルほど登るのに五時間を要した。雲の切れ目にわずかに空が覗いているが、すでに黄昏の色を帯びている。夜を徹してでもピラーを登り切りたいが、体内のどこを探してもそれだけのエネルギーの在庫がない。

ガリーを抜けてトモのルートに再合流したのが午後六時。ここまでまともに足を置ける場所さえなかった。ようやく見つけたテラスに腰を下ろし、自己確保をしてベースキャンプを呼び出した。友梨が受けたが、話す間もなく磯村が替わる。状況を説明すると、磯村は唸った。

「そこでもう一回ビバークするしかないか。思った以上に手強かったな」

「四、五時間休めばなんとかなると思うけど。いまは頭痛がひどいし、食べ物も喉を通りそうにない。ときどき視野が欠けることがある」

「八〇〇〇メートルの高所にそれだけ滞在すれば、そのくらいは当然だよ。ただし、これ以上滞在を長引かせるなという危険信号ではあるな」

「僕はトモほど強くもなかったし、ついてもいなかった」

「おまえらしくもない。そんな程度で弱音を吐くなよ」

厳しい言葉で磯村は叱咤する。しかしそれとは裏腹に、声の調子に慚愧にも似た自信のなさが窺える。和志のなかに、ここで死を受け入れてもいいような、これまで一度も味わったことのない不思議な感慨が湧いてくる。

「誰にだって、叶えられない夢というのがあるんだよ。ただ運がよかったから、ここまで生きてこられた。きょうまでの人生を後悔はしていないよ」

「それはおれが言う台詞だぞ。お株を奪ってどうするんだよ」

そう言う磯村の声もどこか切ない。これから夜を徹して登っても、ピラーを抜けたところで力尽きるのは目に見えている。しかし、そこから更に頂上まで雪に覆われた長いリッジがあり、その中間のコルに下ってまた登り返すという最後の試練が待っている。この岩場ですべてのエネルギーを使い果たし、さらにその先の障害を乗り越えることが可能かと自問すれば、否という答えしか浮かばない。

いまはひたすら眠りたかった。そのあいだに天候が回復してくれれば――。それがいまや唯一の希望だった。

とりあえず休みたいと伝えて通話を終え、頭からテントを被った。風さえ避けられれば、体一つぶんの狭い空間は体温だけでも暖まる。漆黒(しっこく)の奈落に落ち込むように、和志は深い眠りに落ちた。

6

鋭い悪寒を覚えて目が覚めると、午後十時だった。風の音が聞こえない。ベンチレーターから外を覗くと、空には星が瞬いている。気温は大きく低下している。一時的なものかもしれないが、低気圧が去って、北の高気圧の勢力下に入ったのかもしれない。

ベースキャンプに確認しようと首から下げていた衛星携帯電話を手にとったが、ボタンを押しても反応しない。バッテリー残量がゼロになっているらしい。電源を切らずに眠ってしまったようだった。さらに低温による劣化もあったのだろう。普段はそれを防ぐためにダウンスーツの内ポケットで温めているが、そうすることも忘れていたようだ。

あまり寒いので、暖をとるためにストーブに点火し、背後の壁から剝がした氷を融かして水をつくる。わずかでも熟睡できたせいか、体調はいくらか回復していた。筋肉は相変わらず張っているが、動けないというほどではない。登り始めればほぐれてくるだろう。

生還の希望とまではいかないが、座して死を待つのではなく、少なくとも自分の意志で抗えるのがいまは嬉しい。ほどなく沸いたお湯にティーバッグを浸し、たっぷりの砂糖を入れて胃に流し込む。吐き気は感じないし、冷え切っていた体が芯から温まる。

ドライフルーツとチョコレート、ミックスナッツを口に入れ、テントを撤収して外に出ると、露出した皮膚の水分が瞬間的に凍りつくのを感じるが、それでも温かいお茶と食べ物が体内から熱を供給してくれるようで、関節の動きもいくらかよくなった。

慎重にリッジに取り付いた。月明かりで、ルートの見通しはいい。岩と氷のミックスだが、岩は脆い上に逆層で、ノースリッジ特製のアックスとアイゼンでも苦労する。

八〇〇〇メートルを超える高所のせいもあるだろうが、それ以上に体が重く、気ばかり焦ってスピードが上がらない。筋力が低下しているのは間違いない。そのハンデはすこぶる大きい。カタツムリになったような気分だが、この好天がいつまで保つかわからない。こんな状態でふたたび山が荒れ出せば、頂上に達するのはまず不可能だ。

希望は与えられるものではなく、自らの力で切り拓くものだ――。そんな山際の言葉を心のなかで反芻するが、返ってくるのは不可能なものは不可能だという、苦く切ない思いだけだ。

トモだって、ここまでの苦境には陥らなかった。すべてが運だと諦めるしかない。だとしたら、クライマーとしてのきょうまでの努力はなんだったのか。山の機嫌一つですべてが無に帰するなら、登山はハイリスクなギャンブル以外のなにものでもない。誇れるものなどなにもない。自分のクライマー人生は、単に幸運に支えられてきただけなのだ。

　眼下の雲海はほとんど消えて、三〇〇〇メートル下にはローツェ氷河が荒涼としてのたうつ。これまでなら心躍らせたはずのそんな高度感に、いまはなんのスリルも感じない。

　ルートは極めて困難で、四時間登り続けてせいぜい二〇メートル。まだあと四〇メートルはある。トモはこの最後の障壁を登るのに六時間を要したというが、休んでいた時間を除いても、和志は九時間を費やしている。

　手に負えない箇所では、考えあぐねて十分も二十分も身動きできない。頭の動きも鈍っている。リッジはほとんど岩だけになり、効率的なアイスクライミングのテクニックが使えない。

　頭上の星の数が少なくなって、月には暈がかかっている。天候はふたたび悪化に向かっているらしい。しかしそのことが、いまはさほど気にならない。この標高で考えれば最高難度に近い壁を登っているのに、うつらうつらと眠くなる。呼吸にしても、一つ一つの動作にしても、苦しさは筆舌に尽くしがたいが、肉体から遊離したような自分が、それを他人事のように眺めている。

　どこかで誰かが囁いている。その意味までは聞きとれないが、磯村と友梨の声のようでもある。和志を弔ってでもいるように、どこか切なくもの悲しい。風の音か、チリ雪崩の音か、あるいは幻聴か。山で死ねれば本望だと、日頃は口にしていたものだが、実際にそんな局面に遭遇したいま、なんの感慨も湧いてこないのが不思議だった。

喜びもなければ悲しみもない。頭をやられて感情が鈍麻(どんま)しているのか、もともとそうした感情の希薄な人間だったのか。磯村にせよ友梨にせよ、悲しんでくれる人は何人もいるだろう。しかし、いま登っているローツェにとっては、和志の死などアリ一匹の死と何ら変わらない。

ふたたび氷の詰まったガリーに入る。チリ雪崩がしきりに落ちてくる。自分が打ち込むアックスの音が、次第に間遠くなるのがわかる。そもそもこんなコンディションで、この壁を登っていること自体が人間としての限界を超えている。

氷塊交じりのチリ雪崩を避けようとしてわずかに体重を移動したとき、無造作に打ち込んでいたアックスが外れてバランスを崩した。普通なら筋力で持ち堪えられるはずだったが、腹筋にも背筋にも力が入らない。背後に体が傾いたとたんに、アイゼンが外れた。

目の前の氷の壁が猛スピードで上に流れる。本能的な恐怖が全身を駆け抜ける。とっさにアックスを打ち込むが、硬い氷に弾き飛ばされる。唐突に激しい悲しみが湧き起こる。ついさっきまでなんの感情もなく接していたこの世界が、いまはあまりに愛(いと)おしい。磯村の顔が、友梨の顔が、トモや山際の顔が、走馬燈のように脳裡を駆け巡る。

そして意識が薄れていく。まもなくどこかの岩角に叩きつけられて、死んでいくことへの本能的な防御なのか。そのとき下のほうから声が聞こえた。

「慌てるな和志。いま止めるから」

磯村の声だった。

どうして、とは思わなかった。これで助かる。磯村なら確実に止めてくれる——。

ただ、そう思えた。

直後にハーネスに強い衝撃を受けた。そして落下は止まっていた。ほぼ垂直のガリーのなかで、和志は宙吊りになっていた。そのときになって、やっと疑問が湧いてきた。どうして磯村がここに？ そもそも自分はノーロープで登っていたのに——。

自己脱出しようとロープをまさぐると、手に触れたのは、ぴんと張りつめたナイロンの細引きだった。アックスの落下防止コードの代用に使っていたものだ。

わずか四ミリの細引きだから、本格的なロープのような強度はむろんない。切れずに止まったのは幸運としか言いようがなかった。しかし、いったいどうして——。

氷の壁にアイゼンを蹴り込んで、なるべく細引きに体重をかけないようにして、その伸びた先に目をやった。アックスがなにかの理由で止まっている。それが外れないように慎重に体を押し上げると、氷の帯のすぐ脇に、クラックに打ち込まれたピトンがあるのが目に入った。そのリングに、アックスのピックが引っかかっている。

ピトンは古びて錆びついているが、それがどのメーカーのものか、和志にはすぐわかった。トモが残置したピトンの一本だ。トモのあとにこのルートを登ったのは、マルクしかいない。彼らがこの秋に残置したものなら、ここまで錆びついているはずがない。

それを抜きとってハーネスのカラビナに取り付け、アックスを手にしてふたたび登り始めた。自分のなかに不思議な力が湧いてくるのを和志は感じた。

まさに奇跡としか言いようがない。しかしそれが偶然だとは思わない。自分は磯村の声をたしかに聞いた。トモのピトンが落下を止めてくれた。その幸運をもたらしたのが、自分に対する彼らの切実な思いだと、なんの疑いもなく信じていた。自分を生かしてくれている人々がいる。それを無にすることなど、どうしてできよう。

7

ルートが楽になったわけではないし、体力が回復したわけでもない。疲弊(ひへい)しきった和志には到底乗り越えられそうもないオーバーハングや薄氷の張り付いたスラブが次々現われる。

しかし、まるで壁を登る機械にでもなったかのように、体が勝手に動いている。どこかから自分を励ます声が聞こえる。

「バランス、バランス。焦らずに、そのペースで行けばいい」

ルートに行き詰まると、思いもかけない抜け道をアドバイスしてくれる。上に気をつけろと言われ、わずかに横に移動すると、傍らを氷交じりのチリ雪崩が落ちていく。人の声のようでもあるが、言葉というより、その意味が直接心に伝わってきて、自分もそれを疑いもしない。

和志はこれまで体験したことがなかったが、遭難などで人が生命の危機に瀕したとき、見知らぬ人物が傍らに現われて、頑張るように叱咤したり、正しいルートを教えてくれたりする、サードマンと呼ばれる現象については聞いたことがあった。

実際、サードマンに命を救われたという証言は数多い。しかし、その正体は解明されていない。それは神や天使のような存在なのか、あるいは単なる妄想なのか。人間にとって普遍的な心理現象で、理性や良心を司る超自我が第三者のように立ち現われて、自らを導いているのだと説明する学者もいるが、いま傍らにいるのは、そのどれでもないと和志は感じた。

姿は見えない。直接声も聞こえない。しかし、それでもわかる気配がある。それが磯村だと和志には信じられた。先ほど落ちたとき、和志に呼びかけたあの声は、はっきり彼の肉声として聞きとれた。

磯村が助けに来てくれている——。そういうオカルトじみた話をこれまで信じたことは一度もない。しかしいまの和志には、それ以外に考えようがない。

でも、だとしたら磯村は――。

風はいよいよ強まってきた。時刻は午前四時。明け方に向かって気温は下がり、いまはマイナス三〇度。月はまだ隠れていないが、星はほとんど見えなくなった。一時的な天候の回復は、日本の山でよくある二つ玉低気圧の通過に伴う疑似(ぎじ)好天のようなものらしい。

心配するな、すべて上手くいくと、心のなかの声が言う。それを聞いただけで不安が和らぐ。信じる根拠はなにもない。高所の影響で脳に異常が出て、ただ妄想を信じて死への階段を登っているだけかもしれない。それならそれでいいと和志は思う。肉体的苦痛とは別の次元で、いまは奇妙な至福を感じている。

これが死に向かう階段なら、それも決して悪いものではない。これまで山にいるときも、地上でも、絶えず感じていた根源的ともいえる孤独感が、なにか大きなものに包まれたような、不思議な安堵感に置き換わっている。

何時間かかったかよくわからない。ピラーを抜けて雪の斜面をしばらく登ると、小さなピークの頭に出た。ここから頂上に向かって吊り尾根状の雪稜が続いているはずだが、いまは頂稜全体が雲に覆われている。

こんなところで休むなと、心のなかの声が叱咤する。彼の言うことはなにからなにまで理に適っている。進むことも苦痛だが、立ち止まることもまた苦痛だ。厚手のグローブのなかの指も二重靴のなかの爪先(つまさき)も、きりきりと締めつけられるように痛み出している。凍傷の初期の症状だ。吹きつける風は体温だけでなく、なけなしの体力までも奪い去る。

雪稜に向かって和志は躊躇なく踏み出した。思いのほか雪は深く、ときに腰までのラッセルを強いられる。唯一助かるのは風下の北側に回れたことで、寒さと疲労の二重苦の一つからは解放された。

南側の雪庇を踏み抜かないように、深雪の斜面を大きく巻いていく。雪に足を取られては前に倒れ込む。体で押し潰された雪を踏んで、また前に進む。周囲ではガスが巻き始め、どれほどのスピードで進んでいるのかさえ見当がつかない。しかし、その先にあるのが死だとしても、歩みを止めようとは思わない。死ぬ前に行き着いたところこそ自分の人生の頂点で、それが頂上でなくてもかまわない。

体は重く、筋肉は伸びきったゴムのようだ。歩いているのか、ただ雪のなかでもがいているのかも、わからない。苦痛以外のなにものでもないはずのそんな行動に、喜びを感じている自分がいる。いま自分は本当に生きているという、これまでの人生で初めて感じる喜びだった。

未来もいらない、過去もいらない。ただこの瞬間だけが、かけがえのないものだった。

求めていた答えはこれだったのかと思い当たる。なぜ死ぬ危険を冒してまで山に登るのかと問われて、まともに答えられたことは一度もない。誰にも慢性的な魂の飢餓とでもいうものがあるが、忙しない日常に紛れてほとんど意識しなくなる。しかしそれを癒やす魂の糧を、誰もが無意識のうちに求め続ける。いま初めて、自分はそれを見つけたのかもしれない。

8

何時間歩いたか定かではない。周囲を流れるガスが赤みを帯びて、視界が次第に明るくなった。日が昇ったのだろう。

穏やかだった風がまた強まっている。風下のはずなのにどうして？　目の前をブリザードの雪煙が走り過ぎる。気づかないあいだに風向きが変わっていた。北東からの風だ。いったいなにが起きたのだ。

北西の空に晴れ間が覗いた。心配するなとあの声は言っていた。どうやらそれは正しかった。天候は回復に向かっているらしい。岩間から染み出す水のように、心にも体にも底を突いていたはずのエネルギーが満ちてくる。奇跡はいまも続いている。生還の希望が湧いてきた。

目の前を覆うガスが薄くなって、ローツェの頂上ドームが間近に見えた。風はますます強まったが、頭上の晴れ間も広がっている。

深雪の斜面はクラスト（表面だけが凍った状態）した雪稜に変わり、ルートは次第に斜度を増す。一歩踏み出すたびに立ち止まり、荒い呼吸を繰り返す。亀のようにのろい歩みでも、ここまでのラッセルの労苦と比べれば、背中に翼が生えたようにさえ感じられる。

さらに一時間ほど進んでふと気がつくと、周囲にそれ以上高い場所がない。和志はその場にくずおれた。まるでもう用事が済んだとでも言うように、あの声の主の気配は消えていた。

ベースキャンプに電話を入れようと衛星携帯電話を取り出して、バッテリーが切れていたことを思い出した。これではせっかくの朗報を伝えられない。友梨も磯村も心配しているだろう。

無駄だろうと思いながらも、電源ボタンを押してみる。バックライトが点灯した。バッテリー残量が三分の一ほどに戻っている。ダウンスーツの胸ポケットで温めていたせいで、バッテリーが復活したらしい。ベースキャンプを呼び出すと、どこか不安げな友梨の声が流れてきた。

「無事だったの？　電話が通じなくて、心配してたのよ」

「申し訳ない。寒さでバッテリーが劣化して連絡できなかったんだ。ちょうどいま復活してね」

「いまどこにいるの？」

「ローツェの頂上だよ」

「本当に？　雲に隠れて、下からはずっと見えなかったのよ」

俄に信じられないように友梨は問い返す。冷静な調子で和志は言った。

「上のほうは晴れ始めてる。下の雲海も、もうじき消えると思うよ」

一瞬間を置いてから、友梨は感極まったように声を上げた。

「そんなことより、すごいよ。ついにやったじゃない。必ずやるとは思ってたけど、でも一時は本気で心配したのよ。いま磯村さんと替わるから」

その言葉を聞いて、胸をなでおろした。こちらはこちらで磯村のことが心配だった。登頂の喜びを彼と分かち合えないなら、この先、下山すること自体が空しくなる。それは葬儀に向かう旅でしかない。磯村の涙ぐむような声が耳に飛び込んだ。

「よくやってくれた。おれは嬉しいよ。大変な困難を乗り越えての達成だ。冬だからってだけじゃない。隊長さんの読み間違えで、とんでもないハンデを負わせちまった。マルクの野郎にも嵌められたしな」

「ああ、その件だけど――」

トモのピトンの一本を見つけた経緯を説明すると、磯村は唸った。

「それはおまえ自身の力で起こした奇跡だよ。おれにそんな超能力があったら、いまごろ八〇〇〇メートル峰十四座なんて軽く制覇していただろう。おれも隊長として面目が保てたよ」

「それを冥途の土産にはしないでよ」

笑おうとしたが、口が思うように動かない。

「できればもう少し先にしたいもんだ。おれも欲が出てきて、マカルーの西壁とかルパール壁の冬季初登攀とかも、できれば土産にしたくなった」

応じる磯村はあまりにも屈託がなくて、病気の件は担がれているような気さえしてくるが、話しながらひどく咳き込むから、やはり不安は拭えない。

磯村たちはこれからすぐにエベレスト・ベースキャンプに移動するという。歩けるのかと訊くと、馬鹿にするなと向きになる。

誰にでも死は訪れる。それをどう受け入れるかは、本人の問題だ。和志自身もこの登攀で一度ならず死を受け入れた。それは与えられた生をどう生きるかということと同義で、磯村には磯村なりのやり方がある。そして彼が死を受け入れる態度を、和志もまた受け入れるしかない。残された生を存分に生きようとする磯村に、これからは自分が伴走する番だ。

せっかく甦ったバッテリーがまた上がっては困るので、ホームページ向けに登頂成功の短いメッセージを伝えて通話を終えた。

ガスは急速に薄れて、雲間にエベレストの頂が顔を覗かせた。頭上の青空もさらに広がり、東にはマカルーとカンチェンジュンガ、西にはチョー・オユーとシシャパンマが、頂稜部を雲海上に浮かべている。それらを背景に写真を何点か自撮りした。

それを終えたところで、また衛星携帯電話が鳴り出した。磯村か友梨がなにか言い忘れたのかとディスプレイを覗くと、発信者の国番号が３８６になっている。スロベニアの番号だ。慌てて応答すると、聞き覚えのある太い声が流れてきた。

「カズシか。トモだ。いまどういう状況だ」

トモがわざわざ電話を――。衛星携帯電話の番号は遠征に出る前にメールで教えておいたが、これまでやり取りしたことはない。思いもかけない出来事に興奮を覚えながら、和志は答えた。

「頂上です。先ほど到着したばかりです」

トモはしばし沈黙し、堰(せき)を切ったようにしゃべり出す。

「やってのけたんだな。君ならできると信じてはいたんだが、苦戦を強いられているとのことだったので、つい心配になってね。なにかアドバイスでもできないかと、何度か電話をしたが通じなかった。ベースキャンプの番号は知らなかったから、邪魔にならなければいいがと思いながらも、君にかけるしかなかったんだ」

「バッテリーが上がってしまって。温めていたら、つい先ほど復活したんです」

「そうだったのか。ローツェ・フェースからの下山なら、あとは心配ない。誰もがこの成功を祝福するだろう。ついでに私への疑惑もいくらか薄らぐかもしれない。なにしろ私のときより圧倒的に悪い条件で、君は登攀を成功させた。これは世界の登山史に刻まれるべき快挙だ。新年早々、素晴らしいプレゼントをもらったよ」

「ああ、それで、もう一つプレゼントがあるんです。ピトンを見つけました。一本だけですが、あなたから聞いていたメーカーの製品です」

「本当に？　だったら、私への疑惑もさらに薄れるな」

トモの声に喜びが滲んだ。もう気にはしないと言っていたが、やはり多少の期待はあっただろう。かいつまんでそのときの状況を話すと、トモは驚きを隠さなかった。

「そんなことがあるとはね。だとしたら、私も今回の成功に多少は役に立ったわけだ」

「そのピトンが、僕の命を救ってくれたんです」

「私が意図したわけじゃない。君には奇跡を呼ぶ力があるようだね。クライマーにとっては、それも実力のうちだ。おっと、バッテリーが残り少ないんじゃ長話はできない。あとは君がベースキャンプに下りてからにしよう。とにかくおめでとう。きょうは私自身が登ったときより嬉しいよ」

トモはそう言って通話を終えた。眼下を埋めていた雲がさらに切れて、かつてソ連隊が見えるはずがないと主張したウェスタン・クウムの全容が姿を現わした。

強い北東風が体を押し倒そうとするように吹きつける。動かないでいれば体温は奪われる一方だ。しかし和志はもうしばらく、この場に留まっていたかった。

感じていたのは、成功した喜びでも、死なずに済んだ喜びでもない。きょう、いま、ここで、この美しくも荘厳な世界に抱かれて自分は生きている——。湧き起こるのはそんな静かな喜びだった。

黒々とした岩肌に氷雪の斑模様をちりばめて、エベレスト南西壁はウェスタン・クウムから一気に立ち上がる。

その肩から覗く白いピラミッドのようなチョー・オユー、さらに左手にたおやかな雪稜を横たえるシシャパンマ。はるか西にはマナスル、ダウラギリ、アンナプルナなど中部ネパールの高峰群も見える。

そして東には、未踏の西壁をこれ見よがしにそそり立たせるマカルーと、五つのピークに無数の懸垂氷河を巡らせたカンチェンジュンガ——。

美しいのは山々だけではない。トモが、磯村が、友梨が、山際が、リズが、さらにインターネットを通じて世界中から大勢の見知らぬ人々が応援してくれた。そんな人々との、美しい絆がこの世界にはある。

そして和志は理解した。秋の遠征でこの頂上に立ったとき、磯村が涙した理由を。それが、この素晴らしい世界への感謝の思いと、その世界に別れを告げなければならない切なさだったことを——。

解説――現在の山岳小説を一身に支える著者の真骨頂！

文芸評論家　細谷正充（ほそやまさみつ）

山岳小説を書く作家は、なぜか孤高の存在になる。日本の山岳小説の流れを見ていると、そう思わざるを得ない。この意味を説明するために、まず山岳小説について述べていく。

そもそも山岳小説とは何か。実は明確な定義はない。とりあえず、山を舞台や題材にした小説としておこう。古くから山岳小説はあったが、一般に膾炙（かいしゃ）したのは新田次郎（にったじろう）の力に由（よ）るところが大きい。白馬（しろうま）岳山頂に設置する巨石を運ぶ強力（ごうりき）（歩荷（ボッカ））を主人公にした「強力伝」でデビュー（後に、このタイトルを表題にした作品集で、第三十四回直木（なおき）賞を受賞）した新田は、幅広い作風を示しながら、一方で精力的に山岳小説を発表。本人は山岳小説の第一人者といわれることを嫌ったそうだが、日本に山岳小説というジャンルを定着させるという偉業を成した。ところが、それに続く山岳小説家が出てこない。一九九八年に、第十一回柴田錬三郎（しばたれんざぶろう）賞を受賞した、夢枕獏（ゆめまくらばく）の『神々（かみがみ）の山嶺（いただき）』（現『エヴェレスト　神々の山嶺』）のような優れた山岳小説もあるが、山岳小説そのものは散発的であった。

一方で、山岳ミステリーや山岳冒険小説は数多い。新田次郎からして山岳ミステリーを幾つか書いているし、近年でも複数の作家が山岳ミステリー、山岳冒険小説に取り組んでいる。いちいち作品名は出さないが、たくさんの作品が生まれているのだ。

このようにミステリーや冒険の要素を入れた山岳小説の方が多いのは、しかたがないのかもしれない。なぜなら読者が求めているのはエンターテインメントだからだ。登山そのものをテーマにすれば、専門的になりすぎて、興味を持つ読者はガクッと減ってしまうだろう。商業的なことを考えれば、純粋な山岳小説が少ない理由もよく分かる。実際、笹本稜平が最初に山岳を舞台にした『天空への回廊』も冒険小説であった。その後に発表した『駐在刑事』は、奥多摩の駐在所勤務の警官を主人公にした山岳警察小説だ。やはり純粋な山岳小説は難しいのかと、密かに思ったものである。

だが作者は、虎視眈々と機会を狙っていた。そして、二〇〇八年の『還るべき場所』から、続々と山岳小説を上梓するようになる。その中のひとつが、本書『ソロ』なのだ。かつて、ひとりで山岳小説というジャンルを広めた新田次郎には、『孤高の人』という作品がある。そして現在、ほぼひとりで純粋な山岳小説を書き続けている作者が、『ソロ』というタイトルの作品を発表する。まるで登場人物そのまま、山岳小説の書き手も、ひとりであることを運命づけられているとでもいうのか。なにやら、そんなふうに考えたくなってしまうのである。

本書『ソロ』は、「小説ＮＯＮ」二〇一六年三月号から翌一七年三月号まで連載。単行本は二〇一七年八月、祥伝社から刊行された。主人公はソロ（単独登攀）を好む、アルピニストの奈良原和志だ。まだ知る人ぞ知る存在だが、実力は一級品である。そんな和志は、ヒマラヤ山脈のローツェの南壁に挑もうと決意を固めていた。ローツェは世界第四位の八千メートル峰だ。その南壁は伝説の登山家トモ・チェセンの単独登攀を巡る疑念が蟠る、因縁の壁でもある。トモに私淑している和志は、彼が登ったルートをたどり、彼の登攀が真実であったことを証明したいという思いがあった。また、トモが使った三本のピトンが見つかれば、彼の発言の信憑性が高まるはずだ。もちろん純粋にローツェ南壁に挑みたいという思いもある。あえて困難な冬季に登ろうとしているのも、チャレンジ精神ゆえだ。

真摯に山と向き合いながら、彼を育ててくれた先輩アルピニストの磯村賢一や、日本の登山用メーカー「ノースリッジ」のマーケティング室長をしている広川友梨を通じて、スポンサーシップの話を持ちかけられる。自分がひとりを好む性格だと熟知している和志は、なかなか乗り気になれない。しかし社長の山際功が、怪我により引退した元アルピニストであることを知り、会ってみることにした。そして彼の山に対する情熱を知り、スポンサーシップの話を受けることにする。また、トモと会うこともでき、彼の誠実な人柄と、アルピニストとしての実力を見て、彼がローツェ南壁を初登攀したことをあらためて確信する。事前の訓練としてゴールデン・ピラーの登攀や、磯村と組んでローツェ・シャールと主峰の縦走をする和志。その過程で、ひとりを好む彼の性格も、どんどん変わっていく。だが一方で、トモを嫌うフランスのアルピニスト、マルク・ブランが不可解な動きを見せる。かくして、さまざまな想いを抱えながら和志は、ローツェ南壁に立ち向かうのだった。

何度でもいうが、本書は純粋な山岳小説である。したがって最大の読みどころは、山に対する人々の在り方といっていい。なぜ人は危険と分かっていながら、山に登るのか。昔からいわれている疑問に和志は、明確な答えを出す。登山という行為が、人類の限界を広げることだというのだ。たとえば、「ノースリッジ」の支援を受けるようになってから、和志が変わったことに驚く磯村にいう、

「ヒマラヤの山頂なんて、地球の大きさから見たら針の先よりずっと小さな場所だけど、僕らがそこを目指すことで、世界全体が少しだけ前へ進む。それは僕らに限らず、記録に挑むアスリートなら誰にでも言えることだけど、人類はそうやって少しずつ自（みずか）らの限界を広げてきた。そしてそれを喜んでくれる人々がこの世界に大勢いる。だったら僕のやっていることも、いくらかは世の中のためになっているんだと思えてね」

という言葉に、彼の信念がよく表れている。それは同時に作者の信念であろう。これに

関連して私が連想したのは、百メートル競技における十秒の壁だ。男子百メートル競技は、長らく十秒を切ることができなかった。しかし一九六〇年代に十秒の壁が破られると、九〇年代には九秒台の選手が何人か出現する。

誰かが限界を突破すると、それが実現できるという共通認識ができる。その結果が当然の九秒台なのだろう。和志がいっているのは、これと同じことではなかろうか。人はどこまで行けるのか。その輝かしい可能性が、本書で示されているのである。

もちろん登場人物の素晴らしさも見逃せない。和志との縦走を、アルピニストとしての最後の挑戦と決めた磯村。ヒマラヤの魅力に憑かれ、数十年にわたり登山の記録を取り続けているジャーナリストのエリザベス・ホーリー。ゴールデン・ピラーに和志たちと一緒に登り、山の素晴らしさに気づいたリエゾンオフィサー（連絡将校）のジンナー。アルピニストの道を断念しながら、山とかかわりつづける山際功。人間として成長していく和志だけでなく、彼らの存在が、アルピニズムの明るい面を気持ちよく表現しているのである。

それと正反対の、名誉欲や恨み妬みに囚われたアルピニズムの世界も、作者は的確に描き出している。その象徴となっているのが、マルク・ブランだ。理不尽な理由でトモを憎むマルクも、何らかの思惑を秘めてローツェに挑もうとしていた。また、ネパール政府が和志の、冬のローツェ南壁のパーミッションを取り消すという騒動の裏にも、マルクの影がちらつく。とはいえマルクが実際に出てくる場面はない。だから彼を使ってサスペンスを盛り上げながらも、ストーリーが脇道に逸れることなく、一直線に山に向かっていくのだ。

その他にも磯村の抱える事情など、読者の興味を惹くフックは、随所に仕掛けられている。ミステリーや冒険小説で鍛えた腕前は、山岳小説でも遺憾なく発揮されているのだ。登山に詳しくない人でも、読み始めたら止まらない理由が、ここにある。

とはいえ、やはり登山の場面の迫力は圧倒的だ。道具の進化により登山は大きく変わった。一例を挙げよう。本書で書かれている、

「夜間に登ることはいまではそれほど珍しいことではない。雪崩や落石が起きるのは、気温が上昇して雪や氷が緩む日中がほとんどだ。夜間登攀はそれを避けるにはむしろ最良のタクティクスで、強力で長時間使用できるＬＥＤヘッドランプが登場したおかげでずいぶんやりやすくなった」

という一節だけで、登山が様変わりしたことが納得できる。それを踏まえて作者は、最新の登山を活写する。崩落や雪崩など、いかにもな危難はない。ただリアルに、和志の登攀を描き出すのだ。山の魅力と、自分の筆の力、このふたつを信じているからこそ、シン

プルなのに迫力のある登攀シーンが生まれているのである。現在の山岳小説は、本書を含む一連の笹本作品により、新たなステージに上がったのだ。

なお作者は、二〇一九年六月に、シリーズ第二弾『K2 復活のソロ』を刊行。二〇二〇年三月現在、第三弾となる『希望の峰 ソロ3』を「小説NON」に連載中だ。和志が、どこまで高みを目指すのか。引き続き見届けたい。

本作品は、『ソロ』と題し、平成二十九年八月、
小社から四六判で刊行されたものです。

ソロ　ローツェ南壁

一〇〇字書評

切り取り線

購買動機（新聞、雑誌名を記入するか、あるいは○をつけてください）	
□（　　　　　　　　　）の広告を見て	
□（　　　　　　　　　）の書評を見て	
□ 知人のすすめで	□ タイトルに惹かれて
□ カバーが良かったから	□ 内容が面白そうだから
□ 好きな作家だから	□ 好きな分野の本だから

・最近、最も感銘を受けた作品名をお書き下さい

・あなたのお好きな作家名をお書き下さい

・その他、ご要望がありましたらお書き下さい

住所	〒				
氏名		職業		年齢	
Eメール	※携帯には配信できません	新刊情報等のメール配信を 希望する・しない			

この本の感想を、編集部までお寄せいただけたらありがたく存じます。今後の企画の参考にさせていただきます。Eメールでも結構です。

いただいた「一〇〇字書評」は、新聞・雑誌等に紹介させていただくことがあります。その場合はお礼として特製図書カードを差し上げます。

前ページの原稿用紙に書評をお書きの上、切り取り、左記までお送り下さい。宛先の住所は不要です。

なお、ご記入いただいたお名前、ご住所等は、書評紹介の事前了解、謝礼のお届けのためだけに利用し、そのほかの目的のために利用することはありません。

〒一〇一－八七〇一
祥伝社文庫編集長　坂口芳和
電話　〇三（三二六五）二〇八〇

祥伝社ホームページの「ブックレビュー」からも、書き込めます。

www.shodensha.co.jp/bookreview

祥伝社文庫

ソロ　ローツェ南壁

令和 2 年 4 月 20 日　初版第 1 刷発行

著　者　笹本稜平
発行者　辻　浩明
発行所　祥伝社
東京都千代田区神田神保町 3-3
〒 101-8701
電話　03（3265）2081（販売部）
電話　03（3265）2080（編集部）
電話　03（3265）3622（業務部）
www.shodensha.co.jp

印刷所　萩原印刷
製本所　ナショナル製本
カバーフォーマットデザイン　芥　陽子

Printed in Japan ©2020, Ryohei Sasamoto　ISBN978-4-396-34615-7 C0193